U0519516

男人若海

NANREN RUOHAI

赵建风 著

四川文艺出版社

图书在版编目（CIP）数据

男人若海 / 赵建风著. — 成都：四川文艺出版社，
2018.2

ISBN 978-7-5411-4318-2

Ⅰ.①男… Ⅱ.①赵… Ⅲ.①长篇小说—中国—当代

Ⅳ.①I247.5

中国版本图书馆CIP数据核字（2018）第007965号

NANREN RUOHAI

男人若海

赵建风　著

责任编辑　陈茂兴　彭　炜
封面设计　叶　茂
内文设计　史小燕
责任校对　蓝　海
责任印制　唐　茵

出版发行　四川文艺出版社（成都市槐树街2号）
网　　址　www.scwys.com
电　　话　028-86259287（发行部）　028-86259303（编辑部）
传　　真　028-86259306

邮购地址　成都市槐树街2号四川文艺出版社邮购部　610031
排　　版　四川最近文化传播有限公司
印　　刷　四川华龙印务有限公司
成品尺寸　145mm×210mm　1/32
印　　张　10　　　　　　　　　字　　数　260千
版　　次　2018年3月第一版　　　印　　次　2018年3月第一次印刷
书　　号　ISBN 978-7-5411-4318-2
定　　价　39.80元

目录

第一章　金总，咱们的公司亏空了！ /001

第二章　若海从来没有像现在这样感觉自己需要钱！ /047

第三章　若海总感觉自己的后背有一双眼睛在盯着他！ /079

第四章　今后，无论如何也不能辜负了她！ /139

第五章　他扑进程萌萌"爱情海"的怀抱…… /194

第六章　你真是一个人才！这 A 城的公司都瞎眼了吗？ /238

第七章　我是一个男人！男人就有男人的尊严和气节！ /283

后　记 /314

第一章
金总，咱们的公司亏空了！

1

"风暴"猛然袭来的时候，若海正携着他的小情人聂倩愉快地走在海边的沙滩上。若海一手搂着聂倩，一手潇洒地插在裤兜里，聂倩则依偎在若海的怀里，把自己娇小的身子紧紧地贴着若海。海风习习吹来，聂倩的发丝拂到若海的脸上，撩得若海心痒痒的。

放眼望去，一片蓝得让人心醉的大海。

若海喜欢大海，从小就喜欢，与生俱来似的——这也是父亲给他取名"若海"的意义所在。听父母说，他第一次见到海时才刚刚一岁，当时他是睡着的，刚到海边，就像听到海的呼唤一下子就睁开了眼。当若海看到那片天蓝的大海，兴奋极了，睁着那双大眼睛，嘴里发出"啊，啊"的叫声，双手向前举着，双腿开始乱蹬，要从母亲的怀抱里挣脱出来……见若海这样兴奋，母亲也很兴奋，忙把他放在沙滩上。这时，让若海父母没有想到的事情发生了，还没学会走路的若海居然在沙滩上稳稳地站了起来，并开始迈动步子向前走了两步，母亲在后面伸出双手，时刻准备着搀扶刚刚学会走步的若海。但是，若海却蹒跚着走到海水边。

哪知刚到海边，若海一下子扑倒在了海水里……

后来，当父母向他谈起这段往事时。母亲说，若海当时是被一块海水冲上岸的小石头绊了一下而摔倒的。但父亲却浪漫地说，若海这是太喜欢大海了,他是情不自禁地扑向大海的!当母亲把他从海水里抱起来时,若海没有像其他小孩子被水淹了那样号啕大哭,而是咯咯地笑,很开心地笑……

除了上学和工作——还有父亲对他的私下培养外,若海一有空余时间,就会来到大海边,急不可待地冲进海水里。若海喜欢被海水拥抱的感觉,说不出来的喜欢,这种感觉像被母亲拥抱在怀里,或者,像被情人拥抱在怀里……很多时候,若海静静地浸泡在海水里,阵阵海浪的拍打就是最好的天然按摩,惬意而舒适。

在海里泡累了,若海就会走上岸来,光着脚丫,迎着海风走在沙滩上,漫无目的地走。海风迎面吹过来,沁入心底,凉凉的。眼前,海水卷起一层层的浪花。那一朵朵浪花,就像欢快的孩童相互追赶着,尽情在浩瀚的海面上撒欢,海浪又把它们卷起,神奇地变幻出新的面容,而又保持着自己蔚蓝的颜色,保持着自己的美丽和干净……

若海看了看身边的聂倩。聂倩长得真是漂亮,高挑而匀称的身材,姣好的面容,蜜桃似的两瓣小嘴唇……让若海都是那么着迷。对了,昨晚,就在海水一浪一浪袭来的沙滩上,聂倩还带给他意想不到的感觉。

昨晚海边的夜风一开始就很暧昧,它不断地把聂倩的体香吹进若海的鼻孔,醉到了心里……接着,又把聂倩的发丝吹到若海的脸上,痒痒的,很舒服的痒……若海紧紧地搂着聂倩窈窕的腰身,转头看了一眼聂倩,哪知,聂倩早从若海的手里感觉到了他的心跳,也正含情脉脉地看着他……

不知不觉,两人紧紧地拥抱在一起,热烈地亲吻。聂倩的吻像一瓶初开的酒,带着如栀子花般的清香,和着她低沉的喘息声,很勾魂。那时,夜风吹来,带来海的声音,像在演奏着世界上最美妙的乐曲。

若海猛地抱起聂倩,把聂倩扔到在只能淹没脚掌的海水里,又扑向聂倩，把她压倒在自己的身下。聂倩夸张地大叫："啊——你不会在这里……吧？"

若海用手去扯她的裤头回答了她的问话。

聂倩咯咯地笑，把嘴唇凑到若海的耳朵边，轻轻地咬了一下，说道："你不怕海浪来把我俩都冲走啦？"若海仍旧没有回答她，但他喜欢聂倩这样调皮的问话，这样的动作和问话激起了他内心如洪荒的兽欲……

那轮残月将柔和的夜色轻轻地洒在海面上，海水轻轻地荡漾着他俩赤裸的身躯，不知趣的夜风带走了他俩在海水里激情的喘息声……

那时，天很静，海很静，世界很静。

这样的感觉太爽了！彻头彻尾的爽！刻骨铭心的爽！

累了，若海躺在海水里，海水轻轻地荡漾着他有些筋疲力尽的身躯，他感觉自己全身心地躺在这无尽的海面上，像躺在海的摇篮里，听着一个关于海的传说。而怀里正轻轻抚摸着他胸膛的聂倩，就像是海的女儿……

这时，若海真想对聂倩说出他心里埋藏了许久的话："干脆，你嫁给我吧。我们天天在一起！"若海是真心想娶这个女人为妻，他甚至觉得，这辈子能娶到她是他三生修来的福分……

很多时候，若海真想放弃现在一切，来到海边，像现在这样，拥着自己的情人，一辈子安静地守在海边，那样多好！

可是，他做不到！

若海是A城金百万的儿子，是一个地地道道的富二代。

"金百万"是A城著名的企业家。"金百万"是A城的人们对若海父亲的称呼，至于他真名叫什么，倒很少有人记得了——当然，若海是记得父亲"金碧辉"的名字！

"金百万"是二十世纪九十年代初大家对他的称呼。那时，繁华的A城人均年收入不过两千元左右，对于现在来说的区区"一万元"都还是可望而不可即的数字。而金百万呢，靠着自己的能力在全国做起了生意，什么赚钱就做什么！也许是金碧辉天生异才，是一个做生意的料，短短三四年，就拥有了百万的资产。后来，也就是九十年代中期，金碧辉成立了一个公司，公司名字干脆就豪气地叫"金百万有限公司"。金百万有限公司发展到现在，已经形成靠加工与出口有色金属于一体的公司，其实体资产已经超过五千万了。

2006年，金百万公司上市。公司一上市，其资产直逼一个亿。

若海——金若海是金百万唯一的儿子，从小就被父亲当接班人来培养，在学习和生活上严加管束。若海也很争气，去年从美国著名的宾夕法尼亚大学商业管理系研究生毕业。回到国内，一直帮助父亲管理公司。

工作很累的时候，若海便会向老爹请假，到大海边来玩耍。只有到了大海边，若海才有机会得到一次全身心的放松。

这一次，若海来到大海边已经是第四天了，他是偷偷带着聂倩出来的。

聂倩是若海上次从美国回国的飞机上认识的。他与她邻座——虽然若海是富二代，完全可以坐豪华舒适的商务舱，但他仍旧坚持坐经济舱。一见到聂倩，若海就被她的美丽所惊叹。若海忍不住问聂倩："你也是飞北京的？"若海一说完就为自己这句愚蠢的话而感到好笑，聂倩也白了他一眼。但若海并不死心，又自我打趣地说："肯定是到北京的，我猜对了没有？"也许是经不住若海的再三搭讪，也许是从美国到北京一路上近十五个小时旅程的寂寞，二人逐渐说笑在一起，度过了一段非常愉快的旅程。

飞机在北京机场成功落地，若海和聂倩有说有笑地走出机场，一辆豪华的保时捷轿车停在二人面前，驾驶员迅速走下车来，接过若海手里的行李箱，随口说道："总经理，你辛苦了！"把一旁的聂倩惊呆在原地。若海上车坐在后排，摇下窗子，冲聂倩说："要不，我搭你一程？"聂倩这才醒悟过来，但仍旧小心翼翼地上了车，坐在若海身边。坐下后，聂倩的身子就开始有意无意地朝若海身上靠……

聂倩风姿绰约，几乎是若海梦中情人的形象。那一次，若海刚好要办些事，要在北京待三天。约定了似的，聂倩也没有回到杭州的老家。那三天，聂倩就跟若海在一起，二人像情侣似的，第二天晚上就住在了一起……

对于这个从天而降的美人儿聂倩，若海除了满足还是满足！若海第一次激动地进入聂倩的身体时，他情不自禁地喃喃地叫着："小倩，小倩。"当叫完这个名字的时候，若海的脑海里猛地闪过一个信号："小倩，聂小倩，那不是电影《倩女幽魂》里那个美貌女鬼吗？"但是，这个信号只在若海的脑海里闪了一下，聂倩迷人而充满火热的肉体让若海感到无尽的满足和幸福。后来，若海甚至想，即使真的被像《聊斋》里的女鬼那样被迷住，他也甘愿。

但有一点，若海清醒地认识到，聂倩是不会被父亲接受的。金百万一直希望自己的儿子能找一个门当户对的人！什么是门当户对？若海比谁都清楚，要么是像自家那样富有的人，要么就是官宦之家。而聂倩，不过是杭州一个小县城里一位普通人家的孩子，倒也是大学毕业，却是国内名不见经传的大学。她告诉若海，她一直想当一个电影明星。而传统的父亲一直是鄙视电影明星的，称他们为"戏子"。

若海沉迷于聂倩的美色，他真希望能天天陪伴在聂倩身边。但是，父亲是强势的！他不敢把她带回家。好在聂倩并没有这方面的要求，只是在短短的一个月时间里，向他要了两回钱：第一次说是看上一个LV包，要十万元；第二次说是看上了一辆车，要二十五万。若海都满足了她。若海觉得，在自己心爱的女人面前，不能给她婚姻，那就在物质上尽量满足她吧！谁叫他如此喜欢她呢？

……

突然，沙滩的远方跑来一个人，她边跑边朝这边挥舞，一不小心摔了一个跟斗，但很快又站起身来向前奔跑，不料又摔了一个跟斗……

"扑哧，"旁边的聂倩笑了，把她好看的脸蛋转向若海，说："那人像被鬼赶似的，你看她摔得多滑稽！"聂倩这么一说，若海也觉得好笑，忍不住也"嘿嘿"地笑了两声。

那人边向这边跑边喊着什么，因为远，或者因为海风，若海没有听清楚，他甚至以为与她素不相识，与他一点关系都没有。

近了，若海这才看清，那人居然是公司的主管会计程萌萌。不知咋的，若海的心里突然不寻常地"咯噔"了一下：她不在公司好好地待着，跑这里来干什么？

2

若海也是后来才弄明白"全球金融危机"是怎么一回事。

所谓全球金融危机，又称世界金融危机、次贷危机、信用危机，是指全球金融资产和金融机构或金融市场的危机。具体表现为全球金融资产价格大幅下跌，金融机构倒闭、濒临倒闭，或某个金融市场如股市或债市暴跌等。比如这一次，2008年9月15日由美国次贷危机爆发并引发全球经济危机的金融危机。

那天，若海看见公司主管会计程萌萌连滚带爬地跑到他的面前。程萌萌的头发凌乱地爬在额头和脸上，不知是被海风吹的还是刚才摔的。程萌萌二十四五岁的年龄。若海见识过程萌萌业务的能力，确实很熟练。要不，也不可能来到公司短短两年的时间，就爬升到主管会计的位置上。

其间发生了一个小插曲：当聂倩看清程萌萌是奔着他俩来的时候，她的小手把若海的胳膊紧紧地抓住，抓得若海生疼。若海扭头看去，只见聂倩很是紧张，紧张得浑身有些发抖，双眼直直地盯着奔向他俩的程萌萌。那乖巧的小鼻梁上也冒出一滴豆大的汗珠。

"你怎么啦？"若海奇怪地问道。

聂倩浑身轻轻颤抖了一下，颤着声音问："她是你的老婆吗？"

"哈哈……"若海明白聂倩紧张是怎么一回事儿了！原来，她把自己当作"小三"了！她以为奔跑而来的是若海的老婆，是来捉奸的！

她怎么会有这样的想法？若海为聂倩居然有这样的想法而感到好笑。是的，他俩认识一个月了，她只知道他是公司的总经理，关于他的家庭、婚姻等，她没问，他也没有告诉她。难道，聂倩早就以为他已有妻室仍旧与他"鬼混"？她怎么能这样想？难道她就不想当他的老婆？若海真想打趣地对她说一声："如果我真有老婆，那就是你了！"但是，那话最终没有说出口来。

若海把目光投向程萌萌，她奔跑而来的样子，真的很像来捉奸的，难怪聂倩会这样想。若海的心里又是一阵好笑。

乖巧的聂倩已从若海的眼里看出奔来的不是他的老婆，悬着的心这才放了下来，把脑袋依靠在若海的肩膀上，小嘴儿嘟了一下，说："你看她奔跑而来的样子，真的像是……像是来捉……捉我们的。"

看着奔跑而来的程萌萌，若海突然奇怪地想："刚才，程萌萌是冲着我们奔来的，在那么远的地方，她居然就看见了他？！她的眼睛居然这么厉害！"这样一想，若海便朝她的眼睛看去，她确实有一双清澈透亮的大眼睛。

若海抱着胸看着程萌萌。程萌萌站在他的面前大声地喘气，而又急于地想要说出话来，胸部剧烈地起伏着……那一刻，若海还奇怪地想："以前怎么没发现呢？这家伙的胸还是挺大的嘛。"想到这里，他扭头看了一眼聂倩，聂倩知道他心思似的，把自己的胸朝前挺了挺。

程萌萌的气终于顺过来了，她着急地朝若海问道："你怎么啦？总裁从昨晚一直打你的电话，一直无法接通，总裁都快要急疯了！"

"电话？"若海看了一眼身边的聂倩，他这才想起，昨晚他和聂倩在海水里"疯狂"时，他俩的手机都放在衣服里被海水给浸泡坏了。本打算今天重新去买一个的，但和聂倩在一起的时光多么美妙啊，美妙得让他忘了买手机的事儿。

"怎么啦？"若海忙问道。父亲一直给他打电话，打不通又派主管会计来找他，这在以前是从来没有过的事儿。看着面前因为找他而面容不整的程萌萌，若海的心突然隐隐不安起来。

程萌萌的嘴动了动，却没有说话，把目光落在若海旁边的聂倩身上。聂倩注意到了程萌萌的目光，挑了程萌萌一眼，把目光骄傲地扭向一边，不屑似的，手仍紧紧地挽着若海的手臂。

若海只得拍了拍聂倩的小手，轻声地说道："你先避一下，我跟主管会计有点事儿要说。"聂倩不满地看了若海一眼，身子好看地扭了扭，但看到若海的眼神，小嘴儿轻轻地翘了一下，扭过身走到了一旁。

"到底发生了什么事儿？"看着聂倩走远，若海忙回过头来着急地盯着程萌萌问道。

"金总，咱们的公司亏空了！"

"什么？"若海两眼圆圆地盯着程萌萌，不相信自己的耳朵。

程萌萌也可怜兮兮地盯着若海，说道："真的，咱们公司的股票在一夜之间全亏空了！把我们整个公司都亏空了！"

"到底怎么回事？"若海几乎是冲着程萌萌吼叫道。

程萌萌看着他，说道："金融风暴，全球金融风暴！"

若海仍旧不相信地盯着程萌萌，脑子里像有千万只蜜蜂在里面飞舞，嗡嗡的，乱乱的。谁都知道，他家是A城著名的"金百万公司"呀！全部资产加起来有一个亿呀！怎么可能一夜之间就亏空了？

怎么可能？

怎么可能！

程萌萌像早就知道若海不会相信她的话似的，摸出手机，"嘟嘟嘟"地按起号码来。若海呆了似的看着程萌萌拨通父亲的手机号。不错，是父亲的手机号，这个他比谁都清楚。

电话接通了，父亲的声音传了过来："喂——"是父亲的声音，没错。可又不像是他的声音。在若海的记忆里，父亲的声音一直都是洪亮有力的，现在却如此苍老而无力，像一个年迈的老人。若海握电话的手猛地哆嗦个不停。

"爸爸，"若海的声音有些颤抖不已，他无法控制自己的声音，"是我。"

若海以为电话里一定会传来父亲的咆哮声，父亲可是一天一夜着急地打电话给他呀。但是，电话里却突然什么声音也没有，若海以为手机断线了，拿起手机一看，还连通着呢。他又忙把手机放在耳边，正要说话，那边却传来父亲长长的一声叹息，说："回来吧，回来再说。"说完，又是一声叹息，断了电话。

看来，刚才程萌萌告诉他的话是真的了。拿着电话，若海一时不知身处何时何地。程萌萌伸手来拿电话，若海也没有察觉。

好一会儿，若海这才回过神来，忙向程萌萌问道："到底是怎么一回事儿？"

关于这个问题，程萌萌之前已经解释过了。程萌萌看了若海一眼，又看了看远处的聂倩，嘴动了动，却把要说的话又吞回进肚子里去了。后来，程萌萌告诉若海，她当时想要说的话满是醋意："真是美人在怀，醉生梦死，你还关心其他事干什么？"

"你倒是说话呀！"若海更加着急了，他甚至想狠狠地扇程萌萌一个耳光。

程萌萌看到若海眼里的恼怒，忙说道："刚才告诉你了，是全球金融危机，由美国的次贷危机而引起的。"

对于程萌萌的解释，若海仍旧流露出不相信的眼神。确切地说，这一次的全球金融危机，若海是有所警觉的，甚至是做出过反应的。去年即2007年2月13日美国新世纪金融公司（New Century Finance）发出2006年第四季度盈利预警。从而导致新世纪金融、美国住房抵押贷款投资公司等纷纷申请破产保护。但是，8月10日始，欧洲央行出手干预，世界各地央行48小时内注资超3262亿美元救市，美联储也多次向金融系统注资……在若海看来，美国的次贷危机已基本得到控制，现在怎么又突然爆发了呢？美国是个多么强大的国家呀，它怎么就引爆了全球金融危机？从而殃及显赫一时的"金百万公司"了呢？

"公司目前的账户上已全部亏空，公司已经是一个空架子了……"程萌萌正说着话，突然被若海的一个狠厉的眼神给吓得后退两步。

若海的眼睛里布满了血丝，他狠狠地盯着程萌萌，突然觉得眼前的这个女人骤地变得很陌生，十分的陌生，像从来没有见过面似的，她一定是一个大骗子，地地道道的大骗子！专程到这里来骗他的！

"你谁呀你？"若海莫名其妙地说出这句话来，缓缓地转身，朝着岸边的酒店走去。

"喂——你怎么丢下我了？"背后传来聂倩娇声娇气的声音。

若海没有回头，仍旧迈着沉重的步子向前走。

聂倩扭动着腰姿追上若海，扯了一下他的衣襟："我说话呢，你没听见吗？"

若海猛地转头，血红的眼睛盯着聂倩，差点把聂倩吓得跌坐在地。聂倩转头看了一眼程萌萌，嘴张了张，估计是想问问她若海他这是怎么啦？但见到程萌萌也满脸愁容地盯着若海的背影，也就没有再说话。

回到酒店，若海突然感觉自己散了架似的趴倒在酒店的大床上，脑子里一片空白，浑身一丁点力气也没有……那一刻，他甚至想让时间就此停止，或者，让自己长眠，一觉不醒！

不知过了多久，房门轻轻地响了两下，接着门被推开。若海瞥了一眼，程萌萌和聂倩都站在门口，有些不知所措地看着他。若海的脑海突然浮响起父亲那带着无尽叹息的苍老而无力的话语："回来吧，回来再说。"

是啊，这个时候——在这个家遭受"灭顶之灾"的困难时候，他应该与父母在一起！他是父母唯一的儿子，父母才六十来岁，虽说已到花甲的年龄，但在若海的印象里，父亲的骨子里是充满着年轻而活力的。但是，从刚才父亲的话语里，他的父亲是多么苍老呀，苍老得让他不敢相信！现在，他是家里的顶梁柱！他不能垮，他要垮了，这个家就真的垮了！想到这里，若海的身体像突然注入了一股力量，猛地翻身爬起，迅速收拾起东西来。

聂倩慢腾腾地走了过去，嘟着小嘴儿说："不是说好了后天才回去的吗？"

若海看了看聂倩，她嘟起小嘴儿装可怜的样子真是好看。若海走上前去，拍了拍聂倩的小脸蛋儿，说："公司出了点状况，我得赶回去！"

说完这话，若海把目光扭向旁边的程萌萌。他担心程萌萌刚才已经把公司亏空的消息告诉了聂倩。要是告诉她了，聂倩还会跟他好吗？他不知道。但是，当若海的目光落在程萌萌身上时，程萌萌却将目光移开了。

再看聂倩，她的小嘴儿嘟得更高了，拿她那双好看的大眼睛幽怨地盯着他。若海一直很喜欢她这样的动作，但现在的他已经顾不上了。

在前台结账的时候，发生了一件尴尬的事儿。

若海摸出银联卡去刷卡交费。三天的时间，他俩居然消费了六千多元。但是，让若海没有想到的事儿发生了，那张银联卡居然被冻结了！若海的心剧烈地颤抖了好几下，这是一张金卡呀！它都被冻结了，他钱包里的其他卡也一定会被冻结！他家的公司因为金融风暴确实已经完全亏空了。

若海数了数钱包里的钱，只有三千元，还差三千多元。他把求救的目光望向聂倩，短短的一个月时间，他给了她三十五万元，现在他有难，卡取不出钱来，他希望她能拿出钱来，把这三天在酒店的消费补上。

但是，聂倩却把目光扭向了一边。若海伸出手想要去拉拉她。聂倩像知道似的，若海的手还没有伸出来，她已经自顾自地走出了酒店。若海伸出的手愣在空中……若海第一次有些不知所措。

最后，还是程萌萌摸出自己的银联卡，补交了酒店的消费。

3

天色渐晚，海水开始涨潮，远处传来"隆隆"的声响，不知是来自远处的天还是来自远处的海，像闷雷，像海啸。正如此刻若海的心情。

若海驾驶着车向A城驶去。这是一辆豪华的保时捷轿车。是若海的私座，若海从美国毕业后回到公司任总经理一职时，父亲就花了一百万给他买了这辆车。百万——又是百万！若海不知道被称为"金百万"的父亲花一百万给他买这辆车有没有什么特殊的意义，但是，这辆车确实给他带来身份的象征。比如，他就靠着这辆车征服了聂倩。

聂倩没有跟他一起离开。若海离开酒店的时候，聂倩在不远处等他，他朝聂倩叫了一声："我捎你回去吧？"聂倩望着他，嘟了一下嘴，说："不！我还没有玩够呢！"这时的若海想告诉她说"那你好好玩，玩够了就回去"，或者礼貌地说"那我先走了"等等。但是，若海的嘴张了张，却没有说出一句话来。他的心情乱着呢！他一埋头，心情极是失落地打开了车门钻进了驾驶室。

车刚刚点着火，车后排的门突然被打开。若海一个激灵，以为聂倩回来了，他猛地回头看去，只见程萌萌正在往里钻。程萌萌瞥了他一眼，没有说话，直接钻了进来。若海一踩油门，车飞快地向前驶去。

回到A城，已是深夜十二点了。繁华的霓虹灯像往常一样迷惑地闪烁着，街上仍旧车来车往……这一切在若海的眼里是那样的平常，但又不平常。他父亲的公司亏空了，他已不再是以前的那个富二代了。他看了一眼后排座位上睡得沉沉的程萌萌，鸣了一下喇叭，提高声音叫道："程会计，我送你回家吧。"

　　若海是真心诚意说这话的。虽说A城离海边只有三四百公里的路程，但程萌萌是坐着长途客车来的，来到海边后，又满海滩地找他，早就累得筋疲力尽的。回来的路上，她躺在后排的座位上睡得沉沉的。他对程萌萌是心存感激的。要不是她，他还不知道公司目前的状况，还不知道父母目前面临的困境。只是，真不知道程萌萌住在哪里，是自己有屋还是住出租屋。否则，他一定会开车把她送到家门口。

　　程萌萌听见若海的叫声，猛地坐起来，揉了一下眼睛，自问自答地说道："到了？到了呀！"双眼朝车窗外看去，等确定是真的到了A城，立即说道："不用了，我自己回家。"边说边去开门，若海忙踩了刹车，停靠在路边。

　　若海张嘴正在说话，程萌萌像知道他要说什么似的，忙说："你赶紧回家吧，总裁还等着你呢！"

　　打开车门，程萌萌的一只脚已经跨了出去，突然又想起什么似的说道："回家好好劝劝总裁吧。公司走到今天，我们所有员工都很难受！"

　　"谢谢。"若海向程萌萌点了点头。

　　若海的家是位于A城南郊的一幢豪华别墅，价值有四五百万呢。当年，父亲的财产刚刚超过一千万，他就固执地在这里买了一块地皮，修建了这幢别墅。这是父亲最得意的杰作，他曾经说过："等我老了，干不动了，我就在这个别墅里安度晚年。"

　　夜已经很深了，别墅所有的灯却都开着，如同白昼。这让若海有些诧异，以往家里最热闹时也没有这样将灯全部打开的呀，更何况，在他的印象中，父亲一向是坚强的，他总是把自己脆弱的一面掩藏起来。现在，公司亏空了，父亲遭受从没有过的打击，他一定会很消沉。依照父亲的性格，他怎么会让这些明晃晃的灯光照着他颓废的面容？

走进别墅，若海突然感觉一种让他无法抵抗的静，静得让他压抑，让他喘不过气来，以至于他不得不放轻自己的脚步，蹑手蹑脚的，仿佛怕吵醒了什么。

走进屋来，若海这才发现，父母亲都还在客厅里愣愣地坐着，两人的脸上都露出焦虑而痛苦的表情。见到若海，父母两人都抬头看着他，茫然地看着他，像不认识似的。若海从来没有看过父母眼里会射出这样的光芒来……谁又能想到，就在这三四天的时间里，在全球金融风暴的影响下，他家经营了十多年的上亿元公司居然毁于一旦；谁又能想到，短短三四天不见，他的父母好像老了十岁似的，两鬓都斑白成霜。若海的心不禁猛烈地震动了好几下。

"爸爸，妈妈。"若海轻轻地叫了两声，父母这才缓缓地从座位上站了起来，像终于认得这是他俩的儿子似的。

母亲蹒跚着冲上前来，紧紧抓住若海的双手，嘴动了动，却一句话也说不出来。若海把目光投向父亲，站着的父亲背微微驼着，这与以前一直气宇轩昂的他判若两人。若海以为父亲会有好多的话要对他说。但是，父亲却一句话也没说，只用哀伤的眼神看着他。

还在海边时，若海用程萌萌的电话给父亲打电话，父亲在电话里沧桑地说"回来吧，回来再说。"可是，若海回来了，他自己也知道公司和家里的现状，还能有什么好说的？

若海看着大厅里的灯都亮着，轻轻地说道："爸，妈，把灯关了，上楼睡吧。"

若海边说着边欲扶母亲上楼，可是，母亲却固执不动，一双冰凉的手拍在若海的手背上，母亲艰难地叫着若海的小名，说："海娃呀，别关灯，我怕！"

母亲的声音很脆弱，很颤抖，像一只受到惊吓的小猫——不，老猫。若海的心像被谁狠狠地揪了一下，痛得他想大哭一场。但他知道，这个时候，他一定要坚强起来！如果他都垮了，那这个家就真的全垮了。他轻轻地把母亲搂在怀里，拍了拍她的后背，说道："别怕，有我呢。"

就在若海拍着母亲后背的时候，他突然看见父亲的身子轻轻地战栗了两下。若海知道，母亲也说出了父亲心里的话，他也害怕——他也害怕黑！

人在最脆弱的时候，是最怕黑暗的，尤其是黑夜的黑！黑暗给人恐惧，给人沉重，给人孤独，给人压抑……

同时，若海也骤然明白这么深的夜了，为什么家里会把所有的灯都打开的原因了。

若海想对父亲说一些宽慰的话，但是，话到嘴边又吞了回去。父亲总是教导他要做一个真正的男人，他也把父亲当作一个真正的男人。他实在是找不出什么宽慰的话来对他心目中男人榜样的父亲来说。

若海扶母亲在沙发上躺下，又说了一些安慰的话，母亲渐渐闭上了眼睛。父亲却一直睁着眼睛，茫然地盯着墙角……

看着面前的父亲，若海的心里除了难过，心里不知不觉地升起一股让他说不出的滋味来，这种滋味一经发酵，居然是对父亲的责怪！

若海前年从宾夕法尼亚大学商业管理系研究生毕业后，被美国一家大公司看中，他的意愿也是留在美国，但是，父亲却给他打来电话，让他必须回到中国。父亲在电话里强硬地说："我送你到美国读书，就是让你到国际上学到商业管理技术后回国帮我的！你必须回来，公司的总经理位置我给你留着呢。"

总经理的位置是具有强大诱惑性的。听到父亲的话，若海兴奋极了。一毕业就马不停蹄地赶回中国，回到了父亲的公司里。想到既然担任公司总经理，除了父亲，他就是公司里说一不二的人了——再过几年，父亲干不动了，他就是公司的总裁，是一把手。他觉得，他所学到的知识终于有了用武之地。

正在若海坐上总经理职位雄心勃勃准备大显身手时，他才发现，现实远比他想象的要"残酷"——他知道用"残酷"这个词是不正确的，但他当时真是这样想的。

总经理，在若海的眼里就只是一个虚拟的职位，他的权力有时还不及一个部门经理。部门经理手下有人，有实权。总经理虽然管着这些部门经理，他们对他也是敬畏的。但是，若海看得出来，他们的敬畏是因为他是总裁的儿子。如果他不是总裁的儿子，这帮人才不会服他这个刚刚毕业的学生娃，尽管他毕业于世界赫赫有名的美国宾夕法尼亚大学商业管理系。

若海刚刚坐上总经理的位置后不久发生了一件事儿，让若海雄心勃勃的心一下子凉透了。

说到这件事儿，必须得提到一个人，那就是市场部经理胡旭东，此人虽有五十岁的年纪，但还保持着三十岁左右的标准身材，腹部微微隆起，更显出他的帅气。因为他的帅气，加上他平常总是露出一张微笑的面孔，自然而然给人一种亲切感和信任感。

最初，若海到公司后，对胡旭东也是很信任的，但是，他逐渐发现，胡旭东对市场部的管理简直就像是一个低能儿。

若海至今还清晰地记得他参加市场部的那一次会议。会议的主题是安排和部署第四季度的市场营销工作。

会议一开始，胡经理喝了一口茶，这才慢腾腾地说："咱们第三季度的工作任务没有完成呀！"说完，居然笑嘻嘻地环视了整个会场，十多名营销骨干，居然大多都迎着他的目光，有的脸上也笑嘻嘻的，有的面无表情，没有迎着他目光的，低着头不知道在想些什么。

按理说，出现上一季度工作没有完成的情况，部门经理应该查找原因，纠正问题，这才是部门经理应该做的。但是，胡旭东却只字未提，话题一转，说道："下面我们安排第四季度的营销工作任务。"

若海一时愣在原地不知说什么好。让若海没有想到的是接下来发生的事儿。

安排第四季度的营销工作任务，应该是部门经理根据上一季度的营销情况，给市场部的工作人员进行商议，定任务、定目标、压担子。但是，胡旭东却将目光投向工作人员，仍旧笑嘻嘻地说道："你们自己说说——每个人挨个说，你们第四季节的营销目标是什么？"

那一刻，若海的脑海里简直一片空白，他甚至有一种不知身处何时何地的感觉。那些工作人员的发言他一句也没听进去。

市场部是公司的龙头部门，是公司实现产品变成资金、变成利润的主要职能部门。看看，本是一个很严肃的会议，却这样稀里马哈的，在公司还能起到"龙头"的作用吗？

会议结束后，胡旭东居然还让若海作总结讲话。若海的心里也有很多话要说，但突然又觉得自己浑身一点力气也没有，什么话也不想说。

回到家，若海向父亲讲述了他参加这次会议的全过程，将自己心中的不满整个儿地倒向父亲。父亲耐心地听完他的话，突然笑了笑，说道："其实胡经理领导市场部，成绩还是不错的。"

"什么？"若海惊讶地看着父亲，就他这样的人，还不错？

父亲又轻轻地笑了，说："每年的预期目标，市场部在胡经理的带领下还是完成得不错的！"

"是吗？"若海将信将疑。但是，若海从父亲的眼里看到他对胡经理的信任。

第二天，若海就将最近两三年市场部的资料翻出来查看。这一查看不要紧，他又发现了市场部许多的问题。比如，对于一个公司的产品，没有建立和完善营销信息的收集、处理、交流系统，没有对消费者的购买心理和行为进行调查和分析。有的甚至自我臆断，没有对竞争品牌产品的性能、价格、促销等手段进行整理和分析，尤其是对产品广告策划的分析，有些想法很是幼稚……这些，对于市场部经理来说，是有直接责任的。

但是，若海又感到很无奈。他知道，胡旭东经理跟着父亲已经十来年了。公司走到今天，正如俗话说的那样，"没有功劳也有苦劳，没有苦劳也有辛劳"。看得出来，父亲对胡经理是非常信任的。

在若海的眼里，父亲对胡旭东的信任归信任，但他是不能胜任市场部经理职位的！一个市场部经理的好坏，关系到一个公司的核心利益呀！若海曾从侧面向父亲讲述过胡旭东不适合担任市场部经理的问题，他也相信父亲是听懂了他的话，但是，父亲却对他的话并没有引起重视！父亲一直是一个强势的人，所以再后来，若海就懒得再说了。

若海想，再过几年，等他接替了公司总裁的位置，他一定不会让这样的人来担任市场部经理……

然而，他若海没有等到这一天！

公司的股票全部亏空——若海粗略地算了一下，那至少亏空了五千万吧。但公司还有实体呀！公司的实体也得值四五千万吧！若海想问问父亲公司的实体怎么样？但他不敢问，父亲已经被打垮了，估计实体的情况也不见有多好。

公司实体与市场部有关，确切地说，与市场部经理胡旭东有关。像胡旭东这样的人，若海不敢奢望什么。但他相信，如果有一个好的市场部经理，他能对市场的前景做出非常好的预测，也许可以避开这一场风暴……想到这里，若海的脑海猛地划过一个信号：我不是美国宾夕法尼亚大学商业管理系毕业的研究生吗？我怎么就没有预测到呢？

想到这里，若海的心底不由自主地升起一阵愧疚感来！这金融风暴来得太突然了，来得太猛烈了，连他都没有做出一丝准备……

那一晚，若海陪着父母在光亮如昼的大厅里一直坐到天亮。

4

金百万公司主要从事的是铜、铝等有色金属的出口。哪知在短短的两三天时间内，受美国金融风暴的影响，国外有色金属市场现货与期货并存，尤其是有色金属期货衍生金融商品的属性突出，有眼光的投资者在金融风暴爆发的一两天时间里迅速撤离期货市场，从而直接导致包括有色金属期货在内的衍生金融商品价格出现下跌……

如果——若海这样设想，如果当初他没有和情人聂倩去海边，而是守在公司里，他能发现金融风暴来临时的危机吗？他能及时地替公司消除危机吗？若海一会儿想，以他的学识，他一定可以消除的；一会儿又想，这金融风暴来得这么猛烈，怕也是无力回天吧……这样想来想去，若海也没有想出一个所以然来。尤其是想到父亲送他到国外世界名校去读书，而他学成归来却不能为父亲分忧解难，他的心就越来越自责，越来越不是滋味。

若海的自责对他来说是一种折磨！

第二天，若海突然听到一个消息：A城著名的企业家伍春城跳楼自杀了！伍春城是与金百万一起在二十世纪九十年代中期创业成功的企业家，他实在无法相信自己这大半生创造的财富在一夜之间就被金融风暴给弄得全没了，而且一下子还亏欠外债几千万……

伍春城的自杀，给若海的心海如同投下一块巨石。这一天，他一直守在父亲身边。他不敢问父亲公司的账，也不敢去公司，他怕他一走，父亲也会走伍春城那样的路。

第三天一早，在餐桌上喝着稀饭的父亲看着若海突然愣愣地说："公司走到这一步，该咋办呢？咱们现在还是把公司的门关了吧？"

"什么？"若海睁大眼睛看着父亲。父亲确实老了，两鬓斑白的头发很刺眼。若海忙把眼睛移向别处，脑海里突然想起伍春城自杀的事儿来，要是公司申请破产了，父亲赖以生存的支柱就垮了。那样的话，父亲会更加受不了的。

若海立即坚定地说道："不能关！我们一定要撑下去！"

金百万愣愣地看着若海，仿佛今天才认识他似的。良久，金百万轻轻地叹了一口气，说道："海娃呀，我知道蝼蚁尚且偷生，我不会去学伍春城的！只是我确实老了，在这一场风暴中已经心力交瘁……唉——公司你就看着办吧！"

若海的嘴动了动，他想安慰一下父亲，但一时却找不到话。他知道，这一场金融风暴已经将父亲打垮了！现在，他是唯一能够支撑起这个公司的人！

吃过早饭，若海像往常一样开车来到公司。

远远地，若海看见公司门口集聚了一大批人，大家都三五成群地聚在一起交头接耳。若海不用猜也知道，大家是在讨论公司的现状以及自己的命运。

若海的车开到了门口，大家像听到号令一样一下子安静了，所有的目光都齐刷刷地盯着他。看着大家充满期待的目光，若海突然感到浑身充满了力量，有一个信念在支撑着他。

若海走下车来，在大家面前站立，向大家扫视了一眼，此刻，他有许多的话想要对大家说，但不知从什么地方说起，只轻轻地说了一句："大家都回到各自的岗位上，正常上班吧！"

大家仍旧站在原地，仍旧目不转睛地看着他，前排的一人说出了大家的心思："总经理，咱们公司会不会……会不会因此……"

若海知道他要说什么，轻轻地向他摆了摆手，说道："我知道大家的担心！请大家放心，我们金百万公司不会垮！请大家回到自己的岗位上，只要我们团结一心，奋发努力，就一定会渡过这个难关的！"

这时，程萌萌站了出来，说道："总经理已经给我们打了定心针，大家还有什么好担心的，赶紧去上班吧！"

大家这才纷纷散去。程萌萌也准备回到岗位上，若海叫住了她，说："把公司的账拿来给我看看。"

若海看完了账本，心凉透了，虽然有心理准备——他的父亲已经被"打垮"了，但他怎么也没想到，公司在这场金融风暴中居然会亏损这么多！股票的亏损正如他所预料的那样，亏空了五千万！也就是说，金百万公司，已经是一个空壳子了！

但金百万公司的实体资产还是存在的，若海再仔细地查看公司的实体资产运营，这一看不打紧，让他倒吸了一口凉气！

在金融风暴前，公司居然出口了五千多万元的有色金属——这一批货，不仅将整个公司的实体资产都投入进去，而且还有一千万的贷款。哪知这些有色金属刚刚到了国外，金融风暴就来了，原先签订合同收购这一批货的公司一夜之间倒闭，再也无钱购买这一批货，原先的合同也随着公司的倒闭成为一张废纸。现在，那五千多万的货物积压在国外，无人问津。货卖不出去，价格越来越低，仓库保管等费用却在一天一天地增加……

这是怎么回事？"不要把鸡蛋放在一个篮子里"的道理难道不知道吗？市场部都是干什么吃的？若海的脑海里又闪现出一个信号来，他总是感觉这个市场部经理胡旭东会出事儿！但是没想到这一出事儿，就把整个公司给毁了！

若海怒气冲冲地来到市场部，很意外，他没有见到胡经理，市场部的人说，胡经理已经三天没有来上班了。若海一听，心里的火更大了。

也怪胡旭东运气不好，若海怒气冲冲地掏出手机正准备给他打电话，哪知胡旭东居然推开办公室的门走了进来。

一见到胡旭东，若海就气不打一处来，立即冲他吼叫道："你们市场部是干什么吃的？你这个经理是干什么吃的？"

胡旭东无辜地看着若海，眼睛扫视了四周的同事，故作惊讶地问："怎么啦？"

若海逼近一步，问道："你们市场部一个星期前怎么提交一下子出口五千万有色金属的报告？"

这时，胡旭东居然扯着嘴角笑了一下，说："一下子出口五千万？我们只是提交了这个报告，最后批准的不还是你们父子俩吗？你们不批准，我们市场部就无法实施这个方案的呀！是不是？"

这个无耻的家伙！若海真想上前狠狠地朝着他的嘴脸就是一耳光。若海气急败坏地吼道："你提交的这个报告我怎么不知道？"

"那些天你不是生病了吗？"胡旭东歪着脑袋回答。

是的，胡旭东说的是一个事实。那些天若海确实生病了，病刚刚好点，他就带着情人聂倩到海边散心去了！要是他在，看到这份报告，他是无论如何也不会批复这个方案的！

若海抖着那份方案，说道："那段时间，国内有色金属一下子降价百分之十，你们市场部难道就没有分析分析，这里面就没有什么问题？人家早就嗅到了金融风暴的味道，这才降价出手的！你们倒好，全给拿过来，将所有风险都接过来了！你们是不是猪？"

"你骂谁是猪？"胡旭东突然将声音提高了八度，"我是你叔叔辈！是跟着你父亲一起打江山的人，我在公司这么多年，你爸也不敢这样骂我，你一个晚辈这样骂，有教养吗？你还是海归呢，这难道就是海归的素质吗？"

胡旭东这一招厉害，不仅将若海的话化于无形，而且带着强烈的攻击性，一下子将若海攻击得不知所措。

胡旭东这下像抓住了理似的，逼近一步，说道："做得好是你们的功劳，做得不好就是我们底下人的错！你们开公司也不能这样不讲理是不？"

若海有满肚子的话想说，却一句也说不出来，只觉得满肚子的怒火在燃烧……

"别以为我不知道？"胡旭东像个怨妇似的叨叨道，"金百万一直在防范着我。他把我作为市场部经理的大部分权力都收了回去！我在这里干这个市场部的经理，就像被那个老头子用绳子捆着干似的，我有手脚也施展不开……"

"……"若海指着胡旭东，气得说不出一个字来。

胡旭东一把拂开若海的手指，直逼着若海说："我还是那句话，这份报告你们俩爷子不批，这个方案就不可能实施！这能怪谁呢？"说到这里，胡旭东又从鼻孔里"哼哼"两声，不屑地白了若海一眼，说道："我知道你对我有意见——从你到公司担任总经理以来就对我有意见。现在有意见又能怎么样呢？昨天我就向你家老爷子提出辞职了，在你家干，真没意思？"

"你，你……"若海的嘴剧烈地哆嗦着。

两人的争吵引来越来越多的人，大家都站在那里看热闹。胡旭东更加来劲了，朝激动的若海又翻了一下白眼，说："我，我怎么啦？难道你还想打我不成？"

若海真想伸手狠狠地朝他嘴脸就是一拳！这时，一个人拉了拉他的胳膊，扭头一看，是程萌萌。程萌萌小声地说："算了，别跟他扯了。"

若海控制住自己的冲动，对胡旭东说："既然你辞职了，就请你迅速收拾好自己的东西，离开公司。"

"谁稀罕待似的。"胡旭东撇了一下嘴，突然又冲围观的人说，"都散了吧……"说完嘿嘿地笑了两声。胡旭东的那句"散了吧"的话再加上他的两声"嘿嘿"，其意思大家都听明白了，就是让大家离开公司，另找出路。但是，他的话又挑不出理来。

这个老狐狸！若海在心里狠狠地叫了一声，跟着也朝大家挥挥手，说："散了吧。"若海这话也包含了两层意思：一是大家不要看热闹；二是如果有像胡旭东一样要离开的就离开！若海说完这话，感觉心里窝囊极了。

回到办公室，一转身，程萌萌居然也跟了进来。若海抬头问道："还有什么事儿吗？"程萌萌说："总经理你别生气，为他，不值得！其实他在公司里，公司员工都不怎么待见他，连他们市场部的人都不喜欢他！"

"可是，为什么会让他担任市场部的经理呢？"若海说，"也不知道我父亲是怎么想的？"

程萌萌的嘴动了动，最后却将话吞进了肚子里。程萌萌的这个动作引起了若海的注意，看来她知道一些内情，忙问道："你有什么话就告诉我吧。"

看到若海真诚的眼神，程萌萌这才说道："听说他是蒋淑红的表哥。"

"谁？"若海睁大眼睛问。

程萌萌瞅了若海一眼，说道："蒋淑红，就是红云房地产公司的董事长。"

5

接下来的半个月时间，若海到现在都无法想象，那短短的半个月，他是怎么熬过来的。

首先，若海想到的是尽快将积压在国外的货处理掉。这些有色金属长期积压在国外也不是一个办法！并且，价格已经降至进货价的三分之二，亏损额已达一千多万。还呈继续下降的趋势。

其实，之前金百万也想过很多办法，去找以前合作过的公司，但是面对这场金融风暴，面对如此数量巨大的货物，谁也不敢再接。金百万是知道的，这批在国外的货虽然名义上价值四五千万，但没人要，放在那里就是一堆破铜烂铁，而且还要仓库保管费等，它们会被时间拖得连本钱都将彻底亏损。

若海却不这样认为，他想，如果把这批货想方设法地卖出去，可以在一定程度上填补股票亏损带来的公司漏洞，这样一来，公司就可以维持着。虽然艰难，但公司总算还在，只要公司在，就会有希望！若海是这样想的，但做起来却困难重重。

若海虽然是公司总经理，但毕竟任职时间太短，对于国外市场并不是太熟悉。若海甚至给自己在美国读书时的各国同学打电话，推销这批货，但仍旧没有任何作用。

若海又组织市场部的人员开会讨论，但开会两三天了，市场部的工作人员都没有提出任何有建设性的意见——这也在若海的意料之中，要是有建设性的意见，早就提出来了。再加上整个公司只是一个空壳子似的运转，大家都人心惶惶的。

紧接着，铜矿厂的许老板来了。许老板眉头紧锁、满脸严肃地走进办公室，他定定地盯着若海，问道："我说金总经理，你父亲不在吗？"

若海还没来得及回答，许老板的身子又朝前倾了倾，说道："他该不会躲起来不见我吧？"

若海已经知道许老板到这里来的意图了。积压在国外的有色金属，其中有两千万的货是从他手里买来的。他是拿着合同来追讨剩下一千万货款的。可是，现在货积压在国外，公司的账户上空空如也，到哪儿去找钱给他？

"没有。我爸这些天不舒服，在家休养。"若海说。

许老板的身子又朝前凑了凑，问道："现在你们这个公司你能做主吗？"

若海一时不知该如何回答，但还是轻轻地点了点头。

"那好。"许老板边说边摸出合同，说道，"今天你就把货款给我结清了吧。"

若海瞟了一眼他的合同，喉结动了动，像吞下一个难以下咽的东西，说道："许叔叔，你知道的，现在金融风暴，我们的货全积压在国外，我们现在是真没有钱给你呀！"

"什么？"许老板半站了起来，两眼冒出的火像要将若海烧得体无全肤，"你再说一遍？"

若海只得从凳子上站起身来，说道："许叔叔，你先坐下，听我慢慢说。"

许老板并没有坐下来，他仍旧狠狠地盯着若海，说道："我不管，今天无论如何也得让我把款项给带走，否则我就不走了。"

若海正要说什么，许老板又说："别跟我说什么金融危机！我他妈也是金融危机的受害者！最近这段时间，我的生意也难做得很，一单生意也没做成。好些货款都追不回来！你不能把你们的损失强加在我的身上。我手下也有五十几口人，都是上有老下有小的，他们也等我拿钱回去买米下锅呢！"

"许叔叔，你说得对。但我们公司现在这个情况你也是看见的，真的没钱给你们呀！"若海说到这里，顿了一下，又继续说道，"要不，我把货退还给你！按原价……原价的八成也行！"

"你想得美！"许老板自然不会接这个烫手山芋。

许老板看着若海，突然站起身来，双腿往地下就是一跪，一下子就换成了哭腔："金总呀，你就把余款给我吧。我们给你的货，也是赊的呀，我们差人家上千万的货款，他们天天都来追着我要，我也没有办法呀！求求你了！你们是一个大公司，就不要差我们小公司的钱了嘛……"

若海手脚无措地上前去扶许老板，嘴里说道："许叔叔，你这样我怎么受得起呢？"许老板固执地仍旧跪在地上，眼巴巴地看着若海。若海有些慌了，面对这样的情况，他真有些不知所措。许老板好歹也算是一个公司老板，他怎么能这样？

这时，门外传来高跟鞋的声音。看来是有人朝这边走来。若海忙小声地说道："许叔叔，快起来，等会儿有人来看见了不好。"

许老板听到这句话，愣了一下，估计他也明白要是真被人看见了确实不好。他毕竟是一个公司的老板，要是看见他居然跪在一个晚辈面前，再一传出去，多没面子！这可是一千万也买不回来的呀！许老板忙站了起来。

许老板刚站起身来，突然就听见办公室的门轻轻地敲了两下，若海望了许老板一眼，朝门口叫道："进来吧。"

门被推开，程萌萌走了进来。程萌萌是来给若海汇报公司账目的。

一个公司的账本是绝密级的，这是不能被外人看见的。程萌萌见许老板在，嘴动了动，欲言又止。若海知道程萌萌担心的是什么，说道："许老板也不是外人，你有什么就说吧。"

程萌萌仍旧有些迟疑地说道："金总，这是我们整个公司的账目。"边说边把一直在胸前抱着的账本轻轻地放在若海面前。若海的目光不自觉地瞟了一眼许老板，并没有伸手去翻账本，而是对程萌萌说道："你就直接告诉我，目前咱们公司亏空了多少钱？"

程萌萌惊讶地盯了一眼若海，又盯了一眼许老板，最后目光落在若海身上，仍旧没有开口说话。

"我都说了，许老板不是外人。你就直说吧。"若海再一次说道。

程萌萌这才说道："咱们公司目前还欠外债四千七百多万。"

若海虽然有心理准备，但一听程萌萌说完，仿佛也被雷击了似的愣住了。一个拥有上亿资产的公司不仅亏空，还欠下了四千七百万的债务——虽然国外还有五千万的货，但货价不断下滑，堆在仓库里，很快就会成为一堆废铜烂铁……

听完程萌萌的话，许老板却有些激动，他几乎是跳起来冲到办公室前，一把抓过账本，手指飞快地在账本上翻动，把纸翻得哗哗直响……

程萌萌见了，欲上前去制止，这毕竟是公司绝密级的东西。这本账本在她的心里也是神圣的，那上面，凝聚的是她的心血。除了她，只有总裁和总经理翻过，现在却被一个外人这样肆无忌惮地翻，程萌萌的心里别提多别扭了。但她还没上前就被若海制止住了。

好一会儿，许老板这才翻完账本，又把账本的正面和反面来回看了好几下，目光却狠狠地向若海和程萌萌瞪了过来，说道："我说你俩是不是在给我演戏呢？"

"怎么可能？"若海说道，"我叫程会计拿账本到办公室来时，并不知道你要来！是不？"

旁边的程萌萌不满地叽咕了一句："谁稀罕给你演戏似的？"说完还白了许老板一眼。

听了若海和程萌萌的话，许老板认真地瞥了他俩一眼，像在审视他俩的话是否是真话。接着，又把账本拿起来里外看了一下，接着"啪"的一声又丢回到桌子上，却不说话，拿眼睛扫视了一下整个办公室，嘴里喃喃自语般地说了两句话。

若海和程萌萌都没有听清许老板的话，两人对视了一下，又把目光盯在许老板身上，同时竖起耳朵，想听明白他到底在说些什么？但许老板却没有再说话，转身拖着沉重的步子向门口走去。

"许老板，等我凑到钱，我一定把钱还你！"若海朝着许老板的背影说道。

许老板一愣，惊喜地扭过头来，但很快，他眼里惊喜的目光又迅速暗淡下去了。什么话也没说，转身朝着门口走去，脚步有些沉重。

门外突然"哗啦"一声响，也不知道是许老板绊倒了垃圾桶还是他踢了垃圾堆一脚，若海和程萌萌默默地对望了一眼。

许老板算是非常客气的了！其他来要账的，都带着威胁的口气，有的带着黑社会分子来，有一个甚至把一把尖刀插在了若海的办公桌上……

还有一个来要账的，那就是银行。银行得知金百万公司面临着破产的危险后，纷纷来到公司找到若海。他们来要账倒是彬彬有礼，在得知公司确实拿不出钱来后，便说要到法院去申请冻结公司的所有账目——如果这样，公司就宣布破产了！若海知道，他们是说得出做得到的。

而这，恰恰是若海所不愿意的，他还想为此努力一下！父亲辛辛苦苦创办了十多年的公司，却在一夜之间亏空了！这事儿搁谁身上，谁都不心甘呀！！

若海把所有的希望都寄托在国外五千万的那批货上，即使亏上两千万，还有三千万，还了部分欠款，公司还可以撑一撑，只要金百万公司在，只要运营得当，两三年就可以赚回来的，若海相信他有这个能力。

但是，若海把所有的劲儿都使上了，那批货仍旧无人问津，静静地躺在国外。并且，像拉了一条长长的线似的，把若海的心拉得生痛！

血淋淋的那种痛！

有句话叫"屋漏偏逢连阴雨"，这话用来形容金百万公司，可算是再恰当不过了。

这天下午，若海突然接到一个电话，电话接通，若海这才知道是在国外看管有色金属的保管员打的。保管员在电话里火急火燎地说："金总经理，金总经理，仓库着火了！"

"什么仓库？"若海骤地感觉头上像炸响了一声雷似的。

"就是89号仓库啊！"保管员说。

"89号仓库？"若海的脑海里猛地闪过一个信号：那个仓库里可放着两千万的货物呢！

若海冲电话里叫道："到底是怎么一回事？"

电话里"嗯嗯"了两声，这才说道："我就拉了一根电线煮方便面吃，哪知电线短路引起了火灾！"

"你们是干什么吃的？怎么这么不小心？"若海感觉自己浑身都像着了火似的。

保管员支吾着说："上月你又没给我发工资，我只有买方便面来煮了……"

等若海火急火燎地赶到国外，那两位看管仓库的保管员已经不知所踪！看来他俩已经"跑路"了。这次火灾造成的损失是他俩一辈子也有可能赔偿不了的。

虽然仓库只烧了一小半就被控制住了，但这一次火灾却造成了严重的损失。仓库里放着的都是铜、铝等有色金属。直接被火烧过的有色金属表层要么被烧黑，要么与火发生了化学反应。没有被火烧过的，也蒙上了一层黑色的灰烬，很难看。再加上有色金属受金融风暴的影响价格下滑，仓库里原本两千万的货物初步估值只有一千万了！

若海一到国外，立即就被仓库的管理者拉住了，要他赔偿仓库被烧的损失！这个时候，若海到哪里找钱去赔偿？在国外，要是仓库被烧的事儿得不到处理，他将有可能会被警察带走，会遭到起诉！那样的话，国内的公司怎么办？这个时候怎么少得了他呢！

最后，若海在征得父亲金百万的同意后，将那两千万的货物以八百万的超低价处理掉了！赔偿完仓库的损失，若海揣着剩下的两百多万回到国内。

若海只觉得，他所有的希望都像肥皂泡一样破灭了！他感到很累，累得自己快要虚脱了！

6

回到国内已经是晚上了。A城华灯初上，一片柔和，那金黄的路灯，让人感到暖昧。不知咋的，若海的脑海里突然想起了聂倩。与聂倩分开已经二十来天了，也不知道她现在怎么样？这段时间因为公司的事务，他也没有给她打个电话。当然，她也没有打电话过来问候他。想到这里，若海摸出了手机，拨通了聂倩的电话。

哪知手机里却传来："你所拨打的电话已关机，请稍后再拨。"

若海叹了一口气，放下了电话，眼前却不断浮现聂倩靓丽的身影。是的，聂倩真像一个让他着迷的妖精——他曾爱昵地称呼她为"我的小妖精"，她也欣然地接受了。

路边，一座酒吧里飘来王力宏婉转的歌声："你的眼神充满美丽，带走我的心跳，你的温柔如此靠近，带走我的心跳……"

这是一家叫作"唐朝酒吧"的酒吧。以前没事的时候，若海喜欢独自来这里坐坐，喝着啤酒，听着音乐，倒也是非常的惬意。与聂倩认识后，他曾想着与她一起来这里坐坐，那也应该非常甜蜜的吧！但是，他还没来得及体会这种感觉，他家的公司就亏空了。

若海在路边停了车，一个小弟跑过来指挥他把车倒进车位，又殷勤地给他打开车门……自从公司亏空后，若海一直遭受着白眼，没想到在这里却受到了礼待。若海的心情顿时大好，摸出一张五十元的钞票递给小弟，小弟兴奋得双手接过，大声地叫道："谢谢哥。"说完在前面引着若海往酒吧里走。

刚刚进门的时候，若海就发现了父亲金百万。若海一愣，父亲怎么会出现在这里？接着，他就看见父亲对面还坐着一个女人——蒋淑红。

若海从小就知道，蒋淑红是父亲金百万的情人。那时，若海才十岁左右，那是一个星期天，他去小伙伴家玩，小伙伴家离他家并不远，只有两条街的路程，若海便一个人回家。哪知，就在那条路上，他看到了父亲的一个秘密：他看见父亲搂着一个年轻漂亮的女人走出一家豪华酒店，那女人依靠在他父亲的肩上，扭动着腰肢，二人上了门口的车，扬长而去……后来，若海才逐渐打听清楚，那位女人是父亲的情人，名字叫蒋淑红。若海并没有将这个秘密告诉他的母亲。那时的他知道但凡有钱的老板都会在外养情人的。更何况，他的母亲身体一直不好，他要是告诉了母亲，她一定会气得病倒在床的，要是母亲因此再有个三长两短，那可怎么办？！若海只是希望父亲在外面养情人，回家也能对他母亲好就行了——这一点金百万做得还是让若海满意的。

天下没有不透风的墙。后来，金百万与蒋淑红的情人关系弄得很多人知道了，唯独一直在家的母亲不知道。所以那天胡旭东离职后，若海从程萌萌口中得知，他是蒋淑红的表哥时，他也就明白父亲金百万会把这么一个重要的位置给他的缘由了。

父亲金百万和蒋淑红并没有发现他。若海伸出手遮住自己的脸，微微躬着腰，利用前面小弟身体作掩护，向桌子走去。

说来也非常凑巧，那位小弟居然把若海引到金百万与蒋淑红桌位的隔壁。说是隔壁，其实中间不过隔了一扇屏风而已。所以，金百万与蒋淑红的谈话，这边的若海听了个一清二楚。

"算我求求你了。淑红，你就帮帮我行吗？"父亲这种带着乞求的苍老的声音让若海的心剧烈地颤抖了好几下。父亲，现在居然沦落到来求他曾经的情人的份上了。

蒋淑红不仅是一个漂亮的女人，而且是一个聪明的女人。她知道靠她的年轻漂亮，可以从金百万手里得到一时的荣华富贵，但是，她的青春终将逝去，容颜终于老去——比如现在，四十岁左右的她再也找不到当年的娇美了。于是，每次金百万给她的钱，她都存了起来，在她二十九岁的那年，她居然有了四百万的存款。她靠着这四百万，投身房地产，三年后，居然赚了两千多万。在金百万的支持和帮助下，蒋淑红与两名股东一起成立了红云房地产开发有限公司，她任董事长。没想到，短短几年，其固定资产已达五六千万，从某种程度上来说，她比金百万混得好。

听到父亲这样乞求他的老情人，若海的心里真不是滋味。若海想，父亲的心里也一定不是滋味吧！他想回头看一眼父亲，又怕父亲和蒋淑红发现了他，那样的话，场面会非常尴尬的。

这时，蒋淑红的声音传了过来："辉哥呀，凭咱俩的关系，按理说呢我应该帮帮你。可是，金融风暴前，我们接手了两个楼盘，你也是知道的，现在的房地产受金融风暴的影响不亚于你们那一行。实话跟你说吧，这段时间以来，房价在天天往下掉，我们公司一套房子也没有卖出去……"

蒋淑红的声音柔柔的，很好听。但在若海听来，却是那样刺耳。

若海听到父亲金百万重重的一声叹息。苍凉的叹息音。若海感觉眼眶里有东西在滑动，他努力地控制着自己，不让它滑落下来。

"对了，辉哥。"若海突然听到蒋淑红关切地说，"听说你在国外有两千万的货被一场大火给烧啦？"

"是啊！"金百万这两个字是随着一声叹息滚出来的。

"处理得怎么样了？"蒋淑红仍旧很关切。

"我家海娃去处理的。"金百万说，"要赔人家被烧仓库的钱，只得将那堆货贱卖了。"

"喔——"蒋淑红拖出一个长音，又说道，"其实你那公司已经是一个空壳子了，早就应该申请破产保护了！为什么还要你家若海去折腾呢？公司在一天就会有一天的运营成本，再这样拖下去，你的欠债会来越来越多的。"

听着蒋淑红的话，若海的心里一个激灵，是啊，公司多运营一天就多一天的运营成本！这样拖下去，真不是一个办法。他接手这个公司已经二十来天了，他使出浑身解数，不仅无法改变公司的现状，而且还让公司陷入"泥潭"越来越深。

"我是想让我家海娃锻炼锻炼。"金百万说，"我很愧对他的，我原本是想把一个完整有生机的公司交给他，哪知却摊上了这么一档子事儿……"说完，金百万又重重地叹出一口气来。

若海的眼泪不知是什么时候滑落到脸上的。父亲金百万对他的良苦用心，他到现在才知道。

"辉哥，"蒋淑红说，"接下来赶紧宣布公司破产吧。看着你现在这个样子，我心里也非常不好受呀！等若海回到家，你就跟他说，叫他不要再折腾了！啊？"

若海无法看清父亲是否点头。

这时又听见蒋淑红说："辉哥，我想起一件事儿。前两天我与望厦公司的张总一起吃饭，他好像很关心你的公司。要不，我托人问问，如果他要是感兴趣，可以收购你的公司！"

"真的吗？"金百万有些惊喜地问。

若海知道，企业要是申请破产，就是企业消亡的一种形式，企业宣告破产后将进入破产程序，清偿债务后就不复存在了。而企业被收购，则是一种股权转让的行为，是一个企业的部分股权或全部股权转让给另一企业的行为。如果望厦公司真的收购金百万公司，那么，公司的市值就得提升为两千万，再加上在国外的货被重新估值，也得有两千五百万，这样，公司基本就可以抵外债了！

"真的吗？"金百万仍旧不相信似的小声地问道，"他会收购我的公司吗？"

"我也不知道。"蒋淑红说道，"我可以帮你问问。"

7

天亮了，朝阳的光辉如瀑布般倾斜过来，把A城铺上了一层金黄色的光芒，壮丽极了……A城很久没有出现这样的好天气了！以前的A城总是阴沉沉的，或者雾霾笼罩，连太阳也很少露出来。

当一缕金黄的阳光透过窗户照射在若海的脸上时，若海的目光这才缓缓地移向窗外，他这才看到外面那一片绚丽的霞光。

天亮了，若海的脑海猛地闪现出一个信号来：今天，望厦公司将来收购金百万公司！若海本能地抗拒着这个信号，但却无法抗拒！或者说，若海还有些不太适应，还没有准备好迎接这一天的到来。

若海总感觉这一天与往常是不一样的。但是，怎么个不一样？若海又有些说不清楚。直到若海看着窗外那一片绚丽的朝霞，心里不由得升起一股让他说不出来的滋味。"上天啊，我们家破败了，你居然现出这么好的天气！"若海在心里幽怨地想，"你是在嘲笑我们一家吗？"

来到客厅，若海看见坐在沙发上的父亲正愣愣地望着窗外，不知在想着什么。听见若海的脚步声，他收回眼神来，嘴动了动，像用尽最后的力气，说出了两个字："走吧。"

若海的心剧烈地颤抖了好几下，公司即将被收购了，在A城赫赫有名的"金百万公司"从今以后就不复存在了！而"金百万公司"是父亲一生的成就，是全家人的光荣啊。可是……若海轻轻地晃了晃脑袋，想阻止自己继续想下去。一回头，他看见父亲的脸也痛苦地扭曲在一起，若海这才知道，此刻是父亲最痛苦的时候！作为儿子，他应该好好地安慰父亲。

这时，父亲欲起身来，若海忙上前去搀扶他。哪知，若海的手还没有伸过去，提前起身的父亲一个趔趄，差点摔倒在地，幸亏若海的手伸得及时，否则父亲就有可能摔倒在地。

被扶住的父亲拍了拍自己的脑门，重重地叹出一口气来，喃喃说道："老了，老了。"

父亲的话让若海又是一阵心痛。父亲才六十一岁。虽然已过六十岁，但父亲是从不服老的，若海记得很清楚，父亲曾向他说过："等我六十五岁的时候，我老了，我就把公司交给你来打理，我就在自己的别墅里养养花鸟，安度晚年。"离父亲嘴里"老了"的六十五岁年龄，还有整整四年的时间呢。

"爸爸，今天与望厦公司的收购洽谈，就由我去吧。"若海轻轻地说。若海知道，父亲是不会同意他这个提议的。但他仍旧要说，他真的很担心父亲，他不知道父亲颤抖着将他一生创办的公司交到别人手里的时候，会发生怎样的状况……他真的无法想象，甚至不敢想象。

在若海的意识里，公司被收购，这一套程序也没有什么了不起的，他相信公司的律师与望厦公司的律师就收购的相关问题已经谈妥，他去了后双方只需要见见面，签一下合同即可……他相信自己完全有能力办了。

父亲望了若海一眼，坚定地摇了摇头。

若海望了望寝室，寝室的门关着。母亲本有晚起的习惯，再加上这段时间以来一直没有睡好觉，也许此刻她正在睡梦中。也许，她其实就根本没睡，正躲在窗帘背后偷偷地看着他们父子呢，她不想以她的悲伤来影响他们父子俩的情绪。

走出门来，那金黄色的阳光让若海感到有些刺眼，他用手遮了遮阳光，对父亲说："你在门口等我，我去开车。"父亲点了点头。

等若海从车库里开车出来，远远地看着父亲在门口等他的身影时，他的眼里忍不住一阵生涩。

驶出门来，街上的人熙熙攘攘。以往若海上下班出行在这条街上，他从没见过这么多人。这么多的人，难道都是来看他家笑话的？或者有记者来采访他们？若海冷冷地瞟了几眼行人，而他们都各自忙着，并没有注意他们。这让若海又觉得有些奇怪，甚至感觉走错了路。

"今天的阳光真好啊！好久没有看见这样的阳光了。"路上一个行人对着旁边另一个行人大声地说着。若海这才看到几乎所有的行人都面朝着阳光。原来街上突然多了这么多人，是因为今天的好天气，他们早早地出门来，是来沐浴阳光的。

路边有家油条摊，若海下车去买了油条豆浆，大家也把他当作普通的行人一样对待。若海的心好一阵失落，他们父子——曾经在A城显赫一时的金百万公司被收购了，大家并不怎么关心。

来到公司门口，突然见到有一排人在门口站着等他们，是主管会计程萌萌上前来给父亲金碧辉开的车门。走下车来，大家都围拢来，异口同声地叫道："总裁好，总经理好。"

金百万的嘴动了动，像有话想要对他们讲，但却没有说出一句话来，只是摆了摆手，朝门里走去。

若海朝那帮人看了看，各部门的经理都在其中。上楼梯的时候，除了程萌萌在前面扶着金百万，那几位经理都小心翼翼地走在后面。若海看到这一幕，心里平生了许多感慨。

会议室在二楼。楼梯快要走完的时候，一位经理轻轻地说道："总裁，望厦公司收购咱们公司，能不能附加一个条件，不要裁员？"

按理来说，公司被收购，不影响员工劳动合同的履行。但是，在这个节骨眼儿上，大家都听到了一些流言，说望厦公司收购金百万公司之后，会解散所有员工……

金百万的脚步停住了，迟疑了一下，转过身，说道："谢谢你们跟了公司这么多年！你们在公司里没有功劳也有苦劳。但是，你们也都知道，现在咱们公司就是一个空架子了，还欠了银行一大笔债务，只有卖公司了。目前只有望厦公司收购，我……我对不起你们！辜负了你们对公司的期望……"

金百万说到这里，深深地朝大家鞠了一躬。若海忙跑上前去，同程萌萌一起扶住他。面前的经理们也都朝金百万鞠了一躬，嘴里忙说道："总裁，您不要这样说，是我们做得还不够。"、"总裁，你的话折煞我们了！"……

对于经理们提出的要求，若海是能够理解的。毕竟，公司里的许多员工，这些年来一直在公司工作，有的甚至从公司成立那天起就一直跟着公司，把公司当作他的第二个家。现在公司被收购了，尤其是听到公司收购之后会遣散所有员工，他们也很恐慌，就像一直依靠的一棵大树倒塌了，他们也不知道该去哪里，家里，还有妻儿老小等着养活呢！毕竟，生存是最基本的需求。

再一看，经理们都泪流满面，金百万也泪流满面。他的嘴动了动，艰难地说道："我会努力要求望厦公司满足各位的要求……"

"谢谢总裁，谢谢总裁。"大家都无比感激地对金百万说道，看着金百万走进会议室。

其他人还没到，偌大一个会议室，只有金百万和若海。金百万坐在座位上，头深深地埋着，像脖子不能承受脑袋的重量。

若海还沉浸在刚才的场景里，脑海里滑过早上出门时对父亲没有让他单独来签合同的责怪。看来，他是错怪了父亲，父亲是这个公司的总裁，公司是父亲一手成立起来的，他至少要见它最后一面，还有，遇到刚才的情况，又岂是他能够担当和处理的？

律师来了，若海上前与他握了握手，他露出一个难看的笑容，目光却转向金百万身上，看到金百万耷拉着脑袋坐在那里，嘴动了动，却没有说出话来。若海的心里突然不寻常地跳了一下，正要张口询问，这时外门传来喧哗声。看来，是望厦公司的人来了。

果然，门口有人热情而谄媚地叫道："张总好。"接着就听到一个熟悉的"嗯，嗯"敷衍的声音。

若海很熟悉这个声音了。他叫张志高，是望厦公司总裁张仁川的儿子，与若海是高中同学。说实在的，若海非常看不起张志高这个同学。在学校里，张志高有一个"暴发户儿子"的别名。其实，说他父亲是暴发户是不准确的，他父亲也是靠在这座城市打拼，好不容易才有了几千万的家产。只是张志高平时脖子上总是戴着一个粗大的金项链，金晃晃的，很刺眼，像暴发户的样子，所以大家都叫他"暴发户儿子"了。另外，他总是依仗家里有钱，欺男霸女，连刚刚分来的一位语文女老师，他也敢去骚扰。

张志高趾高气扬地走进会议室，并不上前与金百万和若海打招呼，而是环视了一下会议室，嘴里兴奋地朝身后的人说道："这个地方很大嘛，我看这个地方今后可以当一个仓库！"张志高说完朝后面的人笑了笑，大家立即满脸堆笑附和。

若海冷冷地看着张志高。他知道，在学校里，他看不起张志高，张志高也看不起他。

张志高扭回头来，歪着脑袋这才去看若海。若海在心里冷笑了一声，伸手走上前去，张志高看着他的手，突然笑了，一巴掌拍在他的手掌上，左手拍在若海的肩膀上，说道："老同学啦，老同学啦……"话这里戛然而止，像把蹿到喉咙的话都吞进肚子里去了，只留给若海一个意味深长的眼神。

两位老同学的第一次交锋，若海败下阵来。若海心有不甘。

张志高抛下若海，径直走向会议桌，面朝着金百万一屁股坐了下去。然后皮笑肉不笑地看着金百万，说道："金叔，你不用看了，我的父亲没有来！"

"为什么？"金百万忍不住问道。

张志高奇怪地看着金百万，说道："为什么？金叔，你难道不知道吗？我的父亲因为答应收购你的公司而气急攻心，现在还躺在床上呢！"

"什么？"金百万诧异地睁大眼睛。

张志高歪着脑袋看着金百万，说道："谁都知道，你现在的公司就是一个空架子，我们现在收购了，等于把一个毫无作用的公司强加于我们。这不是无形中增加我们公司的负担吗？金叔，你也知道现在金融风暴全面爆发，你们公司的行业对于我们公司毫无用处。再说了，我们也自身难保呀！"

金百万愣愣地看着张志高，突然轻轻地叹了一口气，一屁股瘫坐在凳子上。若海忙站在父亲身后，轻轻地拍了拍父亲的肩膀，金百万缓缓地回过头，看了若海一眼，轻轻地点了点头。

回过头来，金百万冷冷地看了张志高一眼，说道："你们开个价吧！"

张志高好像一直在等他的这句话似的，兴奋地将身子朝他移了移，说道："公司律师难道没有告诉你们吗？你们的整个公司，我们的收购价是四千万。"

这望厦公司也真是卑鄙，明知道金百万公司现在处于这样的地步，居然还做出如此下作的事来！

"什么？"若海愤怒地瞪着张志高，"不是说好了四千五百万吗？我们在海外还有三千万的货款呢！"

"拜托。"张志高拖出一个长音，"现在那批货给人家两千万都不会有人要！"

张志高看着若海，眼睛里射出一股让若海浑身难受的目光来。若海忙把头扭向别处，看着张志高的眼睛，他太难受了。

"金叔。"张志高又把目光移到金百万身上，说，"你是知道的。之前我爸答应收购你家公司，也就是随口那么一说。又没有签订合同什么的，没有法律依据。我们回去后，对你们公司重新进行了评估。你们公司加上在国外的货最多也就四千万的市值。我父亲是看在你们是多年的朋友关系上，才愿意出这钱收购的，你让别的公司试试，他们还会出更低的价格！"

"能不能把贵公司对我公司的估算报告给我看看？"若海突然冷冷地说。

张志高明显没有料到若海会这样说。但他白了若海一眼，说道："这是秘密。"若海的嘴动了动，他的话都蹿到喉咙了，但被父亲的眼神给制止住了。

金百万看着有些嚣张的张志高，突然说道："你来这里，你做得了主吗？"

"做主？"张志高脱口而出，"我当然做得了主！"

金百万认真地盯着张志高。张志高还是太年轻了，面对金百万的眼神，他的眼睛里闪过一丝慌乱。

金百万和若海都抓住了他的这丝慌乱，他们都明白了，这个主岂是他能做得了的！张志高来之前，一定是受到他父亲的指使，先给出四千万的价格，然后再慢慢商谈！而这样的商谈又能起到什么作用呢？

"金叔呀，"张志高说道，"你应该比我清楚，如果贵公司申请破产保护，公司只有被估值，除去你们在国外的货物，公司最多只能估价一千万……是不？"

金百万仍旧地盯着张志高，看得张志高浑身有些不舒服。

"好了，金叔。"张志高挥了一下手，说道，"我就给你们交个实底吧，我来之前，我父亲说了，最多给你们再多加一百万！"

金百万轻轻地朝他摇了摇头，也不说话。

"你们到底是什么态度嘛？"张志高最终还是没有沉住气。

"我知道你父亲早就喜欢我那套别墅了。"金百万边说边盯着张志高，果然，张志高的眼睛里滑过一丝惊喜。旁边的若海正要张嘴阻止父亲，父亲已经将话说出了口："四千五百万，包括那套别墅！"

那一套别墅是A城最早出现的别墅，目前也是最豪华的别墅。现在，要在这么好的地理位置上修建这样的别墅几乎是不可能的。一是这样好的地理位置不好找；二是政府也不可能再审批修建这样的别墅了。而张志高父亲早就垂涎这幢豪华别墅了。

父亲怎么舍得这幢别墅呀！这个别墅是父亲的骄傲，是父亲身份的象征！父亲曾说过，等他老了，干不动了，他就在这个别墅里养老！可是，现在他却要将这个别墅转卖给别人了，他是怎么下定这个决心的？若海的心无比的难过！喉咙也像卡住一个东西似的，吞又吞不进去，吐又吐不出来。

张志高像早就在等待这个结果似的，兴奋得从凳子上跳了起来，口齿都有些不清楚了："就，就这么说定了！"

8

若海四仰八叉地躺在床上，他努力地想让自己全身放松，什么也不想……在某一刻，若海甚至感觉自己的身子轻飘飘的，像浮在半空中。

公司被收购的四千五百万，加上若海从国外贱价卖了八百万的货物后带回来的两百万，再加上金百万将他一百多万的坐骑给一同贱卖了，刚好够还欠债的钱。公司没了——什么都没了！虽然心有不甘，但是，背着一个巨大的债务，就如背了一座大山。如今卸了，若海也觉得一身轻松。

突然，门外传来一阵喧哗声，若海感到一阵诧异。难道张志高来收别墅了？不是说好一周后才来收吗？这才过去两天呀。

若海走出门来，父亲已被一群人包围在中间。若海一见，立即着急地奋力拨开人群钻了进去，一边护着父亲，一边大声地冲那群人叫道："你们这是要干什么？"

父亲这么大年纪了，公司被收购已经够难受的了，现在又被这么多人围在中间，若海真担心父亲会有个什么好歹。

若海这样一叫，那群人安静了下来，若海这才看清，这都是公司里的员工。公司已经被望厦公司收购了，他们现在来干什么？

这时，人群里有人说道："我们今天来的大多都是公司的老员工，有的从公司成立那天起就一直跟着公司干。但是，听说公司被望厦公司收购时，你们没有提出'不要裁员'的条件，现在我们全都失业了？你们那样做，对得起我们这些老员工吗？"

若海这才明白这群人来这里的目的。看来，以前的那些流言居然是真的！

若海满面惭愧。那天若海父子一直忙着跟张志高谈收购价格，居然把这一茬给忘了！

"如果你们向望厦公司提出了这个条件，望厦公司没有答应，我们还想得通。但是，你们在会上简直提都没提，你们根本就没有把我们这些员工的利益放在心上，枉我们辛辛苦苦地在公司里干了这么多年，你们的良心都让狗吃了！"

"对不起，对不起，这是我们的不是！"金百万连忙作揖道歉。

见父亲这副模样，若海一手紧紧地搂着父亲，一手在前面一挥，指着那位骂"良心被狗吃了"的人严厉地说道："你说话不要这么难听！你们好好想想，你们在公司这么长时间，公司什么时候亏待过你们……"

"那好！"一人像突然抓住了由头，高声尖叫道，"我们上个月的工资没有发，这个月还有将近半个月！这钱什么时候给我们？"

什么？若海在人群里搜索，果然，他找到了程萌萌。程萌萌看见他在找她，嘴张了张，估计是想说什么，但最后什么也没有说，只是轻轻地朝他点了点头。

"工资什么时候给我们？"

"这可是我们的血汗钱啦！"

"既然他们无情，也不怪我们无义，请发我们的血汗钱。"

喧闹声四起，若海紧紧地护着父亲，突然大声叫道："程会计，你过来一下，到底有多少工资没发？"

人群一下子安静了下来，大家纷纷给程萌萌让开了一条道。程萌萌踌躇上前，用她那双好看的大眼睛瞟了一下若海，这才轻声地说道："如果算上这月的半个月，共有六十多万……"

"到底六十几万？"若海几乎是朝着程萌萌吼道。其实，在叫完这句话后若海的心就后悔得很，他怎么能朝程萌萌吼？！她又没有得罪你！再说了，公司已经被人收购了，她已经不再是主管会计了！现在你有什么资格朝人家吼？

程萌萌猛地抬起头狠狠地盯着他，也提高声音朝他吼道："六十七万二千八百三十六块五毛！"

程萌萌的眼神让若海的心一个哆嗦，心也有些慌乱。若海忙将目光移开，说道："知道了，给我……两天时间，后天上午的这个时候，通知所有员工到我家来拿工资。由你——发给大家。"

若海说完拉着父亲准备离开，可围着他俩的人群都没动。若海明白是怎么一回事儿，人家凭啥相信你？

若海深深地叹了一口气，说道："我以一个男人的名义在这里发誓，我一定把工资发给你们！"

说完这话连若海自己都感到他的话是多么无力啊，人家发誓都是"天打雷轰""不得好死"这样的毒誓，而他却以"一个男人"来发誓，人家会相信你这话吗？

这时，让若海意想不到的事儿发生了，程萌萌转身对大家说："既然他都发誓了，大家就都回去吧。后天大家来找我领工资吧。"

很神奇，程萌萌说完这话，大家看了看若海，纷纷离去。还有一部分人没有走，程萌萌又走到他们面前，说道："金总从来没有亏待过我们大家。今天他们遇到了困难，我们就不要再逼迫人家了！这么多年，我们难道还不知道他们的为人吗？他们是有一说一，有二说二。再说了，人家还发了誓……"

人们这才全部散去，只留下程萌萌一人。

若海用感激的目光看了程萌萌一眼，程萌萌的嘴动了动，但最后没有说出话来，只看了一眼若海，转身离去。

看着程萌萌的背影，若海真想叫住她，想问问她刚才想要说什么？或者向她表示一下感谢。但他的喉咙像塞了一个东西似的，只能眼睁睁地看着她远去。

她能向他说什么呢？对了，她刚才向大家说"后天大家来找我领工资吧"的话，怎么能找她领工资？他不给她钱，她到哪儿去找钱向大家伙发工资呢？她最后要说的话不过是想叫他快点凑上钱交给她罢了……

想到这里，若海扶着父亲朝屋里走去。

上哪儿去找这六十多万元的钱呢？若海的第一感觉就是把自己那辆保时捷车给卖了。公司已经被收购了，他再也不是什么总经理了，那辆代表他身份的保时捷也该不再属于自己。

就在这一天，若海就找了一家二手车市场，把车委托给了他们。这辆车才买了一年，保养得好，看上去跟新的似的，跑的公里数也低，但毕竟是二手车。幸运的是第二天有人看上了这辆车，若海与他们讨价还价，最终以八十五万的价格卖了。

当天晚上，若海就给程萌萌打电话。当程萌萌看见那一沓钱时，惊讶得张大了嘴巴看着他。若海把钱往程萌萌面前一推，说道："明天辛苦你了，把工资都给大家发了吧。"

程萌萌看了他一眼，突然说道："你就不怕我今晚拿着这笔钱跑了？"

若海一愣。若海还真没想到这一层。是的，公司已经不在了，她也不再是他手下的员工，她要拿着这笔钱跑了，他上哪儿找她去？

程萌萌笑了一下，说道："我现在给各位经理发短信，让他们通知手下的员工明天到你家门口来领钱吧。到时你再把钱当着大家伙的面给我，我再一一给大家发，好吧。"

若海轻轻地点了点头，拿起钱正准备转身时，程萌萌突然说了一句："你是个男人！"

听见程萌萌这样说，若海的脑海自然而然地想到那天他当着员工们发的那句誓来。若海看了程萌萌一眼，牵动脸上的肌肉轻轻地笑了一下。

第二天，若海别墅（其实再过一天就属于张志高家的了）的门口，若海和程萌萌专门摆了一张桌子，让以前的员工们来领工资。

领工资，这在以往是最兴奋的时候，这也本该是热闹的场面，现在却很是安静。这是金百万公司最后一次给大家发工资了，大家都排着队，自觉地等候着程萌萌叫大家的名字，领上工资的人也不着急走，而是三五一群地聚在一起，轻声地谈论着什么。

工资终于发完了，大家仍旧聚在一起，舍不得走。终于，有人小声对着若海说："金总，今后公司重新开张，我们还跟着你干。"

大家也都纷纷附和着他的话。

若海朝大家轻轻地点了点头，轻轻地说："一定。大家现在都散了吧。"

人群开始慢慢散去。

突然，若海看见了聂倩。聂倩距离若海有三四百米远，但若海还是一眼就认出了她。她的长发随风飘扬，还是那么楚楚动人。聂倩将双手插在风衣里，也正远远地看着他。那是一件很漂亮的粉红风衣，是若海花了整整三千元钱给她买的。

若海朝着聂倩挥手。聂倩一定看见了他，但她仍旧一动不动地站在原地。若海又将手拢在嘴边，朝那边大叫："小倩——"并向她奔了过去。

恰恰在这时，一辆出租车开了过来，只见聂倩轻轻地一招手，出租车停在了她面前，她连看也没朝若海这边看就钻进了出租车，扬长而去。

若海奔跑的脚步停了下来，他愣愣地看着出租车远去的方向，像不相信眼前发生的事儿似的。他甚至有些怀疑，自己刚才是不是看错了，那不是聂倩！

若海掏出手机，按捺住心跳拨通聂倩的手机，哪知，手机刚响了一声就被挂断了。再拨，已经关机了。

怎么啦？聂倩怎么就不理我呢？到底发生了什么事儿？若海真想大吼一声。若海清楚，聂倩已经得知他家破产了，她就不再喜欢他了！若海真想让自己放下心来，像她这样现实的女人，走了就走了吧，没什么舍不得的！但是，聂倩就像挂在若海心头上的一块肉，牵着，连着，还扯得人生疼。你叫若海怎么放得下？

若海听着手机里"你所拨打的手机已关机，请稍后再拨"的提示音，突然"嘿嘿，嘿嘿嘿"地笑了起来。边笑边往回走。

路过程萌萌身边时，若海连看也没有看有些惊讶的她。

这时的若海，脑海里猛地闪现出一幅海边的场景来：海风卷起千重浪，像一只凶狠的野兽，不断地拍击海岸，像在吞噬一切……

第二章
若海从来没有像现在这样感觉自己需要钱！

1

若海静静地躺在海滩上，海浪不时冲过来，拍打着他裸露的身体。在若海的感觉里，这些不断拍打过来的海浪，像皮鞭一下一下地抽打在他的身上，痛。若海却非常喜欢这种痛的感觉。若海曾一度产生这样的想法：他想漂浮在海水里，任由海浪把他冲走，不管冲到哪里都行！甚至他有一种渴望，想让海浪把他冲到海的中心，让他被海完全地吞噬，即使死去，也是一种痛快！

但若海的意识又明确地告诉他，他不能这样做！公司没了，可家还在！他年迈的父母还需要他呢，他现在是家里的顶梁柱，他要是死了，父母怎么办？这个家怎么办？

昨天若海从家往海边走的时候，父母都眼巴巴地看着他，尤其是父亲，可怜兮兮地看着若海，生怕若海从此离他而去似的。若海看到父亲的这种眼神，心里忍不住剧烈地颤抖了好几下，从小到大，他从来没有见过父亲这样的眼神，父亲真的被这场"风暴"给打垮了！像被抽去了骨头似的。父亲的额头皱纹深了，双鬓又斑白了许多，父亲老了，再也没有精力和力气重操旧业了！他现在是父母所有的依靠！

公司被收购，别墅也没有了，为发员工的工资，连车子也卖了……若海一家可真算得上是什么也没有了，一下子就从A城富豪之家跌落成普通的底层人士。身份的悬殊让这一家三口感到极度的不适应，但又不得不认真面对——毕竟要活着。那些天，三人都小心翼翼地说着话，尽量避免"公司""贫贱""低层"等等的词语。

上天还是眷顾若海一家的。若海将那辆保时捷卖了后，发完员工的工资，还剩下十多万元。别墅没了，一家人总不能睡大街上。若海辗转于二手房市场，最终看上了一套五十多平方米的房子，总价二十一万。若海首付了七万，十年房贷，每月得还房贷一千三百多元。

房子一套二，两间卧室，他一间，父母一间。正好。第二天，母亲告诉若海一个很奇怪的事儿，父亲自从公司亏空后，在那座别墅里一直睡不着觉，没想到来到这个小屋子里，父亲居然一觉睡到天亮。母亲没有告诉若海，其实还有一个细节：醒来后，金百万居然自嘲地笑出两声，说："看来我的骨子里还是一个贫贱的人呐！"

安顿好父母，若海便开始出去找工作。公司没了，但一家人还得要生活呢，母亲体弱多病，父亲老了，曾经身家上亿的总裁不可能再出去工作，一家人的生活都落在若海一个人身上。若海对自己的能力是有相当自信的，凭他美国宾夕法尼亚大学商业管理系毕业的研究生，企业正是需要他这样的人才呀。但是，连续几天来的应聘却让若海的自信心受到了严重的打击。

若海记得第一次走进A城的一家企业，那家负责招聘的主管一眼就认出了若海，惊叫道："这不是金百万的儿子吗？哎呀，你来我们公司应聘，真是让我们蓬荜生辉呀！"说完带着满面的嘲笑看着若海。

对于这样的场景，若海虽有思想准备，但没想到真碰上了，却是如此让人尴尬！但若海不能转身而走，他知道，现在他是屈居人下，不能意气用事。

若海忍住招聘主管的嘲笑和周围应聘人员诧异的目光走上前去，把自己的资料递到主管面前，主管一只手压住若海的资料，眼睛仍盯着若海。这样的眼神让若海突然心生的许多力量，他抬起头，迎着主管的目光，毫不畏惧。

主管没有想到若海会这样看着他，反倒有些不适应了，他闪开若海的目光，装着低下头去看资料，随口问道："你想要应聘哪个岗位？"

"市场部经理。"若海不卑不亢地说道。

应聘主管的头猛地抬了起来，盯着若海："市场部经理？你当过市场部的基层人员吗？你对企业市场的管理有经验吗？"

若海说："我是美国宾夕法尼亚大学商业管理系毕业的研究生……"

"我不管你是哪里的研究生！"主管说，"我们对市场部经理的要求是，从市场部基层一步一步走上来的，对企业市场的管理有着丰富的实践经验！"

"我有。"若海的声音很小，小得好像只有自己能听见。按理来说，他是有这个经验的，他在父亲的金百万公司担任一年多的总经理，但是，金百万公司最终被人收购了，就如战场上的败将，有什么资格谈战场经验？

招聘主管从鼻孔里嗤笑出一声，右手"啪"的一声放在若海的资料上，朝若海面前一推。意思很明显：他不愿招聘若海。

若海也不知道他当时是哪来的这么大一股勇气，他双手从桌子上拿起自己的资料，朝着招聘主管笑了一下，说道："你不招聘我是你的损失！"

若海说完转身而去，背后却传来招聘主管地哈哈大笑声。那主管边笑边朝若海的背影说："放心，我们的损失不会像你们那样把公司给弄垮了！"

若海的脚步猛地停住了，他真想转过身冲上前去，狠狠地抽那位肥得像猪一样的主管两个耳光。但是，他忍住了！

A城真的实在是太小了，若海每到一个企业，那些负责招聘的主管居然都不约而同地认识他。对于若海，他们也都表现出了一致的意见：不录取。所以，若海那二十来天的应聘不仅没有成功，反而惹得他一肚子的气。

后来，若海才在大家的目光和话语里逐渐明白了，哪一家企业或者公司会录取一个刚刚"垮台"公司的总经理呢？大家的意识里，这是一个不好的彩头。

当若海想明白这个道理后，他感到非常好笑，却又无可奈何。

找不到工作，若海真不知道该怎么办？他突然感觉自己的心里空空的，浑身也难受得很。若海知道，这不是从富二代坠入普通市民后而感到的空虚，他这是想海了……他想，要是此刻躺在海水里，任凭海水对他进行温柔的抚摸、冲刷、拍打，都会让他找到一种依赖。

若海的异常行为引起了父母的注意。这一天午饭后，母亲说："海娃，你是不是有什么心事儿？"

母亲的话刚说完，金百万也拿眼睛盯着他。若海抬头看了看父母，却不知从何说起。他想告诉父母他的真实想法，但又怕父母担忧，担忧他受不了现在身份的落差而一蹶不振，担忧他这么多天了还没有找到工作……他现在已经不是以前的富二代了，他要是再找不到工作，怕是下月的房贷都交不起了！

"你，是不是想到海边去？"金百万像看透了他的心事。

若海迟疑着，但看到父母的目光，他还是轻轻地点了一下头。

母亲张了张嘴正在说什么，此刻的金百万却点了点头，说道："也好，这段时间你也够累的，去海边散散心吧。"

见金百万这样说，母亲便不再说话，也跟着金百万点了点头。母亲一惯都是这样，父亲说的话，母亲都是顺从。

若海朝着海边来了。

这一次，若海与以往到海边是完全不一样的体验。不像以往，他开车从海边往返走的都是高速路，没有什么风景。而这一次长途客车走在乡村的路上，弯弯曲曲的，沿途的风景也漂亮得很别致。长途客车像一个巨大的甲壳虫，一会儿吞进去一批人，一会儿又吐出来一批人。人是各色各样的，大声地说着地道的土话，谈论着家长里短……车开到半程，若海原本糟糕的心情却在不知不觉中有了好转！

来到海边已是晚上九点，若海找了一个小旅馆的标间住下，就急急忙忙地拿着泳裤朝海边走去。他急切地想投入海的怀抱。

已经十月中下旬了，海风吹来，有些冷。

海滩边早已经没有了人，若海脱了裤子，也没有换泳裤，直接就冲进了海水里。海水很凉，让若海浑身直打哆嗦，但他仍旧喜欢被海水拥抱的感觉。慢慢地，若海的皮肤适应了海水的凉，他静静地躺在了海水里……天上的星星闪着眼睛，照耀着轻轻起伏的海浪，若海能想象，那些星星都映在了海水里，在海水里荡呀荡的……此刻的若海也感觉自己像一颗星星，在海水里荡呀荡的。

骤地，若海的脑海里突然跳出聂倩来，一个月以前，他和她在这里度过了一段多么美好的时光。聂倩，真像一个小妖精！那时的若海，真的想娶她为妻，和她一起走过这一生。如果当初父亲反对他和聂倩，现在他的公司已经没了，和普通的市民一样了，如果现在他和聂倩在一起，父亲应该不会反对他俩的吧？但是，聂倩在得知他家公司被人收购后，什么也没有了，便无情地离开了他，抛弃了他……

接着，若海的脑海不由自主地又浮现出这一个多月来他所经历的这一切，这一切让他仿佛经历了一场浴火似的——若海不知道，这一场浴火，带给他的是毁灭，还是重生？

突然，海水像感受到若海的心情似的，猛地变得狂躁起来，一浪接着一浪地拍打过来，拍打在若海的身上，痛！

按说这个时候，若海该上岸了。但是，若海仍旧站在沙滩上，张开双臂，面向着海浪拍打过来的方向，仍由海浪拍打，像要将他拍打进海水里，或者拍打在岸边……

冰凉的海浪拍打在若海的身上，若海浑身直打哆嗦，他把牙齿咬得咯咯直响，他想大喊，歇斯底里地大喊！但是，他却努力地控制着自己，把心底的呐喊都压在了肚子里……

2

若海感冒了，头晕，发烧。虽然浑身乏力，但若海有一副好身体，他可以勉强起床去买点感冒药或者打个针什么的，但是他却没有！他仍由自己躺在床上，仍由感冒的病毒把他的身体烧得滚烫！醒了，他就躺在床上刷微博；困了，就沉沉睡去；饿了，就叫小旅馆那位四十多岁的大妈给他买点吃的……

就这样，他在那个小旅馆里一待就是整整三天。三天后，若海一觉醒来，感冒竟然被他这样给熬走了，好了的若海感到一阵轻松，他想出去走走，沿着海边走走。

若海走在海滩上，大概是因为天凉了的原因吧，海滩边只有寥寥的几人。迎面走来一对情侣，男的轻轻地搂着女的腰，女的则靠在男人怀里，很甜蜜，让若海很是眼馋。

若海的手碰到了手机，手愉快地跳了一下，摸出手机边走边刷起微博来。微博是一个刚刚时兴的新事物，感冒躺在床上的那三天，他通过微博了解到许多信息，了解得最多的是金融风暴的信息。在这些信息中，既有专家对金融风暴的解析，也有普通人对金融风暴的认识，还有国家对金融风暴的政策，等等。这让若海对这一次的金融风暴有一个全面而细统的认识。凭着自己美国宾夕法尼亚大学商业管理系所学到的知识，他知道，这一次由美国次贷危机而引发的全球金融风暴将会是长期的，影响也会是深远的。

若海在微博上看到一则消息，说的是中国政府对金融风暴的政策。这是一篇长微博，若海干脆坐了下来，认真地查看。看完后，若海的目光望着海面，脑子里却活泛得很。中国对于金融风暴的应对政策是有效的，像金百万公司这样被金融风暴一下子打垮的企业是很少的，有些公司在风暴中遭受了打击甚至重创，在党和政府的支持和帮助下，正一步一步渡过难关。但是，金百万公司却不能了，因为公司已经被收购，公司与金家已经毫无关系了！

若海的脑海再一次想起公司之所以走到这一步来的原因，金融风暴前公司倾尽所有的资金，订了五千万的货是一个根本的原因，就像赌盘上的压注，一下子将所有的钱财都压了上去，这下赔得身无分文！当初，如果……如果只订了三千万的货物，那么，金融风暴来临后，公司还有两千万资金可以周转，金百万公司也许就不会被人这样收购了！想到这里，若海的脑海里又浮现出胡旭东这个人来，一想到他，若海的牙齿就咬得咯咯直响。那家伙现在要是真在若海的面前，若海真想狠狠地揍他一顿！

唉——若海长长地叹出一口气，在心里暗自责怪自己："时间不可能后退！世上也没有后悔药！还想这些干什么？"

若海回过头来，眼睛突然直了，他看见两个人影朝他这边缓慢地走来，其中有一个长发飘飘的女人，若海差点叫出了声：聂倩！

聂倩被一个四十来岁的男人搂着，男人大腹便便，一只肥手搂着聂倩的纤纤细腰，像一只缠在聂倩身上的菜青虫，聂倩则在他怀里娇娆地笑着。

也不知道是什么心理在作祟，若海站起身来，迎着聂倩走了上去。

聂倩一定没有想到会在这个时候碰到若海，若海看见聂倩浑身一个哆嗦，突然抓住男人菜青虫一样的手，转身对他说了一句什么，男人感觉很惊讶，对她说了一句。接着，若海便看见聂倩扭了一下身子，娇嗔地瞟了男人一眼，男人脸上露出了笑容，两人手拉手地转身往回走。

在他俩转身的瞬间，聂倩朝若海这边看了一眼，像在看一个怪兽似的，赶紧将头扭了过去。

望着聂倩离去的背影，若海本想追上去，但他没有。他这样做又能有什么作用呢？他还能挽回聂倩的心吗？或者说，聂倩从来就没有跟他同过心，她不过是看中了他的钱，她是因为他的钱才和他在一起的！现在他没有钱了，她自然会离他而去，短短的一个月时间，她就勾搭上其他男人了……像这样的女人，还有什么可恋的？想到这里，若海心里一阵好笑，也不知道是在嘲笑聂倩，还是在嘲笑自己的多情。

让若海没有想到的是，在回小旅馆的路上，他又碰见聂倩。

聂倩像早就在等着若海似的，站在若海回返的路口，两眼狠狠地盯着他。

若海慢慢地走到聂倩面前，心里一阵叽咕："我都没去找她，她居然在这里等我，她这是要干什么？"

"我说你一个大男人有意思吗？"聂倩说这话的时候，白眼一翻。这要搁在往常，若海一定会认为她很可爱。

若海有些丈二摸不着头脑，也盯着她问道："我怎么啦？"

聂倩再次翻了一下白眼，说道："那你跟踪我干什么？"

原来是这么回事儿！若海瞪大眼睛看着聂倩，说道："你这说的什么话？我有必要跟踪你吗？我闲着没事是不？"

聂倩不相信若海的话，盯着若海看，看到若海这么认真地对他说话，也许是看到若海眼里的真诚，她的口气这才缓了下来，说道："好吧。"

聂倩吐出这两个字后转身就要走，若海伸出手"诶"地叫了一声。聂倩又回过头来，歪着脑袋说："你还有什么事儿吗？"

若海的嘴张了张，说道："他是谁？"

"谁？"聂倩问道，但很快又明白过来了，说，"你说那个胖子？"

若海点了点头，他是真心替聂倩不值。聂倩是一个大美人，那个胖子不仅胖，而且生着一张大嘴，要多丑就有多丑，若海真的无法想象他将聂倩压在身下的恶心场景！

"他是一名导演。"聂倩说，"你知道的，我想当电影明星。他说了，下部电影里他可以让我演女二号。"

"女二号？为什么不是女一号？"若海奇怪地问，像聂倩这样的人，又这样委身于他，难道还不能够一个女一号的标准？

聂倩看了他一眼，也许她本不想回答这个问题，但看到若海这样关切地问她，这才说道："能演女二号也就不错了！谁也不可能一下子就能演个女一号的！下一部戏再慢慢来吧……"

若海轻轻地叹出一口气，他真是替聂倩感到有些惋惜。

"你为什么一直就想着要当演员呢？"若海说。要是她不当演员，要不是父亲对演员的偏见，他说不定早就把聂倩带回家去介绍给父母了……

"你不觉得明星是一个很风光的职业吗？我喜欢这种风光！"聂倩说，"我就不相信，我自身条件不比国内的一线大牌明星差，我就不信我当不了明星！"

若海看着聂倩，像今天第一次认识她似的。

"那你，当初为什么要跟我……跟我在一起？"若海喃喃地问道。

聂倩看了他一眼，说道："因为你是富二代！你的钱能帮我打通通往明星的道路！"

"所以，现在我没钱了，你就不再需要我了！"若海盯着聂倩说。

聂倩嗤笑了一声，说道："你呢？你难道不是看中了我的美貌？看中了我的肉体？你们男人啦，还不是一个德行！"

"你难道就没有想过要跟我在一起？"若海再一次盯着聂倩。

聂倩又嗤笑了一声，反问道："难道你想过要跟我结婚？"

若海盯着聂倩，坚定地点了点头，说道："是的，我不止一次这样想过！"

3

这几天，在海滩边上，若海被一群人所吸引。

这是一群被称为"水鬼"的人。他们套上了潜水服，再戴上潜水镜，用皮管子将前面的洞口勒紧，然后戴上脚蹼和呼吸器，手里拿着装海产品用的网兜，一个猛子潜入水中，很快就不见了踪影。不一会儿，他们钻了出来，手里就提着一网兜的海鲜，里面有鲍鱼、青口贝以及海参等，收获满满的。

若海没想到，以前自己经常到吃到的海产品居然是这样打捞上来的。

这一天，在一旁看热闹的若海见一个"水鬼"又捞了一网兜海产品上来，忍不住凑了上去，搭讪道："你们还是挺辛苦的哦。"

这时，旁边一个人帮着"水鬼"把网兜里的海鲜倒进桶里，看来那人是"水鬼"的帮手。

"水鬼"看了看若海，见他细皮嫩肉的，穿着得体，知道他是来海边玩耍的，向他笑了一下，露出一口洁白的牙齿，说道："辛苦又有什么办法呢，靠海吃海，我们也只能这样才能不会饿肚子呢。"

"大哥贵姓？"若海突然有一种迫切想与他交流的想法。

"水鬼"再次露出一口白牙，说道："我姓陈。"

"哦，陈大哥。"若海说道，"你这一网兜海产品能卖到多少钱？"

"卖不了多少钱。"陈大哥又露出那口白牙。看来，他不愿意说，若海对于他来说，毕竟是陌生人。

若海想了想，说道："我想买点海鲜，今晚做来吃。"

"你要买什么？"陈大哥眼前一亮。

"鲍鱼怎么卖的？"若海问。

陈大哥立即说道："我们这是卖到批发市场的。你要买，我也按批发市场的价格给你。一个鲍鱼卖给批发市场，能卖到八块多一个，青口贝要便宜一些，能卖到十元一斤，而海参则贵多了，每斤能卖到四十多元。”

若海点点头，从口袋里掏出一百元钱，因为没有称，陈大哥就给他抓了四条肥大的海参，捡了几个鲍鱼，又用双手捧了两捧青口贝，装了满满的一塑料口袋，递到若海面前，说道：“这足够一百元钱的货了！”

若海满面笑容地接过来，这才慢腾腾地说道：“你们还有下海的装备吗？我也想下海去捞点海鲜。”

陈大哥立即警惕地看着若海，摇着头正要说话，若海立即补充说道：“我捞起来的海鲜全归你们！还有，你们放心，我水性好得很！”

陈大哥停止了摇头，看着若海，不相信似的。

“真的。”若海上前拍了拍陈大哥的肩膀，说道，“我就是觉得好玩，想体验一下。”

陈大哥还在犹豫，若海又说道：“要不，我跟着你下去，我帮你提网兜。”

“你的水性真的很好？”陈大哥还是有些不放心。

“我现在就下水给你看看。”若海说完就脱了衣服裤子，只穿一个内裤跳进海里，一个猛子扎进去，在很远的地方冒了出来。

若海爬上岸来，陈大哥笑容满面，说道：“想不到你的水性真这么好！我们这些在海边长大的，很多人也比不上你！”

若海说：“你放心了？”

陈大哥笑了笑，点了点头。一个人愿意帮你打捞海鲜，还有什么比这更让他欢心的事儿呢？

若海跟着陈大哥一起戴上潜水镜、脚蹼和呼吸器，手里拿着一个网兜，两人一起下了海。

海里的世界真的很是丰富啊！若海第一次这样看海的世界。他真想好好地看一看这海底的世界，但是，陈大哥带着他，直奔海底而去。

若海和陈大哥潜到大约七八米深的海底。果然，若海看见一批青口贝，若海忙拿起网兜，一块一块地往里捡，其中还捡了十几块鲍鱼。

若海兴奋极了，朝着陈大哥望去，只见陈大哥的网兜里装有好几块海参！若海忙四下望去，却没有看见海参的影子。若海又朝陈大哥望去，只见陈大哥刨开沙子，用手往沙里一掏，一块海参就抓在了他的手里。原来这海参是隐藏在泥沙内呀。若海立即学着陈大哥的样子，俯了下去，四处寻找，突然，若海发现泥沙处有两三块肉刺露了出来，若海知道，这是海参的肉刺！若海颤抖着伸出手去，轻轻地刨开上面的沙层，露出一个大大的海参来，若海兴奋得快控制不住自己了，手从海参的侧面插了进去，插进大半个手掌，然后一掏，一个肥大的海参就握在他的手上了。

若海握着海参，朝陈大哥晃了晃，陈大哥朝他竖起一个大拇指。若海兴奋极了。接下来的时间，若海再也不捡青口贝了，连一些鲍鱼也不放在眼里，他专去找海参，等陈大哥叫他上滩时，他居然也找到了七八斤海参。

若海提着自己亲手拾来的满满一框海鲜上了岸，兴奋得像个孩子似的。说实话，当若海把那一网兜海鲜递给陈大哥时，他的心里很是不舍呀，这可是他亲手捡拾的，是他劳动的成果呀！可是，下海前他曾对陈大哥说过，他这是去体验，捡拾到的海产品全归陈大哥所有。所以，他只得恋恋不舍地把所有的海鲜都递给陈大哥。

陈大哥像看透了若海的心思似的，抓起之前卖给若海海鲜的塑料袋，把网兜里的海参往里丢，若海假装客气了两下，也就任由他装，毕竟，这是他辛勤的劳动成果。陈大哥也是一个耿直的人，把那个塑料袋装了满满的一袋，直到装不下为止。

若海提着海鲜离开时，陈大哥说道："这么多的海参，你拿回去得赶紧处理，要不然这些海参离开海水后，几个小时后就会溶化成一摊水……"

"啊？"若海真不知道还有这么一回事儿，拿着这满满的一袋海鲜有些不知所措了，这么多吃上两天也不一定吃得完呢！这可怎么办？

若海拿出手机，百度了一下，果然，他看见鲜活的海参一旦离开海水后，马上会分泌出一种自溶酶，在六至七个小时后会溶化成一摊水，消失得无影无踪。

若海真想问问陈大哥，他们把这些海鲜是拿到哪里去卖的。他也可以把这些拿去卖掉，总比化成一摊水强呀！但一提自己塑料袋，大概只有区区二十来斤，提着去卖岂不让人笑话。管他的，若海想，先拿回去再说吧。

路上，若海突然想到一个办法：小旅馆旁边有一家吃海鲜的餐馆，他可以把这些海鲜拿回去，让餐馆给加工做好，然后再存起来慢慢吃，反正天气已经转凉，存上两天也没有什么。

当若海提着这一口袋海鲜来到那家小餐馆时，老板见到若海提着那一口袋海鲜，突然喜笑颜开，冲若海叫道："卖给我怎么样？"

若海感到有些惊讶，这老板怎么想着要买他这二十来斤海鲜呢？老板像看穿他的心思似的，说道："哎呀，今天的客来得有点多，把我们备用的海鲜都用完了！我们给供应商打电话，他们也没货了。现在顾客就在外面坐着，我们总不可能把客人往外赶，是不？我们到处找海鲜都快找疯了！"

若海轻轻地笑了。

老板说："你开个价吧？"

若海提了提袋子，从里面掏出海参和鲍鱼各两个，然后把整个口袋递给老板，说："你看着给吧。"

老板看了看口袋里的海鲜，随手就从口袋里掏出两百元钱递到若海面前，说："你手里的海参和鲍鱼，我免费给你加工！"

4

夕阳美丽地照在大海上，把天边的海水染得流金溢彩，几只海鸟悠闲地飞在海面上，像海的精灵弹奏着一曲动听的音乐。夕阳越来越低，就要落在海里去了。夕阳钻进海里会是一幅什么样的美丽的情景呢？它会不会看见海底斑斓的世界？

若海在夕阳还没有完全落进海里时，一个猛子又扎了下去。若海戴着潜水镜、脚蹼和呼吸器，他是专程下去捞海鲜的。他所戴的潜水镜、脚蹼以及呼吸器是他自己买的，花了将近一千元钱呢！现在的若海已经不是以前富二代的若海了，他知道钱的不容易！但他并不为这花掉的一千元钱而感到后悔，他很快就能靠着这一千元的装备挣回来！比如今天，他是下午四点才到海边来的，穿着这些装备下海才两个小时，他已经捞了这么多海鲜。估计能卖个三四百元钱吧。

"干完这一趟就收工回家！"若海暗自想着，他摆动脚蹼，朝着海底游去。

昨天，若海把那一大袋海产品卖给了餐馆老板。握着手里的两百元钱，若海的眼眶竟然有些湿润。严格说来，这是他挣得的第一笔钱！以前他在父亲的公司里，干着总经理一职，父亲每月也给他开了七八千元的工资。但若海从来没有想过这是他挣的钱！因为没有父亲，他不可能担任总经理，这工资也就不可能是他挣的了。

"我每天都可以给老板提供一些海鲜的呀！去海里捞海鲜，并不需要什么了不起的技术，我也完全可以嘛！"这样一想，若海居然无比兴奋。

老板把免费加工过的海鲜递到若海手里时，若海忍不住说道："老板，你们的海鲜都是在哪里进货的？"

老板看了看他，说道："我们都是在海鲜批发市场进货的。"

若海点了点头。其实，老板对他的问话回答不回答都一样，这只不过是他跟老板打招呼的话，接下来，若海的话才是重点："老板，我可以每天以低于批发价的价格卖给你一些海产品……"

　　若海的话还没有说完，老板的眼睛就发亮了，说道："我也想问问你，刚才你提的这些海鲜是哪里来的？"

　　"我自己下海捞的呀！"若海说。

　　老板不相信地看了看若海，说道："还真看不出来喔！"

　　若海轻松地笑了，说道："对于捞取海鲜，我也是兴趣爱好。只是捞多了，我也吃不完。像海参，放着几个小时就变成一摊水了，浪费了也怪可惜的。所以，今后我要是捞了海产品回来，我是不是都可以卖给你？价格自然要比批发市场的还要便宜！"

　　"好呀！"老板豪爽地答应着。其实，对于老板来说，这是再好不过的事情了！

　　"不过，你要去捞海鲜的话，先跟我说一声，告诉我大概会捞到多少斤，这样的话，我去批发市场就少买点。"老板拍了一下若海的肩膀，意思很明显：合作愉快。

　　大海真是一个宝藏，若海有些贪婪地在海里捞取着海产品。海水有些发凉，但若海的心却是热的。他这是靠自己的劳动赚取钱财。

　　若海太需要钱了！若海从来没有像现在这样感觉自己需要钱！往大了说，他想重振父亲的公司，父母尤其是父亲辛劳了一辈子，老了却被一场金融风暴给打垮了，父亲不心甘，若海自己也不心甘啊！往小了说，他要给父母提供一个舒适的生活环境，这是作为人子应尽的责任，对了，他每月还有房贷呢！别看只有一千来块，但对于现在的若海来说，也是一个不小的数目呢！

　　若海钻出海面来，夕阳已经落了下去，天灰蒙蒙的了。

　　若海提着手里五六十多斤海鲜上了岸，看着这丰厚的劳动成果，若海的心里别提有多高兴了！他甚至想大声地歌唱一曲。

　　现在想来，若海自己也想不明白，这手里提着的海鲜最多也就值个四百多元。以前身为富二代的他，区区四百元他是根本不会放在眼里的。而现在他却如此兴奋！手里提着沉甸甸的海鲜很实在。这样的实在让若海感到非常满足！而这样的满足，若海好像从来没有过。

这也许就是一个普通人的满足吧！作为一个普通人，真的挺好。

满足，就是这么简单！

天气渐渐冷了，但是这个时候，海参正好夏眠结束，它们会随着水温降低出来觅食，正是海参个头最大、肉最多的时候。若海每天都能捞到个头大，肉多的海参，这不仅让若海兴奋，也让海鲜店的老板高兴。虽然若海把海鲜交给老板，老板给多给少他都接受。但老板也是一个实诚的人，给的钱与在海鲜批发市场一个价格。

就这样，若海在海边的日子过得很踏实。他每天会拿出两三个小时去捞海鲜，每天也都能得到四百元左右的收入。除去房租和饭钱，若海每天还有近三百多元的纯收入。他不仅把这个月的房贷给还了，还给父母寄回去一千元钱。

只是，天气渐渐冷了，海水也越来越凉，若海每天下到海底的时间也越来越短。再后来，若海把下海的时间定在了阳光充足的中午。

若海真想就这样一直待在海边。在若海很失意的这段日子里，是大海用博大的胸怀拥抱了他，并给了他"丰衣足食"的前景。他甚至觉得，他已经很满足了。但是，这一切都在那一天改变了！

那一天，天突然出奇的好，太阳照在身上暖洋洋的。

这么好的天气，正是下海的好时机，若海提着自己的装具来到海边。若海的运气也非常好，他第一趟下海只用了三十分钟，就捞到二十斤左右的海鲜。若海兴奋极了。

若海的头刚刚露出海面，突然看见海岸站着四个男人，他们抱着胸，目光齐刷刷地盯着他。若海好生奇怪，他们这是要干什么？

若海本不想理他们的，但他提着装有海鲜的网兜一时不知如何办才好。一般情况下，别人捞海鲜都是两人，一人捞一人在岸边看着捞起来的海鲜，而若海只有一人，只得把海鲜用网兜拴住，用一根长绳拴在岸边。若海这样做得防着人，现在岸上有四个人八只眼睛盯着他，他怎么能再将这些辛苦捞起来的海鲜拴在岸边呢？这不是活生生地告诉他们，他刚捞起来的海鲜放在这里了？

正当若海一时不知所措时，岸边一个人朝他喊道："喂，你，带着你的海鲜，上来！"

那人的话明显不怀好意。这也让若海的脑袋有些发懵，他们这是要干啥？

若海朝着岸边游来，近了，他清晰地看清岸上的四个男人眼里狠狠的目光，若海心里一个激灵，脑子里开始迅速地旋转，把这段时间到海边来的情况仔细地回想了一下，他没有得罪过任何一个人呀！这四个人，他也一个也不认识呀！他们这是要干什么？

若海提着海鲜上了岸，他把呼吸器和潜水镜取下拿在手里，只是脚下还穿着脚蹼。若海站在四人面前，诧异地看着他们狠狠的目光。

"我说，谁叫你在这里捞海鲜的？"四人中间一个露着平头的男人歪着脑袋问道。

若海的脑袋突然一阵发懵，他不知道该怎么回答平头的问话，只得愣愣地不解地看着四人。

"问你话呢？！"另一位蓝衣服的男人朝着若海逼近一步，再次喝问道。若海不自觉地后退一步，嘴里喃喃地说道："没，没有谁……"

"没有谁叫你还敢来这里捞海鲜？"一位瘦高个子的男人又朝着若海逼了一步，吼道，"你知道这是谁的地盘？"

谁的地盘？若海的心里更加诧异了，这是大海呀，大海是大家的，怎么可能会是谁的地盘？若海正要回答，突然，一位膀大腰圆的男人上前一把抢下他手里的网兜。

这可是若海刚才辛辛苦苦从海里捞上来的，若海伸手去夺，却被膀大腰圆的男人一脚踹倒在地。

若海有些急了，争辩道："你们凭什么抢东西，还打人？"

四个男人一下子将若海团团围在中间！

"告诉你！这是胖哥的地盘，没有胖哥的允许，谁也不准下海去捞海鲜！知道不？"蓝衣服男人说。

胖哥是谁？若海不知道，他管他是谁？若海喃喃地说："海里的东西是大家的……"

"你是哪个地方的人？"平头朝他吼道，"你有什么资格跑到这里来捞海鲜？"

"谁都可以捞！"若海仍旧争辩道。

"谁都可以捞的话，全世界都跑到这里来捞。"瘦高个男人睁着眼睛说，"那还不乱了套？"

若海也明白瘦高个男人说的是一个理。但若海看到辛苦捞取的海鲜被他们抢走，心有不甘，便伸手去夺，边夺边说："我就是一个爱好，捞点起来自己吃的！"

"放屁！"平头男人说，"注意你不是一天两天了，你捞的都卖给了街头的那家海鲜店。是不是？"

若海无言以对，看来他们是有备而来的。

"靠！跟他讲什么理？"膀大腰圆的男人说道，朝着若海的屁股狠狠地踢了一脚，又说道，"有种你再下去捞！看我不打断你的腿！"

瘦高男人盯着若海，说道："再看见你没经过胖哥的允许去捞海鲜，看我们怎么收拾你！"

若海的心里不由自主地"咯噔"了一下，难道他遇到像电影电视里的那种黑社会了？

5

"胖哥是谁？"

若海这样问海鲜店老板的时候，老板愣了一下，突然定定地看着他，说道："怎么？你以前下海捞海鲜没有经过胖哥的允许？"

若海也愣愣地盯着老板，喃喃地说道："为什么要经过胖哥的允许？"

老板咧开嘴笑了一下，不知是笑若海的问话还是在笑若海的无知。接着，老板拍了一上若海的肩膀，向他解释道："其实说实在的。海里的海产品是大家的，按理说谁都可以捞。但是，谁都去捞又会对大海造成影响，毕竟大海也不是取之不尽用之不完的。还有最重要的一点，那就是地方保护主义！在我们这些当地人眼里，这大海是我们的，不是你们外地人的！所以，我们政府为了不让外地人来这里随便捞取海鲜，就专门派人来巡视监察。但是，政府不能出面，警察不能出面，原因很多，不说你也能明白，所以，政府便找到了胖哥……"

"他是谁？"若海插嘴问道，其实若海的心里已经有了答案。

老板看了看店子里的顾客，又看了看店外，确定没有胖哥的人，这才小声地说道："胖哥其实就是我们这里的一个痞子。不务正业，欺行霸市……"

"政府怎么能找这样的人？这不是……"若海的话没有说完，老板也知道他要说什么，制止了他的话，说道："我刚才也讲了，政府有政府的难处。但自从找了胖哥，这下海捞取海鲜的事儿也就真的秩序了许多！"

若海从鼻孔里轻轻地"哼"出一声。老板一见若海这副不屑的模样，忙劝说道："我要知道你没跟胖哥打招呼，我是不敢买你的海鲜的！你赶紧收手吧，要不下次再被胖哥的人抓住，那就不是收缴海鲜那么简单了！"

若海想告诉老板今天就被他们踹了两脚，但想到一个男人被别人打不是光彩的事儿，也就把话咽进了肚子。

老板毕竟是好心，若海轻轻地点了点头，心情更加沮丧起来。他本以为能够以这种方式在海边惬意地生活，但怎么也没想到会遇上这种事儿。若海轻轻地叹了一口气，突然对自己的明天感到茫然。

这时，海鲜店里突然冲进来几个人，其中就有中午在海边堵住若海的平头男人和膀大腰粗的男人。一见若海，目光就狠狠地落在他的身上。平头男人还绕着若海转了一圈，抖着腿说道："哟，想不到还能在这里碰见你！好，既然你也在，那就不要走了。"

说到这里，平头男人走到海鲜店老板面前，说道："你是不是买外地人下海捞的海鲜？"

海鲜店老板笑容可掬，忙叫服务给他们上茶，哈着腰说道："是我错了！我并不知道他是外地人，我下次一定改正！"

"你还想下次是吗？"膀大腰粗男人吼道。

"不敢，不敢。"老板忙说道。

"我说，你买这些海鲜之前问清楚情况了吗？"平头男逼问道。

老板看了一眼若海，转头对平头男说道："我以为他跟胖哥打了招呼的……"

"以为？"膀大腰粗男人敲了老板的脑袋一下，说道，"你还'以为'！我叫你'以为'！"

老板摸着被敲痛的脑袋，仍旧满脸笑容，生怕自己一个表情不合适得罪了他们。

"你说怎么办吧？"平头男人歪着脑袋说道。

老板搓着手，从柜台里拿出一条中华烟来，撕开，一包一包地递给那帮人。边递烟边说道："我今后再也不会这样做了！原谅我这一次吧。"

拿着烟的平头男人抽出一支烟来，老板忙上前去给他点上，平头男人吐出一口烟来，变得平和了一些，说道："记住了，没有买卖就没有捞取！"

"扑哧"一声，若海笑出了声。若海这是忍不住才笑出来的。"没有买卖就没有伤害"这本是一句公益广告语，由篮球明星姚明说出来，是有深刻哲理的。而此刻却经这位平头男人"改编"后说出来，要多滑稽就有多滑稽。

若海也是忍不住笑出声后才意识到这种场合是不能笑的！然而，已经晚了。

那帮人的目光齐刷刷地射在若海身上，若海的心里不寻常地跳动，他害怕得想要后退，但是，那帮人已经从四面向他逼了过来。若海感觉自己的浑身颤抖个不停。他不敢想象得罪了这帮人的后果。

平头男人站在若海面前，朝着若海的脸上吐出长长的一口烟雾。若海无法躲避，呛得他咳嗽了好几声。

"好笑吗？"平头男人闪着狠狠的目光。

若海忙摇头。

"不好笑你还笑得这么开心？"话音未落，只听见"啪"的一声响，若海的脸就火辣辣的痛。

"你知道不？你在海里偷捞海鲜，中午我们抓到你没有罚你的款，已经给足你面子了，你小子居然这样不知好歹！"

平头男说着，伸手又给若海一个巴掌。若海早有准备，平头男的巴掌落空了。平头男没有想到他的巴掌会落空，在他的意识里，他伸出的巴掌，不管轻重，对面的人都得接着，也得像刚才膀大腰粗的男人打海鲜店老板那样，即使被打了，也得点头哈腰地笑着！这小子吃了豹子胆了吗？居然敢躲开！

再一看若海：若海从小到大从没有受过这样的气？若海摸着生疼的脸，心里腾地蹿起一股怒火来，也狠狠地盯着平头男人。

平头男人没有想到若海会这样盯着他。这小子是怎么敢这样盯着他？

若海这样的眼神，刺激了平头男子体内的兽性，他指着若海朝周围的同伴叫道："耶？耶！他不服气呀？！"

平头男人的话语无疑是在他的同伴们中投下了一颗炸弹。同伴一听平头男人的话，立即气势汹汹地朝着他扑来——在这里，谁敢对他们不服气？

还是中午那个膀大腰粗的男人，一脚就将若海踹倒地，接着，其他同伴上前，拳脚就落在若海的身上……

海鲜店周围都围满了人，谁也不敢上前来拉架，只能小声地议论着。

突然，若海听到一个声音："哎呀，他怎么啦？"这是个女孩的声音，听起来好熟，若海一时想不起来，但他又不敢放下抱着脑袋的手去看，他怕这帮人失手踢着了他的脑袋！若海只得在脑子里去搜索，她到底是谁？

这时，旁边的人给女孩解释，说："好像他没有经过胖哥的同意就去海里捞海鲜了，人家要罚他的款……"

这时，女孩的声音近了，她大概是拉住了一个打若海的人，说道："别打了，他的罚款我替他交了！"

落在若海身上的拳脚骤然间停了。若海这才睁开眼睛，他看清了她：程萌萌。

6

在若海租住的那间小旅馆的房间里，屋里乱七八糟地摆着一些东西。

若海鼻青脸肿地坐在程萌萌面前，程萌萌一手拿着一个药瓶，一手轻轻地给他涂抹着药水。程萌萌离他很近，她身上的一股幽香不可抗拒地钻进若海的鼻孔……这让若海的心有些慌慌的，忙闭住自己的呼吸。

此刻的若海，他怎么也没有想到会在这里碰到程萌萌，他感觉自己的尊严在她面前正一点一点地消失！当初，他可是她的顶头上司呀，现在却落魄到这种地步，他还有什么脸面对她？若海甚至想找一个地缝钻进去。

若海努力地想控制自己的脑子不去想这些，他换了一个角度，对了，当初也是在这个海边，他和聂倩正甜蜜地走在沙滩上，程萌萌从远处灰头土脸地跑来，告诉他金百万公司在金融风暴中的情况……现在，怎么又在这里碰到她？她来这里干什么？对了，公司被收购后，也不知她找到工作没有？

若海想张口问，喉咙里却像塞进了一个东西似的，怎么也吐不出来。

猛地，若海的脑海浮现一件事儿来，当初他去宾馆退房时，他的所有银联卡都被冻结了，是程萌萌给他垫了三千多元钱，才付清了房费了。他原本想回到A城就还她的，但回去后一直忙于公司的事务，就把还钱这事儿给忘了。就在刚才，程萌萌还为他垫付给了小混混两千元钱的"罚款"。现在算来，他可差她五千多元钱了！

想到这里，若海的心里更加羞愧了。

程萌萌给若海涂好了药水，抬头看了他一眼，嘴动了动，却什么也没有说，只轻轻地叹了一口气，转身放药瓶去了。

"她这是要说什么？"若海的脑袋不由自主地想道，"她这是嫌弃我了？嫌弃我变成这副模样了……可是，我要变成什么模样？我能变成什么模样？我再也不是以前那个富二代了！"

若海心里越想越不是滋味，越想越难受。

这时，程萌萌走了过来，问道："你想吃点什么？"

若海轻轻地摇了摇头。

"那怎么行？人是铁饭是钢，一顿不吃饿得慌。"程萌萌说完这句话，看着若海，顿了一下，露出一个好看的笑容，说道，"我请你！你现在这样也不适合出去，我叫外卖，好吗？"

程萌萌的话都说到这个份上了，若海再说不吃就有点不识抬举了，只得轻轻地点了点头。

程萌萌正要准备出门，若海在程萌萌的背后说了一句话："谢谢你。"

程萌萌像被雷击住了似的猛地停住了脚步，她轻轻地转过头来，若海看到了她的笑容，她笑起来的样子很好看。若海躲闪开她的目光，喃喃说道："你为我垫付的钱，我今后一定会还你的！"

程萌萌的笑容凝固了，只轻轻地叹出一口气，什么话也没说，转身走出了房间。

这一天晚上，程萌萌给若海买回了一份红烧排骨和辣子鸡。这是若海除了海鲜之外最喜欢吃的两道菜。这段时间以来，若海在这里天天吃海鲜都吃腻了，一吃到这两道最喜欢的菜，立即下了两碗饭。

吃完饭，若海这才想起，程萌萌怎么知道他最喜欢吃这两道菜？难道他一直在关注自己？若海抬头看了一眼程萌萌，只见程萌萌也正微笑地看着他。若海的脸微微有些发热，他刚才的吃相一定很难看吧。

接着，若海的脑海又浮现出一个问号来：她为什么会出现在这里？若海的嘴张了张，还是将话说出了口："你到这里来是……"

若海的话还没有说完，他就看见程萌萌的脸上飞起一朵好看的红云。程萌萌躲闪开若海的眼睛，有些慌乱地说道："我，我是来海边，玩的……"

若海知道程萌萌说的是谎话，但又不好深问。

"公司被收购后，我也就没有工作了！我去应聘了好几家公司，但都因为金融风暴，其他公司都忙着裁员，怎么还会招人呢？对了，到有几家招人的，要么专业不对，要么工资低……"说到这里，程萌萌突然眼睛里闪了一下，兴奋地说道，"对了，有一天我去一家公司应聘，我还看见你！你那时也在……应聘。"

程萌萌说到这里，脸又红了，她大概也意识到现在说这个事儿不太好，因为若海没有应聘上，这是他心里的一个伤痛！

果然，若海牵动脸上的肌肉笑了一下，他不知道程萌萌说的是哪一次，他去应聘的公司有四五家呢。但是，都没有应聘成功……想到这一点，若海的心就隐隐有些难受。他可是美国宾夕法尼亚大学商业管理系毕业的，是世界顶尖级的商业管理专业的研究生呀！

却找不到工作！

突然，若海的脑海里灵光一现：既然在国内找不到工作，何不到美国去？当年他毕业时，有好几家企业争着要他呢？但是，紧接着，若海又把这个念头给打压下去了，因为他想到了自己的父母，现在父母年岁已高，父亲在金融风暴中被打垮了，母亲体弱多病，正是需要他照顾的时候，他怎么能出国而离开他们呢？

一想到自己的父母，若海心里的愧疚感就油然而生，他到海边快一个月了，期间只给他们打过三四个电话，也不知道他们现在怎么样了？

看到若海的表情，程萌萌也就没有再说话，默默地收拾着茶几上的剩饭残局。

"我想明天回去了。"若海说。

"真的？"程萌萌惊喜地抬起头来。但是，当她看到若海鼻青脸肿模样，马上将脸上的笑容收了起来，说道："我看你还是等三四天再回去吧。"

"为什么？"若海惊讶地问。

程萌萌说："你看你这副模样，要是回去了，总裁和阿姨不心疼你呀！"

若海这才想起自己被揍得鼻青脸肿的事儿，伸手摸了一下自己的脸，疼。

接下来的这三四天，准确地说是跟程萌萌在一起的这三四天，若海一直想发火。

这几天，因为若海鼻青脸肿的，没有脸面上外面去，整天都窝在旅馆的小房间，除了刷刷微博，就是看看电视。幸亏有了程萌萌，每天的三顿饭都是她从外面买好，又亲自给若海送到旅馆来。要不是她，好面子的若海真不知道这三四天该吃什么呢？一个男人，现在却要靠着一个女人，才能吃上饭。

在若海看来，还有比这更窝囊的日子吗？

程萌萌也看出若海这几天心情不好。她把若海心情不好的原因归结为脸上被人揍了的瘀青一直没有散去。那帮人也真他妈的心狠手辣，拳头打在身上是实打实地痛，而且留在脸上的瘀青就像生在上面似的，无论若海每天怎么擦药水，用鸡蛋敷揉，瘀青总是不肯散去。其实说来，若海应该要感谢程萌萌的。要不是程萌萌及时出现，并替他交了两千元的"罚款"，他不知道还会被那帮小混混揍成什么样呢？

另外，还有更深层次的原因，这比现在鼻青脸肿更让若海没有面子。想想吧，当初他跟聂倩在海边"恩恩爱爱"时，是她首先来"撞破"的，他没钱交房费，是程萌萌替他交的；现在是他人生最为潦倒的时候，尤其是被一帮小混混当街揍的时候，她又全部看在了眼里，又替他交了"罚款"……这个程萌萌，不仅让若海感觉自己在他面前像被剥光了似的，还像在一巴掌一巴掌"啪啪"地抽着他的耳光……

若海心里越想越觉得不是滋味，越想越恼火。

这一天，程萌萌又给若海买来中午饭，是若海喜欢吃的辣子鸡和一份海鲜，若海没有一点食欲。吃了两口便放下了筷子。程萌萌抬起头，用她那双清亮澈底的大眼睛看着他，问道："怎么，不合你的胃口？"

若海躲开她的大眼睛。若海甚至有些害怕她的大眼睛，那天他和聂倩在海边散步时，这个程萌萌，隔着那么远的距离居然就能认出他来。此刻她的眼睛就像要看穿他的内心，这让若海如何不躲开？若海的喉结处动了动，却一时又不知说什么好。只是轻轻地摇了摇头。

程萌萌抿了一下嘴唇，说道："要不，下午我陪你到海边去逛逛？"

若海心里这三四天来一直在发酵的火终于被点燃了，他腾地一下站了起来，指着自己还有些瘀青的眼睛，吼道："你看我他妈像个熊猫似的，怎么出去逛？你嫌我的脸丢得还不够多，是不？你嫌我在你一个人面前丢脸，观众太少了，是不？"

程萌萌没有想到若海会突然朝她发那么大的火，吓得身子一个哆嗦，眼睁睁地看着若海发完了火。

其实，若海在发完这顿火时心里就后悔了！从良心上说，程萌萌在这个时候的出现，无疑是帮了他的大忙，再说了，这几天对他无微不至的关照，他若海应该非常感激她。但是，火已经发了，就如水已经泼出去了，怎么可能收回来呢？若海的心一阵懊悔，紧接着，他的心肠一硬，心想："男人嘛，发就发了！管他的。反正也不想见到她！何不趁机让她离开自己！"

想到这里，若海盯着程萌萌，心里直叫："快点骂我呀！快点把桌子掀翻，然后屁股一拍就走！快骂呀！快掀呀！快走呀！"

但是，让若海怎么也没有想到的是，程萌萌居然朝他笑了起来！她居然笑了，她怎么能笑呢？若海的脑子有些发懵！

接着，让若海更加意想不到的事儿发生了，程萌萌居然站起身来，说："我早就替你想到了，我替你买了一副墨镜，你只要戴着出去，别人就看不到你的黑眼圈啦，就不会被人笑话啦！而且，你戴上肯定很帅。"

程萌萌边说边去拿自己的小包，很快从包里掏出一个袋装的眼镜，打开袋子，掏出一个精致的墨镜，又笑嘻嘻地走上前来，给若海戴上。

若海的脑子一时处于空白之中，甚至有些手脚无措，不知道这件事情怎么就朝着这个方向发展了。在程萌萌给若海戴上墨镜的时候，她的手轻轻地碰了一下他两边的脸颊，像春风吹动的柳枝轻轻地拂过，接着，一股花香——准确地说，是程萌萌的体香轻轻地飘进了他的鼻孔，若海居然有些醉了！

程萌萌给若海戴上眼镜后，又站在离他一米远的距离，兴奋地上下左右地看着，说道："我就说嘛，你戴上肯定很帅的！"

若海伸手想取下墨镜，想想又算了。

7

下午，程萌萌真的陪着若海来到海边，两人沿着海边慢慢地走。

很奇怪，一来到海边，吹着海风，看着海浪一浪一浪地荡过来又退回去，若海心里这些天来的郁闷便像被什么东西一扫而光了。

一开始，两人都没有说话，只是静静地沿着海边行走。

路边，一对情人手挽手地迎面走来，从他俩身边走过。有了这对情人的衬托，若海骤然间觉得，此刻的他和程萌萌也太像一对恋人了。

放眼望去，在这海边的沙滩上，有几对男女也像他们这样溜达的，不用看也都知道，他们都应该是恋人关系。同样，在别人的眼里，他和程萌萌，一定也会被认为是恋人或者情人关系的。

若海扭头看了一眼程萌萌，哪知正好碰上程萌萌的目光，程萌萌像被电击了似的躲闪开去，脸微微泛起一阵红潮。若海的心忍不住颤抖地跳动了一下。

"难道，她喜欢我？"若海的脑海不由自主地冒出这个信号来。

若海现在戴着的这幅墨镜，是程萌萌替他买的，她为什么要替他买这幅墨镜？很明显，她就是希望若海能陪她到海边来逛逛。能一起到海边来逛逛的——像现在海边这些男女，不是恋人就是情人关系。这一点，程萌萌应该会知道的——如果她之前曾到海边来逛过。

接着，若海的脑海里又浮现出一个接着一个的信号：这程萌萌怎么会出现在这里？难道是专程来找他的吗？她看到他被小痞子揍，她当时很心疼，很着急！那个平头的小痞子说要两千元的"罚款"时，程萌萌二话不说就掏出钱给了他！尤其是这三四天来，程萌萌一直在他身边，对他不离不弃。甚至对他的发火都能笑脸相对！

骤然间，若海突然想起一件与程萌萌有关的事儿来。

那时，他在父亲的金百万公司任总经理还不到一个月。一天，他突然听见父亲办公室里传来女人的哭声。若海的心里一个激灵，难道父亲又犯风流债了？也不知道是一种什么样的心里驱使，若海推开父亲办公室的门走了进去，若海这才看见，那个哭泣的女人是程萌萌。

其实，若海来公司之后，对于程萌萌的工作能力是不信任的，她这么一个年轻的姑娘，居然会坐在公司主管会计的位置上！她有这个能力吗？会不会是父亲"宠幸"过的小三？现在见她这样当着父亲的面哭泣，若海在心里不屑地哼了一声。

按说，如果程萌萌和父亲真有什么见不得人的关系，那么当若海出现时，程萌萌应该立即停止哭泣，擦干眼睛，装作什么事儿也没发生。因为这是见不得人的关系，更何况若海是金百万的儿子。但程萌萌却没有停止哭泣，仍由泪水流在她的脸颊。

若海好奇怪地盯着程萌萌，问道："怎么啦？"

程萌萌的嘴动了一下，泪水更加欢畅地流在了脸上。若海把目光转向父亲，父亲瞟了他一眼，说道："她父亲出车祸了！现在还在医院的急救室里待着呢！"

"那赶紧去医院守着呀！"若海说。

金百万说："她没钱给父亲做手术！这不，到我这儿借钱来了！"

"肇事司机呢？"若海说，"这钱应该由肇事司机先行垫付呀！"

"他……他跑了！"程萌萌可怜兮兮地说道，脸上的泪水流得更加欢畅了！

若海盯着父亲，说道："那赶紧借给她呀！她要借多少钱？"

"她一开口就要借二十万！"金百万说道，"这可不是一笔小数目呀！我现在也不能确定她说的话是不是真的？还有……"

"还有什么呀？"若海急了，说道，"谁会拿自己的父亲出车祸来说事儿！是不？"

金百万盯着若海，突然笑了一下，说道："对呀，我怎么没有想出来呢？小程的人品是相当不错的。应该不会骗我们的。"边说边在桌子上的支票上签下了自己的名字。

程萌萌颤抖着双手接过这张支票，双腿一软，就跪在金百万和若海面前，感动得一句话也说不出来。若海忙上前去扶起她，让她把工作交接一下，赶紧回家照顾垂危的父亲。

　　十天后，程萌萌回到公司，她的胳膊上扎着黑纱。程萌萌父亲虽然有二十万救命的钱，但最终还是因为伤势过重没有抢救过来。程萌萌在家安排父亲的丧事，父亲过了头七，便匆匆赶回了公司。

　　回到公司后，程萌萌便拿着五万元钱来到金百万办公室，说道："这五万是先还借的钱，剩下的十五万，我一定会尽快还清的。"

　　当时，若海恰巧也在父亲的办公室里，见到程萌萌脸上还满是悲伤的神情，若海说道："节哀。如果你精神状态不是很好，我建议你还是多休息两天！"

　　听到若海的话，程萌萌满眼含泪，说道："不用了，我可以的。"其实，若海是担心程萌萌精神状态不好，怕她弄错了公司账目。没想到程萌萌听到这话，居然感动得恸哭流涕的。这让若海的心里有些不好意思，也为之前对程萌萌的偏见而感到许多歉意。

　　想到这里，若海对程萌萌说："你父亲去世了，你更要保重身体！"

　　这时，金百万突然叹出一口气来，接着又轻轻地摇了摇头，说道："花了这么多钱，你的父亲还是离开了……"金百万说这话的意思很明显，程萌萌为垂危的父亲花了整整十五万，不值！

　　对于若海来说，他在心里是反对父亲这样的话的。但父亲的话又说明了一个道理：十五万！对于每月只有三千来元工资的员工来说，这无疑是一个天文数字！不吃不喝也得四五年才能还上！

　　"不！"程萌萌咬住嘴唇，脸上滑过两行泪水，说道，"我的父亲是一个朴实而勤劳的农民，他只有我一个孩子。小时候，我因为生病，父亲几乎把整个家都腾空了为我治病……他把全部的爱都给了我，供我读书，上大学……我为他，担上这十五万——即使担上一百五十万的债务又有什么呢？"

　　说完，程萌萌转身离去，留下金百万和若海二人面面相觑。

三个月后，程萌萌就把十五万元钱还给了公司。若海曾好奇地问她："哪儿来的这么多钱？"程萌萌说："那个肇事司机被抓住了，他赔了我们家一笔钱！"若海的心里一个哆嗦，这可是她父亲的生命钱呀！程萌萌像看透了若海的心思，说道："我父亲九泉之下，如果知道这事儿，他也会同意我这样做的！他这一辈子，从来没有欠过别人一分钱……"

　　这一段往事本来已经尘封在若海的记忆里，也不知道是怎么回事，今天它却骤地从记忆的深处跳了出来，鲜活地浮现在他的脑海，仿佛就发生在昨天。

　　"程萌萌是一个好姑娘！"若海在心里轻轻地叹道。

　　若海又扭头看了一眼程萌萌，只见程萌萌正望着大海上几只翻飞的海鸥而发呆。

　　"她在想什么呢？"若海心想，"难道她真的喜欢我？"

　　若海从美国回到公司也一年多了，他从来没有感受到她的爱。也许，当初他是富二代，她或者只是一直在心里暗恋他吧。可是，现在的他再也不是什么富二代了，是一个穷小子了！程萌萌是一个好姑娘，他不配得到她的爱！

　　想到这一点，若海突然自形惭秽起来，如果——若海在脑子里假设，如果他还是一个富二代，他会爱上程萌萌吗？也许不会吧，她不是若海喜欢的那种类型，他喜欢的是聂情那种娇艳的姑娘。

　　一回头，他又碰到程萌萌的目光，她的目光里闪烁着痴情，带着一种让若海一看就懂的爱意。若海的心不寻常地跳动了一下。

　　从海边回来，已是晚上，程萌萌和若海坐在一家海鲜店，两人各怀心事，一直活泼的程萌萌也没有说话。吃过晚饭，两人又默默地朝着那间小旅馆走去。程萌萌知道若海住在这家小旅馆后，也从她之前居住的小旅馆搬到了这里。只是，两人住的楼层不一样。若海住的是二楼，程萌萌住的是三楼。

　　到了二楼，两人就要分手了。这时，若海突然做出一个大胆的举动，他一把搂住程萌萌的腰，把她搂在怀里……

程萌萌吓了一大跳，两只大眼睛惊恐地看着若海……

若海在心里暗自笑了一下，朝着程萌萌的嘴就吻了下去——若海是没有准备吻到她的，他只是吓唬吓唬她一下。

果然，程萌萌的身子在若海的怀里剧烈的颤抖了两下，她本能地把头转向一边，叫道："你要干吗？你这个坏蛋！"

若海却紧紧地搂着程萌萌，他要努力地使她反感自己。他把脑袋使劲地凑向她，其实他是可以吻到她的，但若海只用脸在她脖子上面的衣服上蹭了蹭，并故意喘着粗气……

突然，若海感觉脚面一阵剧烈的疼痛。原来程萌萌狠狠地踩了他一脚！若海痛得眼泪差点流下来了，赶紧松手，弯下腰揉起脚来。

"你混蛋！枉我这些天对你这么好！你居然……你，你把我当成什么人了？我……我不想再见到你！"程萌萌朝着若海吼完，转身跑上了三楼。

若海一边揉着被程萌萌踩痛的脚，一边在心里狠狠地骂起她来："本就没把你怎样？居然对我下这么重的手！真是最毒妇人心！"

若海的脚很快就不痛了。若海望了一眼三楼，他以这种方式让程萌萌不再对他抱有幻想——不，是他配不上她！他本以为此刻他的心里应该很兴奋，但不知怎么的，他的心里却有了一丝失落！

若海回到旅馆房间，一下子扑倒在床上，他的脑子里空空的，他的身子不想动，只想静静地躺在床上，什么也不想……他甚至感觉自己的身体都快要飘起来了！

也不知过了好久，一阵手机铃声把若海惊了回来。抓起手机一看，是父亲金百万打来的。

若海浑身一个激灵，来到海边快一个月了，家里难道发生什么事儿了？

若海忙接通电话，里面却传来金百万兴奋的声音："海娃，快点回来，我给你找到一笔钱，足足一百万呢，它可以支持你创业！"

第三章
若海总感觉自己的后背有一双眼睛在盯着他！

1

在A城一家豪华的餐厅前，若海和金百万早早地守候着，不时望着路边车来的方向。他两这是在等一个人：喻修剑——"云鹏金融投资有限公司"的老板。

来之前，金百万就不止一次地对若海说："海娃呀，喻老板虽然比我小十岁，但跟我是多年的老朋友了！这一次答应以他们金融公司的名义，向我们贷款一百万。这样你就可以创业了！成立一个小公司，先慢慢来吧……"

若海轻轻地朝着金百万笑了笑。他怎么也没想到，现在他居然会拥有一百万。这一百万，来得是多么及时和重要啊！对于若海来说，就是一个机会，或者说是一个起点。有了这一百万，他就可以施展拳脚，甚至信心百倍地在商海崛起。他有这个信心，也相信自己有这个能力。

突然，若海的脑海闪现出一个信号，随即问道："爸，既然你跟喻老板是好朋友，当初你的公司濒临破产时，他为什么没有'雪中送炭'呢？"

金百万瞟了一眼儿子，说道："当初金融风暴突然降临的时候，他的公司也面临着破产的危险呀……"

"那他是怎么控制住风险的？"若海忍不住问道。

金百万摇了摇头，说道："具体我也不知道。他没有告诉我，我也不可能去问他！"

若海轻轻地点了点头，这确属于商业秘密吧。

"一百万？一百万！嘿嘿，我看你要成立公司还是叫金百万公司吧。"金百万喃喃一般地说道。虽然他的话像是无意之中而说的，但眼睛还是看着若海。

若海知道父亲说这话的意思。父亲金百万在商场纵横了近二十年，他不甘心自己的这一切都毁在一夕之间。如果儿子今后成立了公司，也叫"金百万公司"的话，对他也是一种精神的寄托和挂念。但若海此刻还是在心里决定，如果他真的成立公司，他一定要使用"金百万"这个招牌。

但是，若海是清楚的，金百万公司已被收购，"金百万公司"这个名字须在公司注册满三年后才能使用。若海朝着金百万笑了笑，说道："等这一百万借到手后，父亲你可以再次出马，我仍旧给你当副手！"

"不喽！"金百万果断地挥了挥手，"我这一生没有文化，吃了没文化的亏。比如，我曾在脑海里不止一次地想过，我这几千万的财产，谁也不可能一夜之间就给我'抢'光了吧！哪知，什么金融风暴一来，我立即就成了穷光蛋！唉——你有文化，是从美国宾夕法尼亚大学毕业的，虽然你老爸没文化，但知道那是世界上的一所好大学。你的能力老爸是相信的……唉，当初你一回来，我就应该把位置让给你的，或者，多给你这个总经理一点权力……"

自从"金百万公司"被收购之后，父亲金百万再也不像以前那样威严，而是像祥林嫂一样变得婆婆妈妈的。若海理解父亲，所以大多的时候，若海都静静地陪着他，听他倾诉……

比如现在，若海陪同父亲金百万一边等着喻修剑一边又唠叨开来："一百万，两个月之前我根本就不会把这么小的一笔钱放在眼里呀！现在，唉——"金百万长长地叹出一口气来，又感慨地说道，"一百万！嘿嘿，又是一百万，当年我的资产达到一百万的时候，可花费了我好几年的时间呀，那时，一百万是很多的一笔资产了，在很多人的眼里，可望而不可即呀！现在这一百万，真的值不了多少钱了？跟当初我的一百万根本没法比呀……"

"爸！"若海忙打断金百万的话，"等会儿喻老板来了，这话可不能对他说呀！"

"我知道。"金百万说道，"我好歹也是当过十多年总裁的人，在这些场合，哪些话说得哪些话说不得，我还不知道吗？"

若海一想，也是，父亲在商场这么多年了，毕竟也当过十来年的总裁，这些场合比若海进的酒店还要多。

终于，一辆小车停在了金百万面前，车窗摇下，露出一个油光锃亮的脑袋来。金百万一见，脸上立即咧开笑容，两步走上前去，拉开车门，油光锃亮的脑袋从车里钻了出来，下车站定后握住金百万的手，说道："老哥呀，让你久等了！"

不用猜，若海也知道这位油光锃亮的脑袋就是云鹏金融投资公司的老板喻修剑。若海微笑地站在一旁，听着喻老板对父亲说"让你久等了"的客套话，心里也直叽咕："确实久等了，比约定时间迟到一个多小时呢。"若海虽然肚子里叽咕，但不能表现在脸上，毕竟，他这是在找人家借钱呢！

这时，喻修剑拍了拍金百万，指了指旁边的若海，说道："这位就是你公子呀，听说在美国读……读什么大学来着？"

"宾夕法尼亚大学。"若海忙上前补充说道。

"好啊！一看这气质就像是读了世界名牌大学的料。"喻老板说着笑了起来。

金百万哈哈地笑了，说道："也就那样吧。我在商海奔波这么多年，最大的成就是培养了他……"

金百万的话仍旧带着以前他当总裁时的那种劲儿，若海一见，立即打断了他，落落大方地朝喻修剑说道："今后还望喻叔叔多多提携！"

喻修剑大概是没有想到若海会如此懂礼节，两眼放光地看着若海，接着又把目光转向金百万，说道："哈哈，真是一个好孩子啊！而且，还长得这么帅！"

金百万在前，准备引导喻修剑走进餐馆，金百万父子已在里面一间豪华的包间为他准备了一桌盛宴。但是，喻修剑却停住了脚步，眼睛朝后面的车子看了一眼，突然将脑袋凑向金百万，小声地说了一句什么。金百万愣了一下，会意地笑了，说道："这样吧，老哥为你去试一下。"

说到这里，金百万走到车前，拉开后车门，说了一句："冰冰姑娘，老哥来请你下车。"

冰冰？若海的脑子不由自主地浮现出演艺界的几个冰冰，她们都是非常漂亮的女人，难道会是她们中的一个？想到这里，若海心里又觉得有些好笑，这怎么可能？若海好奇地朝车里一看，里面果然坐着一个娇小的姑娘，二十来岁，水灵灵的，那脸蛋伸手一拧，仿佛就能拧下一把的水来。

她，难道是喻老板的女儿？

那位叫冰冰的姑娘大概没有想到会有这么一位老人亲自给她开门请她下车，踌躇了一下，起身走下车来。

下车后，喻修剑忙走向前去，想要去拉她的手，冰冰姑娘的手却往后一缩，赌气地瞪了喻修剑一眼，喻修剑却小心地向她赔着笑脸。

这下，若海算是看明白了，再加上刚才金百万都在她面前自称"老哥"。这再明显不过了，这位水灵灵的冰冰姑娘是喻修剑的小情人！

不知咋的，看着这位水灵灵的冰冰姑娘，若海的脑袋里不由自主地浮现出程萌萌来。

那天，若海在那个小旅馆故意刺激程萌萌，目的就是想让她讨厌他，以达到让她离开他的目的，若海觉得，程萌萌是一个好姑娘，他配不上她！接着，他就接到父亲打来让他回家的电话。第二天一早，天还没亮，若海就提着包裹离开了那个小旅馆。

走的时候，若海真想走上三楼，敲开程萌萌的门，向她礼貌地告个别。在若海的心里，他是无比感激她的，她的及时出现，救他于水火之中，要不是她，若海真不知道那天他会被那帮小痞子打成什么样？还有，这几天来对他无微不至的照顾，都让若海感到无比温暖……对了，他还差着程萌萌五千多元钱呢！

但是，若海的脚却像被什么人牵着似的，慢慢地被"牵"着朝一楼走去……

办完了退房手续，若海想了想，拿起柜台上的笔，给程萌萌写了一张纸条："我走了。谢谢您的照顾！还有，您的钱我一定会还您的！"让柜台服务生交给程萌萌。

也不知道程萌萌收到这张留言，她会作何感想？她现在又在哪儿呢？她找到工作了吗？过得怎么样了？

若海拍了一下自己的脑袋，忍不住在心里嘲笑起自己来：真是自作多情！与她分开才两三天的时间，居然搞得好像分开很久了似的。再说了，她过得好不好跟自己有什么关系呢？真是的……

这时，喻修剑向冰冰姑娘介绍起金百万和若海来，冰冰还是礼貌地向他们二人点了点头。之后再一次不满地看了喻修剑一眼，看也不看其他人，昂首挺胸地朝着餐厅走去。

喻修剑向金百万和若海无奈地摊了一下手，解嘲一般地说道："我迟到就是因为她，这女人啦，无理起来真是让人没办法！"说完，忙朝小情人的屁股追了过去。

金百万和若海也赶紧跟了上去。

2

这是A城最豪华的餐厅"王子国宴"。

以前,金百万和若海是这里的常客,现在他俩又坐回这里,心里却别有一番滋味。以前他俩请客或者被人请到这里,他俩可是志得满满,从来不会因为钱的问题而纠结上不上这家餐馆,点什么价格的菜。

而这一次,金百万和若海之所以要选择这么贵的地方请客,自然是因为喻修剑能借给若海一百万的创业资金。在点菜上,金百万和若海也做了思量。这里的菜分为几个等级,最便宜的一桌一千八百八,最贵的八千八百八。菜点便宜了,会让喻修剑觉得你小气,点贵了,金百万和若海现在也负担不起!所以,金百万和若海商量,点了一桌三千八的菜。

还有,喻修剑喝酒只喝五粮液。五粮液很贵,如果在这个酒店里拿的话,得二千八。这餐厅允许自带酒,金百万便从外面烟酒专卖店买了一瓶,一千六百多。这一下又可节省一千二。能省一点是一点了,他们现在可不比以前了!

这一桌算下来,已经五千多元钱了!若海的心隐隐作痛,他想起在海边的时候,自己每天下海去捞海鲜能挣个三四百元就已经很满足了,现在这三四个人,居然就能吃喝五千多元钱!若海真想不明白当初还是富二代的他是怎么在这里吃下这些昂贵的饭菜的。

然而,在这里进餐又是如此享受,这里装饰得非常豪华,每个地方都干净得像洗过一般,连空气里也透着一股富贵,更有一种安静的优雅之感。

午餐开始了,四人进餐,就有四位漂亮的服务员站在每人的身后服侍,帮你倒酒,盛汤……甚至还可以叫服务员为你夹菜。

以前,若海到这里来的时候,他从来没有感觉什么不妥。但现在，若海却感到浑身有些不自在。扭头看父亲、喻老板和那位叫冰冰的姑娘——喻修剑已给大家介绍了，她姓薛，全名叫薛冰冰。他们表现得都比较自然，若海这才忙调整自己的心态，努力使自己进入到这个氛围里。

金百万和喻老板谈着一些私人话题，若海和薛冰冰则一边吃饭一边听着他俩扯着闲话。若海的心里又有些着急，父亲怎么不向喻老板提借钱的事呢？要是饭吃了，钱再借不了，这五千多元钱不就白花了吗？

饭局进行到一半，若海看到父亲仍旧不紧不慢地与喻老板扯着闲话，若海就有些坐不住了。

若海的这一举动引起了喻修剑的注意，喻修建奇怪地问："小金，你这是怎么啦？"

若海愣了一下，但在此刻他不能提借钱的事儿。只得忙装着不好意思地说道："我想去一下一号。""一号"是比较高雅的说法，"一号"其实就是卫生间。然而，在这样的场合，说去厕所不雅，说去卫生间也显得太俗。毕竟来这里的人，都是有钱有地位的。也不知道"一号"这个词是谁发明的，反正在这里，说去"一号"，大家也就知道是去卫生间了。

喻老板轻轻地笑了一下，说道："去吧，去吧。"

服务员在若海起身的瞬间，恰当地把座椅朝后拉了拉，给若海留出起身的位置，然后又给若海引路，把若海领到走廊尽头拐弯处的卫生间。

既然来到卫生间，若海还是对着小便池撒了一泡尿，洗手的时候，若海轻轻地叹了一口气。正在这时，金百万走了进来。金百万喝有二三两酒了，苍老的脸因为酒精的刺激而微微发红。若海有些发愣，他怎么也上"一号"来了。金百万冲若海说道："你是不是在担心借钱的事儿？"

若海定定地看着父亲，他这小心思，父亲是怎么知道的？

父亲轻轻地拍了一下若海的肩膀，笑了，说道："这你就放心吧。喻老板这人我很清楚，在餐桌上只要他没有提借钱的事儿，那这事儿就十有八九是成了。如果他提了借钱的事儿，那这事儿反而不好办了！"

若海轻轻地点了点头，这喻老板办事思维还真是奇怪呢。

金百万朝若海挥了挥手，又说道："你先去陪喻老板喝两杯！记住，只要他不提借钱的事儿，你千万不要提！"

若海轻轻地点了点头，心想："过去后一定好好敬敬喻老板。"

若海在服务员的引领下朝着餐厅走去。突然，若海看见一个四十来岁的女人冲进了他们的包间，若海正在奇怪，女人的大嗓门传入了他的耳朵："好哇，你两个才吃得安逸呢！你个婊子养的，勾引我家男人！"紧接着就听到女人厮打的声音。

若海立即明白是怎么一回事儿了，心里"咯噔"了一下，心想"大事不好"！忙朝包间跑去。

若海推开门，只见那位四十多岁的女人和薛冰冰扭打在一起，喻修剑则在一旁手足无措，嘴里喃喃一般地叫道："我说你们两个女人怎么啦？怎么一见面就打架？"其他两位服务员大概没有见过这种场景，吓傻了似的呆愣在一旁。

见到若海进来，喻修剑一愣，随即两眼放出光来，用乞求的目光看了一眼若海，喊道："快，小金，你女朋友跟我老婆两人打起来啦！"

这时，那位四十多岁的女人把娇弱的薛冰冰压在身下，抓住薛冰冰的脑袋就往地下撞！喻修剑一见，忙上前抓住女人的手，大声地说道："你打错人啦！这是人家小金的女朋友！"喻修剑边说边朝若海使了一个眼色。

若海心领神会——这个时候，他不得不配合喻修剑，要不，那一百万的钱就借不到手了！若海两步上前，伸手双手扶住薛冰冰的脑袋，说道："阿姨，你打我……打我女朋友干吗？"

骑在薛冰冰身上的女人愣住了，看了看若海，又看了看身下的薛冰冰，一时不知如何是好。

"我说你咋回事儿？"喻修剑扯着嗓子朝女人吼了一声，双手搂住女人的腰往上一提，女人就离开了薛冰冰。

女人的目光仍旧盯着薛冰冰，不相信似的。

喻修剑朝若海又使了一下眼色，若海忙扶起地上的薛冰冰。薛冰冰估计从来没有受过这种侮辱，捂着双脸嘤嘤直哭。

这时，金百万进来了，见到这番场景也呆愣在原地。喻修建一见金百万，生怕他漏了底，又冲女人吼道："我说你吃的是哪门子醋？你看你把人家小金女朋友打成啥样了？"

金百万自然也是一个聪明人，听喻修剑这样说，也就明白是怎么一回事儿了。他朝若海使了一下眼色，若海站在薛冰冰面前，轻轻地扶住她的肩膀，薛冰冰一下子像找到支撑似的，扑在若海肩膀，嘤嘤地哭得更加大声了。若海虽然有些尴尬，但仍旧用手背轻轻地拍着薛冰冰的后背，安慰说："是阿姨误会了！不要哭了！"

若海和金百万非常配合地出演了这一场戏，那个女人真的以为她打错了人！她用带着歉意的目光看了一眼薛冰冰，又看了一眼喻修剑，正要说什么？喻修剑又朝她吼道："你看什么呀？哪有你这样的人，进门不分青红皂白就打人，你搞清楚情况了吗？"

女人立即满脸的歉意，走到若海和薛冰冰面前，小声地说："打到哪儿没有？要不到医院去看看。"

这时薛冰冰的身子在若海怀里不依不饶地扭了一下，哭得更加大声了。她这是在控诉——在向喻修剑控诉！她虽然身为小三，但她年轻漂亮，喻修剑是宠着她的，如今却被这个女人如此羞辱，而现在这个女人终于在她面前服软了，她自然不会放过这个机会，也欲趁机羞辱一下这个女人。她也只能依靠喻修剑来羞辱这个女人了！

喻修剑自然也看懂了薛冰冰的意思，又朝那个女人叫道："你连一句'对不起'的话都没有吗？"

女人听见喻修剑的话，扭过头狠狠地瞪了他一眼，而喻修剑却正气凛然地瞪着她。女人只得转过头来，嘴张了张，却说不出话来。大概是想到自己好歹也是身家几千万的老板娘，要她在这样大庭广众之下跟一个黄毛丫头道歉，她怎么说得出口来！

　　这时，金百万"嘿嘿"笑出两声，说道："没关系，没关系。咱弟妹也不是故意的，是不？我看这事儿就算了！"

　　金百万的这个圆场让薛冰冰的哭声更加大了，她的脚在地上使劲地跺了一下，身子扭动的幅度更加大了。若海有些不知所措，仿佛搂在怀里的是一团燃烧的火团，他真想一把将她扔出去，但他又不敢，他必须得配合大家，把这个戏演下去！

　　"不行！"喻修剑义正词严地说道，"哪有打了人随随便便就算了的！"

　　金百万又赔着笑脸，说道："弟妹是个直肠子，她这次……"

　　"说一句'对不起'就这么难吗？"

　　"算了，小薛姑娘年轻，打两下也没什么。是吗？"

　　……金百万和喻修剑你一句我一句，看似在劝架，其实是在演戏！这一场戏不仅演给喻夫人看，也是演给薛冰冰看。这两个女人今天算是扛上了。作为喻修剑的妻子，她来抓小三是正大光明的，虽然靠若海和金百万的演技让她暂时相信了薛冰冰不是她要抓的小三，但这只是暂时的。谁都要为自己留一条后路。但她要不肯跟薛冰冰道歉的话，薛冰冰又不答应。这就让喻修剑两头为难。虽然他口口声声叫女人给薛冰冰道歉，但她毕竟是自己明媒正娶的夫人，他也知道叫女人给小三薛冰冰道歉，这算怎么一回事嘛。所以，这个时候就需要一个"帮腔"，两人再来演一场戏，而这个"帮腔"的人，非金百万莫属。

　　对于这一场戏，若海是看懂了的。他在心里叽咕道："这两个男人，真是绝了！"

　　"好啦，好啦！"女人横下一条心来，"我向她道歉就是了。"

女人话音刚落，刚才屋里还闹吵吵的声音一下子安静了下来，连薛冰冰的哭声也停住了。只要有人服软，接下来就好收场了！大家的目光都落在女人身上。

女人踌躇着走到若海和薛冰冰面前，嘴哆嗦了两下，这才勉强吐出两个字："妹子……"

叫出这两个字后，女人就知道叫错了！"妹子"是对同辈人的称呼，面前的薛冰冰如果真是若海的女朋友，她就低了一辈，怎么能叫"妹子"呢？而此刻的若海明显感觉到怀里的薛冰冰有些激动，叫"妹子"对她来说，是个再好不过的称呼。

女人的嘴又哆嗦了几下，她也许想把"妹子"这个称呼换回来，但一时又找不到合适的称呼，只得接着往下说："对不起，刚才是我不对！我向你道歉了！"

话说到这个份上，女人也算是真心诚意的道歉了。这时，喻修剑又走上前来，对着薛冰冰说："我也给你道歉，让你受委屈了！你就原谅她吧！"

喻修剑的这番话说得滴水不漏，即是对自己老婆的解围，也是对自己小三的劝说。毕竟，你薛冰冰就是一个地地道道的小三！

薛冰冰自然知道见好就收，她从鼻孔里轻轻地哼出一声"嗯"，算是接受了女人的道歉。

这场戏终于圆满结束了！喻修剑对金百万尤其是若海的"表演"极其满意。

出门的时候，喻修剑悄悄地对若海说："你这几天在家准备自己的贷款材料，我出差三天，回来后就立即给你办理！"

3

喻修剑这一趟出差是个临时任务。

就在金百万和若海在"王子国宴"等候喻修剑大驾的时候，

喻修剑和薛冰冰就在离他们不远的一个酒店的大床上大汗淋漓地酣战。

薛冰冰在床上娇媚地向喻修剑展现着她的风姿，喻修剑也在薛冰冰身上找到男人的自信。薛冰冰的肉体像一个透明而温暖的玉，作为男人的喻修剑从心底油然而生出一种无法言说的爱怜。他甚至在心里暗示自己："我这是哪辈子修来的福分哟，能让我拥有这么一个尤物！"他这样想，浑身的男性荷尔蒙就滚滚地向他涌来，他遏制不住自己的兴奋……

喻修剑大汗淋漓地从薛冰冰身上爬下来时，薛冰冰满脸绯红，仍旧含情脉脉地看着他。喻修剑忙躲开薛冰冰的眼神，他毕竟已经五十来岁了，如果换着二十年前，不——十年前，他完全能够满足她！但现在，面对美艳得惊人的薛冰冰的胴体，他确实再也提不起力了，他甚至感觉自己的身体都被她掏空了似的。

"嗯——"薛冰冰在床上娇滴滴地拖出一个婉转的长调，顺着这勾人的声音，她的身体像美人蛇一样扭了好几下。很勾魂。

喻修剑朝着薛冰冰笑了一下，算是回应。接着看了一下手腕上的表，喃喃说道："哇，已经十二点了，今天中午我还要去赴宴呢，这不，要迟到了！"

薛冰冰的脸上立即挂了霜似的，朝喻修剑翻了一下白眼儿，嘟着小嘴儿很不高兴的样子。

喻修剑见了，又笑着走上前去，拍了拍薛冰冰的小脸蛋儿，说道："听话，宝贝。我一个老哥哥的重要事儿需要我去办……"

"办事办事办事，你就知道办事！"薛冰冰仍旧嘟着小嘴儿，"我们好不容易才偷偷摸摸地见一次面，只待了这么一会儿，你又要去办事……"

面对薛冰冰的脾气，喻修建也无可奈何，不——应该说是容忍！喻有剑有一个儿子，年龄比薛冰冰大一岁。薛冰冰完全可以做他的女儿了。这么小的一女孩子跟着你，并给你带来肉体上的无限快感，她发点小脾气什么的，喻修剑觉得应该容忍她。这又不是影响他前途和命运的事儿。

"你要去哪里赴宴？"薛冰冰问。

喻修剑愣了一下，他知道薛冰冰这样问的原因，她一定是想跟他一起去赴宴。喻修剑是一个很谨慎的人，一般情况下，他是不会带着薛冰冰外出，这样太招摇了！他跟薛冰冰交往快三年了，带她出去的次数屈指可数。

这一次，喻修剑微笑地看着薛冰冰，伸手又在她的小脸蛋上拍了一下，说道："王子国宴。我带你一起去吧！"

"真的？"薛冰冰两眼放光地盯着喻修剑，惊喜地叫了起来，小脸蛋儿立即像绽放的花朵。薛冰冰光着身子从床上跳了起来，一把抱住喻修剑，在他脸上狂热地吻了好几下，又娇声娇气地叫道："谢谢老公！"

两人单独相处时，薛冰冰总是亲热地叫喻修剑"老公"，但喻修剑从来没有叫过薛冰冰"老婆"，只叫她"宝贝"。

喻修剑在薛冰冰光滑的小屁股上轻轻拍了两下，说道："快去穿衣服，我们已经迟到了！"

"好的。"薛冰冰忙欢天喜地的穿衣服去了。

薛冰冰的衣服还没穿到一半，喻修剑的手机响了，是一位在三亚的合作伙伴打来的，有重要的事儿需要他亲自去一趟三亚洽谈。

喻修剑在与三亚的合作伙伴谈话的时候，薛冰冰也听见了。宾馆的房间里，也就那么大一点空间。薛冰冰听见喻修剑马上要去三亚，兴奋地跑到还在打电话的喻修剑面前，张嘴正要说话，喻修剑伸手制止了她，并用眼睛瞪了她一眼！他正打电话谈业务呢，这个时候怎么能让外人打搅？

薛冰冰并没有像往常那样被喻修剑制止了而要脾气，仍旧激动不已地立在喻修剑面前，兴奋地盯着喻修剑，像小孩子找奶吃的样子。

看着薛冰冰这副模样，喻修剑哪里还有心思谈业务？很快结束了通话。

　　"带我一起到三亚去玩呗？"见喻修剑放下电话，薛冰冰一把抓住他的双手，两眼兴奋地看着喻修剑，"人家还从来没有去三亚玩过呢！"

　　"不行！"喻修剑一口回绝。按说，这一次去三亚他完全可以把薛冰冰带上的，毕竟那里不像A城，出门就会遇到熟人，这也正是他俩一起鸳鸯齐游的好时机。但是，刚才打来电话的是他在商业上一个重要的合作伙伴，这是个正人君子！据说有一次，他得知一人居然带着小情人去与他谈业务，立即中断了与那人的合作！喻修剑可不想成为第二人！

　　薛冰冰满心巴肝地以为他会带上她，哪知却被他迎头浇了一盆冷水！薛冰冰的眼里变得可怜巴巴，嘟囔着说："人家还没有去过三亚呢？"

　　"下次带你去，好不？"看到薛冰冰可怜兮兮的眼神，喻修剑的心差点就软了。

　　"不——"薛冰冰在喻修剑面前扭了扭身子，说道，"不嘛！你总说下次，下次也不知道是什么时候了？"

　　喻修剑把她搂到怀里，说道："听话，宝贝。"

　　"不！我要去，我要去！"边说边抱住喻修剑的腰，昂着头，在喻修剑的怀里不断地扭动身子，像一个在父亲怀里撒娇的女儿。

　　喻修剑朝着薛冰冰笑了一下，仍旧坚定地说道："这一次不行！"喻修剑想告诉薛冰冰原因，但这话对他的小情人薛冰冰还真不好说，只得果断地拒绝她！

　　薛冰冰一把丢开喻修剑，两只秀美的眼睛盯着他，尖声问道："你是不是在三亚也养小情人了？"

　　薛冰冰本就是喻修剑的小情人，现在居然问他是不是在三亚也养小情人了？这醋吃得，让喻修剑都不知道怎么回答了？喻修剑愣了一下，他确实没有想到薛冰冰会这样问，更没想到她会将醋吃到这种境界。

就在喻修剑发愣的这一瞬间，薛冰冰好像抓住了理，立即大叫起来："我果然没有猜错！你居然还在外面养小情人？你居然在外面养小情人？你……"薛冰冰边说边呜呜地哭，像一个泼妇。

这女人，怎么这么无理取闹？喻修剑的心里有些烦躁，一把拉过正在撒泼的薛冰冰，正要好好地骂她两句，但看到她可怜兮兮的眼神，喻修剑的心又立即软了下来。她也不容易，仅仅十八岁的时候就跟着他，用自己年轻美貌的肉体取悦他，现在她不过是提出这么一个小小的要求而已。但是，这一次他真的不能带她去！对于喻修剑来说，这是原则！

最后，喻修剑答应给她十万元钱作为补偿，还答应给她买一个LV包。薛冰冰这才停止了哭闹。但是，她仍旧拿白眼儿去翻喻修剑。对于薛冰冰来说，她不缺钱，自从她跟了喻修剑，喻修剑在钱上从来都是满足她的，每月给她的零花钱都用不完，她不在乎这十万元钱和一个LV包！她才二十一岁，正是玩兴最大的时候，她是真的特别想去三亚。

所以，在金百万和若海约定时间晚一个小时后，喻修剑和薛冰冰这才姗姗来迟。在王子国宴会餐的整个过程中，薛冰冰一直冰着个脸。

事情真是不巧不成书，在若海和金百万去"一号"的时候，喻修剑的夫人居然冲进了他们的那个包间，也不知道她是怎么得到这个信息的。冲进来就跟薛冰冰打成一团……要不是若海和金百万配合着演了一出戏，这事还真不知道怎么收场呢！

戏演得很成功，薛冰冰成了若海的"女朋友"。这样的话，分别时，薛冰冰就不能再跟着喻修剑走了。

喻修剑得知金百万和若海没有车，便把他的车留给了若海，让他带着薛冰冰去医院检查一下。喻修剑的老婆开了一辆车，两人上了她的车一起离开了!

喻修剑和他女人上车的时候,礼貌地给薛冰冰告别,但薛冰冰一直背对着他俩,不说话,以沉默应对!等车驶走了,薛冰冰这才转过身来,望着喻修剑远去的方向,从鼻孔里狠狠地哼出一声:哼!

4

喻修剑的车是一辆豪华的宝马轿车,与若海之前的保时捷一样,价格在一百万以上。若海开着这辆车,准备送薛冰冰去医院检查伤情。

其实,薛冰冰并没有受到多大的伤,只是手臂上有一条抓痕,右眼角有些红肿而已,这点小小的皮外伤,根本就没有去医院的必要。但是,喻老板吩咐送她上医院,若海不得不这样做!薛冰冰苦瓜着脸坐在副驾驶位置上,一言不发,大概还在为刚才的事儿而闷闷于怀呢。

"停车!"薛冰冰突然叫道。

若海一个激灵,忙踩了刹车!奇怪地扭头盯着薛冰冰。薛冰冰歪着脑袋盯着若海:"你这是要把我弄到哪里去?"

"去医院呀?"若海奇怪地回答。

"谁说要去医院啦?"薛冰冰秀眼怒瞪,"我说过去医院了吗?你嫌我丢人不够是不,还到医院去丢人……"

若海被薛冰冰这个蛮横的问题给问住了,她确实没有说过去医院。若海只得支吾着说:"刚才喻老板说,要我送你去医院……"

"喻老板喻老板,就知道喻老板,他是你爹呀!"薛冰冰朝若海吼道。

"你说什么?!"若海被薛冰冰这句话给激住了,两眼盯着他,眼里透射出一股让薛冰冰不寒而栗的眼神。薛冰冰被若海这股眼神给震慑住了，眼睛躲闪回去，盯住前方，嘟着嘴不再说话。

若海在心里轻轻地叹了一口气，想："跟她这一个小三生什么气？没有必要。"想到这里，若海松了刹车，一踩油门，车子又向前驶去。

"去哪里？"若海两眼目视着前方问道。

"去我家！"薛冰冰的声音突然很低，与刚才的尖叫形成鲜明的对比。

若海看了她一眼，说道："我说小姑娘，你家是哪儿呀？我这车朝哪个方向开？"

薛冰冰听完若海的话，突然"咯咯"地笑了起来，笑声像画眉一样好听。边笑边说："我家住城南金苑。"

若海知道这个地方，这是一处高档的住宅小区，看来那是喻修剑专程为薛冰冰买来金屋藏娇的。若海一扭方向盘，车便转了一个弯，朝着城南金苑的方向驶去。

若海本不想再跟薛冰冰说话的，既然她想回家，那就把她送回家就行了。但是，不知是哪一根神经触动了她，一路上她一直忍俊不禁地笑，并且时不时地偷看两眼若海，这让若海很是奇怪。刚才若海问她"去哪里"，她回答"去我家"，这是有些搞笑，但也没有必要笑这么久呀？

若海奇怪地看了薛冰冰一眼，哪知，正好与薛冰冰两眼相碰，薛冰冰又忍俊不禁地"咯咯"地笑了两声，若海奇怪地问："笑这么久，有什么好笑的呀？"

薛冰冰像一下子找到倾诉的人，脸像一朵花似的扭向若海，说："我给你讲个笑话吧。"

若海轻轻地笑了一下，说道："好啊！"

这薛冰冰，真是一个小姑娘。刚才还为挨打而耿耿于怀，现在却要给若海讲一个笑话。再说了，若海遵照喻老板的话护送薛冰冰，让她高高兴兴地回家，总比刚才大家都闷闷不乐要好吧。

薛冰冰非常激动，两腮绯红，手舞足蹈地讲开了："说一消防队接到一报警电话……"

薛冰冰刚开了一个头，若海就知道这个笑话的全部内容了！他早就在网上看过这个笑话不止五遍。这个笑话跟刚才他俩的笑话倒真有相似之处，若海也忍不住轻轻地笑了。

"消防队问，'哪里着火了？'报警人说，'我家。'消防队说，'我是问在什么地方？'报警人立即回答，'在厨房。'消防队说，'我是问我们怎么去？'报警人奇怪地说，'你们不是有消防车吗？'……"

薛冰冰讲完了，自个儿乐得前仰后合，像一条随风飘荡的柳条，很好看。看到薛冰冰为自己讲的这个笑话乐成这副模样，心情大悦，忍不住也"嘿嘿"笑出两声。

"我讲的这个笑话好笑不？"薛冰冰歪着脑袋睁着她那双好看的眼睛上盯着若海。

若海点了点头，也随口说出赵本山小品里的一句调皮话来："老招笑了，你就靠这个笑话活着了！"

薛冰冰余兴未尽，又问道："你说我给消防队打电话，会不会也说失火的地点在我家？"

"有这个可能！"若海随口答道，"刚才你不这样回答我的吗？"

薛冰冰又"咯咯"地笑了。

就在这个时候，若海脸上的笑容凝住了，眼睛也直直地盯着前方，就在前方不远处，一个熟悉的身影映入他的眼帘：程萌萌。

见到程萌萌，若海的心立即不寻常地跳了两下。跳完之后，若海才觉得自己有些奇怪，为什么见到她自己的心会这样不寻常地跳动呢？若海在心里自我嘲笑了一下。

程萌萌站在路边，大概是在等车吧，眼望着车驶来的方向。很快，她就看见了若海开着的那辆宝马豪车，车里载着和他不断说笑的薛冰冰！程萌萌惊诧极了，好像车里坐着的不是她认识的若海似的。

　　若海的心再一次剧烈地跳动，他努力地想要控制，越控制却越不寻常地跳动。是啊，在这个地方见到她，要不要向她打声招呼？更重要的是，他该怎样解释当初的不辞而别？该怎样解释这辆车和里面坐着的薛冰冰？……

　　就在若海脑子一团麻的时候，突然，他听到车子右边突然发出"砰"的一声响，若海浑身一个激灵，踩住了刹车！脑子里立即跳出一个信号：车子撞着什么了！扭头一看，薛冰冰也露出满脸惊愕的表情盯着他，喃喃一般地说："坏了，是不是撞到人了？"

　　若海忙打开车门，只见车子旁倒着一辆电瓶车，前方跌坐一个穿着一件破旧迷彩衣的男人。看来那人就是骑电瓶车的，与若海的车相撞了！

　　若海心里明白，这事儿怪自己。刚才开车时因为见到程萌萌心情复杂，眼睛没有看前面，不小心才撞了人家的车。

　　若海忙朝迷彩男问道："撞倒你没有？"

　　迷彩男缓缓地站了起来，又试着蹦了两下，最后才指着手臂上的一点碰伤说："撞到我这里了！"若海再一看那辆电瓶车，除了后视镜，其他地方都没事。但是，那辆豪华的宝马车却被划了两条长痕。

　　这事儿搁在若海还是富二代时，这点小事他是根本不会放在心上的，最多给点钱就了啦。但现在若海不是富二代，跟面前被撞的那人是一样的底层人士。对于那人，最多赔他两三百元钱就行了。但是，现在喻老板的车子被撞了，虽然只有两条痕迹，但这是宝马车，去4S店修补至少也得四五千元。这不可是一个小数目！

　　其实，这种情况若海可以报警，可以让交警来处理，这样可以报保险公司，若海可以不掏一分钱。但是，这是喻老板的车，若海有求于他，现在却把人家的车给撞了，人家要是不高兴了，向他借一百万的事儿可能就得泡汤了！这可是得不偿失呀！

若海扭头一看正惊愕地站在原地的迷彩男，呵斥道："你怎么这么不小心，你看把这车给撞得，这可全是你的责任！"

迷彩男被若海呵斥得一愣一愣的，但他很快就冷静下来，眼睛骨碌地转了两圈，靠着车身一屁股又坐在地上了，抱着腿"哎哟哎哟"地叫了起来。

"诶——诶——你这是碰瓷，是不是？"若海气愤地冲迷彩男叫道。

迷彩男可不管若海的话，仍旧抱着腿一边"哎哟哎哟"地叫，一边又向看热闹的人叫道："宝马车撞人了！不得了啦，宝马车撞人啦！"

迷彩男一句"宝马车撞人啦"的话像一个引子，一下子将围观群众的情绪引到若海身上！看来这迷彩男也是一个"聪明"人，知道他的电瓶车与这辆豪车相撞了，谁撞谁的？一时也说不清楚！现在若海说是他的全责，要赔这豪车的钱可不是一两千就结得了的。再说了，他知道开这种豪车的人都是有钱有势的，得罪不起。不如装弱势群体——他往这地下一躺，就更显示出他是弱势群体了。尤其是他的一句"宝马车撞人啦"更能引起围观群众的同情。

若海真想上前狠狠地踢那迷彩男一脚！但他控制住了自己的情绪，他要这样做了，那场面可真不能控制了！

若海朝着围观群众大声地解释道："不是这样的，刚才他还好好的……"

这时，若海看见了程萌萌。若海骤然想起，刚才车祸的全过程，程萌萌一定看得清清楚楚，即使是他不小心撞了迷彩男，但迷彩男原本好好的，现在却躺在地上博同情，这不是碰瓷是什么？现在只有程萌萌可以为他做证了！

若海两步跨到程萌萌面前，对她说道："刚才的过程你是不是都看见了？"

程萌萌双手抱胸，盯着他说："对呀，我都看见了！"

若海兴奋地冲她说："你给我做一下证，到底是谁撞了谁？他是不是在碰瓷？"

若海满以为程萌萌会为他说话。毕竟，他们是认识的。即使不认识，他相信程萌萌会凭着良心说实话。

哪知，程萌萌白了他一眼，说道："既然你让我说，那我就说了！"她突然转身朝围观群众说道，"我看得清清楚楚，是他开着豪车撞了骑电瓶车的！你看你把人家撞得……"

"不是！"若海叫道，"撞了之后他还好好的，还站起来跳了两下，现在却躺在地上碰瓷！"

程萌萌盯着若海，说道："是吗，那我倒没看见！"

"你……"若海被眼前的程萌萌气得无话可说，只得重重地叹出一口气来！转过身朝着迷彩男走去。

这时，薛冰冰也从副驾驶位置上走了下来，跟在他后面，着急地说："现在怎么办呀？要不，报警吧？"

若海瞪了薛冰冰一眼，薛冰冰立即闭了嘴。

若海走到迷彩男面前，说道："算我倒霉！这车我不让你赔了，咱们各走各的，行不？"

迷彩男抬头看了他一眼，又低下头抱着腿"哎哟哎哟"地叫。刚才"好心"的程萌萌已经为他做证，是若海撞了他。此刻对他如此有利，他怎么可能各走各的？

若海窝心极了，只得朝迷彩男叫道："你要多少钱？"

迷彩男看了若海两眼，慢慢地伸出一个手指头。

"一千？"

迷彩男看着若海点了点头。

若海朝着地下狠狠地吐了一口唾沫，骂道："老子今天出门遇到鬼了！"说着去掏衣兜。手插进衣兜，若海才猛地意识到，他身上只有一百多元的零钱。

若海又去翻其他兜，他知道没有，只是下意识地去掏。

这时，一沓钱递到了若海面前。扭头一看，是薛冰冰递过来的。若海看了薛冰冰一眼，伸手拿过钱，数出十张递到迷彩男手上。

"真是倒霉！"若海又在心里狠狠地骂了一句。目光却不由自主地扭向程萌萌，只见她仍旧抱着胸，狠狠地盯着他。看着程萌萌的目光，若海的心又不由自主地不寻常地跳了两下……

这时，手机的短信提示音正合时宜地响了，若海正好躲开程萌萌的目光，低下头去看短信。

短信居然是喻修剑发来的："小金，这几天车子你先用着。如果冰冰要用车，就麻烦你接送一下！"

5

这两天，若海总感觉自己的后背有一双眼睛在盯着他。

那是一双什么样的眼神？让若海有一种如芒在背的感觉。有好几次，若海猛地回头望去，背后什么也没有呀，骤然间又觉得背后走过的每一个人都在盯着他，甚至每一棵树木，每一片树叶都长出了眼睛，都狠狠地盯着他……若海想逃离，可是他无论逃到哪里，他都能感觉背后那双眼睛如影随形地跟着他。

这一天——就在喻修建去三亚后的第二天，薛冰冰给若海打来电话，让他陪着她去买衣服。

昨天，若海收到喻老板"如果冰冰要用车，就麻烦你接送一下"的手机短信。若海知道，这不过是喻老板的托词，其实就是想让若海给薛冰冰当几天专职司机。当然，薛冰冰也收到喻修剑相同意思的手机短信。薛冰冰收到这条短信后，像收到一个很好的礼物似的高兴得又蹦又跳。

若海却说道："这车给剐蹭了一下，要去4S店修补油漆……"若海是真的不想接受这个任务，这薛冰冰毕竟是喻老板的小情人，跟他在一起，总有诸多不便。陪同好了，大家都欢喜；要是陪同不好，说不定会把已成定局的借款也弄成泡影。

"没关系。"薛冰冰说道，"我去租车行租一辆车就是了！"

若海无言以对，只得心事重重地开着车往4S店而去。薛冰冰看着若海，以为若海是在担心车子的问题，闪了两下眼睛，调皮地扭头对若海说："咱们不告诉老喻！把车送到4S店去，老喻回来之前一定会修补好的。咱们不告诉他，他也不会知道这车剐蹭了。没关系，修车的钱我来出！花不了几个钱的！"

若海扭头看了一眼薛冰冰，心想："要不是做了别人的小三，她还是挺可爱的，像邻家女孩……嗨，想这些干啥？其实，这几天我就是她的专职司机而已。她让我将车开到哪里，我就开到哪里。就这几天的时间而已！"

第二天，薛冰冰一早就给若海打来电话，说她想到省城去买衣服。A城离省城也就五十多公里的路程，省城有的，A城也都有。但薛冰冰却要去省城，去省城大把大把花钱的感觉与在A城是大不一样的！

若海开着昨天租来的奔驰车去城南金苑接薛冰冰时，刚到小区门口，若海正要给薛冰冰打电话，却突然发现薛冰冰已等候在楼下。见到若海，薛冰冰满面兴奋，又蹦又跳地向着若海跑来……像一只轻盈的燕子！

就在这时，当若海的脑海里浮现出薛冰冰跑向他时像一只轻盈燕子的画面时，他就猛地感觉背后有一双眼睛在狠狠地盯着他。若海猛地回过头去，背后却空无一人！若海好生诧异，心里也哆嗦了两下。

若海回过头来，薛冰冰已经兴奋地站在他面前，笑嘻嘻地问："你看什么呢？"

"没什么。"若海敷衍着，忙伸手给薛冰冰打开副驾驶的车门。

若海绕到主驾驶室的时候，再一次朝背后望了一下，只有两个老太太挎着菜篮走过。若海的心里叽咕道："我这是怎么啦？"

一路上，薛冰冰显得很兴奋，有说有笑的，不时用镜子照自己的妆容。而若海的心里却有些懊恼。其实，若海的所有手续都准备好了，只要喻老板签几个字，盖几个章就可以了的，但就在这关键时候，喻老板居然接到三亚重要伙伴的电话，要他立即去三亚……唉——这事儿拖长了，若海真怕有变！

"喂。"薛冰冰调皮地把头伸到若海的侧前面，"听说你以前是富二代。现在给我开车，你是不是特委屈？"

若海看了薛冰冰一眼，牵动脸上的肌肉笑了一下，说道："怎么可能呢？能为你效劳是我的荣幸！"

薛冰冰"咯咯"地笑了，像个孩子似的笑得天真而烂漫。看着薛冰冰的样子，若海忍不住暗自叹了一口气，再一次想到：她要不是小三，可真是一个可爱的姑娘！

"对了，当年你包养过小情人吗？"薛冰冰突然扭头问道。

若海被薛冰冰这个突然的问题给愣住了，他的脑海猛地跳出聂倩窈窕的身影来——可是，当初，他是真的喜欢聂倩，在心里真的想她能成为自己的妻子。若海看了薛冰冰一眼，没有说话。

薛冰冰又"咯咯"地笑了，边笑边说："哦，对了，你还没有结婚，怎么会有小情人的说法。"

若海也被薛冰冰的话逗笑了，她说的确实是这么一个理儿。

一个小时后，若海把薛冰冰带到省城最大的商场，若海以为，他的职责是把薛冰冰载到地点，然后她自己去逛，他就在车里等，她随时用车他随时到即可。哪知，薛冰冰下车时，却要求若海跟她一起，还调皮地说："你得去给我当搬运工！"

若海只得跟在薛冰冰的后面。

商场很豪华，每个地方都明净如镜，尤其有的地方还装有茶色玻璃，能够清晰地映照出若海和薛冰冰。这一映照，若海才吓了一大跳，他和薛冰冰走在一起，太像一对恋人了！两人年龄相仿，一个长得帅气，一个长得漂亮，看着让人觉得真是天生的一对，地设的一双。

骤地，若海又感觉后背那双眼睛在盯着他……这个感觉好强烈，那人的眼睛像一把刀似的已经戳到他的后背了！若海一个激灵，猛地回过头来，在熙熙攘攘的人群中，没有发现有人在盯着他。倒是他突然的回头把后面的一个人吓了一跳，盯着他看了一眼，绕过身走掉了。

若海叹出一口气，又轻轻地摇了摇头。

在买衣服时，薛冰冰不停地换穿。每换一件衣服，薛冰冰就在若海面前来一个漂亮的转身，让若海评说衣服好看不好看，合适不合适。惹得店里卖衣服的服务员全都认为他俩是一对。

薛冰冰在一家衣店里买了好几件衣服，也不知道薛冰冰是怎么想的，刷卡时，薛冰冰居然抬头征求若海的意见，说："那我买了？"面对薛冰冰的问话，若海能有什么意见？花的又不是他的钱，他只得点头。

临出门的时候，若海突然听见服务员对薛冰冰说："你男朋友对你真好！"服务员边说边朝若海看，虽然是小声地对薛冰冰说，但也是说给若海听的。薛冰冰听到这话也没反对，并用她那双秀美的眼睛看了若海一眼，若海的脸倒发红发烫了。

走出店门来，若海想对薛冰冰说"我们保持一定的距离，不要让别人认为我们是男女朋友关系"之类的话，但话到嘴边又吞了回去，人家薛冰冰都没有说什么，他说反倒不适合了。只得提着大包小包的东西跟在她的后面。

不知道是不是所有的女孩子对逛街买衣服都有一种狂热？这一天若海是见识了薛冰冰的那种狂热。她一家一家地不知疲惫地试衣、买衣。中午只在商店的一家快餐店吃了点便饭，又冲进了衣店……下午六点，薛冰冰仍旧兴致不减。

若海靠近薛冰冰，小声地说："时间差不多了，我们该回去了！"

薛冰冰掏出手机看了一下时间，惊讶地叫了起来："呀——都六点了！这时间怎么过得这么快？"说完，薛冰冰转身对服务员说："快，把我刚才试的三件衣服给我包起来！"

提着薛冰冰购买的十多件衣服终于走出了商场，若海长长地舒出一口气。

若海开着车，准备返回A城，哪知薛冰冰这时却说道："逛了一天，把我逛饿了，我要去吃点东西。"

六点过了，是吃晚饭的时候了。

若海正要问薛冰冰想吃什么时候，薛冰冰已调皮地说开了："我想吃西餐。"若海还没有说话，薛冰冰又说道，"我知道一家西餐厅，可好吃啦。我带你去吧。"

那真是一家豪华的西餐厅，味道也很正宗。若海和薛冰冰坐在一个小包间里。薛冰冰还沉浸在今天买衣服的兴奋中，又滔滔不绝地讲起其中的乐事来……若海又感觉后背有一双眼睛在盯着他了。这一次，若海没有回头，他知道他的后背靠着一面墙，墙上是不会有眼睛的。

西餐吃了一半，薛冰冰的电话响了，喻修剑打来的。喻修剑在电话里问薛冰冰："宝贝，今天购物happy不？"薛冰冰兴奋极了，立即绘声绘色地给喻修剑讲起今天购物的经历来。只是，薛冰冰在讲述的过程中，一边兴奋地给喻修剑讲，一边又拿眼睛看若海，好像她讲的话同时又是讲给若海听似的。

最后，喻修剑让若海接电话。若海的心猛地"咯噔"了一下，喻老板会对他会说什么呢？他只不过是一个临时的驾驶员。

接过电话，若海刚"喂"了一声，喻修剑的声音就传入他的耳帘："谢谢你陪着冰冰在省城转了一天。"若海忙说道："不用，不用。这是我应该的。"喻修剑哈哈笑出两声，又说道："吃过晚饭，还得劳驾你帮我把她送回A城。"若海忙回答："好的，好的。请放心，我一定会安全地把她送回家。"

电话打到这里，若海的心里突然涌起一股让他说不出来的滋味。不说他当初是一个富二代吧，单说他也是在世界名牌大学宾夕法尼亚大学受过高等教育的人呀，现在为了一百万的创业资金，居然这样低声下气的。

但是，又有什么办法呢？若海心想，大丈夫能屈能伸，也就这几天的时间，熬熬就过去了。

吃过西餐，天色已经黑了下来，街道的霓虹灯闪烁着暖黄色的光芒，温和而亲切。这时，让若海意想不到的事儿发生了！

若海将车停到薛冰冰面前，薛冰冰看了若海一眼，突然说了一句："我，我今天不想回A城了。"

"什么？"若海惊讶地盯着薛冰冰，"刚才喻老板说了，要我一定要把你送回A城。"

薛冰冰盯着若海说："他又不在A城，只要我俩统一口径，都说回到A城了，他也不知道是不？"

"不回A城，你住哪里？"若海瞪着薛冰冰说道。

"省城这么多酒店宾馆，还不够你住咋的？"薛冰冰突然凑上前来，趴在车窗上，眼里透射出一股暧昧的光来，"我们去酒店开房吧！"

若海盯着薛冰冰，脑子里猛地一片空白。若海自然知道薛冰冰说的去开房意味着什么。当初他跟聂倩认识后，在北京时，聂倩一整天地跟着她，到了晚上，她就是这样凑到若海耳边说："我们去宾馆开房吧。"就这样，他和聂倩睡在了一起。现在，薛冰冰居然也对他说出这样的话来，两眼也正含情脉脉地看着他。薛冰冰的脑袋离他很近，她呼出的暖暖的气息轻轻地拂过若海的脸庞，接着，薛冰冰又把她的纤纤玉手放在若海的手臂上，轻轻地摩挲着，进一步做出勾引的动作……说实话，薛冰冰美艳得惊人，又那么可爱，如果能在床上跟她酣战一夜，那一定很性福，也很刺激！

若海有些迷乱，心"怦怦"地跳个不停。

就在这时，若海感觉那双讨厌的眼睛又出现在他的后背了，若海猛地一个激灵，脑子也清醒过来，忙说道："我们不能做对不起喻老板的事儿！"

薛冰冰怎么也没想到若海会拒绝她，她怔怔地看了若海好一会儿，这才失落地坐上了车。

车飞快地朝着A城驶去。两人都不再说话，车内的气氛有些尴尬，只有车载音箱里飘出优美的歌曲，两人却都没有心情说话。

半途的一家服务点，薛冰冰要求停车，她下车上了一趟厕所后回到车里，若海正要发动车辆，薛冰冰冷冷地说道："我头有些晕，我想休息一会儿。"说完闭上眼睛靠在座椅上。若海只得将车停在原地等着她。

"你找老喻借多少钱？"薛冰冰突然说道。她在这话的时候，眼睛仍旧是闭着的。

若海看了看薛冰冰，嘴动了动，最后还是老老实实地回答："一百万。"

"一百万？"薛冰冰猛地睁大眼睛，扭头惊讶地看着若海，"就一百万？"

薛冰冰的眼里满是不相信，直到若海诚恳地朝她点了点头，薛冰冰这才不屑地从嘴里"嗤"出一声。突然从随手的小包里摸出一张银联卡，盯着若海说道："我这张卡里有一百六十万！只要你今后偷偷地跟我好，这张卡就是你的了！"

若海瞪大了眼睛盯着那张卡，又抬头盯着薛冰冰，恍若在梦里似的。

薛冰冰不屑地白了若海一眼，指着不远处的柜台机，说："你要不相信，可以到柜台机里去查！"

若海的嘴哆嗦着，他说不出话来。他怎么也不相信，既可以跟面前这个美艳的姑娘共度春宵，又可以得到这一百六十万的钱，这可是世上从来没有过的好事呀！

"你，你为什么会看上我？"若海费了好大的劲才说出这句话来。

薛冰冰看了看若海，说道："你知道吗？你很有男人味，尤其是你的眼睛，能勾女人的心！还记得昨天我骂你说'喻老板是你爹'的话时，你只用了一个眼神就把我征服了！真的，那种被你征服的感觉很爽，我喜欢这样被你征服！你还可以更进一步地征服我，我需要你的征服……"

在若海的脑海里，薛冰冰是可爱的，但他没想到，她可爱的外表下，居然还藏着这么"淫荡"的内心和想法！

薛冰冰边说边向若海凑了过来，她娇艳而水嫩的嘴唇闪烁着诱惑的光芒，她如栀子花般的体香毫无顾忌地钻进若海的鼻孔……

"我们回省城吧？或者，就回A城，反正我们的车是租来的，谁也不会发现我们。"薛冰冰喃喃地说道，"我们会度过一个非常美好的夜晚……"

薛冰冰娇嫩的嘴唇轻轻地碰着了若海的嘴唇，一个麻酥酥的感觉像电流一般瞬间传遍了若海的全身……薛冰冰的手臂伸了过来，挽住了若海的脖子，她小巧的舌头像泥鳅一样轻巧地挑逗着若海的嘴唇，寻找着机会想要钻进去……

猛然间，若海感觉那双讨厌的眼睛又出现了。这回它不是在背后，而是在他的面前，就在他的头顶，眼睁睁地看着他——他俩。若海浑身一个哆嗦，猛地推开薛冰冰：

"不！不——能！"

6

这一天，薛冰冰把若海折腾得够呛！

一早，薛冰冰就给若海打来电话，说她今天要去城里买衣服，让他过来接她！薛冰冰说完不容若海说话就挂了电话，若海拿着手机愣了好一会儿。

昨天，若海拒绝了薛冰冰的挑逗后，薛冰冰沉着脸一路回到A城，面若冰霜，一句话也没说。回到家里，若海失眠了，薛冰冰的模样总在他的眼前晃来晃去。一会儿是薛冰冰娇美的面容，一会儿又是她试穿衣服时那棒棒的身材，一会儿又是她说话时的可爱模样……无论若海是躺着还是趴着，她都在若海的眼前闪，不停地闪，不依不饶地闪……

这时，若海的心里莫名地感到有些空虚，如果他要依顺了薛冰冰，现在他和她早就在一个酒店里颠鸾倒凤。说实在话，薛冰冰很漂亮，身材好，又那么可爱——到哪儿去找这样的女人？她居然主动向若海示爱！而他却狠心地拒绝了她！若海真有些后悔，他摸出手机，冲动地想给薛冰冰打个电话，告诉她说："我后悔了，要不我们去开房吧……"甚至，现在他只要给她打个电话，什么话也不说，或者给她发一条短信，薛冰冰这个娇艳的女人就会来到自己的怀抱……但是，若海最后还是控制住了自己。

若海也不知道他是什么时候睡着的。接到薛冰冰电话的时候，若海感觉自己好像在做一个梦，又感觉没在做梦，只觉得自己晕晕沉沉的，好像掉进一个黑色的可怕的深渊，不断地往下沉，往下沉……

其实，若海的心里一直是非常担忧的，他害怕薛冰冰在喻老板面前说他的坏话——只要她在喻老板面前随便说一两句坏话，就有可能贷不了那一百万元。喻老板为了讨小情人薛冰冰的欢心，得罪你又怎么啦？尽管他与父亲金百万有"哥们儿"关系。但是，那是以前的事儿了！以前金百万与喻修剑有合作关系，现在没有了，金百万公司没了，他们的关系自然也就发生了变化。那天在"王子国宴"时，若海就明显地感觉到喻老板看父亲的眼神多了一份傲慢！

若海好不容易才找到这一百万的钱款，这是他的创业资金呀！他都已经有了这一百万的初步规划，他相信自己可以靠着这一百万，起家创业，他一定会开创出一片天地！他不能没有这一百万！若海真的有些担心薛冰冰告他的黑状，这女人一小心眼来，可是什么都干得出来的，还怕告你一个黑状吗？

所以，当若海听到手机铃声响起时，他狠狠地吓了一跳。拿起来一看，是薛冰冰打来的！她居然还打电话来？她为什么打电话？她要干什么？这一连串的问号接踵跳入他的脑海……

若海的手有些哆嗦，慢慢地接通了电话。

"喂！过来接我，我要去逛服装店。"薛冰冰的话冷冰冰地传来，像在使唤着一个下人。若海张嘴正要回答的时候，薛冰冰的电话挂断了。

若海忙开着车来到薛冰冰住着的城南金苑。远远地，若海看见薛冰冰正等在小区门口，她站在那里，像一朵花儿，早晨的阳光暖暖地照在她身上，给她镀了一层金边似的，很妖娆。

车停在薛冰冰面前，若海打开车窗，等着她上车。可是，薛冰冰并没有上车，而是狠狠地瞪了他一眼，若海立即明白了，她这是要他亲自给她开车门呢。若海忙下了车，给薛冰冰拉开车门，薛冰冰再次白了他一眼，满脸骄横地钻进车子。在若海看来，薛冰冰骄横的模样怎么看都是装的，怎么看都有些可爱，若海在心里轻轻地笑了一下，上了车。

"你是干什么吃的？"薛冰冰突然冷冷地对若海说道，"怎么这么迟才来？"

若海被薛冰冰的话迎头浇了一盆冷水，他没有想到她会如此冰冷地对他说话，这与昨天那位可爱的薛冰冰判若两人。若海心里一凛，是的，现在他是她的司机，虽然不是专职的，若海可以不吃她这一套，但是，他有求于喻老板，这是喻老板专门为他安排的，他要做不好，那一百万就有可能泡汤了！

"我……我下楼先去吃了点早饭！"若海说这话的时候，居然有点口吃。

"吃早饭？"薛冰冰扭头盯着若海，"你吃早饭，就让我饿着？就让我在这里等？你到底是干什么吃的？！"

若海被薛冰冰的话刺激得心里腾地蹿起一股火，若海瞪着薛冰冰，哪知薛冰冰也瞪着他，毫不示弱。若海忙控制住自己的情绪，不能因小失大呀，何必跟她这个小女人过不去呢？

若海忙将车开到一家餐馆，又亲自下车给薛冰冰忙前忙后点餐，侍候她吃过早饭。

吃过早饭的薛冰冰仍旧没给若海好脸色，上了车冷冷地说："我去东门那家商场。"

若海知道薛冰冰一定又是像昨天那样去买衣服。若海心里感到一丝庆幸，东门虽然有些远，但没有省城远呀，忙二话不说地开着车去往东门的那家商场。

到了商场门口，若海忙将车停好。薛冰冰冷冷地下了车，她没有像昨天那样叫若海陪着，若海想了想，还是下了车追了上去。昨天薛冰冰买了一大堆衣服，要是没有他，那一大堆衣服还真不知道该怎么提出来。

薛冰冰试穿一件三千多元的衣服，站在镜子前察看，服务员见了，夸张地说道："天啦，这件衣服好像是给你量身定做的，你看穿在你身上简直是太合身了，太漂亮了。"

若海定睛一看，这件衣服恰到好处地衬托出薛冰冰的身材，勾勒出她纤细的腰部，真的很好看，好看得让若海的心里也为之一颤，就如当初，他在飞机上看见聂倩一样。

但是，薛冰冰对服务员的赞美却不屑一顾似的，仍旧挂着冰冷的面孔。服务员没想到她如此的奉承却热脸碰了一个冷屁股，她有些尴尬地朝着若海望了一眼，若海无奈地朝她耸了一下肩。

哪知，服务员会意地笑了一下，又转过身去更加热情地奉承起薛冰冰来。

看来，服务员是把薛冰冰看成正在与若海生气的恋人了。与男朋友生了气，薛冰冰她这是来买衣服发泄的。这样的女人最容易对付了！只要稍施手段，她就会买下这身衣服的。但是，服务员的如意算盘却打错了！

"这衣服多少钱？"薛冰冰问道。服务员眉头一喜，忙说道："三千六百六。"薛冰冰正在说话，察言观色的服务员又接着说道："你要的话，我给你打九折，只需要三千二百九十六。"薛冰冰听了，白了服务员一眼，说道："我前几天在西城的那家商场，跟你这一模一样的，人家打八点五折，只要三千一。"服务员忙叫道："怎么可能哦？我们这可是专卖店。"薛冰冰白了她一眼，说道："那家也是专卖店，而且店面比你这还大呢！"服务员面不改色，巧舌如簧："那家我去过，那家店哪有我们这里装修得好嘛，在我们这么好的地方买衣服，完全就是一种享受，是不？"这下，薛冰冰没有接话，想是没有找到话来说吧。

"八点五折我就买了。"好一会儿，薛冰冰仍旧冷冷地说。

服务员忙凑上前去，说道："真的不行，九折是我能给你的最低折扣了！"

若海感到很是奇怪，薛冰冰今天居然砍起价来了！昨天，她在省城买衣服的时候，可从来没有出现过这种情况，只要衣服合她的心意，她从来不问价格，直接说"包起"。今天她这是怎么啦？

若海正在好奇的当口，薛冰冰转身走进了试衣间，换上自己的衣服出来后，把那件衣服递给服务员，走到若海面前，说道："走，我们到西城的那家商场去买。"

若海愣住了，虽然A城不是很大，但他们现在可处在东城，要去西城就得横穿整个A城，路上还得经过好几条人流繁忙的街道，一趟至少得四五十分钟，为了这区区的一百多元钱，值得吗？就在若海惊讶的当口，薛冰冰已经走出店门。

服务员追了上去，对着薛冰冰的背影叫道："诶——回来，八点五折卖给你了！"

听到服务员这样说话，若海心里正要暗自松一口气时，哪知薛冰冰却像没听见服务员的话似的，自顾自地往前走。服务员回过头来，看着若海，她这是想让若海叫薛冰冰回来。若海却只能尴尬地朝服务员笑笑，便朝着薛冰冰追了上去。

若海只得开着车从东城赶到西城，一路上，薛冰冰仍旧冷冰冰地坐在副驾驶位置上，一句话也不说。花了四十多分钟的时间，若海终于将车开到西城的那家商场。

其实，西城这家商场的专卖店并没有东城那家说的那样装修不好，而是不相上下。薛冰冰进店来，两位服务员都在招待最先进店的另外两位客人，其中一位抽空上前简单地接待了她，给她拿了那身衣服，又忙着去接待之前的客人去了。薛冰冰穿上那身衣服，仍旧与在东城试穿那样好看，薛冰冰在镜前上下打量了好一阵子，也没有服务员上前夸她两句。这让薛冰冰感到很不爽，她看了两眼服务员，中间偷偷地瞟了一眼若海，生气地一个转身进了试衣间脱了衣服，出门口随手将衣服放在柜台，转身朝着店门走去。服务员在后面追问了一句："你要不要？可以打折！"薛冰冰却自顾自地走了出去。

她就是到西城来买这身衣服的呀，现在怎么又走了呢？若海叹出一口气，轻轻地摇了摇头，只得跟了上去。

薛冰冰在其他服装店却只是疯狂地试穿，不买。

突然，薛冰冰说："我还是到东城去买那件衣服。"

"什么？"若海差点叫出声来，她这不是折腾他吗？薛冰冰却看也不看他一眼，转身走出了商场。若海心里的那股无名火又熊熊燃烧起来，他真想上前朝着薛冰冰狠狠地骂她几句，但很快他又控制了自己，他确实太需要那一百万元了！

这个时候，已经是中午了，走出商场，若海小心翼翼地朝薛冰冰说道："已经十二点半了，咱们吃过午饭再过去吧？"

薛冰冰白了他一眼，说道："要是去晚了，那件衣服被买走了，你负责呀！"

　　若海想告诉她，没必要这么折腾，就在西城这家买了那件衣服吧。如果非要去东城买，既然是专卖店，那款式的衣服肯定不止一件！再说了，逛了一上午，她肯定也饿了，他这是替她着想……但若海的嘴只是张了张，又把这些话吐进了肚子。算了，跟她说得着吗？

　　若海开着车又从西城横穿整个A城来到东城，中午时分，车流量增加，使得若海的车走走停停。

　　跟过一个十字路口，若海见前面的交通灯已是黄色，忙踩了刹车，停在路口。这时，薛冰冰突然扭头冲若海叫道："你怎么不冲过去？"

　　若海看着薛冰冰，说道："已经黄灯了，我们要遵守交通规则！"

　　"狡辩！"薛冰冰突然像发了疯的泼妇，尖叫道，"你是故意的，你肯定是不希望我去买到那件衣服！"

　　路口，人行道已经亮了绿灯，原来正在等绿灯的一堆人已经走在人行道上，很多经过他们车前的人都听到薛冰冰的尖叫声，纷纷侧目而视。

　　这女人发起泼来怎么不讲道理呢？若海盯着薛冰冰，心里的那股火又开始燃烧起来。他扭过头盯着薛冰冰，他准备好好地教训这个发泼的女人两句，但是，让他怎么也没有想到的事儿发生了！

　　若海扭过头去，他看到人行道上散去的人流中，居然出现了程萌萌的身影，程萌萌没有跟着人流向着人行道走去，而是站在原地，定定地看着若海和薛冰冰。大概是她在公路上再次看见若海和薛冰冰而感到无比惊讶吧。

　　很奇怪，若海原本想要冲薛冰冰发火的心一下子就被压了下来。

　　薛冰冰已经看到若海激动的样子了，她已经做好了准备迎接若海一顿泼狗血似的骂。但却看到若海的目光越过她盯向窗外，她好奇地顺着若海的目光看过去，她也看见了程萌萌，她扭过头来，盯着若海，想起什么似的嘴动了动，却什么话也没说。

程萌萌抱着胸，仍旧定定地看着若海和薛冰冰。在程萌萌的目光下，若海的脑海一片空白，他不敢对视她的目光，他感到一种无形的压力。对了，还有薛冰冰的目光，

车后突然传来急促的喇叭声，薛冰冰冲若海尖叫道："绿灯啦！你在想啥呢？！"

若海恍若从梦中醒来似的，忙松了刹车，在踩油门的瞬间，若海忍不住扭头朝着程萌萌望了一眼，只见程萌萌仍旧在望着他。尽管只有一眼，若海仍旧记住了她那眼里的目光！她的大眼睛，如一束刺眼的光束像要刺穿若海的心脏似的。

若海真不知道他是在程萌萌的目光中如何发动车辆向前驶去的。

"怎么？你们俩认识？"薛冰冰狠狠地盯着若海，眼睛里满是嫉妒的目光。若海瞥了薛冰冰一眼，既没点头也没摇头。他真不知道该如何向她讲述。

"问你话呢？"薛冰冰再一次冲若海尖叫道。就在薛冰冰尖叫的时候，她的手骤地伸了过来，拨拉了一下方向盘，若海本能地朝着她拨拉的相反方向纠正，车子随即在公路上拐了两下，若海忙踩刹车，车猛地停住了，但还是听见"啪"的一声响，撞了前方正常行驶的一辆小车的屁股。

若海再也忍不住了，冲薛冰冰吼道："你想干啥呀？不想活啦！"薛冰冰仍旧狠狠地盯着若海，也尖叫道："我就不想活啦！咋啦？"

"你这个小婊……"若海气得手直哆嗦，他真想狠狠地给她两个耳光。但他还是努力地控制住了自己。

"你骂我什么？"薛冰冰的目光变得更加尖锐，"你要是男人的话，再说一遍！"

其实，若海的那句"你这个小婊……"的话没有说完！虽然他是在愤怒的情况下说出来的，但话刚刚出口，他的心里就一个激灵，赶紧将后面的话硬生生地吞进了肚子。但是，现在面临着薛冰

冰"你要是男人的话，再说一遍"的挑衅，那被吞进肚子的话又在喉咙处直蹦跶，想要冲出来……

幸好这时，被撞了车的另一位司机过来了，他怒气冲冲地冲若海叫道："你是怎么开车的？"当看到车内的气氛不太好时，那位司机的语气立即缓了下来，朝若海说道："要不，我们报警吧？"

若海正要点头，薛冰冰瞟了那位司机一眼，从包里掏出一沓钱来递到那位司机面前。其实这次车祸并不严重，只将车尾刮了一点油漆，像这种情况，最多也就赔五六百元钱，薛冰冰现在给他的怎么也得有两三千元吧。那位司机迟疑了一下，伸手接过钱来，迅速开车离开了现场，生怕薛冰冰反悔似的。

若海重重地叹出一口气来，重新驾车上了路。因为车头被刮了油漆，他只得将车开回租车行，由老板进行鉴定。租车行老板仔细检查了车身，然后让若海走进办公室一起商量赔偿细则等等，好在当初租车时，薛冰冰付了一笔押金，那笔押金足够赔偿了。这一番下来，已到晚上六点了。

等若海从办公室出来，薛冰冰居然趴在会客室的高脚茶几上睡着了，小香肩随着呼吸轻轻地晃动，仍旧很销魂的样子……

7

看着薛冰冰睡着的样子，若海的心里又升起一股让他说不清的爱怜来。

也许昨天若海拒绝了她的挑逗，她昨晚一定没有睡好，再加上今天这么一闹腾，想来是累着了吧。若海真想把薛冰冰搂要怀里，让她在他的怀里睡，这样她也许会舒服许多吧……

若海的肚子早就饿得咕咕直叫，但他还是决定不叫醒她，让她在这里好好地睡一觉，反正这是租车行的会客厅，没有下班关门的时间规定。

若海耐着性子等着薛冰冰，肚子咕咕叫时，他就拿起杯子喝一口水。

薛冰冰终于醒来，她伸出一个懒腰，睡眼蒙眬。当她看到若海在高脚茶几的对面时，眼睛猛地射出一束光芒来，她甚至想对若海笑一下，但很快，眼里的光熄灭了，脸也换了一副冷冰冰的模样。薛冰冰环视了一下会客厅，尤其是看到窗户外昏黄的路灯时，她喃喃说道："几点了？"

若海看了一下手机，说道："已经八点了！"

薛冰冰看了他一眼，问道："车的事儿都处理好了？"

若海朝她点了点头。

薛冰冰站起身来，大概是睡意还没过，她走路的身子摇摇晃晃的，像风中吹拂的柳枝一样好看。若海冲动地想上前去扶一下她，但最后还是忍住了。若海心想，出门后找一个餐馆，陪她把晚饭吃了，然后给她找一辆出租车，最多再把她送回去，然后他和她也许再也不会相见了——即使今后在A城相遇，最多也就点个头算是打招呼。现在薛冰冰并没有再租车，也就是说，明天她不会再叫若海开车去接她了。喻老板交代的任务，他也算是完成了。

但是，若海的想法太单纯了，他怎么也没想到，他正一步一步地走向一个他不愿看到的结局。这不能怪若海，女人的心思，谁也猜不透。

走出门来，晚风一吹，薛冰冰的头脑立即清醒了许多，小腰板也挺直了。她四下张望着，若海以为她在找饭馆呢，走上前去说道："路对面有家餐馆，咱们去那里吃晚饭吧？"

薛冰冰白了若海一眼，突然指着远处正闪烁着霓虹灯的酒吧说道："我要去那里。"

若海看着薛冰冰，说道："我们午饭和晚饭都没吃，现在去酒吧不好吧？"

"有什么不好的？"薛冰冰白了若海一眼，"你当然可以不去！但我要是去那里喝醉了，要是有什么不测，我看你怎么向喻老板交代。"

薛冰冰说完掉头就走。薛冰冰的话再一次击中了若海的要害，喻老板知道若海这两天陪着他的小情人薛冰冰，她要真有什么不测——哪怕薛冰冰只出小小的一点事儿，都会让他这些天的努力化为乌有。

"唉——真拿这些女人没办法！"若海忙跟了上去。

路边，有家卖烤红薯的，香味直往若海的鼻孔里钻。这个时候，薛冰冰也站在红薯摊前，若海忙上前买了两个，递了一个给薛冰冰。薛冰冰和若海两人就蹲在路边的一棵树下，剥开红薯皮吃了起来，两人午饭和晚饭都没吃，所以，吃烤红薯时都有些狼吞虎咽。

吃完了，借着昏黄的路灯，若海看见薛冰冰嘴角居然被烤红薯画上两道炭黑色的"胡须"，她那小巧可爱的嘴角有了这两道"胡须"，倒也别有一番趣味，若海轻轻地笑了起来。薛冰冰抬起头来看着若海，也忍不住笑了，原来若海的嘴角被烤红薯涂抹成黑黑的，样子很是滑稽。

看到对他冰冷了一天脸的薛冰冰终于笑了，若海的心情也开始好转起来。

"要不，咱们不去酒吧了？"若海小心翼翼地对薛冰冰说。薛冰冰瞟了若海一眼，也不说话，站起身来朝着酒吧的方向走去。若海只得跟了上去。

吃了一个红薯，若海的肚子不再抗议了。若海真怕自己空着肚子喝酒，那样的话他会醉的。他不能醉，他要"保护"薛冰冰呢。此刻的若海，不得不另外担负这样的职责。

酒吧灯红酒绿，每一个空间都闪烁着暧昧的味道。

薛冰冰要了一个包间。包间墙上的电视屏放着一首古老的情歌："月亮出来亮汪汪，亮汪汪，想起我的阿哥在深山……"薛冰冰听到这首歌，立即轻轻地哼唱起来，身子也随着旋律扭动起来，很妖娆，很好看。

那位帅帅的小哥跟着若海，问：“你们需要喝什么酒？”若海一时不知所措。一旁的薛冰冰却说：“来份套餐。”小生一听，立即凑到薛冰冰面前，介绍起各种套餐来……

套餐送来了，居然有十二瓶啤酒！若海睁大眼睛盯着薛冰冰：“这么多喝得完？”薛冰冰看也没看他，抓起一瓶就喝了起来。她没有用杯子，直接用嘴吹。她噘起小嘴儿对着瓶子喝酒的样子，很性感，让若海的心也忍不住怦怦直跳。

包间里只有他们两人，空气中流淌着一种让若海说不出来的味道。

唱完一首歌，薛冰冰扭头看了一眼若海，浑身洋溢着青春的气息，她几乎是冲到若海面前，朝着若海的身边扑坐过去，她那浑圆小巧的屁股与若海的屁股亲密而剧烈地摩擦了一下，很火热，又很温暖，若海却不由自主地往旁边挪了挪。

薛冰冰并没有理会若海的动作，而是将脑袋可爱地扭到他面前，举起手里啤酒：“陪我干一个？”

若海正要制止，薛冰冰已经用啤酒瓶碰了一下他的啤酒瓶，然后又对着啤酒瓶就喝起来了……薛冰冰把若海逼到“绝路”上去了，只得拿起啤酒跟着喝起来。

薛冰冰最先喝完，喝完后，看着若海也整瓶在吹，很兴奋地看着他。若海用一只眼睛感觉到了，一个女人居然比他还先喝完酒，他顿时感到自己好没面子，忙使劲地往喉咙里倒，哪知用力过猛，狠狠地呛了一口，若海弯腰剧烈地咳嗽起来。薛冰冰忙上前去轻轻地捶着若海的后背，这让若海感觉舒缓了好多。

等若海终于平静下来，薛冰冰秀美而可爱的脸庞又伸到他面前，说：“我们一起唱首歌好不？就唱《纤夫的爱》。”薛冰冰一边说一边开始点歌。

“我不会……”若海忙说。其实若海会唱这首歌的，他的声音也很浑厚，动听。他自己也不知道是怎么说出“我不会”这三个字的。

薛冰冰扭头看了若海一眼，像看透了他的心，朝着他妩媚地一笑。立即电视屏幕上转来《纤夫的爱》的旋律。

薛冰冰拿着另一支话筒递给若海。那一刻，若海感到特别扭，他感觉自己自从进了这个酒吧包间，就像一个不省事的小姑娘。不就是喝酒唱歌嘛，有什么了不起的呢？想到这里，若海接了话筒，扯开喉咙唱了起来："妹妹你坐船头，哥哥在岸上走，恩恩爱爱，纤绳荡悠悠……"

该薛冰冰唱了，薛冰冰好像完全浸淫在这首歌曲的世界里，她的双眼含情脉脉地盯着若海唱着："小妹妹我坐船头，哥哥你在岸上走，我俩的情，我俩的爱，在纤绳上荡悠悠，荡悠悠……"薛冰冰的眼睛变得火辣起来，身体向着若海缓缓地靠了过来，小手抓住了若海的手，"你一步一叩首啊，没有别的乞求，只盼拉着我妹妹的手哇，跟你并肩走，噢……"

唱到这里，薛冰冰将若海的手放在自己纤细的腰上，接着，她的小手像常春藤一样缠绕在若海的腰上。这样一来，薛冰冰整个身体紧紧地依靠在若海身上，像要与他融为一体似的，一股女人香赤裸裸地钻进若海的鼻孔。

"你汗水洒一路啊，泪水在我心里流，只盼日头它落西山沟哇，让你亲个够，噢……"薛冰冰唱着这首歌，眼睛更加火辣地看着若海，那像常春藤似的小手紧紧地搂着若海的腰，那性感的小嘴儿轻轻地颤抖着，像急切地等待着男人的安慰……

若海的心胡乱地跳着，他真的无法控制自己内心的狂乱，他感觉自己的喉咙干渴得冒烟，薛冰冰的性感的小嘴儿就像荒无人烟的沙漠里的一汪清泉，若海知道，他只要轻轻地俯下身子，就可以喝到它，激情地喝到它……

若海控制不住自己，无法控制自己，他的干渴的嘴唇就要碰到那汪清泉了，这个时候，这两天一直不断在若海眼前晃荡的眼睛骤然间又出现在他的眼前，它瞪着若海和薛冰冰，目不转睛地盯着，毫不忌讳地瞪着……

若海差点就惊叫出声来：程萌萌！

不错，那是程萌萌的眼睛！只有程萌萌的眼睛才会这般大而闪亮地瞪着他——今天下午在那个十字路口，她就是这样瞪着他的……

若海浑身一个激灵，一把推开了薛冰冰。

薛冰冰被推坐在沙发上，她的眼睛骤然间变得如死灰一般。她咬着嘴唇，怨恨地盯着若海，两行眼泪不听话地顺着脸颊流了下来……

"这是怎么一回事儿？"若海的脑海里满是程萌萌的影子，他想不透在"关键时候"，为什么会出现程萌萌的眼睛在瞪着他，若海感到有些莫名其妙，甚至感到后背在冒着凉气……若海越想，心里却越慌乱。

若海看见薛冰冰怨恨的眼睛，这让他一时手脚无措，他想向薛冰冰说两句"对不起"之类的话，喉咙却像塞了一个东西似的，怎么也说不出来。

薛冰冰猛地拿起桌上的另一瓶酒，仰着脖子就是一阵猛灌，啤酒连同泡沫顺着她的嘴角蜂拥而出，顺着她白皙的脖子往下流，衣服瞬间打湿了一片。

若海忙走上前去夺薛冰冰的啤酒瓶，薛冰冰扭动着身子，固执地不让若海夺走她的瓶子，啤酒在两人的争夺中洒了若海一身，最终，薛冰冰放弃了争夺，坐在沙发上失声痛哭起来。

若海想安慰一下薛冰冰，却不知从何安慰起，他举在空中原本想拍拍她后背的手也尴尬地停住了，他只得任由她的哭泣。

突然，薛冰冰猛地抬起泪眼，狠狠地盯着若海，问道："我在你眼里就真的那么讨厌吗？"

"哪有？"若海忙分辩道，他感觉有许多话要对她分辩，却再次重复着吐出两个字来，"哪有？"

"在你眼里，我就是一个小婊子！是吗？"薛冰冰的泪水仍旧不断地往下流，泪光闪闪，里面全是幽怨，"不错，我就是一个小婊子！我是破坏别人家庭的小三……"

"没有，没有。"若海忙说道，"我真的没有这样看你，你很漂亮，很可爱，真的，你……你是一个好姑娘。"

"好姑娘？嘿嘿。"薛冰冰喃喃地说道，"既然我是好姑娘，你为什么要一而再，再而三地拒绝我？"

"我……"若海终于找到一个理由了，"我们不能对不起喻老板呀！"

"喻老板！"薛冰冰从鼻孔里突然重重地"哼"出一声，"这个老奸巨猾的家伙。"

若海盯着薛冰冰，他没有想到这话居然从薛冰冰的嘴里说出来，她现在所有的一切，都是喻老板给的呀！

薛冰冰的眼泪突然又涌了出来，比之前来得更加汹涌，若海更加手足无措。

"你知道吗？前年，我还是一个高三的学生，我，我就被喻修剑这个王八蛋给糟蹋了……"薛冰冰说到这里，压抑不住内心的痛苦，掩面失声痛哭起来。

"你可以离开他的呀！"若海对着薛冰冰说。

薛冰冰抬起头看了若海一眼，轻轻地摇了摇头，说道："我已经喜欢上了这种安逸而享受的生活……我，我，唉——你愿意听我的故事吗？"

若海轻轻地点了点头。

在薛冰冰不时滑落的泪水里，若海了解到薛冰冰的那段往事。

薛冰冰的老家处于一个小山村，她的父母都是面朝黄土背朝天的农民。说来也很是奇怪，这个大山里走出来的女娃，居然从小就长得娇美可人，村里人都说，她是山村里飞出来的一只凤凰。

读高中时，薛冰冰托关系终于在A城找到一所中学，三年在城市的高中学习生活，让她渐渐地喜欢上了这个城市，A城灯红酒绿的生活让她着迷，她发誓，今后一定要在这座城市里生活……说到这儿的时候，薛冰冰说："你不知道我们那个小山村经济条件是多么落后，我想追求我的生活，我有错吗？"

前年，正在读高三的薛冰冰面临着高考，在朋友的怂恿下来到歌厅唱歌，缓解压力。在歌厅里，她碰见了喻修剑。当时她着急去上厕所，在路上的拐弯处，她几乎是撞了喻修剑一个满怀，她跌坐在地上，她冲他大叫："你怎么走路的？"喻修剑见到这位娇美可爱的小姑娘，哈哈地笑开了……等薛冰冰上完厕所出来，喻修剑居然还站在原地等她……

后来发生的故事很俗套，喻修剑套出了薛冰冰的联系方式，到了周末，就开车到她的学校去接她，找她玩，陪她喝酒。一次醉酒醒来，薛冰冰发现自己光着身体躺在一家宾馆里，旁边同样赤身裸体的喻修剑正微笑而满足地看着她……

喻修剑的年龄比她父亲还要大两岁。当薛冰冰意识到她已经被一个比她父亲还要大的男人糟蹋了时——那时，她还是处女身啊——她无法控制自己的情感而失声痛哭……

喻修剑当即拿出一张存有十万元钱的银联卡塞到薛冰冰手里。十万元？！十万元钱对于薛冰冰是什么概念？是在那个小山村的全家十年的收入。薛冰冰抬起泪眼不相信地看着那张卡。喻修剑用手机拨通了银行的查询号码，薛冰冰听得很真切，里面真的有十万元钱。她流着泪把那张存有十万元钱的卡抓在手里，喻修剑又轻轻地放倒她，轻车熟路地又一次进入她青春的身体……

"其实，当时我的内心是无比挣扎的，也是痛苦的。"薛冰冰流着泪说，"我有个同学，被一个网友骗了贞操，结果网友跑了，同学什么也没有得到。现在我已经被他糟蹋了，有钱总比没有好。是不是？"

后来，薛冰冰没有考上大学，她干脆成了喻修剑的地下情人。每月，喻修剑都会往她的卡里打十万元的零花钱。有时，薛冰冰撒撒娇，说要买衣服、包包什么的，喻修剑还随手给她几万元……有了钱，薛冰冰不愁吃穿，没事就买衣服，喝酒唱歌，只要喻修剑来她租住的小区，她就和他疯狂做爱，一直做到喻修剑精疲力竭才心满意足。

薛冰冰的话说到这个份上，若海突然从心里感到一阵后怕，薛冰冰怎么把这些话都告诉他了——也许薛冰冰的这些话在她的心里憋了好长一段时间了，现在好不容易才找到一个人倾诉，她就一股脑儿地全说了出来。但是，对于若海来说，他知道得太多了！这对他，将不是好事儿！

"你可以离开喻老板的呀！"若海话音刚落，他又猛地想起刚才已经对薛冰冰说过这句话。

薛冰冰长长地叹出一口气，说道："我终归是要离开他的。现在他的老婆对他已经有所防备了，还有，他年岁已高，能力……就是在床上的能力也大不如以前了。而我正年轻，我也该想想自己的后路了……"

说到这儿，薛冰冰抬起头来看着若海，眼里又变得深情起来，说道："我知道，我是你喜欢的女孩子的类型，我知道你心里喜欢我——如果我不是喻老板的情人，你一定会喜欢我的，对不？"

若海的心不寻常地跳了两下，薛冰冰的话说得好像有些道理，这两天来，尤其是今天，她这样折磨他，他仍在内心觉得她很可爱。但此刻，他却不知道该怎样回答她。

"我也很喜欢你！"薛冰冰的眼泪又流了下来，"真的，那天我被喻老板的老婆打后，你跟喻老板演了一出戏，我被你抱在怀里，你知道吗，那一刻，我感觉我是那样的安全，我从来没有感觉如此的安全过。你就是我心目中的白马王子……可是，可是我是别人的小三，你肯定会嫌弃我的。是不是？"

薛冰冰的话伴着她的泪水，让若海的心颤抖不已，他没有想到面前这个娇小的女孩子居然有着这样的情感。

"海哥哥，你就要了我吧！"薛冰冰几乎是乞求着若海，"今后我会一辈子对你好的！真的！你就相信我好不？"

薛冰冰边说边朝若海靠了过来，她的目光像要将若海整个身子融化似的。薛冰冰一把抱住若海，把脸靠在他的胸膛上，喃喃说道："海哥哥，其实我仍是一个可爱的山村孩子，我自认比电影电视里的那些明星差不到了哪里去。还有，我很节俭的，这两年，我居然存了两百多万的钱，只要你跟我好，我把这些钱都给你，让你去创业——我们一起去创业，好吗？"

薛冰冰像一只可爱的小白兔似的直往若海的怀里拱，把若海的心撩得乱乱的，薛冰冰性感的小嘴儿朝着若海的嘴唇压了过来……

程萌萌那双大眼睛又骤地浮现在若海的面前，不——现在是全身都站在他的面前，她抱着胸，眼睛定定地看着他，像要看穿他的整个身心。若海浑身又发出一个激灵，一把又推开薛冰冰。

被推坐在沙发上的薛冰冰眼睛里再次出现死灰一样的颜色，她不相信地看着若海，像不认识他似的。

若海抓起一瓶啤酒，"咕咕咕"地直往喉咙里倒，他有满肚子的话想对薛冰冰说，但又说不出来，好像这些啤酒能将他的话都重新冲回到肚里。

等若海这一瓶啤酒灌下肚，他这才看见薛冰冰双手捂着自己的脸，小香肩剧烈地颤抖着，她的嘴里喃喃地说道："我真是贱，我是一个地地道道的贱女人……"

若海走到薛冰冰面前，嘴张了张，说道："你不要这样说……"

薛冰冰猛地抬起头来，眼睛里已经变成一副凶狠的目光。她盯着若海狠狠地说道："你不是一个男人！要不，你就是一个傻蛋！你本可以既得到我，又能得到两百万！但是你……"薛冰冰边说边收拾东西，"像你这样的男人，就不能给你好脸色！"

若海只能眼睁睁地看着薛冰冰收拾好自己的东西，她站了起来，眼睛里射出更加怨恨的光芒来，狠狠地盯了若海一眼，嘴哆嗦了两下，但一句话也没说，一个转身，头也不回地走出了包间。

8

其实，这个结局早就在若海的预料之中了！

当喻修剑的手机号在若海的手机里闪烁来电提示时，若海以为他的心会紧张得哆嗦，但此刻的他却很是平静，像接待一个早就预知的结果一样的平静。他像平常接电话一样食指轻轻一滑，电话就接通了。他的手也没有丝毫的哆嗦。

"喂。"若海朝着手机刚说这一个字，那边喻修剑的话语就像炮弹一样射了过来："我让你照顾几天冰冰，你就这样的照顾她的？！"

"你能听我解释吗？"若海仍旧平静地说道。

"你还能有什么解释的？"那边的喻修剑很是气愤，"你是不是骂过她是小婊子？"

这边的若海顿时语塞，当时虽然他把后半句话活生生地吞回了肚子，但只要是一个人，他都能听懂后半句话的意思！

喻修剑的话又吼了过来："你聋啦！问你说过没有？"

"不好意思。"若海说道，"但我没有做对不起你的事情！"

"你还想做什么对不起我的事情！啊？"喻修剑吼道，"你小小年纪，怎么这么龌龊？你还是世界名牌大学生呢……"

若海本来有很多话要对喻修剑说，但此刻他居然再也说不出任何一个字来。

"我告诉你，要不看在你父亲的面子上，我找人废了你！你信不？"喻修剑狠狠地说道。

若海不得不信，像喻修剑这种投资金融公司的人，他们也偷偷地用钱放着高利贷牟取暴利，而每一个高利贷的背后，都必然跟黑社会有关。若海的嘴动了动，却没有说出话来。

"对不起！"若海再次向喻修剑低声下气地说道。

"今后，我不想再见到你！"喻修的话传来，同时也宣告着他准备借给若海的一百万元钱泡汤了！

对于这样一个结果，若海早就预料到了。昨天晚上，他和薛冰冰从酒吧里走出来的时候，他就预料到了。

当薛冰冰头也不回地离开酒吧时，若海忙从后面跟了上来，不管怎么说，他要把薛冰冰护送回家。这不仅是完成喻老板的嘱托，也是他作为一个男人的责任。

走出门来，外面停放着好几辆正在等客的出租车。

薛冰冰突然一个转身，她狠狠地盯着若海，完全没有了她的娇小可爱样，狠狠地说道："你听着，你将什么也不会得到！"

说完，薛冰冰朝着一辆出租车招了一下手，出租车像早就等候她的命令似的，立即驶到她的面前。薛冰冰随即坐上了出租车，"啪"的一声关了车门，冲着出租车司机果断坚定地说道："走！城南金苑。"

出租车驶出很远了，若海仍旧站在原地愣愣地望着出租车远去的方向。脑子里一片空白，他自然知道薛冰冰嘴里"你将什么也不会得到"这句话的真正意思——这意味着他这几天来的努力都将白费，薛冰冰会给喻修剑打电话告他的状，那一百万元的贷款也将付之东流！此刻的若海有股冲动，他想冲上前去，把薛冰冰拦住，只要拦住她，或者马上给她打一个电话，这一切都有可能挽回……

但是，直到若海回到自己的家，他也没有这样做。若海总感觉程萌萌站在他的身后，用她那双漂亮的大眼睛在监视着他——不错，是监视！监视着他不敢越出雷池半步。

若海是第二天上街买早餐的时候接到喻修剑老板电话的，喻修剑的一句"我不想再见到你"给了若海最后的结局，这一百万真的泡汤了！

若海的心里突然感觉哭笑不得，更多是一种窝心：这整整一百万元的贷款居然被一个小三给搅黄了！若海长长地叹出一口气，无奈地摇了摇头。这一百万，可是父亲金百万费了好大的劲儿才找到的，是希望若海靠它创业起家的，他该怎样向父亲交代这件事呢？

接完了电话，若海的心里感到无比的懊恼，那个搅黄了一百万元钱的薛冰冰，他怎么对她的一再挑逗熟视无睹呢？他这还算是一个男人吗？对了，是程萌萌的那双眼睛，每到关键的时候，她就出现在若海的面前盯着他，这让他怎么向薛冰冰下手呀？可是，为什么每到关键时刻，她那双大眼睛就会出现在若海的面前呢？

你有双大眼睛就了不起吗？哼！

"好你个程萌萌，这一百万就算在你的头上！"若海狠狠地想到，"别让我再碰见你，否则会给你好看的！"

就在这个时候，若海突然感觉程萌萌的那双眼睛又出现在他的身后，他猛地回过头去，让他无比惊奇的一幕出现了，程萌萌提着一包东西居然就跟在他五米左右的距离里……

真是活见鬼了！若海恍若在梦里，他朝着程萌萌望去，程萌萌的目光也朝他看了过来，两人的目光就这样猝不及防地在空中相遇了！没错，是她——是她的那双大眼睛！刚才在心里"别让我再碰见你，否则会给你好看的"想法在碰见程萌萌那双大眼睛的那一刻突然不攻而破，心也莫名地变得慌慌的。

若海忙把目光扭了回来！脚步不知不觉地加快起来。

走了好几步，若海又把头扭了过去，程萌萌仍旧跟在他身后。她这是要干吗？难道前两天她一直在跟踪他？怪不得他与薛冰冰每到"关键"时刻总会出现她的眼睛……哼！

若海的心里突然有些懊恼。他转过身，定定地盯着程萌萌，程萌萌看了他一眼，白眼儿不屑地朝上翻了一下，毫不胆怯地迎着若海走了过来。

"我说你这样跟着我干什么？"若海盯着她，很不友好地说道。

程萌萌白了若海一眼，她的大眼睛一白起来，很可怖。程萌萌也没好气地说道："这道路是你家的呀？你能走我就不能走？"

这话一点错都没有，若海拿她也没办法。这时，若海的脑海里突然想起还差她五千多元的钱，又忙说道："你是不是来问我要这五千多元的吗？"

"对啊！你不说我还忘记了！"程萌萌两眼放光，伸出一只手来，"你还我呀！"

若海的心里有些后悔，怎么说起这茬事儿来，现在他兜里只有一两百元，怎么还她的五千元钱？如果……如果他那一百万借到手了，一定会首先还她那五千元，可现在……若海大胆地盯着程萌萌的眼睛，就是她这双眼睛，让若海损失了一百万。

此刻的若海有些恼怒，但又不得不控制自己的情绪，因为他差着她的钱。

此时的程萌萌再次用她的大眼睛白了若海一眼，不满地叽咕道："整天豪车开着，美女在怀，还差这五千块钱！"说完，程萌萌还轻轻地"哼"出一声。

若海的嘴动了动，他想解释一下，却又不知从何说起，只得尴尬地笑了笑，咬了咬牙，说道："好吧，跟我到我家去，我拿钱给你！"

若海手里还有五千多块钱。若海从海边接到父亲金百万的电话后从海边赶回来时，父亲给了他一万元。若海很惊讶，父亲怎么会有这一万元钱？父亲却笑了笑，说道："这是我一个朋友借给我的。"那一万元，请喻修剑花了五千多元，还剩四千多，加上他在海边捞海产品赚的一点辛苦钱，应该可以还程萌萌的债了。

"好啊！"程萌萌的眼睛闪了两下，说道，"我正好要去你家！"

什么？若海愣愣地看着程萌萌，程萌萌将手里的东西往若海面前提了提，说道："我家的柑橘熟了，我给……给总裁送点去。"

原来，她是来给金百万送柑橘的，正好碰到买早点的若海。可是，现在金百万已不是程萌萌的总裁呀！她为什么要给他送呢？

"你是不是想问我为什么要给总裁送柑橘？"程萌萌问道。

听到程萌萌的话，若海心里一紧，难道她的大眼睛还有特异功能：能看透他的内心？若海只得点了点头。

"这是我父亲交代我的。"程萌萌看着若海说道。

"你父亲？"若海惊讶地叫道，"你父亲不是出车祸……"

"是呀！"程萌萌说，"他临终前交代我的，说是今后每年柑橘出来后，都要给你……总裁送一点去尝尝鲜。昨天，我母亲来城里了，背了一大袋柑橘来，今天一早就催我送来了！"

说完，程萌萌提着那袋子柑橘朝着若海的家走去，轻车熟路似的。

看着程萌萌的背影，若海突然感到有些温暖。当初，他和父亲借给程萌萌二十万，给她父亲做手术，虽然她父亲最后还是走了，但他记得这段情，并交代自己的女儿也要一直记得这段情！一袋柑橘虽然值不了多少钱，但这是最珍贵的感情呀！

来到小区，小区里的老人们晨练刚刚结束。若海知道，现在金百万也起来跟着大家一起晨练了，他再也不是当初那个拥有千万公司的金百万了，融入小区老人的行列，他就跟这个小区里普通的老人没有什么区别。

晨练结束后，老人们都没有急着往家赶，而是三五成群地聚在一起闲聊起来，大家说天谈地，说说最近发生的新鲜事儿。

"对了，老金，你现在天天起来晨练，精神状态是不是好多了。"一位老人问金百万。金百万打着哈哈地说道："是啊，晨练一下，一天都感到浑身活力十足呀！"

旁边一老人顺口接道："我看以你现在的精神劲儿，完全还可以像当年去闯一下，说不定还会像当年那样闯出一片天地呢。"

这话是老人对金百万的一句奉承话。毕竟，当年的金百万在A城可是响当当的名字。但现在，金百万却在金融风暴中彻底破产了，一生的奋斗到了最后却落了个空。他本人也被这场"风暴"彻底给打败了，包括他的斗志。老人的这句话会不会引发金百万的心病呢？若海隐隐有些担心。

"嘿嘿。"金百万尴尬地笑了两声，朗声说道，"我呀，老啦！还是跟大家一起休养晚年得了，天地这事儿还是让下一辈人去闯吧。我家若海很快就会将我的招牌竖起来的……"

若海的心里一个激灵。父亲金百万昨天还对他说："海娃啊，现在你有了这一百万，你完全可以去好好闯一闯了，当年我凭着两百元钱就闯出了一片天地，我相信你的！"可是现在，那一百万已经没有了！他怎么像父亲交代呢？

若海看了看旁边的程萌萌，程萌萌也看了他一眼。

"爸——"若海叫了一声父亲，说道，"你看谁来看望你了？"

金百万顺着声音望了过来，看到程萌萌，有些兴奋，叫道："呀，小程呀，稀客！快进屋里坐！"金百万说完，满面笑容地跑过来。

程萌萌的脸上也露出了好看的笑容，迎上前去，说道："总裁，这是我母亲昨天从老家背来的柑橘，她吩咐我给您送点来。"

金百万的脸上露出更加兴奋的笑容。他已经不是总裁了，可他的手下还提着东西来看望他——虽然这些柑橘值不得几个钱，但此刻的他感到在小区人面前，特有面子。在这小区里，也有一些处长退休的，除了逢年过节，几乎没见人上门。

金百万伸手去提袋子，程萌萌固执地要自己提。这时若海笑了，说道："还是我来提吧。"程萌萌居然顺手就将袋子递给了他。

程萌萌说："柑橘我送到了，我就不打搅总裁了。"

"哎呀，都到这里了。"金百万急忙说道，"不管怎么说也得上家去坐一坐呢！"

金百万在说这话的时候，眼里满是着急而期待的目光——三个月以前，他怎么也不会想到，他现在会用这种眼神和语气给他曾经的一个下属讲话。

程萌萌看了一眼若海，若海也朝她诚恳地说道："进屋里坐一下吧。"若海理解父亲金百万此刻的心情，程萌萌的到来，给金百万增了一些面子，如果程萌萌此刻就在这里离开，金百万刚刚增了的面子也将荡然无存。

程萌萌这才轻轻地点了一下头。

来到家里，若海的母亲见了程萌萌也非常高兴，忙招呼道："快来一起吃早饭。"程萌萌笑着说："我已经吃过了。"若海母亲却不管这些，笑嘻嘻地上前去拉程萌萌的手，程萌萌拗不过，只得上了饭桌。

本来一家三口的早餐，尤其是油条，若海按人头只买了三根。因为程萌萌的加入，明显不够。若海决定省一口给父母，哪知，金百万夫妻也都不约而同地准备省一口给若海，所以，当程萌萌拿起一根油条时，其他三人都没动，程萌萌也不好意思吃。场面有些尴尬。

还是若海母亲聪明，她拿起一根油条，断了一小半在自己手里，剩下的一大半递给金百万，另一根递到若海手里，然后朝程萌萌热情地说道："吃呀，吃呀。"程萌萌这才轻轻地咬了一口。

早饭吃到一半，金百万忍不住问道："小程，你现在在哪里工作呢？"

程萌萌忙说道："总裁，我在X房地产工作。"

"嗯。"金百万点了点头，又问道，"是在售楼处工作吗？"

程萌萌的目光躲闪了一下，但还是轻轻地点了点头。

若海豁然明白了，程萌萌的工作性质确实属于售楼处的工作，但她却是最"底层"的一种。像她这样的人，每天都会拿着一个招牌，往人多的地方走，给人介绍房子——大多是二手房，如果卖掉了，可以从中得到一定的提成。若海之所以这么肯定，是因为他前两次都在人多的路口碰见她的。

"再过一段时间，就到咱家海娃那里去工作，仍旧干你的本行，会计工作。"金百万突然说道，"咱家海娃马上就会有一百万

131

了，他会靠着这一百万成立一个属于他自己的公司，项目都考虑好了，仍旧从事有色金属……"

金百万边说话边看着若海，程萌萌听着金百万的话也盯了若海好几眼，若海浑身极不自然起来，心海就像被投入了一块巨石，荡起了乱七八糟的波纹……

也就在这个时候，若海横下了一条心，他决定向父亲坦白一切。

"爸爸。"若海艰难地张开了嘴，说道，"我有件事儿正要向你汇报一下。刚才，喻老板打电话来告诉我，那一百万估计是借不了了！"

"什么？"金百万惊讶得嘴里的一块油条掉落在地下，两眼直瞪瞪地盯着若海，"咋回事儿？"

这下若海有些后悔了，他感到自己没有掌握好交代这话的时机，不管咋说，眼前程萌萌在，她毕竟是一个外人，而这些话是不便与外人讲的。

但是，现在不仅父亲金百万直瞪瞪地盯着他，母亲也惊讶地盯着他，连程萌萌也用她那双大眼睛盯着他，这让他浑身更加不自在了！

若海狠下心来，将这两天发生的事儿一五一十地告诉了大家，只是讲到当他每次无法接受薛冰冰的挑逗眼前总是出现程萌萌的那双大眼睛时，他就一带而过，只是笼统地说被他拒绝了。

若海是怀着忐忑的心情讲述完这两天经历的，他怕父亲金百万无法接受这个事实，他的父亲已在金融风暴中被打垮了，好不容易才有了一点希望，他还眼巴巴地指望着若海拿到这一百万创业资金而重新站起来呢。

金百万听完若海的话，突然重重地叹出一口气来，嘴里喃喃地说道："命啊，命啊！"说完站起身来，摇摇晃晃地朝寝室走去。母亲看了看若海，嘴哆嗦了好几下，但最后她什么话也没说，转身也跟着金百万进了寝室。

饭桌上只剩下若海和程萌萌。若海也轻轻地叹了一口气，如同嚼蜡似的嚼着小半截油条。

程萌萌看了看若海，轻轻地站起身来，说道："要不，我就回去了。"若海站起身来，说道："好，我送送你。"程萌萌迟疑了一下，轻轻地点了点头。若海猛地想起那五千多元的欠款来，忙说道："你等我一下。"说完，若海进屋把剩下的五千多元钱全部拿了出来。

程萌萌见若海手里拿着的钱，忙说道："不用！"

若海把钱硬往程萌萌手里塞，程萌萌也坚决拒绝，说道："你们先用着。等缓过这阵子，再还我吧！"

最后，若海没有拗过程萌萌，只得将钱揣进自己的兜里。说实在的，他真不知道把这五千多元钱都给了程萌萌，他又没工作，接下来只剩寥寥的几百元钱，他以及他的父母将怎样度过。

9

幸亏程萌萌没有收那五千多元钱，要不，接下来的事儿若海真不知道该如何应付。

三天后，四位年轻人突然找上门来，将正在吃午饭的若海一家堵在了屋子里。来人将一张高利贷纸条摆放在金百万面前，若海这才知道，他从海边回来后，父亲交给他的那一万元居然借的是高利贷。金百万原本是这样想的，他觉得同喻修剑已经谈得差不多了，那一百万是非常稳妥的，即使借高利贷也应该请喻老板吃一顿饭，就算是拿一万元去借一百万，只要拿到一百万，就去还一万元的高利贷，按照金百万多年生意场上的想法，这档"交易"合算。金百万想着等那一百万到手后再告诉若海这一万元是高利贷也不迟！哪知，中间却出了一个薛冰冰，活生生地搅黄了这一百万，煮熟的鸭子也飞走了。金百万这两三天因为那一百万的失去而心疼不已，也就忘记告诉若海这一万元的高利贷情况了。

当若海了解到这个情况后，再一看这上门催高利贷的人，突然感到有些迷惑，按理说来，上门催高利贷的人大多都是混混，像电影电视里演的那样，长得五大三粗，面目狰狞，这样才有可能催到高利贷的呀！但面前这四人却都长相一般，扔在大街上，你绝对想不到他会是一个催高利贷的混混。

"金总。"其中一个留着平头的男人说道，"不说你也应该清楚，这一个星期的时间到了，今天我们是来要债。借钱的时候你是打了包票的，一个星期还！所以我们给你的利息是降了一个点的。"

金百万忙赔上笑脸，说道："能不能再拖个一两天……明天，明天来我一定还！好不？"

听完金百万的话，平头男朝着金百万笑了一下，拿眼睛去看其余三人，哪知，三人也都笑了，忍俊不禁似的。他们的笑只轻轻地"嘿"出一声，随着这声"嘿"脑袋晃了两下，随后收住，只把笑容留在脸上！他们挂在脸上的笑是一种假象，那意思非常明显：不可能，今天必须拿到钱！

那笑，笑得让人不寒而栗。若海忍不住想起一个词：笑里藏刀。这哪是笑里藏刀呀！是把刀毫不掩饰地挂在脸上呀！若海心里不禁叽咕了一句："电影电视里的情节都是骗人的！"

不仅若海，连金百万自己也感到浑身难受极了，当他拥有亿万资产的时候，他怎么会想到现在会因为一万元钱被小混混们堵在自己的家里？

突然，若海看见母亲跌坐在板凳上，面色苍白。若海忙上前拍背帮顺呼吸。若海知道母亲是因为惊吓，着急地问道："妈，你这是怎么啦？"金百万赶紧去拿起电视柜前的速效救心丸，若海忙给母亲喂了两颗，并不断地安慰母亲："没事，没事，有我呢。"母亲看了看若海，若海朝她肯定地点了点头，母亲的脸色这才渐渐有所好转。

在这整个过程中，那四人都冷冷地看着，像看着一件与己无关的事儿。或者说，他们经历过很多这样的场景。

若海努力地控制着自己的心跳，朝四人说道："你们跟我谈！"

四人的目光都齐刷刷地聚集在若海身上，其中一个穿着花衬衣的男人点了两下头，说道："好，就跟你谈。你想怎么谈？"

花衬衣男人的最后"你想怎么谈"这五个字就像五支利箭射向若海，若海的心里不禁一个哆嗦。是啊，他能怎么谈呢？

这时，金百万拿起手机，重重地叹了一口气，拨通了一个电话，然后不自觉地看了若海母亲一眼，转到一个墙角，轻声细语地说道："喂，你现在哪儿呢？"不用猜，若海也知道父亲这电话是打给他以前的小情人蒋淑红的。听得出来，父亲还想跟她聊聊天，唠唠家常什么的，但又碍于屋里四位来收钱的小混混，或者又碍于蒋淑红已在十年前就不是他情人了，金百万的话说得很是不自然，像话不是从他嘴里蹦出来似的。

"别挂，别挂。"金百万对着电话忙说道，"我找你真有点事儿。"

若海的心里不由得升起一股悲凉感来，父亲的话语里带着一丝乞求。两个月前，父亲还是趾高气扬的"金百万公司"的总裁，没想到现在不仅被高利贷堵在家里，还这样迫不得已低声下气地向之前的情人借钱……若海越想心里就越难受。

"我就借你一万。"金百万说，"我过几天就还你！"

不管怎么说，现在最要紧的是把钱借到手。不拿到钱，这四个小混混是不会离开家的，谁也不敢担保他们能做出什么事儿来。

"唉——"金百万突然重重地叹出一口气来，冲手机里说道，"我说你小蒋，当初要不是我，你能有今天？不就找你借一万元钱嘛，你说那么多干什么？要借就借，不借就拉倒！"金百万说这话的时候，好像将憋在心里很久的话，终于一吐而出，说完后，金百万带着一丝痛快把手机扔在了沙发上。

但很快，金百万又不得不面临着这个现实，他眼巴巴地望着那四个来收高利贷的人。

那四个人的脸上居然仍旧挂着笑，平头男人"嘿嘿"地冷笑，冷冷地说道："我们是来讨债的。我知道你们有难处，但我们也有难处啊！我们兄弟们要回去交差，交不了差，我们也脱不了爪爪啊，说到底，你们得让我们回去交差。是不？"

"那是，那是。"金百万点头哈腰，"可是，我们真的有点困难呀……"

"别扯那些没用的。"花衬衣男人不耐烦地说。

平头男人再次冷笑两声，说道："你们总得拿点东西让我们回去交差。一万元是什么东西呢？"

平头男人说完转头看着其余三人，其中一人冷笑着说："一根手指！"

平头男人这才将目前转向金百万和若海，抖着脚说道："听清楚了吗？要想让我们交差，拿不出钱，得让我们带一根手指回去。"

"什么？"若海惊讶地看着面前的四个人，突然觉得他们比电影电视里那些凶神恶煞的黑社会小混混还要可怕。毕竟是第一次经历这样的场合，若海有些心惊肉跳的。他看了看父亲，父亲居然也被吓愣得待在原地。

此刻，若海母亲却有些镇静，她看了看那四个人，突然从手腕上脱下一个玉镯子来，说道："我这个玉镯子值六千多块钱。要不，你们先拿去。"

"不要！"金百万小声地冲若海母亲叫道，"这是你五十岁生日时我给你买的呀！"

若海母亲苦笑了一声，艰难地从沙发上站起身来，大胆地走到那四个小混混面前，将玉镯子递了过去。平头男人接了过去，用手摩挲了一下，又对着窗户透过来的光看了看，转头问其他三人："你们谁懂玉？"

其他三人都摇了摇头。平头男人转过身来，不相信地看着若海母亲，若海母亲忙说道："对了，发票和鉴定证书都在！"说着，便去寝室的文件柜里，找出一个精巧的小盒子，正是装玉镯子的，打开盒子，里面有一张发票和鉴定证书。

平头男人拿起看了好一会儿，这才相信了，掂着玉镯子说道："好吧，这块玉镯子就算五千元。你们可借了一万元，加上这一个星期的利息，是一万一，还有六千元！"

"天啦？你们这是什么利息，这么贵？"若海母亲几乎是尖叫道。

"什么利息？"花衬衣男人从鼻孔里哼哼两声，"我们是收高利贷的，你不知道吗？"

若海母亲的声音立即弱了下来，喃喃地说道："我这个玉镯子值六千元的。"

若海忙上前拉住母亲，安慰她说道："算了，算了。"

接着若海朝那四人说道："还差六千是不？我这儿正好还有六千元钱了！"说着，若海从寝室里拿出那六千元钱，摆放在四人面前。

平头男人看了看那叠钱，"哈哈"地笑了两声，说道："对嘛，你们早拿出来，不就什么事儿也就没有了！"

说完，平头男人一把拿起桌上的钱和玉镯子，站起身来，抖了几下，说道："打搅了。"说完朝另外三人挥了一下手，三人的身子也抖了两下，转身走了。

好一会儿，金百万抓起桌上他写的那张高利贷纸条，一把撕了个粉碎！这才轻松地吐出一口气。转身问若海："我还以为给你的一万元钱你这两天和薛冰冰在一起，都用光了呢。"若海张了张嘴，他想告诉父亲说"这两天的花销全是她的钱，包括车被剐了后去4S店修补的钱……"但若海的脑海很快就被另一个问题给填满了：这下，家里可没钱了，接下来的生活，该怎么办呢？

看来，得先找到一份工作才行呀！

这样一想，若海决定立即也去找工作。不管什么工作，哪怕是去搬砖，他也愿意干。

　　说来挺神奇的，若海刚刚走出小区，突然看到一个熟悉的身影：程萌萌。

　　程萌萌看见若海，兴奋地朝他挥了挥手，小跑着过来了。

　　近得身来，程萌萌兴奋地说："我在我们X房地产售楼处给你找了一份工作，你来不？"

　　若海的心里一阵惊喜，真是瞌睡来了遇见枕头，忙问道："能说说工资待遇吗？"

　　"无责任底薪一千二，外加提成。"程萌萌说完，又用那双好看的眼睛盯着他，补充说道，"干得好的话，一个月还是可以挣个六七千元。"

　　"可是，目前房地产不是正处于低潮吗？"若海问道。

　　程萌萌扑闪了两下大眼睛，说道："怎么说呢？目前各个行业都很低迷。你要不愿意，那就算了。"

　　"我愿意。"若海几乎是脱口而出。

第四章

今后，无论如何也不能辜负了她！

1

之后很长的一段时间里，在A城的繁华地段，总会看到一个在凌厉的寒风中拖着贴有售房信息架板的帅气小伙子。他看着川流不息的人群，不断地寻找着目标。一旦有人在架板前停留，他便上前滔滔不绝地给人介绍。但是，很多人只是询问而已，看看热闹，真正动心的人寥寥无几。

不错，他就是若海。若海已经在X房地产售楼部上班快两个月了。

X房地产售楼部分别在A城的东西南北四个方向安排了四个售楼处，若海所在的是南部售楼处。说是在售楼处，其实就像一个卖二手房的中介，因为房地产受全球金融风暴的影响，买房的人绝大部分都持币观望，所以一些售楼部为了扩大销售量，将销售人员派到人流量多的地方，以此带动售楼部的业绩，若海和程萌萌就是这样的销售人员。

对于程萌萌介绍他到这个售楼处来工作，若海也是后来才明白事情整个原委。因为房地产陷入低谷，一来，售楼处确实需要不了这么多的人员；二来，部分销售人员不愿到街上去抛头露面，再加上业绩和工资都受到严重影响，纷纷转行。那一天，有一位售楼人员转行了，刚好空出一个位置，程萌萌立即想到了若海……

后来，程萌萌告诉若海，其实那一段时间，她已在心里不可救药地爱上了若海。

在父亲车祸后，要不是若海，金百万很有可能不会借给她那二十万元钱。所以，她一直记着若海的恩情。也就是从那个时候起，她对若海有了爱慕之心，但是，程萌萌也知道，若海是拥有亿万财产的富二代，像她这样的人，他可能根本就没把她放在眼里，程萌萌只能把对若海的爱放在心里。

当全球金融风暴来临的时候，尤其是当她看到金百万一下子就被打垮了，她知道只有若海才能撑起整个公司，心里对若海有着爱慕的程萌萌不顾一切地找到在大海边的若海……在大海边上，她看到若海与小情人聂倩正在海边悠闲而甜蜜地散着步，她的心里突然像打翻了的醋坛子……那一刻，她才发现她对若海的爱有多浓多深。

在大海边的那个宾馆前，若海因为所有的银联卡被冻结拿不出钱来交付房费时，聂倩自顾自地走了，她很高兴，她觉得若海应该看清聂倩的本来面目了，当若海向她求救时，她毫不犹豫地帮助若海付清了房费。她觉得她终于为心爱的人解了一下难，值得！

在"金百万公司"被收购后，尤其是当她看到若海居然散尽家财发了工人的工资时，程萌萌对这个有着宽敞胸怀的男人更加爱慕了！就在给工人发最后一次工资结束的时候，程萌萌鼓足勇气准备告诉若海她对他的爱时，她看见若海居然朝着远方的一个女孩子追了过去，她认识，那是聂倩！看来，他还没有放下她！程萌萌感觉她的心受到了伤害，她压下了对若海的话，伤心地离开了。

回到家里，程萌萌难受了好几天，突然又感到自己很傻。她清楚地看到，聂倩离若海而去，若海很伤心，她觉得她应该用爱去抚平若海心里的伤痕，她是从心里爱他的，这个时候，也许他更需要她的爱！想通了这一点，程萌萌立即去找若海，她看到若海在各大公司应聘，但每次都看到若海很失落地走出来，她想上前去安慰他，但又怕打搅了他，正在程萌萌左右为难的时候，她突然发现若海"失踪"了！

若海在大海边的那一个来月的时间里，程萌萌不知道他在哪里，她几乎每天的大部分时间都在寻找若海，她甚至想冲到金百万现在住的那个小区去询问若海的父母，但想想要是真见了他们又不知说什么好，只得算了。终于有一天，程萌萌无意中想到若海喜欢大海，于是她赶紧跑向海边，哪知正好碰到若海被那帮小混混当场揍打的场面……

在大海边与若海相处的三天，虽然若海的心情一直不好，但在程萌萌看来，那是她最愉快的时光。那天，她专程去给若海买了一副墨镜，她想让若海陪着她去大海边逛逛。当初，她在海边看到若海与聂倩一起手拉手散步的时候，她的头脑里就不由自主地想道："要是有一天我能跟他一起在海边散步该有多好啊！"

程萌萌最终以帮助若海散心为理由，达到了与若海在海边散步的目的。她很兴奋，说不出来的兴奋。那个下午，程萌萌感觉自己的心儿被放飞似的，忽上忽下。又想到在这段路上，他跟另外一个女人一起在这里手拉手地散过步，她的心里又满是醋意。这样的感觉很刺激，后来，程萌萌不断地回味这段时光，她觉得这就是爱情的滋味吧。

那天回到旅馆，在上旅馆楼梯的时候，她故意将步子放得很慢，她真的舍不得与若海分离，她真想告许若海她对他的爱，但是她又知道若海的心情不好，她觉得应该找一个他高兴的时机向他表白……她正想着，突然被若海一把搂住了腰，她当时真的狠狠地吓了一跳，接着一股幸福从心底荡漾开去，她没想到幸福会来得如此之快，她眼睁睁地看着若海，脑子里一片空白，浑身忍不住颤抖起来……

但是，当若海向她吻过去的时候，程萌萌的脑海里突然浮现出聂倩的身影来……这个若海，当初他也一定是这样去吻聂倩的吧？

她浑身一个激灵，猛地扭过头去，大声地叫道："你要干吗？你这个坏蛋！"但是，在程萌萌的心底，她又是抗拒若海的手松开她的腰，她觉得她的整个身子在若海强有力的臂膀下真的是一件很幸福的事儿……然而，若海吻过来的嘴脸总让她的脑子产生他吻聂倩的场景，就在这样矛盾的心理状态下，她踩了若海的脚一下——她不知道是怎么踩上去的！后来，程萌萌在回忆这一经过时，她一直不愿相信自己是故意踩上去的，她只认为是自己在挣扎时不小心踩到他的。

若海松开了搂着她腰的手，她看着若海，嘴里朝他吼道："你混蛋，枉我这些天对你这么好……"其实她看到若海痛得弯着腰揉自己的脚，她的心也很疼。但是，她仍旧朝他吼，她觉得她不同于聂倩，也让若海不要把她当作聂倩那样的女人来看待。她是真心真意爱他的！

回到三楼的房间，程萌萌扑向那张床。床很柔和，她把头蒙在被子里，想着刚才的一切，一种让她从来没有过的幸福感涌上了她的全身，她激动，她兴奋，整个身体好像轻飘飘地飘浮在空中似的……现在他开始来搂她的腰了，他应该是喜欢她的！在海边和他在一起的时候，她就看到他好几次看她。是的，她虽然没有聂倩那样好看，但她自认为长得也不丑呀！再说了，聂倩哪有她对他那样深情，聂倩是奔着他的钱去的，她是真心爱他的。可是，他搂着她的时候，她的脑海里为什么又要出现聂倩的身影呢？还臆想出他俩亲热的场面，这不是自己跟自己过不去吗……想到这里，程萌萌的心后悔得要命，他是她心爱的男人呀，他要吻，就让他吻嘛，被他吻还不幸福吗？哎呀，太羞了！还有，不能让他觉得她跟其他女孩子那样轻浮，再说了，他还没有向她说他爱她呢，怎么就让他吻了呢？……

在这种矛盾而幸福的感觉中，程萌萌几乎一夜没睡。她甚至还在心里决定，明天找他好好谈谈，问问他是不是真的喜欢她，如果他说喜欢她，她就让他搂腰，让他吻……

天亮了，程萌萌怀着忐忑的心情去敲若海的门，但是敲了好一会儿门都没有开，正在诧异间，旁边收拾房间的一位大姐告诉她，说若海早上就离开了。程萌萌一听这话，猛地感觉自己像被雷击了似的呆愣在原地，好长一会儿也没有醒悟过来。

"他居然不辞而别？！他这是要干什么？昨天晚上还搂着人家要亲吻，今天怎么就跟变了脸似的？难道，难道对于昨晚的事儿，他就没有话想要对人家说吗？什么人呢这是……"这一连串的问号都在程萌萌的脑海里绕来绕去，绕得她的脑袋乱麻麻的。

在旅馆的前台上，她拿到若海写给她的那张纸条"我走了。谢谢您的照顾！还有，您的钱我一定会还您的！"看着这张纸条，程萌萌忍不住叽咕说道："谁让你还了？真是的！就算有重要的事儿，跟我说一下再走也不迟呀！"程萌萌当即也退了房直奔长途客运站，她期望着能在长途客运站找到还没有及时登上车的若海，但是，直到她一路回到A城，仍旧没有看到若海的半点影子……

回到A城的程萌萌直奔若海所住的小区，她真有些担心若海经过这段时间的"打击"而受不了，如果离家出走了怎么办才好？她真担心他呀！说来也很巧，他刚到小区门口，就看到若海与金百万有说有笑地走出来，她想迎上前去，但又想到若海当初是抛弃她而离开的，现在上去见到他说什么好呢？不如躲开吧。总算见到他人了，她的心也就踏实了。

也就在那一天，程萌萌接到朋友打来的电话，朋友介绍她到X房地产公司售楼部工作。"金百万公司"被收购后一直没有找到工作的程萌萌，接到这个电话也异常兴奋，立即到公司去上班了。

程萌萌每天都会拖着架板在街道上兜售房子，她的脑海里总是不知不觉浮现她与若海在海边的那几天的情景，她觉得，这是她人生中最幸福的时光。特别是当她被若海搂着腰强行要亲吻的时候，那股幸福感源源不断地充满了她的全身。还有，她是在若海被小混混收拾的关键时刻出现的——都说"英雄救美"，她这可是"美救英雄"——这种在电影电视里都不可能出现的场面，居然让她给赶上了！哈哈，这怎么还不让她乐此不疲地在头脑里演绎出许多不同的版本和台词……

那天，程萌萌在路边等着顾客，她的身后一两米的地方，就摆放着那个满是售楼信息的架板。这一次，她的脑海里浮想的是她和若海在海边散步时的情景，那也是一段让她产生无限遐想的幸福场面……她正想着，或许是无意之间，她骤然看见前方驶来一辆豪华的宝马轿车，驾驶室里居然坐着一个熟悉的人：若海！程萌萌一个激灵，不相信自己的眼睛似的。她再次睁大眼睛看，是他，没错！同时，她还看见副驾驶室居然坐着一个娇美的女孩子。

程萌萌像被人当头打了一棒似的，这才分开三四天的时间，他居然这么快就重新有了一个女人！有说有笑地坐在这么豪华的车子里，真是让人恶心——对，恶心。"真是纨绔子弟！公司都被收购了还开这样的豪车，载着个妖精……你就真的不喜欢人家吗？可为什么那天要搂着人家的腰，要亲吻人家？"程萌萌的心像被谁用刀割走了似的，血淋淋的痛。

若海也看见了她。那一刻，程萌萌想到了逃离，但是她的腿却像生了根似的，怎么也挪不动！程萌萌忍住心里的痛，冷冷地看着若海，像要看穿他的整个内心似的——她真想把他的心掏出来看看到底是什么做的！

这时，只听到"砰"的一声响，她看见一辆电动车撞了若海驾驶的宝马车——她看得很清楚，是那辆电动车为躲避旁边的一辆自行车而左拐擦剐了宝马车，这是电动车的全责！

程萌萌心里一惊，头脑里猛地闪出一个念头来：若海他怎么样了？她几步就冲了过去，只见若海安全无恙地坐在驾驶室里，还有点发愣呢。程萌萌又看见了副驾驶室里那个妖精，心又感到被人狠狠地扯了一把，心里不由得想道："我怎么这么贱呢？他用得着我关心吗？"

若海与穿迷彩男电动车主纠缠起来，后来迷彩男碰瓷倒在地上讹上了若海，这让程萌萌的心里隐隐地感到一种快感！她甚至还在心里痛快地吐出两个字来："活该！"

看到若海朝着围观群众着急地大声辩解，程萌萌的心里又涌起一股冲动，她想跟着若海一起向大家解释，她亲眼看见了的，这真的是电动车的全责！她相信只要她的解释，应该可以帮若海洗清嫌疑的。但是，想到若海刚才居然见了她像不认识似的，她的心里不仅痛，还有怨恨。

若海看见了她，两步就跨到她面前："刚才的过程你是不是都看见了？"程萌萌知道若海这是要她给他做证，她看着他，心里的怨恨又涌了上来。程萌萌不自觉地抱着胸，说道："对呀，我都看见了！"若海看起来很兴奋："你给我做一下证，到底是谁撞了谁？他是不是在碰瓷？"看到若海期待的眼神，程萌萌的心差一点就软了下去，她又看见了坐在副驾驶位置上的那个妖精，心里的怨愤又被逼了出来，她转身朝着围观群众说："既然你让我说，那我就说了。我看得清清楚楚，是他开着豪车撞了骑电瓶车的……"

说完，程萌萌感到自己的心在剧烈地颤抖，接下来发生的事儿她几乎不知道了，只觉得自己的脑子里嗡嗡地叫着，她甚至不相信自己刚才居然说了那样的话，这些话不是明显"伤害"若海了吗？若海开着车离去的时候，他连看也没看她一眼！

她刚才的话，真的伤害了他！她真想狠狠地扇自己两个耳光！程萌萌再也无心卖房，拖着架板逃也似的回到她租住的宿舍里，关上门，蒙着被子狠狠地哭了一个下午。直到第二天中午，她才起床，拖着架板无精打采地来到大街上。没想到，在十字路口，她又一次遇见了若海。若海驾驶着车在这里等绿灯。

真是冤家路窄啊！

程萌萌不知道，当时的若海正被薛冰冰"折磨"——薛冰冰准备跟若海闹腾，她想要若海"听话"，以便达到其私欲之目的。

若海又换了一辆豪车。他到底从哪儿来的豪车？副驾驶位置上仍旧坐着那个妖精一样的女孩，与昨天不一样的是，今天她看起来很不高兴，好像在与若海争吵着什么。看到若海，程萌萌不自觉地又双手抱着胸——程萌萌知道，这是一种自我保护的动作。可是，她要保护什么呢？她又说不清楚。

程萌萌的心像被什么东西狠狠地揪住了似的，脑子里一片空白，她愣愣地看着若海，若海也看见了她。接下来的场景更加有意思了，坐在副驾驶位置上的妖精顺着若海的目光看见了程萌萌，她那水灵灵的眼睛看了一眼若海，又看了一眼程萌萌。估计她也觉得奇怪吧，这是怎么一回事儿？

绿灯了，坐在副驾驶位置上的妖精居然冲若海吼了一声："绿灯啦！你在想啥呢？！"天啦！她居然这样吼若海！再看若海，他居然忙听话地驾驶着车向前驶去！

她是他什么人？程萌萌的心里骤地又被狠狠地揪了一把，程萌萌不愿想，但她的脑海里还是不由自主地升起一个信号来：那个妖精一定是若海的女朋友！只有女朋友才会这样吼自己的男友！这个信号在程萌萌的脑海里不断地回响，尽管她努力地遏制自己不去这样想，但那个信号却在她的脑海里回响得越来越响亮，以至于到了最后，像炸雷在她的耳边轰然响起……

才出门半个小时，程萌萌又拖着架板回到宿舍，她趴在床上，骤地感觉整个身子都轻飘飘的，她想哭，可不知为什么，眼泪像早就流干了似的，心里难受得像没有心肝似的。

快吃晚饭的时候，程萌萌的心情这才稍稍有所好转，她慢腾腾地从床上爬起来，突然看见自己的手机上居然有五六个未接来电——中午出去工作时，程萌萌的手机开了静音。这是谁给她打电话呢？难道是买房的人？现在楼市陷入前所未有的低迷，十天半月的卖不出一套房！这可是一笔生意呀，她这个月的售楼任务还没有完成呢。程萌萌赶紧拨了过去，却是长途客运站的一家公用电话，母亲已经来到城里了，她打完电话后就一直在公用电话旁等着。

程萌萌立即赶到长途客运站，母亲背着一大袋自家种的柑橘。程萌萌说："你拿这么多柑橘干什么？城里都有的。"母亲说："你忘了你父亲走时说的话啦？等柑橘出来的时候，你得给你家总裁送一袋去，他们是好人啦！"程萌萌没有告诉母亲，她早就没有在那家公司上班了——公司已经被收购了。可是，父亲的遗言应该遵守，她在母亲的安排下，第二天一早就提着一袋柑橘来到金百万家。

快到若海居住小区的时候，她突然看到出门来买早餐的若海。她正要上前去打招呼，却见若海接一个电话——是喻修剑打给他的。而程萌萌却认为是那个妖精打的，心里的醋坛子又打翻了。

若海在前面走，她在后面跟着。跟着若海走了一段路——也不远，也就二三十米远的距离，程萌萌的心里却经过了一番剧烈的思想斗争：爱他就放手吧！只要他能幸福。还有，像若海这样的人，她程萌萌怎么配得上？那个……那个妖精配上她，他俩这才是郎才女貌……程萌萌这样想，又觉得自己很虚伪，她有这么伟大吗？

很神奇的一幕出现了，若海猛地扭过头来看见了她。那一刻，程萌萌有一种想要躲避逃离的想法，但她控制了自己：她又没有做什么见不得人的事儿！怕什么？她勇敢地迎了上去，和他一起来到他的家。

程萌萌怎么也没想到，她这次来有了一次意想不到的收获，她居然弄明白了这些天发生在若海身上的事儿。原来她所看见的，根本就不是她所想的那回事儿。当她听到若海向金百万讲完了整个事情的经过！那个女人真是一个妖精！为了得到若海，居然做出这样龌龊的事儿来！但若海居然经受住了，一个男人不仅能抵得住美色的诱惑，还经受住了金钱的诱惑！在程萌萌的眼睛，若海比男人还男人！她兴奋得当场差点跳了起来……回到家里，程萌萌这才搂着母亲兴奋得又蹦又跳，母亲点着她的鼻梁问："咱闺女这是咋的了？"

之后的两三天时间里，程萌萌总是难以压抑心中的兴奋，拖着架板在马路边售楼时，她嘴里总是轻轻地哼着歌曲，她甚至想大声地歌唱……说来也很是神奇，这三天，她居然卖出了两套房子。

这天上午，X公司房地产南部售楼处经理召集售楼人员开会，对这一个月来的售楼成绩进行讲评。其实主要就是对售楼成绩差的售楼人员进行批评。这一个月来的售楼成绩再创新低，经理在上面开会被严厉批评，回来后，心里的气还没消。他不仅将上面批评他的话原封不动地给了下面售楼人员，而且还进行了发挥。被批评的那人是一个比程萌萌还小一岁的小姑娘，小姑娘面子上受不了，跟他吵了起来，并当场提出离职，拂袖而去……

本来因为楼市的低迷，很多售楼人员人心涣散，再加上完不成售楼任务，压力大，纷纷离职。经理到处招聘售楼人员。程萌萌知道这个情况后，立即想到了若海，她抱着试一试的态度来找若海，哪知正处于艰难处境中的若海立即答应了……

2

对于程萌萌的爱，若海也强烈地感受到了。

到X房地产公司南部售楼处来上班，若海是感谢程萌萌的。对于售楼，他真是两眼一抹黑。刚到售楼部的时候，程萌萌可以说是手把手地教若海售房——其实萌萌也没比他多来几天，但她把在同事处听到的售房经验和自己的体验都告诉了若海。一般情况下，售楼人员每天都是三三两两自发组织在一起，这样相互有个照应，程萌萌每天都主动要求和若海一起……若海看出来了，这个程萌萌真是一个替人着想的好姑娘，她知道若海以前好歹是富二代，现在一下子"沦落"到街上卖房，她这是担心若海抹不开面子。

在街上，两人拖着一个架板，一旦有人来买房，程萌萌总是最先冲到前面，滔滔不绝地介绍起楼房信息……虽然看热闹的人多，真正买房的人少，十天半月的也没卖出去几套，但若海看得出来，程萌萌却感到很满足，很幸福。

说真的，跟程萌萌在一起，他也感到很开心。自从公司被收购后，若海整个人生处于低谷之中，情绪自然也一直处于低谷。但是，这一段时间跟程萌萌在一起，受到程萌萌的影响，若海也感到一种开心，一种由内而外的开心。

若海知道程萌萌喜欢他，他也知道程萌萌是一个好姑娘！正因为如此，若海却从内心感到，他配不上她！他为什么会有这种感觉，若海也说不清楚。若海曾这样假设过，如果他父亲的公司还在，他会看上程萌萌吗？要是能看上的话，当初为什么没有看上呢？他难道只会痴迷于聂倩这样的女人？……

若海没有想到，他与程萌萌的关系又一次降到冰点。这是若海故意这样做的。

事情得从一个叫王顺的人说起。王顺，售楼处经理，约二十七八岁，长相帅气，据说他是X房地产公司副总的一个亲戚，当过两年兵，他把当兵的那一套用在管理上，据说前两三年把这个售楼部管理得井井有条，即使在楼市比较低迷的现在，其业绩也领先于其他售楼部，很得地产公司领导赏识。听说很快就要从售楼部升到地产公司总部了。前途不可限量。

王顺经理喜欢上了程萌萌。

若海知道王顺经理喜欢程萌萌，他是从上个月程萌萌的售楼总结会上看出来的。上个月，因为程萌萌总是和若海在一起，相当于两个人的售楼任务都交由程萌萌。所以，两人都没有完成任务。在总结会上，王顺对所有没有完成售楼任务的人员都进行了批评，包括若海。但对程萌萌，对没有批评，而是为她圆话，说道："程萌萌才来一个月，她虽然也没有完成业绩，但在楼市如此低迷的情况下，能做到她这样已经相当不易了！"再后来，程萌萌只要到售楼处，王顺总是对程萌萌嘘寒问暖，还经常给她泡杯咖啡什么的，很殷勤。

若海觉得，程萌萌跟王顺倒是很般配的一对。王顺很有前途，程萌萌要是跟了王顺，就可以在A城立足了，他相信她会很幸福的。

王顺曾经找若海好好地谈过一次话。那天下班后，王顺突然叫若海留下，说是有话要对他说。若海很诧异地盯着王顺，王顺突然问道："你和程萌萌是不是在谈恋爱？"

若海立即明白是怎么一回事儿了，忙说道："没有。我们是很好的朋友。"

王顺也盯着若海，他想要看若海是不是说的真话。王顺看见了若海眼里的真诚，很兴奋地说："谢谢你。"

若海朝王顺肯定地点了点头，说："程萌萌是一个好姑娘……"说这话的时候，若海的心突然像被什么东西给揪了一把似的。

若海决定，不能再让程萌萌跟着自己了，她跟着他——他现在已经到了这般境地，她是得不到幸福的。像她这样善良可爱的女孩子，应该得到幸福！

这一天早晨，程萌萌又拖着架板跟在若海的身后，准备跟着他一起去街上卖房。若海心一狠，突然转过身盯着程萌萌，说道："你不觉得咱俩一直这样结伴去售房，很不妥吗？"

"什么不妥？"程萌萌惊讶地睁着大眼睛看着他。

若海躲闪着程萌萌的大眼睛，说道："咱们每个人都有售楼任务的。我们每天都结伴而行，这就是两份任务！而我们又是在一个地方，本来现在楼市就低迷，买房的人又少……是不是？我们这个月会完不成售楼任务的……"

"你这是什么意思？你是说我拖你后腿了？"说到这里，程萌萌故意盯着若海前后找了找，调皮地说道，"你的后腿在哪儿呢？"

程萌萌说这话，本意是想逗若海笑笑，但若海却做出不耐烦的口气说道："哪有的话！是我拖你的后腿了！"

程萌萌见若海不耐烦起来，立即小心翼翼地看了若海一眼，说道："我，我甘愿……"

"你甘愿什么？"若海故意狠狠地盯着程萌萌，"我不甘愿！你把我介绍到这里来工作，我感谢你！但你不能这样老是跟着我后面呀，你这样我……我怎么工作？我们都会像上一个月那样完不成业绩！我只想完成这个月的工作业绩！我只是不想像上月那样挨经理的训，可以吗？"

程萌萌真没想到若海会这样凶的训她——她在金百万公司上班，若海还是总经理时都没有这样训过她。程萌萌惊恐地点了点头，回答道："明白了。"

若海再一次盯了程萌萌一眼，拖着架板，转身走了。在转身的那一瞬间，若海的心像被谁狠狠地揪了一把似的，痛。说实在的，这段时间跟程萌萌一起，虽然每天顶着寒风去卖房，但若海真的很开心，他的心里也舍不得跟她分开。但是，他觉得他必须这样做。他希望她能找到一个好归属。

那一天，没有了程萌萌的若海突然像失去主心骨，他把架板架在人多的地方，站在凌乱的风中，看着川流不息的从架板前走过的人群，居然一时不知该如何办才好？那一天，若海到底是怎么度过的，他不知道，他只知道，他很孤独。如风中飘零的一片枯黄的树叶。

第二天下午，若海的架板前突然来了两位看资料的人。两位都是四十多岁的中年妇女，凭若海对两位的神态来看，这两位买房的概率很大。也正如若海所料，这是两亲家来给自家孩子选婚房的。

若海欣喜地凑了上去，正要给她俩介绍房子的信息，哪知他一听两位妇女的对话，她俩居然很熟悉资料上一套房子的情况。不仅熟悉房子的尺寸，还不时询问若海以求证："这套房子的客厅是不是对着中庭？""是不是有两个卫生间？""主卧室是不是向阳的？"……

若海感到很是诧异，忙问道："你们怎么这么熟悉这套房子呢？"

其中一位妇女笑了，突然指着前方二三百米远的距离说道："那边有一个姑娘，非介绍我们到你这里来买！"另一位妇女看了若海一眼，说道："她把这一套房介绍得我们都心动了，最后却介绍我们到你这里来买，挺有意思的……"

若海朝着妇女手指的方向望去——其实不用看，若海也知道两位妇女口中说的那位姑娘就是程萌萌。"真是一个傻姑娘。"若海在心里默默地念道，心里不由得升起一股感动来，她居然就离他两三百米远的距离，远远地跟着他，好不容易说下了一套房，却又介绍到若海这边来了。

但是，那两位妇女最后还是没有在若海这里买这套房。

这女人的疑心呀，一旦来了，真有些不可理喻！一位妇女突然想起什么似的说道："我有个问题哦，那边的女孩子非介绍我们到这边来买，这房子是不是有什么问题哦？"若海忙说："怎么可能？"妇女说："女孩子一定发现房子有问题，不愿意承担风险，这才将风险推到这边来……"另一个妇女也疑心地点了点头："咦——对啊！"说着就拿怀疑的目光盯着若海。

那两位妇女带着疑心走了，若海看着她俩的背影失望极了。好不容易才迎来真心想买房的人，本来程萌萌已经将她俩说动心了，这笔买卖已经快要到手了，最后却是"煮熟的鸭子飞走了"。若海的心里不由得升起一股怨火来："好好的一单生意，居然就这样泡汤了！这程萌萌也真是的，为什么要介绍到我这边来？多此一举！"

不一会儿，程萌萌拖着架板过来了。一般情况下，买卖谈成了，销售人员会带着人员到售楼处签订合同什么的。程萌萌在远处看见两位妇女走了，而若海还留在原地，她知道这单卖买黄了，她是过来问情况的。

一见程萌萌过来，若海心里的怨火又升腾起来，朝她吼道：

"我说你什么意思？你可怜我是不？我需要你可怜吗？现在好啦，煮熟的鸭子都飞啦！"其实，朝程萌萌吼完这句话后，若海就有些后悔了，人家程萌萌一番好意，怎么能这样理解呢？

"不是！"程萌萌忙小心翼翼地说道，"我是担心你完不成业绩……"

"谁要你担心了！"若海的脑海里又不由自主地想到程萌萌的幸福来，狠下心仍旧冲程萌萌吼道。吼完转身拖着架板就走。

走了几步，若海一回头，程萌萌居然跟在他身后。若海长长地吐出一口气，歪着脑袋说："我说你跟着我干什么？"

程萌萌抿了一下嘴，说道："咱们还是一起吧，我们……"

"我求你了好不？"若海两步跨到程萌萌面前，瞪着她吼道，"你能不能尊重一下我？"

"尊重？"程萌萌惊讶地看着若海的眼睛，"我怎么就不尊重你了？哦……你是不是特讨厌我？"

话赶到这个份上了，若海再一次狠了狠心，嘴哆嗦了两下，他实在说不出口来，或者说，他也实在点不下头，只得把目光转向别的地方。

"我真的那么令你讨厌吗？"程萌萌仍旧盯着若海，声音里带着哭腔。

若海仍旧没有说话。

"你要真讨厌我，在海边的那个旅馆里，你为什么要搂人家，还要……还要亲人家？"程萌萌仍旧用幽怨的目光盯着若海。

若海的嘴张了张，最后还是说出了口："说实话，我那样做，是……是想让你讨厌我！真的，你是一个好姑娘！你应该有自己的幸福！"

"我明白了，我明白了……"程萌萌喃喃地说道，"今后我会尊重你的，离得远远地尊重你！"

"谢谢，谢谢你。"若海也不知道自己的嘴里是如何蹦出这几个字来的，他的心像被人用刀割去似的痛。

若海拖着架板正要转身离开，程萌萌突然扯着嗓子叫道："金若海，我告诉你！王顺昨天向我表白了……我……我并不是没人要！"

若海的心再一次剧烈地颤抖着，他故作轻松地盯着程萌萌，说道："这是好事儿呀！祝贺你！"

"祝贺我？好啊，你就祝贺我吧！"程萌萌叫道，"王顺要我随时都可以到售楼处担任置业顾问，还说等他去了总部，他就带着我一起，去总部给我找一份会计的工作……"

若海突然大胆地盯着程萌萌，说道："其实王经理挺好的。很有前途，也难得他这么喜欢你。我觉得，你应该好好珍惜……我，我是真诚地祝贺你！"

说完，若海转身拖着架板走了。这一次，若海没有回头。他知道，程萌萌一定在后面站在原地看着他，看着他走了很远很远，直到消失在人流中……

3

在X房地产南部售楼部工作快两个月了，若海越来越觉得，他不是干售房的料。

其实若海是特别想干好这份工作的。自从父亲的公司被收购后，他遇到了很多事情，他一直想凭着自己的能力站起来，凭着自己的能力打拼出一片天下。他觉得凭着自己对国内甚至国际商业市场的眼光，不说自己一定能成功，但机会是非常大的。他相信自己的能力！但是，要创业，没有钱几乎不可能！要不是薛冰冰从中捣蛋，他就能从喻修剑处获得一百万的贷款，这样的话，他就有机会开始他的创业了……也不至于现在"沦落"到当售房人员。

虽然工资少得可怜，还不及以前他一顿请客的钱，但他靠着这笔工资勉强可以度日。在售房这份工作中，若海没有抱怨自己，他心想就当自己来锻炼，磨炼自己的意志来了。再说了，他需要这份工作，虽然工资低，但毕竟能保证这段时间的生活开支——若海要活着，不仅他要活着，他得养活年迈的父母。还有，只有活着才能为梦想前进！虽然现在若海还不知道什么时候才能开始自己心中的那份梦想，但总得为了这份梦想而活着呀！

这是若海最开始的想法，经过两个月的售楼经历，若海的思想不知不觉中开始了转变。

这份工作是卑微的。每天要面对大街上形形色色的人物。对于与这些人的交流，若海逐渐发现，他们的思想很封闭，对于未来的想法很是渺茫。

比如说，若海费尽口舌向人介绍这套房子，并清楚地说明未来房价的必然走向，连若海都感觉自己被感动了，那些人却淡淡一笑，说："这房价要是不涨，你负责呀！"这要若海怎么负责？有一次，若海被逼急了，向人打起了包票，说："这房价明年六月份之前不涨你来找我！"那人却仍旧用怀疑的眼神看着若海一眼，嘻嘻哈哈地一笑，转身走了。

跟这些人打起交道来，让若海很是费劲。有的时候，若海看着他们远去的背影，忍不住轻轻地叹出一口气，在心里默默地说出一句话："真没眼光，活该穷！"若海在心里说出这句话来，又暗暗地责备自己："你有什么资格这样说人家？你比他还穷呢！"若海只得无奈地再次叹出一口气来。

还有，让若海尴尬的事儿时常发生。

若海毕竟是金百万的儿子，还任过金百万公司的总经理。A城上层人士几乎都认识他。现在，他"沦落"到街上卖房子，当这些上层人士路过时都会惊讶地看着他。他们的眼光让若海感到如芒在背，浑身极不舒服。

有一次，若海居然遇见了张志高。

也不知道是张志高得知若海在街上买房还是真的只是路过碰巧遇见了，张志高驾驶着他的那辆豪车来了，将车停在路边就朝若海走了过来。

看到张志高走来，若海的心不由自主地跳了两下。说实话，若海真有些害怕见到张志高。他想躲开却已经来不及了。张志高朝他挥了挥手，叫了他一声："老同学。"

张志高是他的高中同学，又是当年他看不起的同学——当然，当年张志高也看不起他。三个多月前，张志高父亲为总裁的望厦公司刚刚收购了他家的公司，并借机敲走了他家的别墅。张志高扬威作福的场面直到现在想来仍让他厌恶。

若海只得强装笑脸迎了上去。很奇怪的是，张志高居然向他伸出了手，说道："老同学，怎么来卖房了？"

张志高的话一出口，若海就感到无比尴尬，这话让他怎么回答呢？但他还是牵动脸上的肌肉，强装笑容说道："怎么，卖房子不好吗？……"若海还想对张志高说"我靠自己的能力赚钱，不像你，得靠你父亲才有钱呢"，但骤然想到之前他也是靠自己的父亲才坐上金百万公司总经理的位置上的，也就把这话给扼住了。

张志高听到若海的话，脸上的笑意更加浓了，上下打量了一下若海，重新认识他似的，这才说道："要不要我买一套以增加你的业绩？"

若海的脑子里猛地闪过一个念头："靠，管他呢，他要买我就卖！"

若海笑道："那我太感谢了！"

"哈哈。"张志高张大嘴仰着脖子笑了两声，突然眼睛盯着若海，说道："我想一下，我买房来干什么呢？住人？可我有那么宽的别墅……对了，你家以前的那幢别墅我可是重新装修了的，不管咋说，还是要除一下晦气的，对不？我们前几天才搬进去。那个地方，真是宽敞呀，住着真是舒服……"

若海真想狠狠地扇张志高两个耳光，但他不得不努力地控制住自己的冲动。张志高身后两三米处，不知什么时间站了两个戴着墨镜的膀大腰粗的人。看得出来，他们是张志高的保镖！正盯着若海的一举一动呢……这家伙居然会有保镖？现在牛成这副模样了！

若海明白了，张志高这是故意来羞辱他的：当初，你不是看不起我吗？你怎么混成现在这个样子？

"对了，我看上了咱三中校的一个女生，等我把她泡到手做我的情人后，我就专门买一套房来金屋藏娇，要买房时我就来找你哈！"张志高边说边乐得哈哈大笑，像讲了一个很好笑的笑话。

若海歪着脑袋看着张志高，嘴角轻轻地上扬。在他看来，这张志高就像是一个拙劣的表演者，生硬地表演着自己的演技，既让人恶心，又让人好笑……

若海这样不冷不热地看着张志高，这个动作让张志高骤然愣住了，他这才想起，他俩已经不是当年十六七岁的少年了，现在他们都成年了，张志高自己还是望厦公司的总经理，他这样做无疑于降低自己的身份。今后要是传到同学们的耳朵上去，自己岂不掉价？再说了，他这样做，满以为他的羞辱能让若海无地自容，但不仅没有达到他预期的效果，反而弄得自己浑身不自在起来……

张志高骤然间感到很无趣，敷衍了两句，悻悻然地离开了。

对于张志高的羞辱，以及原来他所认识的上层人士的白眼，若海是能够承受的。但是，他怎么也没想到，他在街上居然遇到了另一个人：薛冰冰。

那一天，若海将架板摆放在距一家商场不远的路口，他则坐在一米远的一个台阶上，翻看着手机。

其实，若海这样做是不妥的，他应该观察来往的人流，从他们的表情或者目光中，如果看到他们有一点买房的意念，甚至看到他们的目光扫了一下架板，若海就应该上前去询问："你要买房吗？""看一下楼房信息吧？"……以此点燃人们购房的欲望。这些动作以前都是程萌萌做的，自从程萌萌离开若海后，若海没有这样做，他像脱离程萌萌的监管似的，将架板放在一边，自己则坐在一旁看起手机来——这不是若海无聊，而是若海越来越发现，微博真是一个好东西！它不仅能让若海及时地了解一些信息，而且也能从中学到许多知识。

这时，若海突然感到一个人影在架板前站住了，他从手机中抬起头来，等他看清那人时，若海浑身忍不住颤抖了一下：薛冰冰。

真是冤家路窄呀！

薛冰冰从架板前抬起脑袋来，斜了若海一眼，问道："这是你的？"

若海看着薛冰冰冷冷地点了点头。他实在太怨恨面前这个女人了，要不是她，若海早就拿到那一百万了，他也不至于"沦落"到卖房的地步。

"给我介绍介绍。"薛冰冰说道，"我想买一套房。"

买房？哼！你骗鬼去吧！不就是来看笑话的吗？真是一个歹毒的女人！若海冷冷地说："你到别处去买吧。"若海的心里，突然对眼前这个女人生出从来没有过的厌恶。当初还认为她漂亮、可爱呢！程萌萌说得对，她就是一个妖精！让她赶紧滚吧，从他的面前消失吧！

薛冰冰歪着脑袋盯着若海，说道："为什么？"

居然还好意思问为什么？你薛冰冰难道不知道为什么吗？若海的心里顿时升起一股怒火不，像失去了理智似的，冲薛冰冰吼道："不为什么？我下班了行不？"

吼完，若海看也没看薛冰冰，拖着架板转身就走，边走边在心里狠狠地反复地骂道："真是一个贱女人！真是一个贱女人……"

走出很远一段路了，一阵冷风吹来，若海不由自主地打出一个冷战，脑子也渐渐恢复了理性，脑子里还是不由得冒出一个念头来："薛冰冰应该知道他会对她恼怒的吧，她为什么又要来自讨没趣呢？"

若海这样一想，心里有了恻隐之心，他想回头看看薛冰冰……

但是，一个念头强烈地冒了出来："不要！不要再理那个妖精！"若海生生地按捺住了自己的这股恻隐之心，继续拖着架板往前走去……

这一刻，若海突然感觉自己在凛冽的寒风中好孤独，好冷清。

"等这个月结束发了工资，还是再找一份工作吧……"若海边走边想着。

4

这一个月过去，就是2009年的元旦了。对于元旦的到来，若海既感到来得太快了，又感到来得太慢了。若海知道，这是一个矛盾的心理。在这一年里，若海像从天堂落入地狱，他在这样的日子里度过了漫长的三个多月。这三个多月来，他觉得这是他人生中度得最漫长的三个月，每一天每一刻的时间都叫他如此难忘，深深地铭刻在他的心中……但是，这三个多月来发生的一切，仿佛就在昨天，希望很快就让它过去。直到现在，若海也不愿回想这三个多月来所发生的一切。

若海准备在元旦的前一天下午向经理提出离职。这一天下午下班前，全体售楼人员集中在售楼处门前，听经理对这个月来的情况进行总结。对于王顺经理，若海还是比较欣赏的，有过当兵的经历，素质真是不一样啊。且不说在他的管理下，在楼市如此低迷的情况下，南部售楼处到底卖了多少套房子，但他的管理方式方法真的让若海很是佩服……已有传言，他已经接到X房地产总部的命令，元旦后将到总部报到。

对了，还有传言，程萌萌也将跟着王顺一起到总部报到。十天前，若海硬着心肠将程萌萌从他身边赶走，她第二天就去了售楼处办公室担任了置业顾问——这是一个很好的工作，置业顾问是通过现场服务引导客户购买，促进楼盘销售，为客户提供投资置业的专业化、顾问式服务的综合性人才。这样的话，程萌萌再也不用在外风吹雨打地拖着架板售房了。

元旦前的这天下午，若海规规矩矩地站在售楼人员的队列里，不禁感慨万千，心里腾地升起一股失落感来，他好不容易才有了这份工作，每月工资加业绩提成也有三千多元的收入，除去房贷，他和父母也能平稳地生活。如果他真的离开了这份工作，他还真的有些茫然。下一步将去哪里？若海突然感到许多的无措……

王顺经理腰板挺直地站在大家面前发言："今天讲话，我就不对这个月的业绩做讲评了。大家在这里工作了一年，来得最迟的也两个多月的时间，做了什么业绩，都有数据。元旦之后会有一个经理来给你们大家做总结讲评的……"

说到这里，王顺显得有些难过，说道："今天我是最后一次给大家讲话了。元旦之后，我将到总部去工作，担任销售主管……"

若海悄悄地看了一下，哪知大家表情都很平淡，早就知道这件事儿似的。

"我在这里工作了三年多的时间，尤其是金融风暴以后，在楼市从来没有出现过的低迷的情况下，大家仍旧与我站在一起，尽最大的努力支持我的工作，在此，我谢谢大家！"说到这里，王顺朝大家鞠了一个九十度的躬。王顺的这个动作是大家没有想到的，人群里响起了热烈的掌声。大家也纷纷说道："王经理，我们应该谢谢您，是您带领我们一直奋斗呢！""王经理，我们舍不得您走！"……

再看王顺，他眼睛里居然有了泪花，若海的心里也一阵难过。是啊，他和王顺都要离开这个售楼处了。不同的是，王顺是高升，而若海却是离职！

"我也舍不得你们大家。"王顺说道，"今晚我做东，请大家去吃羊肉。"

"好！"大家的情绪一下子就高涨起来。

王顺说到这里，转身对一旁的程萌萌说："下午你去羊肉馆订了桌位没有？"程萌萌朝他轻轻地点了点头。王顺又将头转向大家，说道："今晚大家都去，一个都不能少！"

这时，若海就想举手告诉王顺了，他不想去，反正他准备离开了，何必去凑那个热闹。但看到大家这么高兴的，心想：还是等散会了再去跟王经理说吧。

在大家激烈的掌声中，会议终于散去。这时，王顺朝若海喊道："金若海，你到我的办公室来一趟。"

若海一愣，他正要因为辞职的事儿去找王顺经理呢，没想到他居然先叫了若海。他叫若海这是要干什么？难道他知道若海要辞职啦？或者说，若海这个月的业绩非常低，他这是要把若海叫到办公室单独批评？

若海的目光不自觉地盯了一下程萌萌，程萌萌也正看他，两人的目光在空中相遇后，立即又躲闪开去……嗨，是王顺要找他，他能从程萌萌眼里看到什么内容呢？

若海只得朝着王顺经理的背影跟了上去。边走边轻轻地叹了一口气。这一个月的时间，若海只谈妥四套小户型的房子，总面积加起来还不足三百平方米——在所有的销售人员里，他的业绩是最低的。说实在的，今天若海已经做好被王顺经理教训的准备——要不是他就要离开这个售楼处了，他真的很有可能会狠狠地批评若海的。想到这一点，若海感觉真没脸去见王顺经理。

办公室里，王顺招呼若海坐在沙发上，接着去倒茶，若海以为是他自己喝，哪知经理倒好后却递到他面前。若海忙站起身伸手接了过来，说："谢谢。"王顺朝着若海笑了一下，说道："不客气。"然后回到自己的座位上。

"对不起，经理。这个月我的业绩实在是很差，我自己都感觉很是过意不去！"若海心想，自己先承认错误总比经理批评自己好，反正自己就要离职了，借着承认错误的机会提出离职是再好不过了……正当若海接着要提出离职的话时，王顺经理伸手制止了他。

"我知道。你是不适合干这份销售工作的。"王顺盯着若海说。

难道王顺这是要赶他走？当若海的脑海里闪出这个信号后，心里骤地升起一股凄凉的感觉来。

"听说你是美国著名的宾夕……大学毕业的？"王顺继续问道。

"宾夕法尼亚大学。"若海认真地纠正道。他并不责怪面前这位只有高中学历的同龄人不知道这所世界著名的大学，但心里仍旧抵挡不住失落，是啊，他是堂堂宾夕法尼亚大学商业管理系毕业的研究生，这座小小的A城却无他的容身之地了！大公司高层知道他是金百万的儿子，又曾是被收购的金百万公司总经理，不会聘用他，而来到最底层，又不能真正发挥他的长处，也将被人赶走。唉——若海忍不住在心里长长地叹了一口气。

若海盯着王顺，说道："经理，谢谢你这段时间对我的照顾。正如你所说的，我不太适合这份工作，我……"

若海的话没有说完又被王顺的动作制止住了，王顺说："你误会了我的意思！"

若海突然想起，王顺叫他到办公室里，一定不是只为打听他的学历。若海盯着王顺，不知他葫芦里卖的什么药。

"对了，这两天你可卖出去一套房吗？"王顺的身子突然朝前倾了倾，瞪着眼睛问道。

看王顺的这个动作，好像若海再卖出一套房很重要似的，若海有些惊讶，但只得摇了摇头。

"唉——"王顺长长地叹出一口气来，说道，"是这么一回事儿，我不是马上要到总部去担任销售主管吗？总经理要我举荐一位人才跟着我到总部做销售副主管，我首先想到的是你……"

若海的眼里射出一股兴奋的光芒来，如果能到总部房地产公司去做销售副主管，这倒是一个不错的选择。

"但是，总经理要求我举荐的销售人员必须每月平均完成售房任务的百分之一百三以上。如果新来的，须完成每月销售额的百分之一百五以上。"

听到王顺的话，若海的心顿时凉透了。别说达到这个目标了，连自己的额度都只完成一半。若海苦笑了一下，说道："我感觉自己有点像稀泥扶不上墙……"

"别这么说。"王顺说，"我虽然只是一个高中生，但我还是明白的，好的置业人员不一定是好的销售主管！"

"谢谢。"若海说道，"让经理费心了，只是我没有达到条件……"

"其实你只差一点！"王顺打断了若海的话。

若海惊愕地看着王顺，他怎么只差一点呢？他差得很多呀！他才完成这个月规定的销售额度的一半呀！怎么只差一点呢？

"是这样的，有人愿意将她这个月销售的业绩算在你头上，并且她已经这样做了，只是你还不知道而已……"

"什么？"若海惊讶地叫出声来，"谁呀？"

王顺微笑地看着他，若海的脑海里猛地跳出程萌萌的身影来，难道是她？是的，除了她，还能有谁？

王顺像看透若海的心事儿似的，朝他轻轻地点了点头，说道："但是，今天上午，我和她一起算了一下，就算她把这个月的销售业绩全算在你头上，你还差一百平方米的额度……"

若海心里的失落感再一次袭来，他突然觉得很难受，他们这么帮他，居然还是没有达到额度，看来上天真的不眷恋他，把这条路又给他堵死了！

若海无奈地苦笑了一下，抬头看着王顺，真诚地说道："非常感谢，非常感谢你们俩！其实，我也正有事要告诉经理，这两个月来，我也切实感受到，我在销售的这个位置上确实无所作为，我准备离职……"

"别呀！"王顺说道，"这一次虽然还差一点条件，但如果下一次有机会，我还会举荐你的呀！"

"不是。"若海忙说道，"不是因为这一次没去成总部我才说离职的。早在四五天前，我就有这个打算。经过这么几天的再三衡量，我已经做出了这个决定。真的！我本打算你开完会就告诉你的……"

王顺重重地叹出一口气，张嘴正在说什么，若海说道："你也不用劝我了，我已经慎重地做出这个决定了！"

说着，若海走上前去，伸出手，王顺看着若海，也伸出了手，两只手握在了一起，若海说："你是一个好经理，祝你高升。今晚的会餐我就不参加了。还有……"若海还想说"请好好照顾程萌萌，她是一个好姑娘，你们很般配"之类的话，但在这时，王顺突然打断了他的话，说道："你走了，程萌萌怎么办？"

什么？若海心里一个激灵，惊讶地睁大眼睛看着王顺，喃喃地说道："你们……"

王顺拍了一下若海的肩膀，说道："程萌萌喜欢的是你！"

若海看着王顺，他从王顺的眼睛里看到了真诚，心里突然升起一股暖暖的感觉。这个王顺，真的是一个肝胆相照的人，他要是还在这个南部售楼处，若海此时一定会收回他离职的决定，跟着他好好干……当然，若海心里那份暖暖的感觉重点还在于程萌萌。当王顺明确地告诉若海程萌萌喜欢的是他时，若海突然感觉这些天来积压在他心里的忧郁被一扫而光。那一刻，他不仅准确地知道程萌萌是真心喜欢他的，而且发现在他自己的内心深处，他也是爱着程萌萌的。

5

"你知道吗？其实我是不看好你的，因为你的销售业绩实在是太差了。"王顺说，"但程萌萌却一再地向我推荐你，近十天来，我也对你进行了仔细地考察，这才发现你其实真的很有商业眼光——这个能力比我还强，我自愧不如！"

若海茫然地看着王顺，他真不知道王顺这段时间对他进行了考察，他又是怎么考察出若海具有很强的商业眼光的？

王顺说道："其实你不知道，我曾派一个人去你卖房的地方进行了考察，当时，我叫他带了微型摄像机，所以，那次你的表现我们都看得一清二楚……"

在王顺的讲述中，若海的脑海里这才慢慢想起那次被秘密考察的过程：

那是五天前的一个下午，若海拖着架板漫无目的地行驶在人来车往的道路上。自从程萌萌离开后，若海的售楼业绩是直线下降，他好几天没有接到一单买卖了。

突然，后面一个洪亮的男人的声音叫住了他："喂，那个售房人员，我看看你的资料。"

若海浑身一震，转过身笑对着他，那是一个五十来岁的男人，头顶已经秃得差不多了——他，就是王顺派来偷偷考察若海的。若海笑脸相迎，这个主动来看资料的人，说明他是有购房意愿。这样的顾客应当好好接待。但是，像他这种五十来岁的男人，尤其是看他那快要秃顶的脑袋，俗话说"聪明的脑袋不长毛"，若海也知道他不好对付。

"大叔，你需要什么方面的房屋信息？"若海不卑不亢地问道。

男人摸了摸脑袋，说道："儿子明年五一就要结婚了，我想给他买一套新房。"

"那先恭喜你了。"若海说，"嗯，现在买房，装修需要三个来月，再放两个月，做婚房正合适！"

男人点了点头，说道："我也是这样想的。"

"我建议你买个三室一厅的房子。"若海说道，"既然你儿子快结婚了，你肯定是希望快点抱孙子。这房子得为孙子留一间，既然有孙子了，得给保姆留一间……"

"我们这种人家哪里请得起保姆喔。"男人笑着叫了起来。

若海忙说道："有孙子了，孙子的奶奶或者外婆得来带吧。再说了，今后家里会来客人的，总得准备一间客房吧。"

男人微笑着点了点头，却说道："我只想买一套七十来平方米的两居室即可。"

"好啊。我手里刚好有一套七十六平方米的两居室。"若海边说边指着架板上那套房屋的资料，继续说道，"刚才我说三居室最好，主要就是想给你推荐这套房子，别看它只有七十多平方米，但我们赠送了一个七平方米的书房，这间可以作客房，这样就解决了三居室的问题——毕竟一个家庭三居室是最好的。"

"可是，我家娃就是想要一个书房呀！"男人说道。

若海在旁边说道："这好办，主卧室赠送了一个五平米的阳台，这里做书房是再恰当不过的了。当然，那间既可以作为书房，也可以作为客房，是不？"

"你说得这么好，这房有缺点吗？"男人问道。

若海笑了，说道："我正要给你讲呢，这房客厅和饭厅是连在一起的，如果要保证客厅的面积，那么饭厅的面积就有点小。但对付四五个人是没有问题的。客人来多了，我建议就到外面去吃……"

男人点了点头，饶有兴趣地看了起来。

若海以为他的言辞说动了男人，有点兴奋地说道："要不，我今天就带您去售房处签合同？"

男人抬起头看了若海一眼，若海看到他眼里的迟疑。男人说道："我准备来买房，可老婆和儿子都拦着，他们都说现在楼市这样低迷的情况下买房不是明智的，说不定今天买了，明天房价又低了。"

若海看着男人，认真地说道："现在买房是最佳时机。"

　　"为什么？"男人微笑着盯着若海。

　　若海沉稳地说道："目前全球金融危机造成中国房市进入低迷阶段，但这只是一种假象。据我所料，中国房市将会随着2009年的春天迎来新的发展时机，房价也会随着提升……"

　　男人边听边摇头，说道："自从04年住房市场化改革以来，房价开始一路飙升，其中06、07年涨幅最大。我倒觉得，金融危机下中国的房地产暴利时代已经终结，中国房地产市场将理性回归，房价有望进一步下降。"

　　若海看着面前的那个男人，心里叽咕道："想不到这人还是一个懂商业的人，至少对目前的中国商业形势有着一定的眼光。"

　　若海说道："不错，目前的全球金融危机，使得中国出口量受到严重影响，出口商品下降，从而使得中国目前的经济处于停滞状态。它不仅影响到了中国的房地产行业，也影响到中国百分之七八十的行业……"

　　"对啊，你说的是事实！"男人打断若海的话说到，"按照目前的情况来分析，全球金融危机仍将继续持久地影响中国的经济。"

　　"不！我倒不这样认为。"若海说，"我对中国政府、党中央面对金融危机的决策部署充满了信心。11月5日，国务院总理温家宝主持召开国务院常务会议，确定了进一步扩大内需、促进经济增长的十项措施。初步估算，实施扩大内需的十项措施，到2010年年底约需投资四万亿元。这四万亿元将会很快地拉动中国经济，给房地产市场带来巨大的发展空间。仅仅从这一点来说，这一次全球的金融危机，不仅会再一次挽救中国的房地产商，而且会让房价再一次得到攀升！所以，现在买房是最佳时机……"

　　男人笑了笑，说道："现在较07年房价最高时是下降了三四个点。但是，中国绝大多数买房的人都在观望，连很大的房地产商都不敢贸然买进，我觉得……觉得房价还有下降的可能！"

"中国人有这么一个毛病——买涨不买跌！"若海的话就有些苦口婆心了，"叔呀！听我的话没错的，在中国政府的影响下，金融危机对中国的影响正在慢慢削弱，只要金融危机的形势稍有反弹，房市热马上烽烟再起……"

男人摇了摇头，说道："未来的事儿谁也说不清！"

大概是看到若海眼里的失望，男人说："我回家再跟家人商量一下，我把你告诉我的观点也跟他们说说，如果他们同意的话，我一定来找你买，好吗？"

若海忙说道："好啊！请把你的联系方式留下来吧，我到时联系你，好吗？"

"不用。"男人忙说道，"如果他们要是同意，我明天下午也在这个地方等你，好吗？"

若海无奈地点了点头。若海知道，这不过是他的一个托词罢了，今天连他都没有说服，他又怎么回家说服家人呢？明天他多半是不会来的了。

看着男人远去的身影，若海长长地叹出一口气来，心想："真是可惜，他对中国目前的形势有看法，但是缺少长远的眼光。也许，只有真的等到房价突然疯涨的那一天，他才会明白我今天所说的话……"

想到这里，若海突然一个激灵，这男人不是来给自己儿子买婚房的吗？他儿子五一结婚，现在就得买婚房呀！意思就是房价今后不管是涨还是跌，他现在都得买呀——毕竟儿子的婚姻才是大事呀！想到这一点，若海感到很是后悔，怎么没有抓住问题的关键，给他讲什么未来房价的情况，这有用吗？若海拍了拍自己的脑袋，无奈地摇了摇头，心里说道："你真不是一个卖房的料！"

若海现在才明白，原来他是王顺安排过来的人，是来考察他的。怪不得他会被那个男人牵着话题走。

若海长长地叹出一口气，无奈地苦笑了一下，站起身来，向王顺伸出一只手来，说道："再次谢谢你的抬爱，我辜负了你的期望。"

"你真的要走？"王顺握住若海的手，再一次劝说道，"留下吧，说不定下一步还会有机会的。"

若海再次苦笑了一下，轻轻地摇了摇头。

站起身来，若海转过身朝着门口走去，他的脚步坚定而又迟缓，他知道，走出那个门，他就与这个售楼处一点关系都没有了，他的一切又将从零开始，若海的心猛地一阵难受……他真想大声地指问苍天：我的出路在哪里？

这时，意想不到的情况出现了，办公室的门突然被轻轻地拉开，露出了程萌萌的脑袋。也不知道她是什么时候来到办公室门口的。也许，若海进办公室的时候，她就偷偷跟来了。

若海正在惊诧之时，程萌萌已经拉开门闪身进来了，她站在门口，两只大眼睛扑闪扑闪地盯着若海。若海看着她，心里激动起来，他已经身处如此的窘态，她还爱着他，这让若海一时不知说什么好。

"真的要走吗？"程萌萌盯着若海说道。

若海看着程萌萌，他不知道该怎样回答。若海知道，这一刻他离开，程萌萌也会跟着他走的。若海不希望程萌萌跟他走。如今这个现状，找一份工作实在是太难了，程萌萌现在这份工作对她来说是称心如意的。她现在要跟着他走，这让若海如何承担得起？

程萌萌再次凝重地看了一眼若海，突然扭头对王顺说道："他现在如果完成了任务，是不是同样可以去总部？"

王顺也疑惑地看着程萌萌，点了点头说道："如果现在他能卖出一百平方米的房子，我就可以向总部汇报，他也就可以到总部去任销售副主管了！"

程萌萌点了点头，转过头对若海说道："我现在决定在你这里买一套一百平方米的房子……"

什么？程萌萌居然愿意自己掏钱买房来完成若海被推荐的任务

要求？若海的心猛地像被什么扯了一下，有些疼。

若海看着程萌萌，张嘴喃喃地说道："你哪来的钱呢？"

程萌萌的嘴哆嗦了两下，最终还是颤抖着声音说了出来："我父亲车祸，肇事方赔偿了我父亲五十万，除去抢救费用和丧葬费用，还有三十来万呢……"

若海没想到勾起了程萌萌的伤心事，说道："对不起。"

程萌萌轻轻地摇了摇头，看着若海，突然说道："你说的是真的吗？"

若海茫然地看着程萌萌，不知道她说是什么？

程萌萌说："我是问，那天那位人员来考察你，你向他讲的未来房价的趋向是真的吗？也就是房价再过一两个月就真的会涨，是吗？"

若海忙点了点头，说道："是的，没错！我综合了很多因素得出来的结论。"

程萌萌点了点头，坚定地说道："我相信你！"

6

若海如愿跟着王顺到X房地产总部工作。王顺任主管，若海任副主管。

对于王顺，若海是从内心感谢他的，他不仅慧眼识珠，把若海带到X房地产总部，也把程萌萌完整地归还给了他。

当程萌萌到南部售楼处工作时，王顺一见到她，就发现她跟其他女孩子不一样，不矫揉造作，对工作很负责任。渐渐地，他觉得自己喜欢上了她。但王顺又见程萌萌每天都跟着若海一起到街上去卖房。于是，王顺找若海谈了一次话，当他从若海嘴里听到若海不喜欢程萌萌的话时，他很兴奋，决定追求程萌萌。

但是，善于察言观色的王顺也看到若海一直控制着自己的情绪，他很是纳闷，不知道两人之间到底发生了什么。

程萌萌跟若海赌气到售楼处担任置业顾问后，她再也不用像以前那样到街头去抛头露面了。当然，这是王顺安排的，王顺的目的很明确，就是喜欢跟程萌萌多一些接触。王顺这几年在X房地产混得不错，也算是有房有车一族，他满以为他能俘获程萌萌的心。

　　于是，没事的时候，王顺就找机会接近程萌萌，与她套近乎，博好感。上班来，王顺会主动给程萌萌泡一杯咖啡，下班又主动邀请她坐他的车回家……其实，程萌萌也知道王顺喜欢她，但又碍于他是上级，不好拒绝他的殷勤。只是有两次王顺邀请程萌萌晚上去看电影时，程萌萌称家里有事婉拒了。

　　后来发生了一件事，这才让王顺知道程萌萌的内心深爱着若海。

　　程萌萌到南部售楼处任置业顾问时，借着王顺不断靠近自己的机会不断地向他推荐若海，但并没有引起王顺的注意。一个经理看一个销售人员最主观最直接的就是看他的销售业绩，而若海的销售业绩实在是太差了！王顺曾产生过这样的念头，等这个月结束就让他走人吧。但又想现在楼市低迷，自然就带来销售人员的工资待遇低下，纷纷跳槽走人，现在售楼处正差人呢。也就把这个想法摁了下去。

　　这一天，王顺异常兴奋，他得到总部的通知，要求他月底到总部去担任销售主管职务，还可以带一名人员去担任副主管。王顺立即想到了程萌萌。去总部上班，他俩不就比翼双飞了吗？

　　见到程萌萌，王顺立即凑上前去，兴奋地说道："告诉你一个好消息，我们可以去总部了！"

　　"我们？"程萌萌诧异地盯着王顺。

　　"是啊！"王顺说，"我已经得到确切消息，让我去房地产总部担任销售主管，我可以带一名人员去担任销售副主管。"

　　"真的。"程萌萌惊喜地看着王顺。

　　看到程萌萌这样高兴，王顺也很高兴，他终于可以为她做一点事儿了。但是，接下来的事儿却发生了转变。

"你带若海去吧。"程萌萌突然朝王顺说道，"他担任副主管的职务应该比较合适的，他比我更适合这个位置！"

又提到了若海——程萌萌老在王顺面前提到若海，这让王顺的心里莫名的有些恼火，他冲程萌萌叫道："你怎么老是提到他？这怎么可能哟！他刚来不说，而且一点业绩也没有，这样的人怎么可能去当副主管。"

"我比他也早来不了几天呀！"程萌萌突然抓住王顺嘴里的一句话说道。

王顺被程萌萌这突如其来的一句"反击"弄得哑口无言，是啊，程萌萌只比若海早来几天，既然能推荐程萌萌，为什么就不能推荐若海呢？

王顺在原地烦躁地转了好几个圈，问道："你是不是喜欢若海？"

程萌萌猛地一下愣住了，她不知道该怎样回答王顺这个问题。她知道王顺喜欢她，如果她要回答她喜欢若海，只怕会引起王顺的妒火——看，他已经很不高兴了。心头生了妒火的男人是可怕的，她怕王顺对若海不利，毕竟，王顺是她和若海的顶头上司。

王顺已经从程萌萌的眼睛里看到了答案。他轻轻地叹了一口气，低下了头。

程萌萌小心翼翼地说："王经理，如果没有其他什么事儿，我先出去了？"

王顺猛地抬起头来，说道："你宁愿放弃自己的前程也要帮他！若海对你真的很重要吗？"

程萌萌看了王顺一眼，咬了咬嘴唇，重重地点了一下头，轻轻地说道："我可以讲讲若海的故事吗？"

"不用讲，我知道。"王顺说，"他不就是金百万的儿子吗，一个纨绔子弟而已……"

"不——"程萌萌固执地说道，"他是一个好人！"

在王顺惊讶的目光中，程萌萌向王顺讲述了金百万公司被收购前后所发生的一切，讲到若海当初借她二十万元现金挽救自己车祸的父亲，卖车也要补清所有工人的工资……也讲到若海宁愿不借那一百万也不接受薛冰冰的挑逗等等事情。最后，程萌萌动情地说："您刚才说得很对，若海对我真的很重要！他这样有情有义的人，我宁愿什么也不要也要帮助他！"

王顺听着程萌萌的话，重重地叹出一口气，说道："可是，我问过若海，他说他不喜欢你……"

程萌萌低下头去，手摆弄着衣角，紧紧地咬着嘴唇，喃喃说道："不喜欢就不喜欢呗，好稀罕似的。"

王顺的头脑里猛地想起他与若海谈话时，若海一直在努力控制自己的情绪，王顺骤地明白了，若海的心里一定也是喜欢程萌萌的，有可能他觉得现在他一无所有，无法给程萌萌幸福，所以当王顺问他时，他努力地控制着自己的情绪，将程萌萌推给目前各方面条件比他好的王顺……

不得不说，王顺真的具有一双"火眼金睛"，看到了若海和程萌萌两人之间的情感。他决定好好帮一下若海与程萌萌。

"可是，我真的无法判断若海能不能胜任总部销售副主管一职？"王顺无奈地说。

程萌萌看着王顺，说道："其实我也不肯定。但是，我在金百万公司担任主管会计时，公司高层的许多事情我多多少少还是知道一些。当时若海虽然说是总经理，但是他手里没有多少实权。他的父亲垄断了整个公司，我听到过好几次他对公司的建议，在我看来都是不错的建议，很有眼光的，但下面的人尤其是市场部的经理都不听他的，所以……"

这时，程萌萌的眼睛突然放亮了，看着王顺调皮地说："我们可以考察他一下。"

于是，王顺和程萌萌合计，找了一个朋友，亲自面授机宜，对若海来了一次秘密的考察……

也就是这一次考察，让王顺坚定了带若海去总部担任销售副主管的决心。但若海的销售业绩实在是太差了，怎么办？程萌萌宁愿将她这个月的销售业绩都算在若海的头上，但仍差了一百个平方米……关键时刻，程萌萌又一次帮助了若海——自己掏钱买一套房！

程萌萌怎么也没有想到，她的这一举动，给一年后的她和若海帮了一个大忙！这是后话。

元旦前后，X房地产借着元旦的机会在A城搞了一次大型促销活动。活动主要是X房地产拿出两个楼盘再一次降价促销，其房价打破历史新低，本以为大家会借着这个活动对一直低迷的楼市发起一次冲击，但是，大家仍旧持币观望，销售量仍量很低。

这一次促销活动是由总部销售部经理张万全发起的。张万全是X房地产的老销售人员了，据说他当年做销售人员时，连续半年的销售额不仅处于公司首位，而且屡次突破自己的业绩，一年的销售业绩达到五亿，让业界许多一年连一个亿的销售业绩都无法达到的售楼小姐望洋兴叹。其业绩至今无人突破。

对于这一次促销的失利，张万全也很是无奈，他私下边感叹边摇头地说道："唉——现在房市的生意真的越来越不好做了！"

程萌萌就是在如此低房价的情况下买房的。而且，在若海的"怂恿"下，买了两套！

元旦前夕的三十一号下午，程萌萌为了达到让若海去总部做销售副主管的职位要求，又听到若海对未来房市的分析，准备全额买下一套一百平方米的房子。

若海看着程萌萌，感动得眼泪都快要流下来了。

"你买这套房子是用来自己住还是增值。"若海问道。

程萌萌看了若海一眼，说道："我是自己住。"

若海点了点头，盯着程萌萌，说道："如果你真信任我，我想给你出一个主意，一年后，我可以让你把今天买房的钱赚回来！还白得一套房。"

程萌萌的大眼睛里立即射出一束明亮的光，惊喜地盯着若海，嘴里不由自主地蹦出两个快乐的字来："真的？"

若海再一次在头脑里把这些日子研究中国房地产的情况快速而准确地判断了一下：是的，如果不出问题——不再次出现全球金融危机，中国一年后的房价将比现在上涨百分之六十以上！没错！应该是这样的。若海横下心来，想道："如果真的出现问题，我就赔偿她！"

看着程萌萌充满期待的眼神，若海说道："咱们房地产公司这一次搞元旦促销活动，房价又降了两个百分点，我想这是史无前例和后无来者的低价！其中有个八十多平方米的户型，空间利用率大，完全适合一家人居住。如果你真的相信我——也请你相信我，你这钱就不要全投在一套房上。我建议你按揭两套。一年后，将另一套房子卖了，我可以担保你这笔钱全部赚回来……"

"房价真的会涨……"程萌萌迟疑地看着若海。

若海看着他，一时不知说什么好。未来的事儿，他怎么说得清楚呢？他这也只是分析。他想告诉程萌萌，如果另一套房子真的亏了，他赔她损失，但嘴动了动却没有说出来，他觉得现在说这话没有意思！他要做的是行动，不是现在的空头支票！就当从现在开始欠她的——对了，他欠她的太多了。

"还有……"程萌萌仍旧有些迟疑，"要是按揭，我每月的工资除了按揭款后就没钱吃饭了！"

若海的心里猛然升起一股温柔的豪气来，说道："还有我呢！"

程萌萌猛地抬头看着若海，她的大眼睛慢慢地射出一股痴情的光芒来，再一次深情地说道："我相信你！"

当天下午，在王顺组织大家元旦会餐前，程萌萌与若海一起签了合同，交了定金……就这样，程萌萌一下子购得两套房子。

元月二号，若海陪同程萌萌一起去办理手续，当程萌萌拿出一张银行卡准备刷现金时，程萌萌感到自己的全身都在颤抖，他知道程萌萌此刻内心如涨潮般的心情——这毕竟是他父亲用生命换来的钱啊！现在她却全部交了出来，还不是因为她相信旁边这个叫若海的男人。她从内心是相信他的，但当她要拿出这笔对她意义非凡的钱，她的心仍旧止不住地颤抖。

若海的心此刻也很不平静——他怎么平静得下来？程萌萌如此信任他，信任得让他感觉全身像背负了千斤重担似的，若海对未来房价的走向判断是自信的，但未来的事儿谁能说得清呢？那一刻，若海真想告诉程萌萌，算了，你还是买一套房子吧。但他的嘴动了动，却没有说出来。只得伸手揽住程萌萌的肩膀，轻轻地搂了搂。

程萌萌的肩膀好削瘦，让若海感到一种说不出来的心疼。很神奇，若海搂住程萌萌肩膀的那一刻，程萌萌的身子便立即停止了颤抖。程萌萌看了若海一眼，脸上骤地飞起两朵非常好看的红云……

若海这才猛然想起，他这是第二次搂程萌萌了，上一次是在海边那家宾馆里——若海当时是想让她反感他。这一次，若海是真心地搂她了。

他是真心喜欢上了这个如此信任自己的姑娘！搂她的那一刻，若海也在心里默默地念道："今后，无论如何也不能辜负了她！"

若海到X房地产总部上班后，总部在市中心偏南的地段，距离南部售楼处有二十公里的路程，正好在中间段，两人回家都要路过中间一个叫"龙灯山路"的公交车站，于是，两人约定，每天下班后两人都在龙灯山路公交车站相约。

那一段时间是幸福的。两人每天下午都相约在龙灯山路，然后一起乘坐公交车回家。程萌萌已在离若海居住小区不远的楼房里找到一间出租屋。

7

　　每天若海和程萌萌一起乘坐公交车上下班的那一段路程，是两人最幸福的时光。

　　那一天下班，若海和程萌萌在"龙灯山路"公交车站碰头后，公交车准点来到，人很多，若海费了很大的劲才挤上车，一回头，见程萌萌还在车下可怜巴巴地看着他。若海笑了，又转身挤到门口，向程萌萌伸出手来，说："快，拉住我的手。"程萌萌很自然地将手交给了若海，若海将程萌萌拉上车来的时候，也不知道是程萌萌挤车挤的还是因为手被若海拉住，她的小脸蛋儿红扑扑的，很好看。后来，每一次上下公交车的时候，若海都会主动拉着程萌萌的手，生怕她走丢了似的。这个细微的动作让程萌萌很是兴奋。

　　这一天下班，程萌萌坐在"龙灯山路"的公交站上，等了好长一会儿都没见若海。程萌萌有些诧异，摸出手机正准备给若海打个电话，这时从若海那边的2路公交车来了，若海从车上跳了下来。

　　程萌萌兴奋地迎了上去，说："来了？"若海见到程萌萌，却没有往日的兴奋，只点了点头，说："来了。"很敷衍。程萌萌再看若海，好像满腹心事的样子。她想问他怎么啦？嘴张了张却又没有说出话来。

　　公交车来了，若海埋着脑袋走了上去。程萌萌看着他的背影，不满地嘟起了嘴，以前上下车他都要拉她手的，今天这是怎么啦？

　　好在今天人不多，不挤，程萌萌跟着若海的屁股也上了车。

　　上了车后的若海这才想起什么似的，猛地转身寻找程萌萌。看来，若海还是惦记着她的。

　　程萌萌看了若海一眼，调皮地说："放心，我没有走丢！"

　　程萌萌见若海满腹的心事，说这话本是想逗他开心的。果然，若海轻松地笑了一下，说道："你走丢了，我也会把你找回来的！"

若海边说边拉起程萌萌的手。这一刻，若海突然感觉程萌萌的双手有些颤抖。他刚才顺着程萌萌说的话，是一句让女孩子无比心动的情话。

若海拉着程萌萌的手坐了下来，车平稳地行驶在公路上，两旁的风景一闪而过，像时光的碎片。若海的脑海里也不断闪烁着这段时间以来他和程萌萌的经历，若海扭头看着程萌萌，程萌萌正深情地看着他，若海的心里不由自主地荡漾一种让他无法言说的幸福感来。

"有一件事儿我跟你说一下。"若海说，"我有点拿不定主意。"

"什么事儿？"程萌萌歪着脑袋问道，她知道，这件事就是刚才一直困扰若海的心事。

若海长长地吐出一口气，说道："是工作上的事儿，你愿意听吗？"

程萌萌认真地点了点头。

"你知道的，X房地产元旦期间搞了一次促销活动，但收效甚微。"若海说道，"这几天来，张万全经理召集我们大家开会，讨论如何刺激房地产市场，大家也出了很多招数，但是，要么没有操作性，要么操作难度实在太大……总之讨论了好几天，一个可行的办法也没有讨论出来。最后，张经理将任务下达给了我们营销部，要我们在春节前拿出切实可行的方案来……"

"这张经理也真是的。"程萌萌不满地嘟囔着说，"他自己都拿不出主意，为什么要把这么难的事情放在你——你们头上？"

若海笑了笑，说道："咱是销售部的呀！"

程萌萌问道："你们想好方案了吗？"

若海叹出一口气来，说道："我想出一个方案，但是未来的变数很大，我心里正左右为难呢。"

"什么方案？"程萌萌惊喜地问道。在程萌萌的心里，整个房地产连张万全经理都没有想出一个方案来，而她的若海却想出来了，还有什么能让她这么兴奋的吗？只是，若海正为自己的方案左右为难，这又有什么呢？一个好的方案总会有阻力的。

若海看了程萌萌一眼，说道："说来话长，要不，咱们下车后去咖啡屋坐坐，我详细地给你讲讲。"

"好啊，好啊。"程萌萌忙快乐地答应着。她和若海确定恋爱关系后，若海还没有带她一起去吃过饭、喝过咖啡、看过电影呢。

到站了，若海拉着程萌萌的手下了公交车，离公交车站一百五十米左右，正好有一家咖啡屋。咖啡屋很小，只在四五十平方米，但生意很好，若海和程萌萌到来的时候，里面已经坐了不少人。一走进咖啡屋，若海和程萌萌都感到一种别样的气氛。定睛一看，里面坐着的大多都是恋人。

见若海和程萌萌走进来，过来一位帅气的小伙子，问："你们吃点什么？"若海随口说道："来两份牛排吧。"说完这才征求程萌萌的意见，"你看行不？这里的牛排味道还是不错的。"程萌萌盯着若海，说："你怎么知道？"若海解释道："以前到这里来吃过几次？"程萌萌抿着嘴不说话，只用眼睛瞅了瞅周围那一对对面对面说情话的恋人身上。若海轻轻地摇了摇头，他真没有带过一个女孩子到这个咖啡馆来过，程萌萌她是第一个！若海想告诉她，但嘴张了张却没有说出口来，他觉得，这不重要。

气氛就显得有些尴尬。若海也在心里暗暗地责怪自己多嘴，非要给人家介绍牛排。

若海和程萌萌的咖啡喝了一半，牛排上来了。在喝咖啡的过程中，因为程萌萌内心的纠结，若海也就没有与她说话。若海见服务端着牛排上来，眼睛一转，计上心来，忙起身殷勤地从服务员手里接过牛排放在程萌萌面前，又将刀叉有顺地摆好，调皮地说道："这位姑娘，你还有什么吩咐吗？"

程萌萌咧开嘴笑了，朝着若海说道："坐过去，陪着本姑娘一起吃。"

"遵命。"若海立即答着。

气氛又愉快起来。

"对了，你不是要告诉我你的方案吗？"程萌萌边吃边问道。

若海正在用刀割着一块牛肉，听到程萌萌的问话抬起头来，说："我的方案其实很简单，就两个字：涨价！"

"什么？"程萌萌失声叫了起来。叫出声后，程萌萌才觉得声音大了一些，四下看了看，将脑袋朝若海这边凑了凑，说道："这怎么可能？据我所知，自从元旦咱们公司搞了一次促销活动，把价格回升到原来的价位后，房地产公司的总裁在寻找一个最合适的价格，据说这个价格会往下降，会回到元旦促销这个价格位置上来……"

若海笑了笑，叉起一块牛排放进嘴里嚼得有滋有味，咽下去后才说道："在你买房子之前，我就已经跟你分析过了，你买的房价是最低价了！楼市的房价再往下低，必然会突破房地产商利益，那样的话，中国的经济将倒退十年——这对于中国政府来说，是绝对不会让它发生的！"

"可是，让房价降低，是老百姓的愿望呀！"程萌萌瞪大眼睛问道。

若海看着程萌萌，说道："这话对，也不对！"

"为什么？"程萌萌歪着脑袋问。

"你问问你自己？"若海说道，"你刚买了两套房子，你是希望房价涨还是房价跌呀？"

"我？"程萌萌一下子噎在原地，好一会儿这才喃喃地说，"可现在很多人没有买房子呀！他们是多么希望房价一路跌下去……"

"一路跌下去？"若海"嘿嘿"笑了两声，"这可能吗？中国的经济怎么办？去年11月5日，温家宝总理主持召开国务院常务会议，确定了进一步扩大内需、促进经济增长十项措施——这十项措施都是针对中国面对全球金融危机的措施，为实施扩大内需的十项措施，到2010年年底约需投资四万亿。这四万亿投下去，将对中国经济的拉动很快，给房地产市场带来巨大的发展空间。目前来看，国内各大银行已大开信贷闸门，开始大撒钱。于是乎，银行以极端便宜的资金价格，以最快的速度，向流通领域投放了大量资金。预计今年上半年投放的信贷量超过去年全年的百分之五十，由于通胀的预期、便宜的资金价格，我预计房价将被炒得一浪高过一浪……"

程萌萌托着脸看着若海，她好像已经明白若海所讲的内容了，但仍旧有些迟疑，说道："你就不怕你的预测发生偏差吗？"

"不会！"若海坚定地说道，"这是中国经济未来——至少四五年的趋向。"

"可是，我还是有点担心。"程萌萌说，"都说中国的房地产是一个泡沫，我真担心它破灭的那一天。"

"中国房地产是一个泡沫，它也终将会破灭。"若海说道，"但不是现在，至少未来十年，这个泡沫不会破。"

"为什么？"程萌萌好奇地说道。

若海笑了，说道："这又是另外一个话题。有很多方面的原因，我一时半会儿也说不清楚。我就跟你讲一条你也许就会明白。"

程萌萌点点头，睁着大眼睛崇拜地看着若海。

"中国的房地产具有中国特色，实行预售制：客户定金交了35%以上，银行才办按揭。在国外，对于住房预售制度不是每一家开发商都能够参与，它必须经过严格的企业市场准入，没有达到市场准入标准的企业是不可能进入住房预售体制的，但在中国，任何一家房地产开发企业都可以这样做。所以，在这一场全球金融危机中，中国的房地产看似受到了影响，其实这些都是假象！中国的房地产相对于出口等行业，它是没有受到什么影响的。反而是中国这个饱受诟病的中国房地产模式挽救了房地产业……"

程萌萌听懂了，频频点头。

若海越说越兴奋："据我推断，春节过后，将随着春天的到来迎来房地产的春天。真正有眼光的房地产商应该从现在开始迎接这个春天，谁把握得好，谁就把握住了今年房地产的主动权！所以，我作为X房地产的销售部的副主管，现在提出来应对目前房地产现状的方案，就是我开始说的两个字：涨价。"

　　"要是买房的人不买你这个账呢？"程萌萌歪着脑袋问道。

　　若海"嘿嘿"笑了起来，说道："他们会买我这个账的。我们中国人都有一个怪毛病，买涨不买跌！如果现在我们开始涨一点，会立即触动买房人的这个心理！当然，这也是一个信号，他们要是曲解了这个信号，也是他们的损失……"说到这儿，若海突然"嘿嘿"地笑了两声。

　　"我的房子要开始涨价啦！"程萌萌调皮地笑了起来。

8

　　说服程萌萌，若海只用了一顿晚餐的时间。但他说服销售主管王顺尤其是销售部经理张万全，那就很费了一番功夫。

　　王顺是若海直接上司，当他听到若海刺激房地产市场的方案居然是涨价，眼睛直愣愣地盯着若海好半响，这才叹出一口气，说道："反其道而行之，这也不失为一种方案，但是……"

　　王顺"但是"后面的话没有说，很明显，王顺是不赞同这个方案的。是啊，在当今如此低迷的楼市面前，大家都在想着如何降价，你居然要涨价，这不是自寻死路么？

　　若海站在王顺面前，把昨天下午跟程萌萌说的话又原原本本地跟王顺说了一遍。王顺听着听着，居然陷入了沉思。若海讲完好一会儿，王顺这才缓了过来。

　　王顺紧紧地盯着若海，说："楼市真的马上就会缓过劲来？"

　　若海点了点头，说道："我的估计是春节之后，准确一点说就是在三月中下旬左右。"

"你为什么这么肯定？"王顺问道。

若海说："其实在我看来，楼市在中国经济的刺激下已经开始苏醒了。而大部分房地产公司都没有意识到中国楼市现在的状态，被楼市低迷的表象所迷惑。再加上马上进入春节，许多楼市会搞一些促销活动，而这些促销活动多为降价，这使得房地产正逐渐苏醒的现状被再一次掩盖，春节后，随着中国政府应对全球金融危机对中国经济的再一次刺激，楼市就会开始回春！"

王顺点了点头，突然说道："你敢保证吗？"

保证？若海看着王顺，轻轻地摇了摇头。未来的事儿谁能保证呢？！

王顺轻轻地叹出一口气，说道："是啊，谁也不能保证呀！"

"可是……"若海正要解释，王顺一挥手打断了他的话，说道，"张经理要我们拿出方案来，我这里也是一头迷雾，实在拿不出什么好的方案，只有拿出你这个方案，你去说服张经理吧。"

若海骤地感觉自己像被上了架似的，对于这个方案，他应该首先得到王顺的支持才行呀！毕竟，他是副主管，王顺才是主管。若海正想解释，王顺看着他笑了，说道："放心，我一定和你站在一起！"

有了王顺这话句，若海开始写方案了。经过三天的撰写、修改、定稿，一套洋洋洒洒两万多字的方案出炉了。

方案交到了张万全手里，若海的心里直打鼓。

若海下班在"龙灯山路"公交站等到程萌萌，他拉着程萌萌的手上车，程萌萌问他："你的手咋这么多汗？"若海这才发现自己手心里的汗。他也不知道为什么，以前他读书时交毕业论文也没有这么紧张过呀！

第二天，若海穿戴得整整齐齐来到公司，像迎接一场大考。他本以为上午就会得到张万全经理的召唤，与他交流方案。哪里知道，整整一个上午快要过去了，若海都没有得到张经理的任何一个信息。这使得他有些坐立不安，他努力地想要控制自己的情绪，但怎么也控制不住。好几次，他走到张经理的办公室，想敲门进去与张经理好好谈谈，但手举了几次又放下了。

多年后，身为总裁的若海向程萌萌回想起这一幕时，仍旧无比感慨："是啊，当初父亲的公司被收购了，我从一个富二代一下子沦落为基层的打工者，好不容易有了一次机会坐上销售部副主管的位置，虽然副主管只比普通的销售员地位高出一点，但毕竟有了进步，总想着证明一下自己，证明一下自己对于中国当前经济局势敏锐的判断力——后来的事实也证明我的判断是完全正确的……嘿嘿，那是一种什么样的心境啊！"

那一天，十一点半的时候，若海终于鼓足勇气敲响了张万全经理办公室的门，但是，敲了好几下，里面却没有传来人声。若海悄悄地推开门，里面居然没有人。若海这下倒有些手足无措了，心里突然感觉没着没落的！

一直到了十二点快要下班的时候了，若海这才看见张万全经理从王顺的办公室走出来，若海在心里暗自叹了一口气，心想："怎么就没想到他在王顺的主管办公室呢？"忙迎上前去，喊道："张经理好。"

张万全看了他一眼，又回头望了一眼王顺，这才朝若海点了点头，顺口说道："正好，你们主管要找你。"

看着张万全故意装作无表情的脸，若海的心里猛地"咯噔"了一下，眼睛朝着王顺望去，正好碰到王顺的目光，王顺的目光碰了若海一眼，立即闪开了，若海的心里像被谁狠狠地扯了一下似的。

张万全迈着步子走了，走廊上响起他很有节奏的皮鞋碰击地面瓷砖的声音。在若海听来，像是敲击在他的心里。

若海走进王顺的办公室，王顺指着办公桌前面的一张凳子，说："坐吧。"若海坐了下来，凳子冰凉，若海浑身有些不自然，盯着王顺。但是这一过程，王顺一直没有抬起头看他。

"对了。今天上午张经理和我一起讨论了你的方案。"王顺一边说一边端起桌上的茶杯喝了一口。其实，若海听出来了，王顺说这句话的时候，他一直在控制着自己内心的不平静。

若海点了点头，说道："这个方案是不是没有得到张经理的肯定？"

王顺盯着若海，既不说话也不点头。就这个动作，若海心里已经明白了整个事情的结局，不禁长长地叹出一口气来。

后来，跟着若海一起离开X房地产的王顺向若海讲述了那次谈话。

销售部经理是销售主管的顶头上司，有什么事儿都是主管到经理的办公室去，这是职场上不成文的规则，但这一天——快十一点的时候，张万全居然来到了王顺的办公室。张万全一进门，王顺忙从办公桌上站起身来迎上前去，说道："欢迎经理，欢迎经理。"

张万全朝着王顺笑了笑，一屁股坐在办公桌前的沙发上，将手里的一份文件丢在面前的茶几上，王顺一看，正是若海起草的那份关于刺激房地产消费市场的方案。

王顺诧异地看着张万全，他不知道张万全面对这份超出常人想象的文件会是什么样的看法。

"嘿嘿……"张万全突然笑了起来，问道，"你们可真是敢想啊！"

王顺忙说道："不是敢想。我们是针对当前的形势进行的科学的分析，才得出这个结论来的。"

"屁话！"张万全的脸一下子绷住了，说道，"你们就是估计而已，估计春节过后房价要涨！怎么还跟科学扯上边了？"

王顺想反驳张万全，这真是科学的分析！但是，他已看到张万全已经绷上脸了——王顺早就听说在销售部，张万全是一个蛮横的人。自己又刚刚坐上主管的位置，现在就反驳他，即使反驳赢了，依张万全小心眼的性格，他一定会记恨自己的，这不是跟自己过不去吗？再说了，纠缠这个科学不科学又有什么意义呢？

"我觉得，这个方案还是挺有道理的！"王顺软了一口气，仍旧偏袒着若海的方案。

张万全这时拿起桌上的方案，掂了掂，说道："我昨天和今天上午认真看了好几遍，里面的分析好像真的很有道理！"

王顺的眼里露出惊喜的目光，他以为张万全已经同意若海的这个方案！哪知，当他再一次看到张万全时，他却露出不屑的嘴脸来，说道："可这个道理却是个歪歪道理。也就是说，现在谁也不敢去实施！"

"为什么？"王顺诧异地问道。

张万全看着王顺，摇了摇头，说道："现在的情况谁也说不清楚！中国目前的经济谁能说得清楚？"

王顺的嘴动了动，他又想反驳一下张万全，明明若海在方案里都已经说得很清楚了的！为什么会说不清楚呢？但转念一想，中国受全球金融风暴的影响还在持续，张万全说的也是一个事实。再加上张万全边说边盯着他，目光里透出一股压力，意思很明显，这个时候不容他说话，王顺的嘴哆嗦了两下后也就把话又咽回了肚子里。

"现在不仅咱们城，连省城，连整个中国的楼市都在走下坡路，连房地产的老总们都对楼市的前景不看好，大家都准备着再一次降价刺激市场，你现在却要逆其道而行之，要涨价，这怎么可能？你想想，这可能吗？咱们X房地产目前的楼市涉及两三个亿的资金。稍有差错，谁也承担不起呀！"张万全说到这儿，瞪着眼睛问王顺，"你敢承担吗？"

这可是两三个亿资金的大问题！王顺说，把他家十八代卖了也还不起。他当然不敢承担！

接下来，张万全就结合起自己的经历训导起王顺来，说他当初是如何在房产界混起来的，一年的提成超过一百五十万，有着很强的经验和教训，接着凭着自己的经验又对若海提出的方案再一次否定！那一个小时的时间里，王顺听的最多的话是"我在房地产摸爬滚打十多年了呀！""依我的经验来看……"

坐在对面的王顺听着张万全经理的话，心里不由得产生出这样一个想法："是啊，人家张经理是房地产销售的老资格了，在房地产闯荡十多年了，他对当前楼市的判断应该没有错吧。若海不过是一个才进入房地产两个多月的小生，怎么能跟人家张经理比呢？"

这样一想，王顺的心里也开始纠结起来，对若海的这个方案也产生了疑惑。

9

对于这一次的方案没有被张万全认同，若海感到一种强烈的挫败感。

其实，若海是不甘心的。他很坚信自己对中国经济的判断，从而坚信自己对中国房地产未来的判断——事实证明，他的判断是准确的。若海心里有些冲动，他想把这个方案直接交到总裁的办公室。他认识总裁。总裁叫任剑，是一个五十来岁的中年男人。若海还是金百万公司总经理的时候，曾和总裁任剑吃过两次饭，有过交集。

但是，若海还是把这个冲动给按了下去，因为他知道，这不是一个明智之举。

对于X房地产来说，他不过是销售部的一个副主管而已，他的上面有主管，主管上面还有经理，他如果一时冲动将这个方案直接交给了总裁，那就是无视主管和经理。今后，若海将怎么在这两位领导下工作？小鞋可有得穿了。

主管王顺对他不错。但是，他还是从开始对若海方案的支持到最后怀疑，虽然若海对他再一次游说，但王顺的心里仍旧充满了疑惑。没有王顺的支持，若海感到很无助。

更为重要的是，张万全在X房地产销售部有着独有的权威，毕竟X房地产诞生的那一天起，张万全就一直在这里干销售。靠着自己出色的销售业绩从普通的销售人员一直干到销售部经理，他在X房地产销售上的权威谁也无法撼动。还有，若海早就听说了，张万全是一个小心眼的人。据说前一个销售主管就是因为和张万全关系搞不好而另调他处，若海可不能因为这件事情跟张万全把关系搞僵。他倒无所谓，但要是因为他，让王顺与张万全合不拢，把王顺的前途堵住了，他心里会一辈子过意不去的。

若海虽然心有不甘，但也没有办法。若海希望它自生自灭。按照若海的推测，再过两个月左右的时间，房地产市场就会回暖，就会形势一片大好。他的方案会得到时间的验证。

当然，这损失也是巨大的。如果看到了两个月后的房地产市场，现在做出相应的对策，并将处于半停工状态的一些楼盘恢复起来，迎接新一轮房地产的营销，将会是很大的一笔账。但是，张万全说得对，不仅A城，连省城乃至全中国都极少有人看到楼市的这个趋势，很多人目前都翘首盼望着中国政府来救市，其实中国政府已经在救市了，只是他们还没有看到而已。谁都没有看到这一步，那么，对于整个楼市来说，也就无处谈损失了。

但是，接下来发生了一件让若海和王顺怎么也没有想到的事儿。

这一天，总裁任剑来到了销售部。总裁亲自到销售部来，除非是非常重要的事情。作为销售部经理的张万全和作为主管的王顺忙迎了上去。

总裁看来兴致很高，他径直走到张万全经理的办公室，坐在张经理的办公桌前，两只眼睛环顾了一下办公室，随和地拉起了家常，对着王顺问道："你到这里来担任主管多长时间了？"王顺正要回答，张万全已抢先回答出来："他来担任主管已经快半个月了。"说到这里，张万全的头转向王顺，问道，"是吧？"

张万全抢了王顺的话，但张万全是他的顶头上司，这话抢得也没有毛病可挑的，王顺只得保持着微笑点了点头，向总裁补充说道："算上今天十四天了！"

总裁的目光落在张万全身上，微笑着问道："你到销售部来担任经理已经多长时间了？"

张万全忙立正答道："谢谢当初总裁的提携！我是05年8月担任销售部经理的，已经快三年半了！"

总裁微笑着点了点头，张嘴正要说什么，突然又停住了，把目光落在张万全和王顺身上，说道："把你们销售部的领导都叫到这里来开个会。"

总裁所说的销售部领导是指另外两位副经理和两位副主管以及一名主管会计。若海也在被叫之列。当若海快步走进办公室时，总裁任剑的目光猛地落在他身上，至少有五秒的时间，他一定是认出了若海——毕竟当初，若海是A城响当当的金百万的公子。若海感到那目光落在身上，要把他全身都剥光了似的。他想跟总裁打一声招呼，又感到像有什么东西堵住喉咙似的，怎么也说不出一句话来。

除另一名副主管有事去西部销售处，其他人很快就到齐了。

总裁看着大家，很兴奋——从他来到销售部后都很兴奋。总裁说："目前的楼市非常低迷，但今天我来到销售部，看到大家仍旧保持着非常好的工作状态，我非常高兴。咱们X房地产，你们就是中坚力量！"

张万全带头鼓起掌来，并向总裁不失时机地说了一句马屁话："主要是我们大家觉得跟着总裁干，有奔头。是不？"张万全说完，目光在所有人面前扫过，大家都点头以示肯定，若海也得点头，不得不点头。

总裁脸上的笑意更浓了，说道："今天我来，主要是有一件事，我要在这里表扬一下张万全经理！"

　　说到这里，总裁的话恰到好处地停了一下，欣赏地盯着张万全。也许，他喜欢看到张万全那种受惊若宠的感觉。当然，总裁在此处停住，也是希望大家都把羡慕的目光投向张万全。大家也这样做了，张万全忙站起来，面带惭愧的表情说："谢谢总裁肯定，受之有愧，我们做下属的，就是要把工作做深，做细，做好。"

　　总裁点了点头，说："刚才我也说了，咱们楼市目前非常低迷，我从事房地产已经快二十年了，从来没有像现在这样低迷过，前段时间我也感到很是迷茫。但是，前两天我收到你们张万全经理的一份方案，这份方案可以说是字字千金呀！让我茅塞顿开呀！一下子就打开了我的思路，对楼市未来的前景充满了希望！"

　　若海猛地抬头看了一眼总裁，又把目光移到张万全身上。他真没想到张万全能写出一份让总裁如此激动兴奋的方案来，还字字千金！这会是一份什么样的方案？若海忍不住非常好奇。

　　"这份方案对近期和未来的房地产都进行了系统而全面的分析，并对当下低迷的房地产现状进行了剖析，并提出了相对应的措施……"

　　若海的目光看着张万全，心里不由自主地感叹道："看来他真的是房地产销售界的一个传奇！"

　　也许是若海的目光一直落在张万全的身上，张万全的脑袋一侧，目光向着若海斜视了过来，正好碰到若海的目光。在碰到若海的目光时，若海分明看到他眼里的一丝慌乱，忙把脑袋又扭了回去。

　　若海猛地一个激灵，难道，这个张万全把若海给他的那份方案交给总裁了？意思就是说，总裁现在表扬的这份方案是若海做出来的？

　　"这份方案其实说穿了，就是两个字：涨价！"总裁说到这里，"哈哈"地笑了两下，又说道，"你们一定没有想到吧。但我看了这份方案后，对这个方案非常赞同……"

若海心里的疑惑在总裁的话语中得到了肯定。没错！这份方案是若海写的，被张万全盗用了！

这个张万全可真是一个"歹毒"的人，他看了若海的这份方案后，尤其是看到若海在方案里罗列了一系列的数据和全面系统的分析后，以他十多年在房地产的经验来推断，他完全被若海这份方案所折服，他也知道这份方案要是放在从事二十多年房地产的总裁面前，也同样会让总裁折服。这将会是一份大大的功劳！他很懊恼，自己怎么就没有想到这个方案？没有看到房地产的未来……他实在太想独吞这份功劳了，如果这份功劳归自己，那么，他就有可能借此登上更高的位置，极有可能担任整个X房地产公司的副总经理——那是他窥视已久的位置！

若海狠狠地盯着张万全，他的侧面被窗外射进来的一束阳光照射着，白得很刺眼，刺得若海的眼睛生痛生痛的，若海想伸手揉一下眼睛，但他忍着，痛就痛吧，这点痛算什么？

张万全用一个感恩涕零的眼神看着面对他大加赞赏的总裁，脸微微有些泛红——红得恰到好处，总裁表扬他，他得激动兴奋，脸微微泛红就是最好的体现。

张万全没有想到事情会发展到今天这个地步。为了能使自己独得这份功劳，他首先在王顺和若海面前完全否认了这份方案，然后再将这份方案独自交给总裁。他最初的想法是，总裁看到这份方案后会动心的！也会认识到这份方案的价值。这么有价值的方案自然知道的人越少越好，他认为总裁会悄悄地找他谈论方案，这样若海和王顺都不会知道他将若海的方案交给总裁了！但是，总裁看到方案后还是忍不住来到销售部，来到销售部跟他单独谈也就行了呀，还召集包括王顺和若海的主管和副主管开会。这样，整个事件就大白于天下——这是张万全所没有料到的。可是，事情已经发展到这一步了，他又能怎么样呢？他扭头看了一眼若海，他看到若海眼里的怨怼，他不敢与若海对视，他怕若海的目光会将他烧个体无全肤。

"总之，今天我召集大家来开会，你们都是销售部的骨干力量，都是有一定成就的人，你们可以看看他这样的胆识和目光，你们要向经理学习……"总裁说到这里的时候，张万全嘴里受之有愧地叫道："不，不，不。这份方案不仅仅是我个人的功劳……"张万全眼睛盯着总裁，认真地说。

总裁点了点头，用更加欣赏的目光看着张万全。

张万全用目光扫视了一下王顺和若海，这才接着说道："尤其是王顺主管和金若海副主管，他们的功劳非常的大，还有我们全体销售部的同志，也是出了力……"

这个张万全，虽然说这个方案点了若海和王顺的名，但怎么听都像是在总裁面前表达的是一种谦虚。这样听来，虽然说到了若海和王顺，却不自觉地把功劳——大部分的功劳都归到自己的名下。

这个张万全，简直是太无耻了！

若海的嘴哆嗦着，他冲动地想站起身来说明一切。其实只要站起来问张万全一个问题即可："当初你亲自否定了这个方案，为什么又悄悄地把这个方案交给总裁？"仅仅这个问题，就足可以让张万全露出马脚……

但若海的手被旁边的一只手捏住了，若海扭头一看，是王顺。王顺向他眨了一下眼睛，很明显，这是让他不要冲动。也不知道为什么，王顺朝他这么一眨眼，若海居然控制住了自己的冲动。

总裁终于走了。

总裁走的时候，他跟在场的每一位都握手，而在跟若海握手的时候，他的左手轻轻地拍了一下若海的肩膀。总裁只拍了两下就转身去握别人去了，这个过程很短暂，不像是刻意为之，但若海却真切地感觉到了。

总裁走了，王顺把生了一肚子气的若海叫到自己的办公室，亲自给若海泡了一杯咖啡，把若海按坐在凳子上，说道："跟这样的人生气，不值得。"若海瞪着王顺，仍旧气愤难平："把别人的果实硬生生地摘走，还说是自己种的！要是换着你，你咽得下这口气吗？"王顺朝若海笑了一下，说道："咽不下又能怎么样呢？他现在是总裁跟前的大红人……"

正在这时，办公室的门被突然推开。王顺和若海惊讶地朝着门口望去，只见张万全居然满面微笑地走了进来。在销售部，也只有他进其他人的办公室从来不敲门！

"在谈心呢？"张万全明知故问。

若海翻了一下白眼儿，转过身去不再理他。

王顺走上前去，朝张万全问道："经理有什么事儿吗？"

"没事，没事，就过来看看。"张万全敷衍地说道。

王顺准备去给张万全泡茶，被张万全制止住了，说道："我来是有一句话要告诉你们。其实啊，我们都是为这个房地产公司工作，都在为总裁打工。是不？那个方案呀，我是冒了很大的风险才呈给总裁的，要是总裁不欣赏这个方案，我今后将在销售部毫无立足之地。不过好在总裁英明，他欣赏这个方案，这也是对我们工作的肯定！是不？在今天的会上，我也向总裁专门汇报了两位的功劳……"

若海再也听不下去了，或者说他再也不愿听这个家伙在这里瞎扯了，他从鼻孔里重重地哼出一声，一个转身，两步就走出了办公室。

王顺朝着若海的背影喊了两声，但若海连顿也没顿一下就走远了。

若海与张万全这个"梁子"算是结下了！

第五章
他扑进程萌萌"爱情海"的怀抱……

1

2009年的春节前，发生了一些事儿。这些事儿对于若海来说，都是非常重要的。

首先，若海与程萌萌的恋情公开了。这个所谓的"公开"就是得到若海父母和程萌萌母亲的认可。

对于若海和程萌萌的恋情，程萌萌是希望公开的。但她见若海一直没有谈论这个话题，她也就没有再说，毕竟，他们的恋情才刚刚开始。就目前来说，程萌萌很满足。

每天，若海和程萌萌一起上班，到了龙灯山路，两人各自奔向自己工作的地方，下班后两人又在龙灯山路会合，然后一起乘坐公交车在一个站口下车回家。上下车的时候，若海总会牵着程萌萌，生怕她走丢了似的。那种感觉是程萌萌以前从来没有过的。

这一天，若海和程萌萌下班回家。若海稍稍加了一点班，有些迟了。还在前往"龙灯山路"公交车站的路上，若海接到父亲电话，问什么时候回来吃晚饭。若海告诉父亲，让他们不要等他了，他要晚些时候才回来。

在"龙灯山路"接到程萌萌，两人立即往家赶。到站天快要黑了，其实那天车上的人并不多，下车的时候，若海还是像往常那样拉着程萌萌的手。哪里知道，刚刚走下车来，若海和程萌萌都看到了一个熟悉的身影：金百万。

金百万是去遛弯回来，正好路过公交车站口。他一斜眼，就看见若海和程萌萌手牵手地下车。金百万惊讶地睁大眼睛看着他俩，一时竟忘了挪步，头脑里不由自主地冒出两个念头来："他们是什么时候走到一起来的？他们怎么就走到一起来了？"

程萌萌一见到金百万，脸一下子红到了耳根，挣脱了若海的手。若海却又伸出手来，将程萌萌的手拉住了，盯着金百万说："爸，你这是去遛弯呀？"

金百万含糊地说道："对呀，对呀。"说完朝前走去，走了两步，又扭过头来对若海和程萌萌说道，"快回家吃饭吧，家里给你——你们留了饭的。"

若海点点头，朝着父亲的背影高兴地说道："好的。"

若海这段时间一直忙于工作，对于他和程萌萌的恋情，他一直在想着找一个适合的时候向父亲说说——现在既然被父亲撞见了，干脆就带回家见父母吧。

这样一想，若海拉着程萌萌的手往前走。哪知，程萌萌却往后退。若海转过头看着程萌萌，笑问道："咋啦，怕见公婆呢？"

程萌萌满脸通红地点了点头，突然明白过来，上前就给若海胸口一个粉拳："你才是丑媳妇！"

若海忍不住哈哈大笑，边笑边拉着程萌萌往家走，程萌萌仍旧往后拖着，样子有些扭捏，看来是不好意思了。

若海回头故意逗程萌萌："你不想去就算了。"

程萌萌很可爱地嘟了一下嘴，说道："我是怕你父母反对。"

"反对？"若海笑了，"他们有什么好反对的。你没见刚才我父亲对咱俩说的话吗？家里给我们留饭了！这话说得还不明确吗？他这是同意咱们俩的关系了！"

"可是……"程萌萌说到这里停了嘴，只拿眼睛去看若海。

若海自然知道程萌萌的意思，刚才父亲金百万看到他俩手牵手时表现出来的是非常震惊的表情，就连最后向他俩说的"家里给你——你们留了饭的"也显得有些无奈——是无奈！对于若海和程萌萌的恋情感到无力阻挡。是的，他要还是总裁，他怎么可能自己的儿子跟这么一个门不当户不对的女孩子谈恋爱？他是无论如何也会阻止的！但是，现在他已经不再是总裁身份了，跟A城千千万万的普通市民一样。所以，他的话里透着一种发自于内心的叹息。

"管那么多干吗？"若海冲程萌萌说，"我跟你在谈恋爱！只要我喜欢你不就行了吗？走吧。"

说着，若海又拉起程萌萌的手往家走，程萌萌这才慢腾腾地跟着若海。

来到若海家。若海摸出钥匙打开房门，一眼就看到早回来一步的金百万正跟若海母亲坐在一起谈论着什么。不用说，一定是在谈论若海与程萌萌的事儿。

见到若海和程萌萌进屋，若海母亲笑容满面地迎上前来，拉住程萌萌的手，热情地说："来啦。"看来，若海母亲还是比较喜欢程萌萌的。还有，晚饭只留了若海一个人的饭菜，若海母亲当即又下到厨房给两人炒菜。程萌萌也去厨房帮若海母亲，炒了两个菜，两人居然有说有笑的，像亲母女。

本来有话要对若海说的金百万见状，只得把话吞进肚子，算是对若海与程萌萌恋情的默许。

春节前，若海也走进了程萌萌的家，见了程萌萌的母亲。程萌萌的母亲上次来后，程萌萌便不断劝说她留在城里。后来，她被说动了心，回到老家处理了事务后又返回城里，与程萌萌住在一起。

若海见到程萌萌母亲的时候，她穿着一件崭新的衣服，她知道未来的女婿若海要上门，把程萌萌给她买的春节时的衣服提前穿上了。虽然穿着新衣，仍旧透出一个山村老太婆的形象，见到这么帅气而彬彬有礼的若海，高兴得嘴都合不拢了。

若海和程萌萌的恋情就这样在双方家长的见证下公开了。

还有一件喜事儿：程萌萌搬进新家了。程萌萌买房的时候其中一套是精装房，只简单地收拾了一下，利用双休日和空闲时间买了一些家具，在春节前的一个星期搬了进去。

搬新家的那一天发生了一件非常有趣的事儿。

那一天，若海自然是充当了一个苦力，虽然程萌萌的家当不是很多，但若海却跑上跑下地搬运着，大冬天的把内衣都给打湿了。这虽然是一件小事儿，程萌萌却非常感动，要知道，以前若海可从来没有干过这样的事儿呢。

搬完了东西，若海一头钻进卫生间洗澡，水龙头哗哗地响，撩得程萌萌的心不寻常地跳动。母亲叫她择菜，她居然没有听见。母亲两步走到她面前，朝着她的脑袋轻轻地敲了一下，问道："你这是想啥呢？"

若海洗完澡出来了，刚刚出浴的若海浑身洋溢着一股说不出来的帅气，程萌萌的心又"怦怦"地跳个不停。这时，程萌萌的脑袋上又被轻轻地敲了一下，一回头，母亲正嗔怒地看着她。程萌萌的脸又红到了耳根子。

程萌萌这次搬家没有请其他人，只请了若海一家。若海母亲来得早一些，帮着程萌萌母亲择菜什么的，饭菜刚刚端上桌，金百万恰到好处地到了。看了看新房，嘴里说着"祝贺祝贺"，坐下不再说话，默默地吃着饭。

其实，除了程萌萌的母亲，其他人都看出来了，金百万这心里是挺难受的。想他在商场拼搏了这么多年，也光辉了这么年，但到最后，他现在所住的房子还没有这个曾在他手下干过的人住得好，住得宽敞。他的心能好受吗？

吃过晚饭，金百万和若海母亲借故走了，若海也要走，程萌萌悄悄地拉了拉他的衣角，若海自然明白她的意思，便钻进了程萌萌的房间。

程萌萌的房间很温暖，虽然还没住进去，但若海却强烈地感觉到一股让他说不出来的温馨，里面每一个角落好像都充满了程萌萌的味道。一走进去，若海就有些醉了。

程萌萌轻轻地拉起他的手，那双好看的大眼睛含情脉脉地看着若海……这样的氛围下，若海感觉一股热血直向脑袋蹿来，他一把搂着程萌萌的腰，程萌萌浑身洋溢着一股让他心醉的青春气息，程萌萌小鸟依人地靠在他的怀里，突然调皮地说道："谢谢，今天把你累坏了吧？"看着程萌萌的调皮样，若海再也无法控制自己的心跳，一低头就含住了她的小嘴儿……程萌萌的小嘴儿就像一泓甘泉，涓涓地流进若海的心海，程萌萌也双手搂着若海的脖子，激动地吻着他……

自从恋爱后，两人除了平时的拉手外，这还是第一次拥吻呢。若海感觉程萌萌在他的怀里激情地颤抖着……

"嘭，嘭，嘭嘭。"正当两人拥吻得难分难解的时候，房间的门突然敲了四下，前两声是试探性的，后两声则是直截了当的拍门了。

若海和程萌萌只得中止了拥吻。程萌萌的大眼睛扑闪了两下，含羞地看了若海一眼，若海笑着看了程萌萌一眼，朝门口努了一下嘴。

"妈，什么事儿？"程萌萌的话语里显得有些不耐烦。门口那边迟疑了一下，这才缓缓地传来声音："去丢一下垃圾，我不知道丢哪里。"

程萌萌只得起身去开门。

门开了，门口立即探进程萌萌母亲花白的脑袋，她警惕的目光看了若海一眼，这才看着自己的女儿，说："你告诉我垃圾箱在哪里，我去丢吧。"

程萌萌说："楼下左拐一百米左右，往南就到了。"程萌萌话音刚落，母亲立即说道："哎呀，你晓得我这个老婆子哪里分得清东南西北哦，还是你去倒。"说到这儿，程萌萌母亲转脸对若海说："你先在这里坐一会儿，等萌萌倒完垃圾再回来陪你。"

傻子都听出来了，程萌萌母亲这是在阻止他俩亲热呢。若海知道，像她这样的山村老太太思想还是很封建的，尽管她非常喜欢若海，但在她的心里，她的女儿还没有正式嫁给他，现在要是亲吻，发生那啥事，回过头来再不娶她女儿，那不是吃大亏了吗？

若海忙站起身来，说道："我也该回去了，我跟萌萌一起下楼吧。"程萌萌母亲说："哎呀，再坐一会儿嘛。"若海说："不啦。明天还要上班呢。"程萌萌母亲顺水推舟地说道："那——欢迎你下次再来玩。"

程萌萌怨恨地盯了母亲一眼，母亲没看见似的，笑眯眯地看着若海。

走出门来，程萌萌一手提着垃圾，一手去牵若海的手。若海轻轻一拉，程萌萌就到他的怀里来了，若海搂着程萌萌的腰，两人就这样相拥着往楼下走去。从楼下往上走来一个人，若海也没有松手。程萌萌扭头看了若海一眼，若海朝她笑了一下。他俩是正大光明的恋人，怕什么呢？

"对了，这一个月来，咱们X房地产所有房价按照你的方案，每平方米真的上涨了差不多一百元钱。"程萌萌说，"结果这个月相对于上个月来说，成交量居然真的上涨了百分之五十。"

若海想纠正一下程萌萌的话，那个方案虽然是他的心血，但已被张万全这个家伙"巧取豪夺"成为他的成果了！但话到嘴边却没有说出口。因为这事儿，他与张万全经理好长时间也没有说上一句话了。他也懒得再说这个事儿，一说起心里就堵得慌。

"对了。"程萌萌兴奋地说，"要是按现在这个价格，我这两套房子可涨一万多了耶！"

若海看着程萌萌，笑着说："听我的，没错的。等到了2009年年底，你把另一套房子卖了，完全可以抵上你买这两套的钱。你现在住的这一套房子就是赚来的。"

"真的吗？"程萌萌扑闪扑闪地看着若海。她的大眼睛真好看，像天上的星星那样闪烁。

2

岁月，像一条流淌的河，它总在不知不觉中从我们大家的面前流过。等到你发现时，岁月这条河已经流远……

2009年的这一年，注定会在中国的历史舞台上留下浓抹重彩的一笔。尤其是这一年中国的经济形势，面对2008年全球金融危机的严重冲击和极其复杂的国内外形势，中国政府坚持实行积极的财政政策和适度宽松的货币下放，全面实施并不断完善应对国际金融危机的一揽子计划，很快就扭转了经济增速明显下滑的局面，实现了国民经济总体回升向好。

真如若海所料，随着春天的来临，楼市的春天也开始到来，房价开始一路飙升。

若海撰写的那份方案——后来被张万全"巧取豪夺"，因为这份方案，X房地产面对危机处理得当：当别人以为楼市会下降，别的房地产开始大幅削价出售楼盘时，X房地产低价引进；当别的房地产已经停工左右观察时，X房地产却仍旧加紧修建楼盘。所以当楼市好转，别的房地产没有楼盘时，而X房地产却耸立起一座座新楼盘；在销售时，别的楼盘都降价销售，而X房地产却涨价销售，极大地触动了市民"买涨不买跌"的心态……当然，这期间不仅楼市坐上了"过山车"，房价也上演了"撑竿跳"……后来，若海听说了总裁任剑在一个场合说："这钱我赚得自己都不好意思说。"

那些即使没有像X房地产那样有着前瞻性眼光的人，在楼市回春之后，也能及时抓住商机，也大赚了一把，去年像苦瓜一样的开发商的脸，今年眉开眼笑，过上了西瓜拌糖的甜蜜日子。

当然，那些在元旦和春节买房子的人也喜笑颜开。比如程萌萌。那段时间，程萌萌也一直处在兴奋当中，一有空就掰着指头一次一次地算数自己的房子又增了多少值，每次算完都眉开眼笑，说："我现在买张席子躺在上面都能赚钱。"

有的时候，程萌萌还撒娇地对若海说："当初你应该叫我再多买一套房的，那我就赚大发了！"

若海想起她当时拿卡刷钱时浑身颤抖的样子，取笑她说："当时不知道是谁浑身直哆嗦，拿卡的手啊像……"程萌萌被若海臊得身子扭动了好几下，扑在若海的怀里，说道："人家最后……最后不是不抖了吗？"是的，最后若海轻轻地搂住程萌萌的身子，程萌萌的身子像找到了支柱似的，一下子不再哆嗦了。想到这里，若海又轻轻地搂住了程萌萌的腰……

六月底，X房地产发生了一件大事儿：任剑总裁因为在这次楼市中，抢得先机，比同行几乎多赚一倍。于是，总裁拿出一百万奖励销售部。

这一百万！不仅按人头分，也按功劳分——虽然这话是任剑总裁交代张万全经理的，但钱到了张万全手里，支配与奖励的金额就由他说了算。

当若海听到这个消息时，他的内心是"崩溃"的。

这段时间以来，若海与张万全除了工作上的交流外，两人见面基本形同陌路。有时张万全主动给若海打招呼，若海却装作没听见似的侧身而过。也许张万全一直亏心于若海，对若海的不识抬举，张万全并没有拿"小鞋"给若海穿。到了后来，张万全再见到若海，也对他熟视无睹。

这一次发奖金，若海的心里也是有数的。销售部共分为总部销售部和城东、城南、城西、城北四个销售处，每个销售处有二三十人，再加上销售部，如果按人头分，他能分到五六千元，如果再考虑他是副主管，可以多分得两三千——但如果按照功劳来说，若海功劳应该是无比巨大的！因为那份方案，使得任剑总裁有了丰厚收入，这才拿出一百万来奖励销售部！按说，这一百万白花花的银子，都与若海有关……如果张万全稍微有点良心，他也会把功劳算一点在他头上，那么，他又可以得到两三千的奖金，这样算下来，他应该有一万元。

若海心里是有小九九的。若海虽为副主管，但也开始介绍人来买房，有时买房人来了，他还会亲自接待，以便将房卖出后得到提成，每月他的工资加上提成，除去家庭开支以及房贷，若海每月能存上三四千元呢。照这样下去，等到了年底，他就有三四万的收入了。如果加上这一万，岂不有五万了！

这些钱要放在以前，若海并不放在眼里。但现在，他必须这样做。在若海赌气走出王顺办公室与张万全闹僵的时候，他本有一走了之的想法，但他又想到楼市将迎来春天，到那时就可以好好赚点钱了。他要将钱一点一点地存起来！他心里还有宏图大志！他要靠自己的努力，将父亲失去的东西一点一点地找回来！

这是一个宏伟的目标，但前提是必须得有一笔钱作为启动资金，他需要一百万！

一百万，对于现在的若海来说可不是小数目！他只有一点一点地存。所以，对于这一笔意外的奖金，若海也很是动心。但钱在张万全经理手里，若海到底能分到多少，他自己心里也七上八下。

这一天中午快要下班的时候，若海接到王顺的电话。王顺在电话里很高兴，说："速到我办公室来一趟。"

若海的脑海立即冒出一个念头：难道是奖金到了？

若海怀着忐忑的心来到王顺办公室。

王顺见若海到来，笑眯眯地把桌上的一张表格推到若海面前，说道："签字吧，领奖金。"

若海把表格拿过来，顺手抽起办公桌上的一支签字笔，眼睛却盯在表格上。当他看到表格上的数字时，他的心猛地失落起来。王顺领到一万，他和另外一名副主管只有八千元。

没有一万元，这虽然让若海的心有些失落。若海马上看了一下张万全经理的，他的奖金数额与王顺主管相同，也只有一万元。这下，若海的心里平衡了一些。又想道：八千已经不少了。销售业绩的提升，主要依靠销售的一线人员呢。而普通的销售人员，只分到三四千元不等的奖金呢。

签完了字，王顺突然对若海说："刚才张经理打来电话，说是你领了奖金到他的办公室去一趟。"

若海诧异地看着王顺，不知道张万全经理此刻叫自己有什么事儿。

王顺看了一眼，突然说道："若海，去好好跟他谈吧。他要离开销售部了，他将提升为X房地产的副总经理……"

"是吗？"若海惊讶地问。

王顺朝着若海再一次肯定地点了点头，说道："已经得到通知了，本月底前报道。"

张万全即将提升，自然得益于他"巧取豪夺"了若海的那份方案，这份方案给X房地产带来意想不到的收益！他的提升完全在情理之中。

此刻若海心里五味杂陈。可是，张万全提升了，他要若海去他办公室干什么？如果是要羞辱他，那家伙早就羞辱他了！

若海走向张万全的办公室。

张万全像早就知道若海要来似的。若海刚刚走到张经理的办公室，门突然开了，露出张万全的脑袋。张万全笑容满面，说道："你来了。"若海点了点头，说道："经理找我有事儿吗？"

张万全忙让开门，说："来，来，进来说。"边说边拉若海进门。

看这架势，张万全应该不会对自己不利。若海这样想着，他要离开销售部了，就听听他要说什么吧。

"奖金领了吗？"张万全的脸上带着微笑，这股微笑有讨好若海的意思，但若海心里却很是不屑。

若海眼睛盯着张万全，微微点了点头。

"其实，你应该不止领这么点的。"张万全说这话的时候，眼睛盯着若海。若海的眼睛不自觉地躲闪了一下。张万全说得没错，他确实对这份奖金感到不满意，按说这一百万的奖金都是因为他，按说他应该得到比其他人更多一点。刚才他已经说服了自己，现在经张万全一提起，心里又犯起了嘀咕。

后来，若海每想到这一段经历时总是非常感慨。那段时间，他确实太需要一笔钱了！

若海心里酸溜溜的，盯着张万全反问道："那你说我应该领多少？"

张万全肯定没有想到若海会这样反问他，尴尬地笑了一下，突然从办公桌的抽屉里拿出五叠厚厚的钞票，推到若海面前。

五沓，不用数，这是整整五万元！若海惊讶地盯着那五叠厚厚的钞票，又看了张万全一眼。

"这是我从那一百万奖金中专门为你提出来的。"张万全说，"这是你应该得的。"

若海的手哆嗦了一下，却没有动。他仍旧盯着张万全，轻轻地说："你这是什么意思？"

张万全笑了一下，说道："我知道你需要钱，这是我给你的奖金……"

若海明白了。张万全知道现在他如此得到总裁的赏识，完全得益于他"巧取豪夺"了若海写的那份方案。他拿出这五万元的奖金，算是在为自己"赎罪"，也算是对若海的一种补偿吧。

"奖金？"若海突然"嘿嘿"地笑了两声，说道，"既然是奖金，为什么不写在表格里？"

张万全脸上的笑容慢慢凝住了，眼睛里射出一股让若海不寒而栗的目光。很明显，张万全生气了，他原本想着在他离开销售部之前，将他和若海的"恩怨"勾销了。但是若海并不买他的账，这顿时让张万全心里恼怒万分。

当然，若海不会想到，张万全如此做是有私心的。他看到了若海的才能，比如这一次的方案，让总裁"龙心大悦"，也让他得到提升。还有，这半年时间，销售部很多方案与以前是有区别的。以前的方案，总裁总会挑出很多毛病来。但若海来后，只要经过若海手的方案，总裁总是赞赏有加。这半年来，若海对张万全如此不识时务，要换着其他人，早就赶他走了！他就想着若海是一个不可多得的人才，想着有一天将若海收为己用，让他为自己效力——岂不让他如虎添翼？

张万全的手放在那五叠钞票上，再一次用眼睛看了一若海，他期望着若海能动心，这可是整整五万元，是他一年的工资呀！但是，他看见若海将眼睛瞥向了别处，他的心顿时失落极了。

而此刻的若海心里也很不是滋味。若海现在需要钱呀！他的宏图大志必须得靠钱去支撑！这五万，可不是一个小数目了。再说了，这五万元，是他应该得的！可是，他的脑海里却响着另一个声音："不能拿！拿了你就向张万全这个伪君子低头了！"

"拿！"

"不能拿！"

若海的脑海里就像有两个小人在相互吵闹一样，你不让我，我也不让你！但是，自始至终，若海仍旧站立在原地，像铁塔似的。

当张万全把那五沓钞票又拿进抽屉里时，若海的心里也骤然间升起一股失落的感觉来。若海知道，如果此刻让他张口，张万全仍会把这五万元钱递给他，可是，之前他都没说要，现在他怎么还好意思开口。五万元，再也不属于他了。

"好吧。"张万全缓缓地说，"你出去吧。"

若海立即转过身去，他想快速地离开这个地方——这个地方实在是令他无比尴尬呀！但是，他的腿还没有走到门口，背后又传来张万全的声音："等下！"

若海一下激灵，转过头去看着张万全。他看到了张万全眼里狠狠的目光，张万全说："我送你一句话，别以为你很能！咱们走着瞧！"

3

若海与张万全水火不容了。

张万全还有三四天就离开销售部了，接替他任经理的是销售部副经理王刚，王刚是张万全的人！这在销售部是大家都知道的事儿。一般情况下，如果经理提升或者离职什么的，都是由主管来接替经理的位置。但是，王顺才担任主管半年的时间，是不可能接替经理的。于是就有人猜测，张万全之所以要想方设法弄走上一任主管，就是为了让王刚接替他的经理位置……

对于这个说法，若海持怀疑态度的。众所周知，张万全这一次得到提升，主要在于若海这份方案，张万全弄走上一任主管时，他还没有从若海手里"巧取豪夺"这份方案，他什么时候提升，他也说不清楚！

但是，王刚是张万全的人，这是不容置疑的。

那一天，若海在得到张万全"我送你一句话，别以为你很能，咱们走着瞧"的警告后，心里就像塞进一块石头似的。之前的一个主管都被他弄走了，更别说你一个副主管了。

回来后，若海立即将整个事情告诉了王顺。王顺听完后，重重地叹出一口气来，说道："唉——你去的时候我叫你好好与他谈，但是狼要吃羊，总会找到理由的。"

若海在心里拒绝王顺将他比作"羊"，但他又不得不承认王顺说的是一个事实，现在的若海，真的像一只"羔羊"，如果不任凭张万全宰割，唯一的出路就是离职，可是离职了，若海还能去哪儿呢？他舍不得这份工作。他需要这份工作！

"你也不要想太多！"王顺宽慰若海说，"他还有三四天就离开销售部了。现在他忙着工作上的交接，他没有时间搭理你的。还有，在这个节骨眼儿上，他希望的是一切顺利好安全走人。如果他挑起事端，岂不是自找麻烦？"

若海一想也是这个道理，心安了许多。但是，若海怎么也没想到，在张万全离开销售部的前一天，他与张万全还是发生了一次摩擦。

这一天下班的时候，若海像往常一样走出办公室。他想尽快去到"龙灯山路"会面程萌萌。早晨的一幕又在若海的眼前浮现，很温暖。

因为程萌萌搬进了自己的新家，她的新家距离若海的家有两站，每天早晨，若海上公交车时就给程萌萌打电话，等公交车经过两站到达程萌萌家楼下时，程萌萌刚好从家出发到达公交车站，然后一起乘车到达"龙灯山路"段，各自上班。

若海接到程萌萌时，发现程萌萌打扮得很漂亮，还穿着一件漂亮的连衣裙，便打趣地问道："咋的？今天早晨的太阳从西边升起来了？"

程萌萌娇嗔地白了若海一眼，说道："今晚有个惊喜等着你。"

"惊喜？什么惊喜？"

程萌萌骄傲地把头一昂，说道："不告诉你是惊喜了吗？说了还能算什么惊喜？"

若海看着程萌萌，他已经猜着了，今天是程萌萌的生日！春节的时候，他在程萌萌家过节。那一天，程萌萌说不出来的兴奋。程萌萌母亲忍不住嗔怪了她一句："今年五月份就满24岁了，还跟小孩子似的。"程萌萌母亲说的五月份，那就是今天了，今天是五月三十日。五月前面的二十九天程萌萌要过生日，她一定会告诉他的。毕竟，这是他俩相恋后的第一个生日，具有特别的意义。

在龙灯山路公交车站下车后，若海见程萌萌搭上了去单位的车，自己转身走进旁边的一家蛋糕店，订了一个生日蛋糕，旁边还有卖花的，若海也订了一束玫瑰花——这两样东西等他下班后去取，然后拿着这两样生日礼物等着下班的程萌萌，他想让程萌萌过一个非常有意义的生日。与程萌萌恋爱这么久了，应该好好给她过一个生日。

若海一下班就兴冲冲地往外走，坐着电梯来到一楼，当电梯门打开的那一瞬，他看见了张万全和王刚站在门口不知在说着什么。对于张万全，若海这几天都是躲着他走，若海觉得王顺说得对，等张万全离开销售部，他身为副总经理，应该没有过多的时间随便搭理若海这样一个小主管。但现在，张万全还没有走，还是若海的直接领导，若海得提防他，过了明天，张万全离开销售部，若海也就对张万全眼见心不烦了。若海的脚步停住了，他不想与张万全有过多的接触，连面也尽量少见，以免节外生枝。

现在张万全和王刚就在门口站着呢，这个时候要是走过去，就一定会碰上张万全和王刚，碰上了说什么？不说吧，会不会让张万全抓住把柄？若海一侧身，看见走廊尽头的厕所，决定先上个厕所，也许上完厕所回来，他俩就走开了。

若海来到厕所，好不容易挤出一泡尿，这才洗了手走出来，心想：他们这下该走开了吧？当若海走出来时，张万全与若海倒是往前走了一些，但仍旧站在路边，走过去还是会碰见的。

若海有些为难，过不过去呢？要是往常，若海就转回办公室随便加个班什么的，但今天他着急要走，程萌萌今天生日，他要在龙灯山路公交站给她一个惊喜呢。

这时，有两位同事一前一后地从张万全和王刚身边走过，张万全和若海仍旧说着话，对那两位同事不闻不问。若海心想："我是不是太敏感了？"若海看了看时间，已经有些迟了。

若海把心一横，像刚才那两位同事那样走了过去，也像那两位同事那样侧身走过了张万全和王刚的身边，若海心里也正暗喜着，但突然背后传来张万全的声音："金若海。"

若海一个激灵，骤地停住了脚步，回过头去看着张万全，只见他正冷笑地看着若海。若海心里不由自主地"咯噔"了一下。

"什么事儿？经理。"若海说道。

张万全抖了两下腿，歪着脑袋问道："你还知道我是经理呀？"边说边看了一眼旁边的王刚，随后从嘴里"嗤"地冷笑了一声。

一旁的王刚心领神会，朝若海叫道："你知道张经理是经理，怎么见了面连叫一声都不叫？你眼里还有张经理吗？"

"哎——哎——"张万全拖长了声调说道，"我要走了嘛，管不到他的头上了嘛，他还叫我干什么呢？"

"您这哪是走？你是高升！"王刚面向若海，"知道不？张经理，不——张副总经理离开我们销售部，也还是管着咱们呢？"

张万全和王刚两人像在有声有色地说着一段相声。

"听见没有？"王刚冲若海叫道。

这个时候，若海也没有必要跟他俩较什么劲。若海忙点了点头，说道："祝贺张总，也祝贺王经理。"

张万全本想调弄一下若海的——在他要离开销售部的时候好好调弄一下若海，在他的眼里，这个年轻人真是太不识时务了，他后悔在销售部经理的位置上怎么就没有收拾若海呢？怎么让这个小子居然一直猖狂到现在？今天，张万全本想借此好好收拾一下若海——在他的眼里，若海一直是不服教的！只要若海出言稍有不逊，他就可以借此教训他一顿，甚至借机让他滚出销售部！但没想到，若海会如此识趣，这让他一下子没有了主意，一时不知如何是好。

"张总和王经理要是没有什么事儿，我就先走了。"若海礼貌地说道。

旁边的王刚看了看张万全，朝若海挥了挥手。若海礼貌地点了一下头，转身离开了。

总算化解了一场矛盾，若海的心里顿时轻松了不少。若海往前走了十来步，突然听见背后传来张万全重重的一声："哼！"

4

张万全离开了销售部，若海的日子仍旧不好过。

王刚是张万全一手提拔起来的。若海没有准确消息，张万全离开前是不是给王刚有所交代，让他好好收拾收拾若海。但自从王刚当上销售部经理后，他对若海就没有给过一天好脸色。

有一次，若海迟到了三分钟，王刚立即抓住若海的这次迟到，把销售部几十号人都叫到会议室，对若海进行严厉的批评。

对于这一件事儿，大家都替若海抱不平。在张万全任经理时，迟到在销售部是经常有的事儿，因为这是销售部，与其他部门是不一样的，比如经常在外接待客户耽误上班时间都属于正常现象，更何况若海迟到的只有三分钟时间。即使迟到是错误的，有违员工手则，直接批评几句就行了，若海也不是故意迟到，也没有经常迟到，也不用在全体大会上批评！这是把若海这次迟到当成了恶性事件来看待了。

当然，王刚在大会上批评若海迟到，他最后自圆其场地说道："不要以为迟到是一件小事！我们就是要从小事做起！做不好小事怎么干大事儿？一屋不扫何以扫天下？今后无论是谁，像若海这样迟到的，我们就是要开大会批评！月底扣工资，年底扣奖金……"

无疑，王刚这是拿若海当了"出头鸟"。可是，为什么是若海呢？

接下来又发生了一件事，若海在一个方案中将"销售部"中的"售"字打成了"兽"字，由于这两个字不注意看有些相像，若海检查时也没有检查出来。但是，被王刚一下子认出来了，于是，他拍着桌子嘲若海吼："你这是要骂谁呢？你才是兽——野兽！"

事情也就那么巧，王刚朝若海吼叫的时候，总经理带着张万全副总经理刚好经过他们楼，一个转身就进了王刚办公室，问道：

"怎么回事儿？"王刚一见总经理和副总经理来了，不仅不收敛自己的情绪，而且指着那个字气愤地说道："你们看，这个家伙居然把我们销售部的'售'字写成'兽'！他这是要干什么？"

总经理拿起文件看了一下，忍不住"扑哧"一声笑了，转头对若海问道："你打字是不是用的全拼输入法？"若海点了点头，说道："对不起，我当时确实没有检查出来，我真不是故意的……"

"你真不是故意的？"王刚歪着脑袋盯着若海，眼睛像两把锐利的钢刀直直地插向若海，像要将若海浑身插个稀烂。

若海勇敢地盯着王刚，说道："是的。"

"不会吧。我看你就是故意的！"王刚蛮横地说道，"这个字在咱们销售部用的次数最多，你以前从来没有写错过这个字！为什么这次单单错了？我看你就是故意的！你上次迟到我批评了你，你一定记恨我是不？所以这一次你故意写错这个字，借这个字来骂我，是不是？"

说完，王刚的目光仍旧狠狠地盯着若海，像要逼着若海承认似的。

若海无奈地看着王刚，又看了看总经理以及不知什么时候到来的主管王顺，摇了摇头说道："这是哪跟哪呀？"

"什么哪跟哪？"王刚上前一步逼问道，"你没话可说了吗？"

这个时候，张万全副总经理面带冷笑地摇了摇头，指了指若海，重重地叹出一口气，说道："你呀，你呀……唉！"

很明显，张万全在总经理面前做出这番动作，说出这番暧昧的话，他这是"火上加油"，更加置若海于不利的状态。

王顺实在是看不下去了，忍不住说了一句话："不就错了一个字吗？改过来不就行了！"

王刚和张万全已经将若海逼向了绝路，没想到这时王顺却插足进来，一下子就找到了问题的关键。不错，不就是错了一字，又没有造成什么影响，改过来不就行了吗？

张万全看着王顺，说道："话可不能这样说……"

张万全只说了这半句话，既表明他反对王顺，又表明他支持王刚的立场。他的话说到这个份上就足够了，不能多说，剩下的就是王刚来处理了。他相信王刚的能力。

果然，王刚立即将矛头转向王顺，吼道："什么叫错了一个字？这是错了一个字的问题吗？你是一个主管，你居然当着总经理的面，如此包庇你的下属，你到底是何居心？"

"我什么居心？我能有什么居心？"王顺针锋相对。

"好啦？别吵了！"若海声音不大，却一下子震慑了全场，所有人都安静了。

若海盯着王刚，说道："你说吧，我要承担什么样的责任？"

王刚一下子愣住了，他目的就是想给若海难堪，最好让若海知道自己很不待见他，最好让他自己辞职走人！但现在若海问他"承担什么责任"，他该怎么说呢？说让他走人吧，好像从来没有过这样的先例。

"我看——"张万全这时拖着腔调说道，"小金同志今天犯了一个严重的错误，我觉得这是他自身素质不过硬造成的，要不，到基层去锻炼一下吧？"

张万全话音刚落，王刚立即顺水推舟地说了一句："对。这样素质的人不适合待在总部。"

突然"啪"的一声响，扭头一看，王顺拍了桌子。

"你们这是要干啥？你们就这样一唱一和的就把我的副主管给我撤了？你们问过我了吗？你们有什么资格撤？你们把我也一起撤了吧？"

王顺一顿吼把张万全和王刚给吼得愣在原地一动不动。王顺说得没错，若海虽然只是一个副主管，但也属于领导层，撤换一个领导至少得开会讨论决定，怎么能说撤就撤了呢？

最后，还是张万全首先回过神来，盯着王顺问："你这话是什么意思，当总经理的面，你居然恐吓我们？"

"我什么时候恐吓你们？"王顺瞪着眼睛问。

张万全像抓住理儿似的，说道："你刚才说，把你也撤了！你这话不是恐吓我们是什么？"

这个狐狸真是太狡猾了！王顺气得拳头捏得咯咯直响，张万全上前一步，说道："咋的？咋的？你这是要打我咋的？"

王刚一步上前挡在王顺面前，顺手推了一下王顺，吼道："你这是要干什么？没有王法了是不是？你以为你当过兵拳头就厉害了？"

若海忙上前拖着气晕了头的王顺，对着张万全和王刚说道："我知道你们想要赶我走，我马上就回去写辞职报告！"

王刚立即接过话头说道："什么叫我要赶你走？你拿辞职是想吓唬谁呢？"

王顺一把抓住若海，说道："不能辞职！看他们能把你咋的？我就不信！"接着，王顺对张万全说道，"咱们要不要把一些事情说开？"

王顺的意思指向被张万全"巧取豪夺"的那份方案，他以为这个话题能镇住张万全，但是，张万全却骄横地说道："什么事儿，你说！"张万全狠狠地盯着王顺，恨不得一口吞了他！

王顺张嘴正要说话，被若海一把拉住了。这件事儿已经过去半年多了，现在说又有什么意义呢？再说了，这事儿还说得清吗？

若海看着张万全和王刚，突然轻轻地笑了一下，说道："我不是一个合格的副主管，我马上就回去写辞职信。"说完转身就要离开。

"慢着。"王顺一把抓住若海的手，说道，"要走，咱们一起走！"

张万全和王刚愣住了，这事儿闹大了！一个副主管辞职，算不得什么大事儿。但是，主管虽然在销售部隶属于经理，但也是销售部的主要负责人！他的提拔是经过总部常务会议讨论决定的。更何况，王顺是另一位副总经理一手提拔起来的，他的才能得到总部上下的一致认同。现在他要是提出离职，肯定会引起总裁的注意，要是再让总裁细查整个过程，很多事情都会"水落石出"，张万全和王刚甚不吃不了兜着走？

"站住。"一直没有说话的总经理这时发话了，他走过去拍了拍王顺的肩膀，又拍了拍若海的肩膀，说道："这事到此为止，大家都不要这样斗气了！把心思都用到工作上来吧。"

总经理的话虽然是对着大家说的，但主要是对着王顺和若海说的。他已经看到事态的严重性，他作为总经理，必须要站出来制止这种窝里斗的现象！张万全和王刚职务上比王顺和若海要高，他这话意思很明显，这是给王顺和若海一个台阶下。

说完，总经理看着王顺，王顺却将目光转向若海。只要若海同意，他就会同意。

若海自然是个聪明的人，他知道总经理这是在给他俩台阶下！其实若海并不想离开这里，离开这里他又能到哪里去呢？自从父亲的公司在全球金融风暴中活生生地被收购，他就一直处于艰难生活的边缘，这里总算给了他一种独立的生活……

若海面向总经理站定，说道："非常感谢总经理！今后我将以更加严谨的态度来工作！"

总经理满意地看着若海，拍了拍若海的肩膀，点了点头，转身离开了办公室。张万全立即跟随而去，走的时候，他看也没看王顺和若海，连王刚也没有看，不知他心里想的是什么。

若海在心里有些庆幸自己，终于留下来了！他的生活得到了保障。

但是，仅仅又过去一个月，他最终还是不得不离开X房地产公司。

5

若海怎么也没有想到，他会遇见胡旭东。

胡旭东，原"金百万公司"市场部经理。

这一天，若海正在办公室整理例会的资料。经理刚刚组织四个销售处以及总部置业顾问总结了上月的销售情况，指出了问题并提出建议。这是一项轻松的工作，若海游刃有余。

突然，他听见办公室一阵喧哗，像有很多人似的。若海走出办公室，突然看见副总经理张万全、经理王刚以及主管王顺陪同一个人走进了销售部。再一看那人，若海整个人都呆愣在原地一动不动。

那人就是胡旭东。

胡旭东也看见了若海，他笑嘻嘻地走上前来，像见到老熟人似的拍了一下若海的肩膀，说道："这个世界真是太小了，没想到在这里又碰见你。"

若海牵动脸上的肌肉做出一个笑脸。若海不得不做出这个笑脸，副总经理、销售部经理和主管都来陪同他，可见他是X房地产公司重要的客人。

若海很讨厌胡旭东，"金百万公司"还在的时候，也就是说若海还担任公司总经理的时候，胡旭东依靠金百万与蒋淑红之间的关系，在公司里横行霸道，担任着市场部这么重要的职位，却做事敷衍，行为马虎，甚至在重大事件上架空总经理若海。若海一直怀疑金百万公司在那一场金融风暴中一下子被亏空，最后不得不被人收购的事件，是与胡旭东有直接联系的。

胡旭东突然凑近说道："我想请您吃顿便饭，不知能否赏光？"

这家伙要干吗？若海盯着胡旭东，一时不知说什么好。

胡旭东"哈哈"地笑出两声，说道："咱们也应算是老朋友了，就吃个便饭而已。就这么说定了，今晚我……"

"今晚我没空。"若海打断胡旭东的话，"今晚我有事。"

"那就——明天中午？"胡旭东不依不饶地说道。

若海的心里顿时对面前的这个胡旭东产生出一种厌恶感，他盯着胡旭东，正要说什么，突然瞥见旁边的王顺朝他使了一个眼色。若海心里一惊，他立即明白王顺这个眼神的意思，再说了，王顺的面子，不得不给。若海立即将已经蹿到喉咙的话又吞了回去，又强作一个笑脸，说道："我——我看看吧。"

"哈哈。"胡旭东又笑出两声，说道，"就这么说定了。"

后来，若海这才从王顺嘴里了解到一个详情：胡旭东今天是代表红云房地产来与X房地产洽谈一笔合同的。

金百万公司在全球金融危机中濒临破产的边缘时，胡旭东第一个离开。因为他早就找到了退路——红云房地产公司。对了，程萌萌曾告诉过若海，他是蒋淑红的表哥。据说他在红云房地产占了百分之十的股份，所以一到红云房地产公司就担任副总经理一职。

当若海得知这个消息时，他的心里就更加疑惑了，他早就可以到红云房地产公司担任副总经理的，为什么却一直在金百万公司里担任市场部的经理？后来，若海也左右想了一下，当时的金百万公司可是A城响当当的公司。而红云房地产公司不过是一个小小的房地产公司——连X房地产公司的一半也赶不上，其实际资产价值不过四五千万而已。这也许是他不愿离开金百万公司的原因吧。

这一次，胡旭东就是以副总经理身份来与X房地产洽谈一笔合同的。说起这笔合同，还大有来头。

A城的城南有一块地，据说那是一块宝地。至于为什么是宝地？很多年前，这里还是一片树林，这一片树林与后山泉相连，当时有许多各色各样的鸟儿，鸟儿每天都欢啼在林中，好听极了。若海小时候也喜欢伙同小伙伴到这里来玩，这里也见证了若海许多的童年时光。有一天，若海听说林子里突然来了两只漂亮的凤凰，很多人都说亲眼看见过。于是大家就议论纷纷，说连凤凰都来了，这必是一块宝地！"宝地"这个称呼也因此而得。只是后来，那片树林莫名其妙地突然发生了一场大火——推断是有人不小心将火种带进了树林，不小心失火的。那场火将那片树林烧了个精光，还差点祸及后山。当时，A城政府组织人员对那片树林进行树木种植，但树木种植不久不知为什么只剩下寥寥几棵。这片土地就闲置了下来。近两年，政府将这片土地划作城市规划范围。那一片地背靠后山，空气清新，再加上政府规划准备在宝地旁边建造一个大型的游乐场，宝地一下子成了热门。很多房地产商都把目光瞄准了那块宝地。当然，这其中包括X房地产公司。但是，怎么也没想到，这块宝地居然被红云房地产公司给拿下了！

消息传来，A城的房地产界一片哗然。红云房地产不过是一个小小的房地产公司，他们是怎么拿下这块地的？他们动用了什么手段？于是很多人开始猜测，能拿下宝地这么一块"肥肉"，至少是在省城国土局有人吧？后来，在A城国土局有关系的人悄悄打探来消息，说是省城国土资源厅一位副厅长打下来的招呼，谁也不敢违这位副厅长的面子。

但是，那块宝地项目一旦启动，则需要几亿的资金，需要一个强有力的项目团队，红云房地产没有这么大的能力。红云房地产蒋淑红是聪明的，当她拿到这块宝地的时候，立即放出风声，愿意与其他房地产公司进行合作，共同开发这一块宝地。消息传来，很多房地产公司都纷纷向蒋淑红表达了合作的意向！这其中包括赫赫有名的X房地产公司。现在房地产前景这么好，楼市的价格如日中天，再加上那是一块宝地，谁不想吃下这块肥肉呢？

于是，胡旭东代表红云房地产公司到X房地产公司来考察。说是考察，其实也就是来谈合同细节的。前两天，X房地产和红云房地产两位老总都面对面地喝过咖啡了，他们谈得很愉快，蒋淑红能凭借这块地攀上X房地产公司的总裁，正是她的目的，她知道跟着X房地产公司一定能赚大钱的，她是亲眼看到X房地产公司在全球金融风暴中的作为的。

虽然两位老总谈得差不多了，这事儿已经差不多成了七八十，但没有签合同就不算成功，胡旭东来考察，总裁派出副总经理、销售部经理和主管这样的"豪华阵容"陪同，这中间要是出现一点事故，谁都吃不了兜着走。所以，当若海正要与胡旭东发火时，王顺忙用眼神制止了他。

"不就吃个饭吗？吃个饭有什么了不起的？难道我还怕他不成？"若海这样一想，第二天中午就按时赴约了。

胡旭东与若海约在一个小巧精致的餐馆里。若海第一眼见到胡旭东时，心里很是惊讶，胡旭东穿着一件崭新的西服，比昨天到公司来考察还要正规。

胡旭东一见到若海，立即热情地迎上前来，一把握住若海的手，说道："欢迎你来，欢迎你来！我都等了你好一会儿了！"胡旭东这么热情，若海还很不习惯，他也只得笑了笑，说道："让您久等了。"胡旭东"哎呀"地叫了一声，说道，"咱俩还说这些见外的话吗？"边说边把若海往桌位上拉。

一位漂亮的服务员上来，拿出一本菜单，递到胡旭东面前，胡旭东接了顺手就递到若海面前，他这是要若海点菜，若海忙说："不用，不用，随便来点菜就行了。"胡旭东却固执地说道："点一个，点一个你喜欢的菜！"若海拗不过，只得点了一个麻婆豆腐。胡旭东笑了一下，拿过菜单连续点了好几个菜，若海忍不住制止道："够了，就咱们两个人，吃不了那么多！"胡旭东这才把菜单递给服务员。服务员拿着菜单，一个漂亮的转身安排去了。

"最近过得好吗？"胡旭东关切地问道。

若海看着胡旭东，牵强地笑了一下，说道："也就那样。"

"唉——"胡旭东叹出一口气来，说道，"都怨美国，猛地一下子整个金融风暴来，让咱们……"

"都过去的事儿了，就不说它了！"若海打断胡旭东的话，他的确不想听这些话，徒增烦恼！何况，当初金百万公司自从走向那样的结局，他胡旭东是有责任的。

"对不起。"胡旭东盯着若海，凝重地说道，"当初我作为市场部的经理，没有预见到那场金融风暴，给公司造成了巨大而无法挽回的损失……你当初批评我说得对，我这个市场部经理，是不称职的！"

若海有些不相信自己的耳朵，胡旭东居然向他道歉？！当初，他批评胡旭东的时候，他不是振振有词地把所有的责任都推给他们父子了吗？现在怎么又说出这样一番话来？这太阳今天是从西边升起来的吗？

若海看着胡旭东，一时愣住了，不知他葫芦里卖的是什么药。

菜陆陆续续上来了，胡旭东叫住服务员，问道："你们这里有什么好酒？"服务员反问道："你需要什么好酒？"胡旭东说："五粮液有吗？要正规的！"服务员睁大眼睛不相信地看着胡旭东，说："有！保证正规，一千九百八十八元一瓶。"胡旭东眉头也不皱一下，说道："来一瓶。"若海忙阻止道："不用，不用！喝这么贵的酒干什么？再说，咱俩喝得完吗？"胡旭东向服务员挥了挥手，坚定地说："上！"若海心里更加诧异了，这个胡旭东，到底啥意思？胡旭东像看透了若海的内心似的，笑着对若海说："好久没见面了，咱俩好好喝一杯。"

若海茫然地看着判若两人的胡旭东，像不认识似的。

五粮液的浓香很快飘满了这间小屋，两杯酒下肚，若海居然有了些醉意。

"你是什么时候到X房地产公司任副主管的？"胡旭东随意地问道。

若海看了胡旭东一眼，说道："今年初来的。"

胡旭东又问道："他们给你多少钱一个月？"

对于工资，若海是羞于启齿的，他知道胡旭东是知道他以前工资数目的，拿以前担任总经理的工资标准来与现在的工资相比，那差距就真的太大了。但是，若海还是告诉了他："四千多点，每个季度和年底还有奖金。"

"天！"胡旭东夸张地叫道，"才这么一点？这个公司拿这么一点工资来对付你，真是太不厚道了！你自身的价值怎么可能才值这么一点工资？"

"话不能这么说。"若海说，"在A城，房地产公司的副主管拿到这样的工资，已经算是不错的了！何况还有奖金什么的，待遇也是不错的了！"说这话的时候，若海的脑海浮现出金百万公司刚刚被收购后的情景，若海到海边去摸海产品，后来被人揍，再后来到销售处，拖着房产信息走在大街上……现在的日子，相比那一段日子真不知道好了多少倍呢！

胡旭东看着若海，足足有三秒钟的时间，笑了，举起手里的酒杯，说道："来，走一个！"

放下酒杯，胡旭东抹了一下嘴巴，说道："你现在真的成长了不少，与你刚从国外学成归来时，完全变成了两样，恭喜你！"

胡旭东的一句"恭喜"，不知咋的，让若海的心里升起一股不是滋味的滋味来。头脑立即清醒了许多，胡旭东今天请他吃饭喝酒，绝不仅仅是为了叙旧这么简单，更不可能是为了恭喜他的"成长"。

这个家伙，葫芦里到底卖的是什么药？

但是，直到用餐结束，胡旭东除了一些往事和琐事之外却再也没有谈及其他。

胡旭东与若海的酒量都不是很好，那瓶五粮液两人一共只喝了一半就都醉醺醺的了。两人分手时，胡旭东把那半瓶酒往若海怀里塞，若海固执不要，说道："我下午要上班呢？拿着酒不好。"

胡旭东这才没有硬塞，提着酒瓶对着阳光看了看，冲若海说道："要不，再过两天我们再找个地方把这一半干了！"

6

若海将他与胡旭东碰面并被请吃饭喝酒的事儿原原本本地告诉了程萌萌，程萌萌睁大眼睛看着若海，若海有些莫名其妙，茫然地问："你盯着我干什么？"程萌萌说："这是一个小人，不得不防啊！"若海点了点头，说道："这个不用你教我，我跟他一起，自然是提防着他的。"程萌萌还是有些不放心。若海继续说道："放心，估计他也不会再找我了。"

若海想错了！就在他与胡旭东一起吃过饭的第三天，胡旭东又给他打来电话，说道："我们上次不是还有半瓶酒吗？今天中午咱们是不是一起喝了？"

若海忙回复道："中午我还有工作要做呢！"

放下电话没多久，王刚走进了若海的办公室，冲着若海说道："刚才胡总打电话来，叫你中午一起去吃饭！把你的工作交给刘凯吧。"刘凯是另一名副主管。若海没有想到，这胡旭东直接将电话打给销售部经理王刚，给若海请假。

若海有些为难，说道："这项工作是一直是我在做呢！"

"我说你哪来的这么多废话呢？！"王刚拧着脖子翻了一下白眼儿，"现在，去陪胡总喝酒就是工作，知道不？"

把喝酒这事儿都提到"工作"的高度上来了，若海只得按照胡旭东说的地点去了。

果然还是那半瓶酒，这一次两人终于将它喝光了。喝完了酒，胡旭东突然说道："要不，咱们去蒸个桑拿？"

若海自然明白胡旭东说的"蒸个桑拿"的意思。桑拿本没有什么，但是在A城，桑拿早就与"色情"这个词紧紧地联系在了一起。桑拿，若海只去过一次。当然，那时若海还是富二代总经理。

那时，一位客户经理来与若海签订一份千万的合同。这是若海第一次以总经理的身份签订合同。若海很兴奋，中午与客户经理一起用餐时，就多喝了两杯，哪知居然喝醉了。当时，他也不知道是怎么被那位好色的客户经理搀扶着走进一家洗浴中心。

突然，若海感觉自己身上的衣服正被一件一件的剥去，若海猛地睁开眼睛，只见一个穿着暴露的娇艳女子正挑逗地盯着他。若海浑身一个激灵，忙问道："你是谁？"娇艳女子伸出纤纤细手，摸了一下若海裸露在外的胸膛，挑逗地说道："帅哥，我是谁不重要，但我可以带给你快乐！"说着，娇艳女子也许被这句自我感觉有水平的话给逗乐了，"嘿嘿"地笑了两声，整个身子就往若海怀里钻……

若海忙一把将娇艳女人推开，看了看四周，这才看清是洗浴中心的包间。若海自言自语地说了一句："靠，我是怎么到这里来的？"娇艳女人听见了若海的话，又挑逗地说道："来了，就是缘分，我会好好侍候你了。"这个女人，说话一套一套的，那身材，那模样也是若海喜欢的类型。

接着，娇艳女人从若海怀里站起身来，开始在若海面前一件一件地脱衣服，女人脱下了乳罩，手一扬，乳罩带着女人的体香拂过若海的脸颊，面前的女人像一条美女蛇一样扭动着腰肢，白花花的乳房在若海眼前晃……若海的心里突然一阵痉挛，干呕了两声，像要吐出一个极不舒服的正侵蚀他心肺的东西。

若海一手挡住靠近的娇艳女人，说道："穿上衣服，赶紧的。"

娇艳女人浑身一愣，睁大眼睛不相信地看着若海，嘴里说道："哥哥，妹妹哪儿做得不对吗？"

若海挥了挥手，说道："没有。我不喜欢嫖……"若海没有将"嫖妓"两个字说完，他怕将"妓"字说出来伤了娇艳女人的心。

但是，娇艳女人却"嘿嘿"地笑了两声，再一次向若海靠了过来，说道："现在这个社会，哪有猫儿不吃腥的？哪人男人不嫖妓的？除非，你那个不行！"边说边恬不知耻地又向若海靠了过来，但是，若海一把拂开了她的手……

"穿上！"若海再一次冷冷地说道。

娇艳女人盯着若海，突然可怜兮兮地说道："你要赶我走，我怎么向老板交代？我就有可能会被老板开除……"

"你干点其他的不好吗？"若海说。

娇艳女人白了若海一眼，说道："可是我什么都不会呀！再说了，干什么有这样来钱快？"

若海看了她一眼，缓了一口气，说道："这样吧，我酒喝多了，你给我按摩一下脑袋，我还是把你服务的钱原价给你。"

"可是，我不会按。"娇艳女人说。

"你就随便按，给我按太阳穴就行了。"若海说道。

那一天，尽管隔壁那位客户经理与女人的激烈的"床战"隐隐地传到这边来，刺激得若海的心痒痒的，但若海始终都没有碰那个娇艳女人一下。此后，他再也没有进过桑拿洗浴等色情场所。

今天，胡旭东又主动提起去"桑拿"，他这是什么意思呢？

现在的社会上流传着这样一种说法，说当今中国有四大铁关系："一起下过乡，一起扛过枪，一起同过窗，一起嫖过娼。"这将"一起嫖过娼"作为四大铁关系之一，难道胡旭东这是对若海主动示好，把两人之间拉成"铁关系"？可是，若海是不可能去色情场所的呀！

若海忙说道："胡总，我下午真还有事儿要做呢？"胡旭东说："什么事儿嘛？要不我再给你请一个假？"说着摸出手机就要打电话，若海忙上前拉住他的手，说道："别，别——你这样对我不好，我还要在这个公司混呢！"

胡旭东吐出一口酒气，说道："那就跟我一起去玩，我认识一个桑拿场所，里面的新来了一批妹子，嫩着呢。"

若海忙摆双手，胡旭东笑着说："嗨，你不是又没去过，是不？"胡旭东说的就是那一次被客户经理搀扶着去洗浴中心的事儿。若海心里一惊，他怎么也知道了？头脑里闪出这个问号时，若海立即又想明白了，他当时作为总经理，他所做的一切，背后一定有许多双眼睛盯着呢。

若海想告诉胡旭东当时的实情，但他照实说了，胡旭东会相信他吗？这种事儿越解释反而会越说不清楚。

胡旭东边说边去拉若海，说："走，我请客。"

若海一边后退一边说道："胡总，我真不能去！要不——我陪你去喝个咖啡吧？"

这个时候，若海心里隐隐地感觉到，胡旭东这次这么热情地找他，一定是有什么事情，不如找一个咖啡厅好好谈谈，也许胡旭东会把"事情"告诉他。胡旭东见若海这么坚定，这才轻轻地笑了一下，说道："好吧好吧。"

路边就有家咖啡屋，虽然小，但温馨。若海和胡旭东走进去的时候，两人找了一个靠近窗户的地方坐了下来。窗外，阳光透过斑驳的树枝洒落下来，屋子空调的冷气源源不断地吹在皮肤上，很舒服。

两人都有些醉意，一坐下来，喝了酒的若海就感觉眼皮在打架。

"怎么？有些困吗？"胡旭东看着若海，问道。

若海点点头，这一段时间他确实有些忙，他真想躺在座位上好好地睡上一觉。若海端起桌上的咖啡喝了一口，他不能睡，下午他还有许多工作要做呢！

"是累的吧？"胡旭东说，"哎呀，像你这样的人实在是太少了。"

若海抬头看着胡旭东，疑惑地问："像我这样的人？"

"是呀！拿着买白菜的钱，操着卖白粉的心。"胡旭东边说边嘿嘿地笑了两声，盯着若海。

若海牵动脸上的肌肉笑了两下，脑海里突然闪出一个念头：这两次喝酒胡旭东总是有意无意地往他工作上引，难道他有什么企图？若海的嘴动了动，他想就这个问题问问胡旭东。可是，该怎么问呢？

"对了，你有没有想过换一个工作？"胡旭东装作随意的样子问道。

若海愣愣地盯着胡旭东，他这话是什么意思？难道，这个家伙要给我介绍比在X房地产待遇要高的工作？可是，这怎么可能？又到哪儿去找这样的工作呢？或者是，这家伙有什么企图吧？

胡旭东轻轻地笑了一下，整个身子朝若海面前凑了凑，盯着若海说道："愿意到红云房地产公司来工作吗？"

"到红云房地产来工作？"若海盯着胡旭东，浑身一个激灵，刚才的困意一下子消失得无影无踪，他知道，胡旭东这个家伙，马上就要转入正题了。

胡旭东看着若海，身子又朝前凑了凑，说道："其实我们大家都知道，当年你父亲与红云房地产的蒋总是有关系的。当她听说你在这里打工，她心里也不好受的，希望我能找到你，让你到她的公司去工作……"

若海的脑海猛地浮现出两个画面来：一是当"金百万公司"面临破产的时候，父亲金百万在咖啡厅里求蒋淑红帮忙……不错，当时金融风暴席卷全球，各行各业都不同程度地受到影响，包括当时的房地产——当时谁也无法预料中国经济的未来，包括若海。当时金百万公司面临破产也不是几百万就能解决得了的，当时她没有借钱给父亲金百万还情有可原。可是，另一个画面又接踵闪入若海的脑海，当父亲金百万被高利贷追上门来，父亲又给她打电话，向她借一万元，仅仅是一万元，这位狠心的旧情人居然也一口回绝了……

她，现在怎么会好心给若海工作呢？这其中，必是有原因的！

"可是，我在这边工作得好好的呀！"若海喃喃一般地说。

"这是多大一个事儿？"胡旭东边说边从鼻孔里哼笑一声，"辞职走就是了呀！"

若海盯着胡旭东，他想从胡旭东的眼睛里看到其背后的内容，胡旭东也故作镇静地盯着若海。终于，胡旭东重重地叹出一口气来，说道："好吧，我给你说实话！"

接着，在胡旭东的叙述中，若海渐渐明白是怎么一回事儿了！

原来，红云房地产这一次拿到城南宝地，是准备自己一手干的，但是，他们的实力实在不能承担这么大的项目，只有与其他房地产公司合作！这可是蒋淑红花了血本拿到的一块"肥肉"，合作就意味着把这一大块"肥肉"切出一块来送给别人，这可是在血淋淋地割肉呀，直让蒋淑红心痛得不得了。在这样的一个情况下，作为副总经理的胡旭东替蒋淑红想到了一个主意：在准备合作的公司里收买一个人，作为红云房地产公司的内应，这样实时监控合作的地产公司对这块宝地的政策措施，以便尽量少"割肉"！所以，他们在X房地产公司选中了若海。选中若海他们是经过深思熟虑的。一来他们已经打听清楚了，副总经理张万全和销售部经理王刚与若海一直关系不和，并以权谋私打压若海；二来胡旭东与若海，以及蒋淑红与金百万都有着某种关系。他们以为若海是最好拉拢过来的。

若海听着胡旭东的话，忍不住倒吸一口凉气。说穿了，胡旭东就是想让若海做"内奸"！这可是涉及人格问题呀！身在X房地产公司，就应该把自己当作这个大家庭的一员，怎么能出卖自己的"家庭"呢！还有，X房地产公司对那块宝地的政策与资料属于绝密级，不仅作为副主管的若海不知道，就连销售部的王顺主管和王刚经理都不知道，怎么去打听呢？胡旭东必是要求若海去"偷"了！这可是犯罪呀！

这事儿今后要是传出去了，他若海哪里还有什么人格可言？若海有些惊恐的看着胡旭东。

胡旭东迎着若海的目光，说道："你不用担心，这事只有天知地知，你知我知，是不？对了，我们给你两百万作为报酬！只要你现在答应，我们立即往您的银行卡打入五十万作为定金！"

若海的心哆嗦了一下，两百万，这可是一笔丰厚的报酬呀！两百万，他现在太需要这两百万了！这两百万要靠打工赚钱，以若海现在的状况，至少得二十年！二十年啊！二十年后这天空、这大地又将是一翻什么模样？二十年后若海已经四十多岁了，他到那时还能干什么？若海感到十分茫然！

胡旭东看到若海眼里的光芒，他以为若海已经动心了，端起咖啡，说道："来，咱们以咖啡代酒，碰一个！"

　　若海的手哆嗦了一下，突然一个声音在他的耳边响起："不能与他碰！碰了你就完了？"另一个声音又在耳边响起："这可是两百万呀，不拿白不拿！"那个声音叫道："别忘了，你现在是X房地产公司的人呀，你怎么能出卖自己的公司呢？"另一个声音嗤笑一声："他们把你当公司的人吗？张万全、王刚都一直在打压你，你过得是什么日子呀！"那个声音叫道："不管怎么说，这属于内部矛盾！你要那样做了，你的骨子里就变了质了！你就不再是一个独立的人了！"另一个声音再次嗤笑了一声："独立的人？这个东西值多少钱？我这里有两百万呀！"那个声音义正词严："这个东西千万、亿万都买不来！"……

　　这两个声音吵得若海脑袋"嗡嗡"直响，他愣愣地看着胡旭东，不知咋的，胡旭东的面孔在若海眼前突然变得模糊起来，一些关于胡旭东的往事在若海的脑海里却越来越清晰，程萌萌"这是一个小人，不得不防啊"的话如炸雷般从若海的头顶掠过，是啊！胡旭东这样的人怎么能信呢？！在金百万公司面临绝境时，他不是说尽了风凉话临阵逃脱了吗？答应他做X房地产公司的内奸，先不说人格和犯罪的事儿，依胡旭东的人品，答应的两百万能不能给你呢？最后他会不会毫不留情地抛弃若海？并将彻底将若海置于"死地"——告诉所有人若海做内奸的事儿……这一系列的问号在若海的脑海里闪现的时候，若海忍不住打了一个寒战！

　　若海盯着胡旭东，义正词严地说道："胡总，你大概是找错人了吧？我金若海不是这样的人！"

　　胡旭东端咖啡的手在空中顿了一下，看了若海一眼，尴尬地收了回来，眼睛仍旧盯着若海，说道："如果你嫌钱少，我们还可以给你加点！"

　　若海冷冷地看着胡旭东，突然发现面前的这个男人很龌龊，若海的内心油然而生一种让他说不出来的鄙视！若海甚至有些想不明白，自己怎么还跟他一起喝了两次酒呢！这东西吃进肚子里能"消化"吗？

"还有事儿吗？没有事儿我就先走了。"若海看也不看胡旭东，说完这句话就站起身来准备往外走。此刻的若海甚至有种一辈子也不再和这个人说话的强烈想法。

若海刚走了两步，背后传来一声沉着的叫声："站住。我还有最后几句话送给你！"

他还能说出什么狗屁话来？若海真的不想再理他了，仍旧转身朝着门口走去！

"我只能告诉你，如果你不答应，你在X房地产公司的工作也可能不保！"背后，胡旭东冷冷地说道。

若海猛地停住脚步，像被雷击了似的呆愣住了。是的，胡旭东说得没错，若海知道得太多了！这事最后的结局就是，要么若海答应做内奸，如果不做内奸，那他必是红云房地产公司要置于"死地"的人！

胡旭东走到若海侧面，凑近若海的耳朵，冷笑地说道："我说的话，不知你听清楚了吗？"

若海转过身看着胡旭东，冷峻的目光像一支利剑射向胡旭东的胸膛！若海的心海波涛汹涌，体内一下子凝聚成一股气，那股气在若海的胸膛里窜来窜去，忍耐不住，冲着喉咙一蹿而出："去你妈的！"

若海向着胡旭东叫出这句话来后，心里痛快了许多。若海没有被胡旭东收买，他觉得血液痛快地在他的身体里流淌！他感到浑身一阵轻松！刚才胡旭东对他说的话算什么？他才不怕呢！他相信只要将这件事儿的真相告诉销售部主管和经理，告诉副总经理以及总裁，他一定会得到他们的赞赏，一定会为他的做法叫好，甚至会为他的人格魅力而折服。若海相信，公道自在人心！

胡旭东没有想到若海会暴出这句粗口，他像被雷击了似的呆愣在原地。等他清醒过来，若海已经走出十米开外了。胡旭东望着若海的背影，愣愣地。最后，胡旭东牵动脸上的肌肉露出一个冷笑，随手摸出手机……

7

正如读者所想象的那样，若海又一次失业了！

若海的失业，让他莫名的窝火。直到现在，他仍旧感到很是茫然，像不知道在自己的身上到底发生了什么事儿。是啊，这个红云房地产公司真是可恶，为什么要选他做内奸？他到底哪里惹着了他们？或者说，他到底哪里惹着上帝了？若海越想心里越是窝火。

若海离开胡旭东后，他的耳畔一直响着胡旭东的话："我只能告诉你，如果你不答应，你在X房地产公司的工作也可能不保！"这是威胁，甚至可以说是恐吓！威胁也好，恐吓也好，若海都义无反顾地选择离了胡旭东，那一刻，若海只是认为，他不会做对不起自己良心的事儿！

走得远了，离公司越来越近了，若海的心却不由得跳得更加厉害了。依若海对胡旭东的了解，他推算此刻胡旭东一定在给X房地产公司副总经理张万全打电话，在电话里一定会说他的坏话，并且以"宝地"合作为要挟，要求将若海开除公司……

若海的想法没有错！

当若海走到公司门口时，突然从门的侧面闪出张万全副总经理来，像等了若海很久似的。他冷冷地看着若海，若海准备侧过身往里走，张万全却挡在他面前，冷冷地说道："你干的好事儿！"

"我干什么好事儿了？"若海傲然地说道，"我没有做对不起公司的任何事情。我……"

"不用给我解释！"张万全从鼻孔里哼出一声，"去跟总经理解释吧！"

若海的嘴哆嗦着，他想辩解，急切地想告诉所有人，他没有做任何对不起公司的事儿，他金若海，行得端，走得正！但是，张万全说完这话时，却把头扭向了一边，像不屑与若海再说什么话似的。若海将吐到喉咙的话又吞了回去，找总经理就找总经理，没做亏心事儿，半夜不怕鬼敲门！

"总经理在你们主管办公室！"背后传来张万全的声音，幸灾乐祸的声音。

走到主管办公室，若海伸手敲了敲门，他这才发现，自己的手哆嗦个不停。"我这是怎么啦？激动还是担心？激动？有什么好激动的？担心？我担心什么？"若海想不出一个所以然来，长长地吐出两口气，平息了一下自己的心跳。

"进来。"里面传来王顺的声音。

推开门，若海果然看见总经理和王顺正坐在里面。不用猜，若海未来之前，总经理与王顺已经谈了好一会儿了。

见若海进来，总经理和王顺都拿目光盯着他，从上到下地打量着他，像不认识他似的。

"我有事要向两位领导汇报。"若海努力地控制着自己的心跳，但说出来的话还是有些颤抖。

总经理却挥手制止了他，说道："我不想听你解释！我刚才已经告诉你们主管了，从明天起，你就不要再来上班了！今天下班后，你就到财务处去把工资什么的都结了吧。"总经理说完，起身看也不看若海就往外走。

这是怎么回事儿？怎么连他的解释都不听？！难道他连解释都没有权利吗？若海愣愣地看着总经理的背影，就在总经理即将要跨出门去的时候，若海浑身一个激灵，叫道："总经理！"

总经理听见若海的叫声，迟疑了一下，最后还是站在了门口，缓缓地转过身来，看着若海，说道："我刚才已经向王顺主管了解到一些情况，你是个很有能力的人，你到任何一个单位去都会有发展前途的！只是，我们这里庙太小了，我们……"

"我以我的人格担保，我没有做任何对不想公司的事儿！"若海说道，"是他污蔑我！"

"谁？"总经理看着若海问道。

"胡旭东！"若海脱口而出。

总经理看着若海，突然笑了，像在笑着一个不懂事的小孩子！

"为什么？"若海问道。

总经理脸上的笑更浓了，说道："不为什么！"说完，转身走了。

若海想冲上前去拦住总经理，他真的想要问一个明白，但是他被王顺拉住了。王顺把他按坐在沙发上，说道："我刚才已经跟总经理说了，明天我也辞职！"

"什么？"若海猛地抬头盯着王顺，有些不相信自己的耳朵。

王顺拍了一下若海的肩膀，重重地叹出一口气来，说道："我相信你！你绝对不是胡总嘴里说的那样的人……"

"这个家伙怎么说我了？"若海愤怒地盯着王顺问道。

王顺看了若海一眼，说道："具体我也不是太清楚！那家伙好像说你想去他们那里当销售部经理，说你能搞到咱们这个房地产公司的内幕信息，搞到咱们公司对那块宝地的合作意见，愿意以此为交换条件，你还提出两百万……"

"放他奶奶的屁！"若海再一次暴出了粗口，气得浑身发抖，"这个家伙颠倒黑白，明明是他想要收买我，被我拒绝了，这家伙却反咬一口……"

王顺再一次重重地叹了一口气，说道："其实之前总经理到我办公室来一说，我就明白是怎么一回事儿了！"

"既然你明白了，你怎么不向总经理解释呢？"若海盯着王顺问道。

王顺说："我向他解释了呀！我还把你到公司销售部来的情况

都向他说了……"

"他怎么说？"若海忍不住问道。

王顺摇了摇头，说道："他一接到胡旭东的电话，就把情况立即向总裁做了汇报。总裁说，金若海这个人我认识，是金百万的公子。把这个月的工资和半年的奖金都算给他吧，让他好好地离开公司……"

"为什么？"若海非常疑惑地问，"为什么总裁也相信那个家伙的鬼话？"

王顺看着若海，说道："刚才我跟总经理谈了许多。从刚才总经理的话里我已经听出来了，总裁也是不相信胡旭东这个家伙的话的……"

若海再一次睁大眼睛望着王顺："既然他不相信那家伙的话，为什么要让我离职？"

王顺又重重地叹出一口气来，突然说道："刚才总经理对我说过这样一句话，说你也是当过总经理的人，你应该能明白的。"

"我明白什么？"若海疑惑极了。

"如果，你父亲的公司还在，当你与另一个公司合作能带来五亿资金收益，而他为了自己的目的要求你无条件开除一个员工，你会按照他的要求去做吗？……"

这一下，若海总算明白了。X房地产公司即将与红云房地产公司就城南那块宝地进行合作，初步算下来，如果合作成功，那么将给X房地产带来五亿左右的收入。一边是五亿资金，一边的若海不过是一个小小的员工而已，谁都会选择五亿元的！

"我不会！"若海梗着脖子说。话一出口，若海感到自己的心里多么没底呀！这个情况他任总经理时没有遇到过，如果真遇上了，他会怎么选择呢？现在的若海怎么说得清呢？

"我也不会！"王顺拍了一下若海，说道，"所以，我选择和你一起离开这个公司！我刚才已经向总经理说了！"

"别呀！"若海站起身来拉住王顺的手，"怎么能因为我而连累到你呢？"若海说得对，王顺爬到主管的位置，在X公司已经奋斗了四年多，有着大好的前途，怎么能因为他而放弃呢！这样的话，若海的心里说不出来的难受。

骤然间，若海盯着王顺，问道："你向总经理提出离职，他居然没有阻止？"

王顺轻轻地摇了摇头，说道："在他们的眼里，咱俩加起来也顶不过那五亿！"

若海一屁股坐在沙发上，他们连主管王顺都这样对待，更何况他一个小小的副主管了！

王顺开始收拾东西，若海从沙发上一跃而起，按住王顺的手，说道："你不能走！你走到今天不容易！"

"留在这里有什么意思？"王顺说，"他们都是认钱的主！"

"谁不认钱呢？"若海说道，"你刚才不是问我面对那样的情况，我会怎么选择吗？我现在就可以告诉你，我也会选择——钱！"

王顺看着若海，突然笑了一下，说道："我知道你这样说的意思，就是希望让我留下来……"

这时，办公室的门突然推开了，总裁一脸严肃地走了进来，后面跟着总经理和一名副总经理——一直提拔王顺的那位副总经理。总裁盯着王顺，说道："咋的？听说你要走？"

王顺看着总裁，轻轻地点了一下头，说道："你们要赶金若海走，我也走！"

总裁看了若海一眼，嘴动了一下，目光又盯着王顺，张嘴正要说什么，若海忙抢先叫道："总裁！"

总裁转眼看着若海，眉头紧紧地皱在一起，盯着若海。若海看出来了，总裁不屑与他一起说话。但是，这话若海不得不说。

若海盯着总裁，说道："王主管是一位业务能力和素质都比较强的人才。你们都不希望他离开，我也不希望！这一切都是因我而起，我自愿辞职！走之前，我向总裁和总经理以及副总经理说一句话，希望你们留住王主管！我不想因为我而连累到他！让公司遭受到损失！"

若海的话说得很是悲壮，那一刻的他感到浑身的血液在奔流，疯狂地奔流，痛快地奔流，像飞流直下三千尺的瀑布那样奔流……

说完这段话，若海感到痛快多了，若海拍了一下王顺的肩膀，在众人诧异的目光中转身走出了王顺的办公室。然后在自己的办公室里简单地收拾了一下——他也没有多少东西，一个纸盒就把所有的东西都装完了，然后抱着东西离开了X房地产公司总部。离开的时候，他想回头看看这幢大厦，这里毕竟是他工作了半年多的地方，他也知道，背后至少有王顺的目光在跟随着他的离去，他应该回头看看王顺，接受王顺送他的目光。或许，总裁、总经理、副总经理、销售部经理等都在隔着窗子目送着他，他应该回过头给他们一个坚强的笑……但是，他迈着沉重的步伐向前走，感到自己的脖子很僵硬，僵硬得让他转不过头去……

8

若海提着包，回头看了一眼程萌萌，嘴动了动想要说点什么，但若海的喉咙像有什么东西塞住了似的，怎么也说不出一个字来。若海艰难地朝她挥挥手，转身踏上了长途客车。

若海这是要去海边散心。这是他昨天就决定了的。当然，程萌萌也同意。当时，程萌萌也赌气地想要辞职跟着他去海边，还说"这样的公司待着也没意思"。但是，若海没有让她同行，他是这样对程萌萌说的："我已经失业了，你就不要再跟着失业了。咱们都去海边，今后谁挣钱养家呢？再说了，我就去住几天，最多一个星期就回来。"程萌萌这才没有跟着若海。

当然，若海怎么也没有想到，他这一次到海边，又经历了一场

"风雨"……

窗外的风景一闪而过，不知不觉中，若海的眼前又闪现出昨天他慷慨辞职后的经历。程萌萌真是一个好姑娘，自己可千万不能辜负了她呀！

昨天下午，若海愤恨地独自乘坐公交车往家走。在龙灯山路车站的时候，没有想到，他居然遇见了程萌萌。若海感到很是诧异，这才下午四点过，程萌萌怎么会在这里？

程萌萌看见若海，迎上前来，轻轻地说道："你来了。"若海奇怪地问道："你怎么会在这里？"程萌萌看了他一眼，说："王顺大哥已经把情况告诉我了，你，你受委屈了！"

程萌萌说着，眼眶里已经盈满了泪光，可怜兮兮地看着若海，好像这一次被要求离职的是她。若海知道，她这是心疼他。若海的心里一阵温暖，一把将程萌萌揽了过来，宽慰地说道："没事，离就离了，我不会在一棵树上吊死的，我会在旁边的树上多试几次。"

若海本想说一句玩笑话缓和一下气氛——若海觉得，他是一个男人，受再大的委屈也不能在自己爱着的人面前表露出来！

但程萌萌没有笑，身子紧紧地靠着若海，眼泪却不依不饶地流了下来。

回到若海的家里，若海父母见两人这么早回来，母亲迎上前来，惊讶地问道："今天怎么回来得这么早？"

若海看着父亲金百万已经斑白的头发，嘴哆嗦了两下，还是说了出来："我辞职了！"母亲更加惊讶地看着若海，颤抖着声音说："怎么回事儿？"若海重重地叹出一口气，拉着程萌萌的手朝自己的寝室走去，他的心有些莫名的烦躁。

一扭头，若海看见父亲正看着他，好像早就预料到似的。若海心里一愣，问道："爸，这两天是不是有人找过你？"

金百万轻轻地点了一下头，说道："今天上午，我和蒋总一起喝茶，她让我劝劝你，说事成之后给你三百万让你创业……"

"三百万？"若海自嘲地"嘿嘿"笑出两声，喃喃说道，"想不到我还这么值钱？"心里却对胡旭东再一次鄙视，蒋淑红给他三百万收买若海，他却想独吞一百万，哪知若海不是他想象的那类人，现在他这一百万也吞不下去了！

"我当时不知道你的想法。"金百万说，"我说我回来跟你商量商量。现在我知道了，我要知道你是这样的选择，我当时就应该给那个婊子一个耳光……"

若海母亲瞪了金百万一眼，金百万忙住了嘴。若海母亲走上前来，对若海说："海娃呀，回来就回来吧，咱饿不死的！"

若海向母亲轻轻地点了点头，拍了拍母亲的手。转身朝着寝室走去，程萌萌跟了进去。

坐在寝室里，若海的心又莫名地烦躁起来，他看着程萌萌，说道："你不用陪我了，你回去吧。"

程萌萌看着若海，小嘴儿嘟了一下，站着没动。若海的心里更加烦躁了，他想冲程萌萌发一顿火，但看到程萌萌嘟着小嘴的样子，又于心不忍，在屋里烦躁地转了两圈后，靠着窗子站住，眼睛望着窗外偌大一个城市，心想："难道这里，真的没有我安身立命的地方？"

这时，一双手轻轻地拦腰抱住了他——不用说，这是程萌萌。程萌萌将脑袋轻轻地靠在若海的后背上，一股幽香毫无遮揽地灌进他的鼻孔……就像一股春天里的清风，拂动着若海焦渴的心田，若海的心微微地颤抖着，猛地转过身来，一把抱住了程萌萌……

程萌萌好像早就知道若海会抱住她似的，仍由自己娇小的身躯被若海紧紧地搂在怀里，双眼迷离，两片性感的小嘴儿微微颤抖着，气息如兰，轻轻地拂动着若海的面颊……若海激动了，猛地低头吻了下去……

当程萌萌赤身裸体呈现在若海面前的时候，她的脸红扑扑的，睁着大大的眼睛看着他，一只手抓住床单，另一只手紧紧地抓住若海的手，身体剧烈地颤抖着……若海看着她，惊讶地问道："你还是处女吗？"

程萌萌紧张地点了点头，可怜兮兮样地看着若海。若海笑了一下，心里嘀咕道："这都二十四五的人了，居然还是一个老姑娘。现在这个社会真的还有处女啊？！"

"你为什么要笑？"程萌萌仍旧有些紧张，话也有些颤抖，也许她是想借说话来缓解自己的紧张的心理吧。程萌萌又嘟了一下嘴儿，轻轻地说道："我的母亲你见过了，她很传统，对我要求很严的！我受她的影响很大。我读大学谈恋爱也从不让人近我的身，所以我……"

"那你为什么现在让我近你的身呢？"若海轻轻地摸着她的脸颊，他想逗一逗程萌萌，也算是调节自己的心情。

程萌萌脸更红了，喃喃说道："人家……人家觉得你好，可以托付给你……"

若海的心里骤地升起一股豪情来，他突然发现他身下的程萌萌好美，比他接触过的任何一个女人都美，包括聂倩、薛冰冰……她们，在程萌萌面前，是如此的丑陋！

若海在心里暗暗发誓，这一辈子，绝不能辜负了她！

进入程萌萌身体的时候，若海的眼前猛地浮现他第一次见到大海时的情景：在大海面前，他走出了人生的第一步，他扑向了大海的怀抱……就如，他在程萌萌全身心的"托付"下，他第一次知道了什么是爱情，他扑进程萌萌"爱情海"的怀抱，他沐浴在海水里，愉快地嬉戏……"海水"不断地涨着潮，若海与程萌萌一起划着小船，迎着"浪潮"而去……"浪潮"一会儿将他们抛向空中，一会儿又将他们抛回海面……

"爱情海"的潮水终于退去。

若海靠在床头，程萌萌则靠在若海的身上。若海抽出一支烟，轻轻地点燃，眼睛望着窗外，喃喃地说："我想大海了！"

第六章
你真是一个人才！这Ａ城的公司都瞎眼了吗？

1

"看，海鸥！"长途客车上的行人指着远方几只海鸥兴奋地叫着，晕晕欲睡的若海像突然打了一针兴奋剂，猛地睁开眼睛。果然，前方不远处几只海鸥在矫健地迎风翻飞，它们是从大海中飞出来的精灵！就在海鸥翻飞的下面，大海正静静地迎着若海，若海的心情开始大好。一股风吹来大海的味道，若海忍不住深深地吸了两口，好熟悉的味道啊！若海忍不住在内心默默地念道："大海，我来了！"

若海没有先找旅馆安排自己的住宿，而是迫不及待地走向了海边。

海边很是热闹。炎热的夏季，早有一些游人在海里嬉戏着，他们拿着游泳圈，兴奋地在海里扑腾。

若海兴奋起来，立即放下包，脱了衣服。脱裤子的时候，他这才想起一个问题，他没有带泳裤。但若海已经管不了那么多了，他急切地想要扑进大海的怀抱，将全身脱得只剩一个裤衩就朝海里走去。海里有几位漂亮妹妹的眼睛盯了他一眼，害羞地扭过头去，但很快又扭了过来，若海的身材确实太棒了，结实紧致，尤其是那人鱼线，清晰明快，怎能不吸引妹妹们的眼球……

若海一个猛子扎了下去，然后双手抱着胸脯，静静地躺在海水里。世界一下子安静了，什么也听不见，什么也看不见，连日来的委屈、愤慨以及苦难都好像被这海水洗净了似的。他甚至像进入另一个世界似的！这个世界没有委屈、没有愤慨，没有苦难——他真想就永远被海水这样包围着，这样沐浴着……

终于，若海钻出海面……猛地听见有一个尖尖的声音叫道："他在那儿！"

若海抹了一把脸上的海水，看清海里的那帮人顺着那个尖尖的声音都齐刷刷地望向他。他这才恍然大悟，原来，他在海里潜的时间太长了，大家还以为他溺水了呢？若海朝着他们挥了挥手，露出笑脸表示歉意。

"喂！你好水性哦！"一个三十来岁抱着一个游泳圈的中年男人朝他叫道。若海朝他笑了笑，还是谦虚地说道："一般哦。"

中年男人抱着游泳圈奋力地游到若海身边，问道："你是专业游泳的吗？"若海摇了摇头。中年男人问："那你这游泳技术是怎么学的？"

若海微笑地看着中年男人，不知他问这话是什么意思，说道："我也不知道，也许我天生就会游泳吧。"

中年男人眼睛里露出羡慕的神色，说道："我学了好长时间了，怎么就一直学不会游泳呢？"

若海认真地看了看中年男人，突然笑了，说道："我今天就可以教会你游泳！你相信我吗？"

"真的？"中年男人兴奋地叫道，"我当然相信你了。"

"好吧。今天我就把你教会了！"若海说道。心里却想道，反正闲着也是闲着，就教教他吧。

若海把中年男人带到离岸边不远的地方，对他说道："要想学会游泳，必须先把游泳圈丢了！"

"什么？"中年男人看着怀里的游泳圈，迟疑而害怕地说道，"丢了游泳圈怕是要掉进海里去吧？"

若海笑了，说道："你刚才不是说要相信我吗？"

中年男人刚才也见识到若海在海里的身手，肯定地点了点头，小心翼翼地将游泳圈扔在一旁，刚一扔，中年男人整个身子就往下沉。若海忙上前去托着他，冲他叫道："不要怕！双脚上下拍打，双手向前伸，往两边划……"

中年男人在若海的指导下，双脚将海面拍打得"啪啪"直响，水花四溅，整个身子很快浮在水面上……

若海的一只手托着中年男人的腹部。若海试着松手，可是刚一松手，中年男人就往下沉……如此反复了几次，中年男人还是没有学会游泳。

中年男人坐在岸边直喘气。若海看着他笑了，说道："你现在主要有两点需要注意，一是你的四肢在水里过于僵硬，要灵活一点；二是你的还没有克服害怕的心理压力。你尽管游，不要害怕，我在呢！相信我！"

中年男人看着若海点了点头，又一次兴奋地站起来走向海里。这一次，若海没有托着中年男人的腰，而是用一只手托着他的下巴！这是一个全新的教游泳的方式，中年男人有些担心，若海鼓励他说："其实你已经学会了游泳，你只要四肢灵活一点，心里不要怕，你完全可以不用我托住你的。现在我托你的下巴，你试试……"

果然，若海托着中年男人的下巴，那个人按照若海刚才教他的动作，真的浮上水面。

若海托住中年男人下巴的手也从五根手指减少为四根手指，逐渐减少为一根手指。中年男人明显感到若海手指数量的减少，兴奋得浑身更加有劲了。渐渐地，若海那一根手指也渐渐地抽离了，中年男人仍旧浮在海面上……

"我学会游泳啦！"中年男人兴奋地喊了一声。中年男人兴奋得过头了，被海水"咕噜咕噜"地狠狠呛了两口，身子在海面上晃了两下，又浮了起来。

看着中年男人的样儿，若海乐得哈哈大笑。

中年男人仍旧很兴奋，冲若海说道："你教会了我这么多年没有学会的游泳，你就是我师傅了，今晚我请师傅好好喝一顿！对了，我叫姜凯昊。"

若海忙推辞："哦——姜哥，今晚我有事儿。"

姜凯昊眼里露出失望的神色，说道："师傅，明天我还要来游泳，你会来吗？"

"不知道。"若海老老实实地回答，"也许会吧。"

"对了，师傅尊姓大名？"姜凯昊问道。

若海正要回答，突然见旁边站了几个人，其中还有两位漂亮的女人。他们踌躇了一下，还是开了口，说道："也教教我们游泳吧。"原来，若海不到半小时就把一个不会游泳的人教会了，这帮人佩服得五体投地，纷纷走上前来要求若海也教教他们。学会了游泳，不仅是一门技能，而且能像一只鱼儿一样在大海里游来游去，这是一件多么惬意的事儿啊！

若海看了看他们，有些为难。毕竟这么多人，还有每个人的体质不一样，不是谁很快就能学会游泳的。若海正要说话，旁边的姜凯昊倒起劲了。他"哈哈"地笑出两声，说道："找我师傅学游泳是要交学费的。"姜凯昊的话虽然是朝这些人说的，但眼睛却盯着人群里的一个美女。

那位美女自然注意到了姜凯昊的眼睛，也笑嘻嘻地反问道："你刚才交学费了吗？"

"我刚才不是说了吗？请师傅喝酒呢。"姜凯昊冲美女笑道，"要不，到时把你也请上？"

"好啊！"那美女挺了挺胸，爽快地答道。

若海笑了笑，这个姜凯昊，开始撩起妹妹来了。

后来，若海把这些愿意学习游泳的人集中起来，一边示范一边给他们教游泳的动作要领。然后两人一组，相互帮助。若海则在旁边纠正动作，只要见有人差不多了，立即单独对其进行教学，这个下午，若海居然又教会了一名。

天渐渐晚了，若海走上岸来，姜凯昊殷勤地走到若海面前，说道："师傅，我再一次邀请你吃晚饭。"若海正要拒绝，旁边几个人也立即附和道："去吧，去吧。我们请你。"

若海只得跟着他走到一家海鲜馆。事情也就那么巧，这一家海鲜馆就是去年他在海里摸海产品卖给他们的这家海鲜馆，但是却不是原来的那位老板。若海问老板，老板瞪着眼睛问他："你说的是哪位老板？"若海向他描述了那位老板的模样，老板朝他笑了笑，说道："我知道他，他是上上一位老板了。听说他得罪了胖哥，没法做生意了，所以就将这个海鲜馆转让出来了。"若海听到这里，心里突然无限地内疚起来，那位老板是因为他这才得罪胖哥的。

姜凯昊殷勤将若海拉到主客的位置坐下，一口一个师傅叫得若海浑身都有些不自然。若海说："别叫我师傅吧。"可姜凯昊仍旧叫，还不断地给若海夹海鲜，那些海鲜在若海面前都堆成了一座小山似的。

受到这么高的待遇，让若海有些受惊若宠，心想："我也就是教他学会游泳而已，又不是什么大不了的事儿，他却这样待我，看来这人真是一个豪爽之人，是一个可交之人！"

让若海更加诧异的是，饭间姜凯昊知道若海还没有找旅馆住，立即摸出一张卡来，说："这是我在望海酒店的VIP卡，你拿去尽管刷。"

望海酒店，他以前也拥有一张VIP卡，每次来的时候他都住在那里。若海的脑袋更加发懵，就算教会了姜凯昊游泳，也用不着送这么大的礼给若海呀！若海不愿接受这份重礼，但姜凯昊比他还要固执，硬要塞给他。后来，若海实在拗不过他，只得收下了，心想：“去住一晚吧。明天再找机会把卡还给他。”再说了，若海已经有些想念望海酒店的温馨环境了。

但是，若海的心里还是不知不觉地产生了一个念头：这个姜凯昊，怎么会对他这么热情？难道另有所图？可是，他现在就是一个穷小子，他能图他什么呢？

当然，姜凯昊不断献殷勤的还有一位，她就是下午在海边搭上话的美女。两人很快打得火热。吃海鲜的当口，若海也知道了她的名字叫小美。小美确实长得挺漂亮的，水灵灵的，尤其是她的酥胸，看着就让人眼馋。

看来姜凯昊还是一个风流人物。

若海怎么也没有想到，一件让他意想不到的好事儿正慢慢地向他靠拢来……

2

若海走上海滩时，看见姜凯昊正不厌其烦地教小美游泳。

这天，大家都在酒店里住着，吃过午饭，姜凯昊就对若海说：“咱们到海边去游泳吧。”若海说：“我想休息一会儿。”姜凯昊的嘴动了动，好像有什么话要说，但最后他还是朝若海点了点头，说：“我们先去游了，你待会儿到海滩来找我们吧。”

说完，姜凯昊搂着小美纤细的腰肢向海边走去，看来，姜凯昊已在一夜之间将小美拿下了。这个家伙，真有手段。看着他俩的背影，若海心想：“这个姜凯昊还真是一个风流人物呀！唉——这女人咋就这么好骗上床呢？”想到这里，若海忍不住摇了摇头，又无奈而轻轻地笑了两声。

此刻的姜凯昊也学若海的样子，站在美女前面，一只手托着美女的下巴，让美女在水里扑腾……这个场面看起来就有些好搞笑了，大概是小美怕水深了，两人在浅水里学着，海水只淹着姜凯昊的大腿。

看到这个场景，若海忍不住"嘿嘿"地笑了两声，摇了摇头，心里直叽咕道："这家伙，昨天才出师，今天就当师傅啦？"

姜凯昊见到若海，忙放了那位小美，屁颠屁颠地跑上前来，说道："师傅，你来了！"

若海忙说道："姜哥，我已经告诉你好几遍了，不要叫我师傅。"

姜凯昊盯着若海认真地说："那不行，你是我师傅……"

姜凯昊说到这儿，嘴又哆嗦了两下，好像有什么话要说却又吞进肚里去了。

若海想起午饭后他也是这一副模样，奇怪地看着他，说："姜哥，你有什么话就说吧。"

姜凯昊看着若海，突然轻轻地笑了笑，拍了一下若海的肩膀，说道："今天，我给你介绍一位大人物，她要来找你学游泳。"

"大人物？"若海惊诧地盯着姜凯昊，"什么大人物？"

姜凯昊神秘地将脑袋凑上前来，说道："夏小凤。"

"夏小凤？"若海更加诧异地盯着他，问道，"夏小凤是谁？"

姜凯昊眼睛睁得大大地看着若海，若海不知道夏小凤好像不可思议似的。片刻，姜凯昊恍然大悟似的喃喃说道："喔——你还年轻，你当然可能不知道她了。"

若海正要继续问他，小美恰巧走了过来，姜凯昊忙向她招手："小美，快来，咱师傅来了。"姜凯昊转过头来对若海说，"我一直按昨天你教我的方法教她，你说怎么就教不会呢？"

若海只得放弃了对夏小凤这个"大人物"的追问，笑了笑，说道："每个人的体质以及对游泳的领悟是不一样的，这个方法对你比较合适，对她就不一定适合了！"

姜凯昊忙问道："那我应该怎么教她呢？"

若海说道："刚才你教她的时候我看见了，她连在水里的平衡都还没有掌握，你现在应该让她先掌握在水里的平衡，你先扶着她的腰，让她在水里先学习平衡……"

若海边说边指导起姜凯昊来。姜凯昊是个聪明的男人，很快就掌握了要领。但是，他却没有继续教小美，而是对她说："先到一边自己玩会儿，我有重要的事儿要跟师傅说。"

小美朝着姜凯昊撇了撇嘴儿，又翻了一下白眼儿，但还是极不情愿地转身离开了。姜凯昊朝着若海笑了一下，喃喃地说道："这女人呀，真不好打整！"说道，姜凯昊对若海说："咱们到岸边说。"

若海点了点头，暗自想道："这个家伙会对我说什么重要的事儿呢？"

若海和姜凯昊都爬上海来，两人坐在沙滩上。姜凯昊这才对着若海说："刚才我所讲的那个夏小凤，昨晚我给她打电话了，她估计就快要到了，拜托你好好教教她游泳。"

若海看着姜凯昊，教个游泳用得着这么严肃而隆重吗？还是"重要的事儿"？

姜凯昊咧嘴轻轻地朝着若海笑了一下，轻轻地叹一口气，说道："我还是告诉你吧，我来这海边学游泳好几天了。知道我为什么要来这里学游泳吗？就是希望能碰到一个游泳高手。上天真是眷顾我，让我碰见了师傅你……"

"你是说，这个……这个夏小凤要学游泳吗？"若海问。

"对。"姜凯昊兴奋地说道。

"她要学游泳很简单呀。"若海说，"省城有很多家游泳馆，她可以去找他们的教练学呀。为什么非要我来教呢？"

姜凯昊说："可是，省城的每一家游泳馆她都去了，每一个教练都教过她了，她也没有学会呀！"

若海忍不住"嘿嘿"笑了两声，说："他们专业的都没有把她教会，我这个业余的怎么可能教会她呢？"

"不——你比那些专业的强多了。"姜凯昊固执地说道，"我也在省城的游泳馆里找了许多游泳教练，他们都没有教会我！我到你手里，不到半个小时就学会了。你肯定行的。"

若海笑出两声，说道："好吧，我可以试试。但是，能不能教会这就得靠她了……"

姜凯昊却突然一下子急了，盯着若海说道："我可是向她打了包票的。说你一定能教会她！教不会她，我，我怎么……"

姜凯昊的话说到这里戛然而止，眼睛不自觉地扫了一眼若海。若海有些发愣：游泳教学，岂是可以打包票的？

姜凯昊眼睛望着前方，突然说道："拜托师傅您，我相信您一定可以的！如果你教会了，我不会亏待您的！"

若海又看了姜凯昊一眼，这个叫夏小凤的女人学会游泳对他真的这么重要吗？

姜凯昊像看透了他的心思似的，轻轻地点了点头，说道："她将到这里度过三天的时间，只要你在这三天时间里教会了她，我给你五万——不，十万元的劳务费！"

"啊？！"若海像被雷击了似的呆愣在沙滩上，三天，就可以挣十万元！天啦，若海的手抓了一把沙子，紧紧地捏在手里，捏出了海水。

姜凯昊拍了一下还懵懵的若海的肩膀，说了一句："师傅，拜托了！"

若海看了姜凯昊一眼，说道："你能不能告诉我，夏小凤是干什么的？"

姜凯昊盯着若海，说道："她是省金融投资公司的总经理。"

喔，若海好像明白了。这个姜凯昊一定是有求于她！她权力大着呢！只需要她张张口，也许就能贷到几百万甚至一两千万的款项！看姜凯昊的口气，这个夏小凤一定喜欢游泳，但一直学不会。所以姜凯昊投其所好，让若海教她游泳，这样就可以达到自己的目的了！

突然接到这个任务，若海心里直打鼓，必须要教会那个叫夏小凤的女人游泳，但她在省城那么多游泳馆学了都没有学会，他能行吗？但一想到只要教会了她，他就可以得到十万元！十万呀！若海的心微微有些颤抖，这可不是一笔小数目！

昨晚，若海接到程萌萌的电话。她告诉若海，昨天下午她已经到X房地产公司将他的工资以及奖金都进行了结算。程萌萌说，她去结算时，公司专门派出销售部另一名副主管陪同，不仅将这一个月的工资满月给了他，还将他这半年来的奖金也全部给了他。之后，销售部经理主管王顺亲自将她送出公司大门……最后，调皮的程萌萌让若海猜猜，X房地产公司一共结算了多少钱给他？若海想了三次。第一次说："一万。"程萌萌说："低了。"若海又猜："两万。"程萌萌还是调皮地说："低了。"若海第三次狠了狠心，说："五万。"程萌萌在那边"哈哈"笑了两声："差不多，五万一千二百二十元。"若海一愣，心想："这么多？难道X房地产公司觉得亏欠了我？"

"如果把这十万挣上，加上那五万，再加上这半年工资存上的两万元，那就有十七万啦！"若海心想。

三天就可以挣十万！若海又一次想到这一点，心又开始颤抖起来，这十万是不是挣得太容易了？可是，若海又没有觉得有什么不妥的地方，他是凭劳动挣钱呀！但十万确实是一个让人无法想像的高价格，也许很多游泳教练干一年也不会挣到这个钱吧。这十万也不是那么容易挣的！这个夏小凤不是请了全省城的游泳教练都没有教会她吗？看来教会她也不是一件容易的事儿，更何况还要在三天的时间内教会她，这个难度也是可想而知的。当然，若海也不敢保证能在这么短的时间里教会她，但他可以竭尽全力地教教她，万一又将她教会了呢？即使教不会，他又不损失什么，何乐而不为呢？

若海这样想着，就和姜凯昊一起坐在海滩上等着。说好的下午五点左右就到。到了五点，姜凯昊就站起身来朝着远方不断眺望，若海的心也有些按捺不住的激动，他甚至觉得自己的心跳也有些不规律，他想早些见到这位传说中的夏小凤，看看她到底长得什么样？激起若海更大兴趣的是，他真想见识夏小凤到底是因为什么一直学不会游泳。

可是，预定的时间又过去了一个多小时，仍旧没有见到夏小凤的身影。若海看了看有些着急的姜凯昊，想提醒他是不是打个电话去问问，但看到姜凯昊手里一直捏着电话，要能打电话说不定早打了。对了，夏小凤人家是省金融投资公司的总经理，可不是跟其他普通人那样，说打电话就打电话的。说不定现在人家正在开会，或者与人谈重要的事儿等等，你这个时候打去电话，这不是跟人家添乱吗？这不是跟人家心里留下不好的印象吗？这个时候，你不能打，只能等她有空了，让她打电话给你。

这种等待是盲目而焦急的，若海干脆跳进海里，痛快地游了好一会儿。回头一看，姜凯昊还拿着手机在海滩上转来转去。

时间又过去了一个小时，若海走上岸来，朝姜凯昊说道："估计她今天有事儿耽误了吧？应该不会来了。"

姜凯昊拿起手机，若海以为他这是要给夏小凤打电话，哪知他只是看了一下时间，说道："喔，都七点过了。咱们回去吃晚饭吧。"接着，朝不远处的小美喊道："小美——"

就在这时，手机铃声突然响起，这让姜凯昊的手哆嗦了一下，差点将手机掉落在地。

那边小美朝他喊："啥事呢？"姜凯昊忙朝她挥手，示意她不要出声，这才拿起手机接了起来，小心翼翼地说道："喂，夏总……"姜凯昊边说边赔着笑脸，"哎呀，夏总怎么能说这样的话呢？我反正也在海边玩……啊，啊，对对对。那人的游泳技术真的好，你也知道的，我这好几年没有学会游泳，他几分钟就让我学会了！昨天还有好几个人也跟着他学游泳，他接连又教会了两三个。真的，骗你是小狗……"

听着姜凯昊的话，若海忍不住轻轻地笑了起来，这姜凯昊，真的像个小狗——接到夏小凤的电话，像一只小狗见到主人。还有，这个家伙的话有些夸张，昨天若海教了他差不多半小时才教会的，除了他，也只教会一个人而已，在他的嘴里，怎么就教会了两三个。

"……是，是，好的，好的。"姜凯昊点头哈腰地结束了与夏小凤的谈话。这时，小美跑到他面前，说："啥事这样高兴呀？"

姜凯昊伸手搂住小美的腰，顺手在她的屁股上兴奋地摸了一把，说："想不想去三亚呀？"

"三亚？！真的？"小美睁大眼睛问。姜凯昊朝她点了点头，小美立即兴奋地搂着姜凯昊的脖子又跳又叫。

一旁的若海感到有些莫名其妙，怎么又跟三亚扯上了？

姜凯昊走到若海面前，说道："夏小凤临时有事儿，明天将去三亚，她要在三亚住上一个星期。你跟着我一起去吧。你来回的机票、食宿什么的我都包了。"

若海仍旧有些茫然地盯着姜凯昊，他可不想去那么远的地方。

姜凯昊看到了若海的迟疑，忙说道："现在你有七天的时间来教她，时间长了，教会她的可能性就更大了。还有，不管能不能教会她，只要你同意去，我立即在你银行卡里打上一万元！算是另外给你的劳务费！还有那十万，我现在就可以先给你两万元的定金……"

姜凯昊的话很俗，话里话外都是钱。但钱真是一个好东西，若海心动了，朝着姜凯昊点了点头，姜凯昊猛地拍了一下若海的肩膀，兴奋地说道："谢谢师傅。"

3

第二天一早，若海和姜凯昊以及小美就乘坐飞机赶往了三亚。

望着机窗外一片片飘来飘去的浮云，若海感到自己正在做一场梦似的。来到海边，他居然会碰到在海里学游泳的姜凯昊，自己也是一时冲动教会了他的游泳，于是，姜凯昊用高薪聘请若海教夏小凤游泳，现在居然向着三亚奔去了……这不是跟做梦似的吗？

昨晚，若海接到程萌萌的电话，他没有告诉程萌萌要去三亚的实情。告诉她去三亚，程萌萌一定会担心地问他去三亚干什么？这就得告诉她教夏小凤游泳的事儿，她一定会觉得这事儿很离谱，说不定会阻止他去……但是，若海却在心里有些渴望这一趟旅行了，那十万元的报酬，他确实有些心动，还有，反正也只在三亚待七天……

对于姜凯昊，若海昨晚终于知道了他的底细。吃晚饭的时候，若海装作随意地问道："请问姜哥，你有名片吗？送我一张吧。"若海之所以这样问，是因为他看到姜凯昊出手阔绰的样子，知道他是一个有身份的人，凡有身份的人应该都有名片的。

姜凯昊看了若海一眼，从随身的口袋里掏出一张名片给他。若海接过一看，只见上面清晰地写着：浩天投资金融公司总经理。原来姜凯昊果真是一个人物，若海也明白姜凯昊不惜用重金聘用若海教夏小凤游泳的原因了，原来两人都是金融投资行业的。这也让若凯更加确定了之前的猜测：这个姜凯昊一定是投夏小凤所好，教她游泳，以达到有求于她的目的。

同时，若海也感到非常奇怪，这个夏小凤，为什么一直想要学会游泳呢？以至于让姜凯昊投其所好，四下给她找游泳教练，以此讨好她。昨天若海想就这个问题问问姜凯昊了，但若海想，问了他也不能告诉你的。因为这是他的独家秘密，要是都让人知道了，那所有找夏小凤办事的人，岂不是都全天下的找游泳教练去了。

姜凯昊是一个说到做到的人，昨天晚上就往若海的卡里打了三万元钱。若海连连说，不要那两万的定金，他也怕不能教会夏小凤游泳，但姜凯昊固执地打了，他说："如果教她不会，这两万也不用退。就当是我孝敬师傅您的。只要教会了，我立即将另外八万转给您！”

其实，若海也知道，姜凯昊这样做是使了一个高明的手段，先用钱将若海的心收买，让你竭尽全力，不遗余力地教夏小凤游泳。对于姜凯昊来说，他就像一个赌徒，把所有的希望都压在了若海身上！不过对于若海来说，这倒也是一个好差事儿，还没工作呢，居然就先得到三万元钱了！但是，看到姜凯昊对他的极度信任劲儿，若海的心里又忐忑不安起来——到底能不能教会整个省城游泳教练都没有教会她的夏小凤，若海的心里一点底儿也没有。

若海转头看了一眼姜凯昊，姜凯昊与小美坐在一起，小美将脑袋歪拉在姜凯昊肩上，姜凯昊将脑袋歪拉在小美的脑袋上，两人睡得正香呢。估计昨晚两人一定又是颠龙倒凤风流快活了一夜吧。

这人呀，有了钱，就喜欢风流快活，比如以前的若海。虽然他曾想娶了聂倩，如果她长得不那么漂亮性感，他会喜欢她吗？聂倩说得对：“你难道不是看中了我的美貌？看中了我的肉体？你们男人啦，还不是一个德行！”若海在心里嘲笑了一下，不知是在嘲笑聂倩还是在嘲笑自己……对了，这个聂倩，跟了那位大腹便便的导演，这半年了，也没见她的消息，她如愿演了角色了吗？

还有喻修剑，他有钱不也背着老婆包了小三薛冰冰吗？想到喻修剑，若海的脑海猛地冒出一个信息来，喻修剑不也是投资金融公司的老板吗？他跟姜凯昊应该是一个行业的，他俩应该认识吧？

想到这里，若海心里不由得颤抖了一下，要是两人真的认识，那么他要是知道了若海当初的事儿，这个姜凯昊会作何感想呢？若海又回头看了一眼姜凯昊，他仍旧将脑袋歪拉在小美的脑袋上，睡得蒙蒙眬眬的。

若海就这样胡乱想着，不一会儿，飞机到达到三亚，然后乘坐汽车，去往三亚湾。

三亚，真的是一个避暑的天堂。三亚属典型的海洋性气候，海风习习，比若海想象中还要凉爽。一到三亚湾，看见许多人都泡在海水里，小美就激动得不行，嚷嚷着要下车。姜凯昊拗不过她，让她先下了车，姜凯昊和若海先到酒店。他们已打电话预订了酒店，当然，也是夏小凤所住的酒店。夏小凤已在酒店里等着他俩了。

这是一家五星级的高档酒店——如果金百万公司还没有被收购，若海到这里来肯定也住在这么高档的酒店的，但是……唉——往事不堪回首呀。姜凯昊先让若海在房间里等着，自己则先去夏小凤的房间探探情况。

若海在房间闲着没事，打开房间的窗子，一股海风吹来，很是凉爽，窗外晴空万里，大海就在不远处碧蓝地诱惑着他……此刻的若海真想扑进三亚大海的怀抱，感觉一下这里大海不同的气味……

突然传来两声敲门声，不用猜，一定是姜凯昊回来了。若海忙去开了门，露出姜凯昊兴奋地脑袋，说："快，夏总让你去她房间坐坐。"

若海点了点头，跟着姜凯昊沿着走廊往前走。看来，姜凯昊真是一个很有心的人，他安排的房间居然与夏小凤同一层楼，这样也方便接触。此刻，若海的心忍不住有些哆嗦。

来到一扇门前，姜凯昊轻轻地走上前去，伸出手指很有礼貌地敲了两下，生怕惊动了里面的人似的。约有三秒钟的时间，只听里面传来温柔的一个女声："请进。"

看到姜凯昊如此小心，若海也突然莫名的有些紧张，心怦怦直跳……

姜凯昊轻轻地按下门把，门开了一个小缝，姜凯昊小心地探进脑袋，打了一声招呼："夏总。"这才把门缝打开一个空档，走了进去。进去的时候，另一只手在后背向若海招了招手，意思是跟着他进去。若海赶紧跟着姜凯昊走了进去。

这是一间豪华的总统套房。若海走进房间，原本因为紧张而激动的心跳动得更加零乱了。定睛一看，面前坐在沙发上的女人二十来岁的年纪，若海的心里有些诧异，这么年轻就当上省金融投资公司的总经理了？再一细看，其实她是一位三十多岁的女人，长发慵懒地披在肩上，穿着一件连衣裙，胳膊白皙而修长，浑身上下凸凹有致，尽管已三十多岁了，但岁月特别眷顾她似的，看上去仍旧二十来岁的样子。说实话，她真的是一位美女。这种美女比聂倩和薛冰冰更加有味道！

见到若海和姜凯昊进来，夏小凤站起身来，微笑着走上前。她的腿修长，走路的样子，比T台上模特还要好看……若海看得都有些傻眼了。

姜凯昊将若海推到夏小凤面前，说："这位就是我给你讲过的游泳教练！他真的很棒，我的游泳技术就是他教会的。"

夏小凤微笑地看着若海，上下打量了一下，这让若海突然感到有些不自在，忍不住在心里感叹了一句："真是一个尤物啊！"

"你好。"夏小凤向若海伸出手来，"我叫夏小凤。"若海忙握住她的纤纤细手，忙不迭地说道："我叫金若海。"

夏小凤点了点头，喃喃地念着他的名字："金若海，若海，像海一样。很有意思的名字。"若海忙说："谢谢夏总夸奖。听说夏总想学游泳……"

"是啊——"夏小凤把这个"啊"字拖得很长，盯着若海，"可是，我是游泳的老大难。不知道还能不能学会？"

这个时候，若海就想问问夏小凤，到底是什么原因让她这些年一直坚持想要学会游泳？但喉咙鼓了鼓，又把话咽了下去。

"走吧。我们现在就去海边。"夏小凤的兴致突然很高，冲若海说道。这时，旁边的姜凯昊插嘴说道："夏总，现在快中午了，海滩边紫外线很强的，你现在出去会被灼伤的。"

夏小凤朝窗外看了看，果然，外面的太阳赤裸裸地照着，原本在海里游泳的人流已经陆陆续续地回来了。夏小凤又看了一眼，朝着若海说："你……"夏小凤的"你"字刚说出口，目光闪了一眼旁边的姜凯昊，这才接着说，"你们中午跟我一起就餐吧。"对于这个意外的邀请，姜凯昊像接到皇恩似的忙点头："谢谢夏总，谢谢夏总。"

离开夏小凤房间的时候，夏小凤又亲自将若海送出门来，拍了一下若海的肩膀——这个动作本没有什么特别之处，但是，夏小凤在拍了若海的肩膀之后，手却很自然地搭着若海肩膀，若海感到她手的温度，若海的心立即怦怦地跳动，他想看一眼夏小凤，但却感到浑身不自然，直到若海走出门来，夏小凤的手这才拿下来，若海骤地感到心里像失去了什么似的……

若海鼓足勇气看了一眼夏小凤，只见夏小凤正微笑地看着他，他看到她眼睛里有一种炽热的东西。夏小凤一见若海在看她，像被人揭穿了心事似的将目光闪到姜凯昊身上，说："给他安排好一点的房间。"姜凯昊忙说道："放心，他就住在我隔壁，有什么事儿随时都可以找到的。"

走出一段路了，若海又忍不住回头看了一眼，只见夏小凤还站在门口看着他俩。夏小凤见若海回头，被人看穿了心事似的一个转身闪进门去。若海的心里一个激灵，难道，这个漂亮的少妇看中他了？若海的脑海里猛地闪过聂倩、薛冰冰的身影来，她们在若海的脑海里搔首弄姿……若海没有想到，这个夏小凤，怎么就让他联想到她们！

"难道，这个夏小凤想让我成为她的小三？像聂倩、薛冰冰这样的小三！"若海的脑袋莫名地冒出这个想法来，浑身忍不住打了一个寒战，这让他甚至有了逃走的念头。

姜凯昊跟着进了若海的房间，很满意地看着若海，说道："下一步，就看你的了！"

若海看着姜凯昊，眼前突然有些恍惚，他怎么看都觉得面前的这个姜凯昊像一个拉皮条的人，而他也像陷入一个深渊似的……若海定了定神，心想："现在，有些事儿是必须弄清楚的了。"

若海装作随意的样子，问："夏总为什么非要学游泳？"

姜凯昊躲闪若海的目光，也很随意地说："具体情况我也不是太清楚，好像是跟情感有关系！"

"情感？"若海睁大眼睛，忽尔心想："这游泳怎么就跟情感挂上关系了？"若海还想追问，但看到姜凯昊的样子，知道也追问不出什么来，便将话题转开了，说："夏总老公也是在投资公司工作吗？"

姜凯昊看了若海一眼，说道："夏总至今还是单身呢！"

"啊——"若海惊讶得张大了嘴巴，追问道，"夏总是离婚了吗？"

"不是。"姜凯昊摇了摇头，"她从没结过婚，哪来的离婚？"

若海更加诧异了，夏小凤三十好几的人了，怎么可能还是单身呢？难道就没有一个男人追求过她吗？或者说，她就没看上一个男人吗？再或者说，她一直奉行单身主义？再再或者说，她的性取向有问题？……这一系列的问号都接踵跳进若海的脑海来。

姜凯昊拍了拍若海的肩膀，说道："你的任务就是教夏总游泳就是了，其他的事儿你不用管。对了，有什么需求你跟我讲就是了，我一定全力保障你……"

正说着话，姜凯昊的手机响了，刚接通，里面传来小美的声音："你们住哪家酒店？快点来接我，现在的太阳好大哦……"

姜凯昊嘴上忙说："好的，好的。"说完又拍了一下若海的肩膀，转身准备离开。

"诶——"若海忍不住叫了一声，姜凯昊转过身看着若海，以为若海有什么话要对他说。哪知若海的嘴动了动，却一句话也没有说出来。若海刚才见姜凯昊要走，他骤然感觉心里像失去了什么东西似的，有些空落落的，所以不由自主地叫了一声。姜凯昊转过身来，若海却又不知道说什么话了。

姜凯昊看到了若海的窘态，轻轻地笑了一下，说道："放心，没事的。今天夏总对你的印象还是相当不错的。她都叫你和我一起去陪她吃午餐。一般情况下，夏总是不会主动邀请人——尤其是刚认识的男人一起共进午餐的。"

啊？！若海的心剧烈地颤抖了两下……

4

海风热情而浓厚，海水凉爽而舒适。若海碰到夏小凤白嫩的皮肤，若海的身体不自觉地开始起反应了。若海在心里狠狠地责怪自己怎么这么不争气。夏小凤双手拂动海水，不知咋的一下子碰到了若海的下身，若海浑身一个激灵，他怕得罪了她！夏小凤却好像没事的样子，抬头瞅了一眼若海，装作不经意地笑了一下，双手划弄着海水，对若海说："继续。"

而若海的脑海里，总是浮现中午与夏小凤一起就餐的一幕……

吃午饭的时候，夏小凤在套房里叫了一桌丰盛的菜等着他们。这时有个插曲，小美也吵嚷着要跟着来，姜凯昊拗不过她，只得让她跟着。三人来到夏小凤的房间，夏小凤打开门见到小美，立即秀目圆瞪，问道："你是谁？"小美显然没有经历过这样的场面，只得双手抓紧姜凯昊的双臂。姜凯昊呢？脸涨得通红，估计是怕夏小凤责怪他吧，嘴哆嗦着，却只说出："我，我……"旁边的若海见状，忙向夏小凤解释道："这位小美姑娘是姜总的……红颜知己。"夏小凤听见若海这样一说，突然笑了，说道："进来吧。"

对于这一个插曲，姜凯昊是非常感谢若海的。后来他说："要是放在以前，夏小凤一定会把他和小美轰出去！没想到你这一解释，她不但没生气，还热情地拉他们进去。"

饭桌上，姜凯昊与小美坐在一起，这样无形地，若海就与夏小凤坐在一起了，虽然两人之间有着一米左右的距离，但怎么都感觉他俩是坐在一起的。吃饭的时候，姜凯昊一边吃一边给小美夹菜，而夏小凤也不断地给若海夹菜——这样一来，若海浑身无比的难受，他怎么都觉得他跟对面的小美好像相同的一个身份似的。

姜凯昊一直找机会与夏小凤说话，整个午饭过程，若海一直吃饭，偶尔不得已的时候这才说上一两句，但讲了什么话，若海现在一句也想不起来。

吃顿午饭，若海像经历了一场战斗，虽然室内有空调，但若海还是满头大汗，感觉浑身燥热难受。夏小凤看着若海，奇怪地问："你怎么啦？是不是生病了？"说着，夏小凤居然伸出手去摸若海的额头，若海躲闪开去，忙说道："没有，没有。这三亚的天气太热了……"若海说出这个理由，心里实在有些发虚。夏小凤和姜凯昊相互看了一眼，他俩都听出若海的话其实是在为自己找一个借口罢了，但旁边的小美这时不合时宜地插嘴说道："这房间里的空调已经开到十六度了，怎么还说热呢？"姜凯昊拉了一把小美，小美不满地盯了他两眼，嘴里含糊地叽咕了两句。

那一刻，若海感觉自己浑身都像被扒光了，真恨不得找个地洞钻进去。

吃过午饭，太阳仍旧很大，紫外线还很强，再加上夏小凤吃过午饭要休息，若海也回到自己的房间。

若海仔细地回想这几天来的情况，从认识姜凯昊到现在认识夏小凤，让他感到这些天来发生的一切都很不真实！让他感到恍若在梦中，或者说好像在戏中。就在这一刻，若海想到了逃跑——逃离这个总让他感到有些莫名其妙的地方。

若海开始收拾自己的东西，他相信只要走出这个酒店的门，一混入人流，姜凯昊和夏小凤就应该不会再找他了！他也就离开这个是非之地了！

收拾好东西，若海坐在床头，他把那张存有三万元钱的卡放在桌子上，无功不受禄，这钱他不能拿走，他想要留个纸条，告诉姜凯昊他离开的原因。可是，这个原因该怎么写呢？若海却想不出一个切实的理由来，难道写他感觉自己跟小美一样是个小三？若海知道这不过是自己的感觉，或者说是一种自卑的想法！

若海把桌子上的那张纸揉成一团扔进废纸篓里，长长地叹出一口气，牙一咬，决定还是先看看再说！如果她夏小凤真的对他有什么想法，他绝不答应就行了的。心里狠狠地念道："我绝不当小三！我一个男人要当了小三，还算是一个男人吗？"

若海的脑海里又浮现出程萌萌来。想到程萌萌，若海摸出手机给程萌萌打电话，这一打就是一个多小时。直到姜凯昊来敲他的门，若海这才停止给她打电话——放下电话，若海才想起没有告诉程萌萌他到三亚来的事。

若海没有看到夏小凤，便侧身问姜凯昊："夏总呢？"若海盯着前面的海，很随意地说道："她临时有点事儿，可能要耽误半个小时，她让我们先去海里等她。"

酒店离海滩很近，若海和姜凯昊便只穿了一件泳裤就往海滩走。小美"战斗"了一个中午，还在床上睡着呢，姜凯昊也有些疲倦，但他不得不跟着若海，这是夏小凤的意思。

三亚的海水，真的很凉爽。若海仰面躺在海水里，海水清凉地裹挟着他，头顶是碧蓝的天空，若海立即感到全身心地轻松，清爽极了。只要到了海水里，若海所有的烦心事儿好像被海水冲刷掉了似的。

突然旁边的姜凯昊碰了一下若海，说："来了。"

若海知道他说的意思，是夏小凤来了。若海立即将目光转向岸边，只见沙滩上，夏小凤也只穿了一件泳衣，款款而来……她修长的身材，浑身上下没有一块赘肉，该凸的地方凸，该凹的地方凹，洁白的皮肤在阳光的照耀下，仿佛能看到她细腻的毛孔……

这个夏小凤，浑身上下不仅透着少妇独有的韵味，还有着少女一样的身材。这样的美女，真是世间少有！

在沙滩上坐着玩耍以及在海里游泳的人们都被夏小凤的身姿惊艳到了，纷纷侧目而视。若海也看得有些目瞪口呆……

夏小凤在浅海里朝着若海招了一下手，若海忙游到她身边。这时，大家的目光聚在若海身上，见若海也这么帅气，正所谓美女帅哥天生一对，大家好像释然了似的。但眼里仍旧充满着羡慕嫉妒恨。

姜凯昊也游了过来，正要说什么，夏小凤抢先开了口，说："你不要指手画脚的，让他教就行了！"这样一说，姜凯昊就有些尴尬，正不知所措，小美来了。小美也算是一个美人胚子，这给姜凯昊心里带来极大的满足，领着小美美滋滋地到旁边游泳去了。

见姜凯昊一走，夏小凤甜甜地朝着若海一笑，说："来，咱们从什么地方开始学起？"

若海说："我先看看你游泳的姿势吧。"

夏小凤说："姿势我都会，但身体总是要往下沉，不知道这是怎么一回事儿？"

若海说："你先做动作我看一下。"

夏小凤点了点头，说："你要扶住我的身子，要不然我会往下沉的！"

若海点了点头，伸手去扶夏小凤的身子。夏小凤的身子好纤细，若海像扶住风中的柳枝，温暖而性感，若海的心怦怦直跳，一股热血蹿上脑袋，下身不由自主地起变化了。夏小凤先做了一个蛙泳的动作，这个动作手的幅度比较大，夏小凤的动作一下子就碰到了若海的下身，若海一直怦怦直跳的心突然有什么搅了进去似的，一下子乱极了，若海心虚地看了一眼夏小凤，夏小凤却像什么事儿也没有发生，朝着若海轻轻一笑，说："继续。"

若海的心跳得更加厉害了，他更进一步确定，这个夏小凤是看上他了，想让他当她的"小三"！有了这个想法，若海的心里就有些懊恼，心想中午怎么就没有"逃离"呢？要是当时就"逃"走了，就不会有现在的事儿发生了！

"我的姿势还对吧？"夏小凤站起了身，朝着若海问道。

若海忙按捺住自己杂乱的心，点了点头，她的姿势很标准。

"可是，我的身子怎么老是往下沉呢？"

若海无法回答她的问话，只得说："要不，你再试试其他的游泳姿势。"

接着，若海又扶住夏小凤的腰肢，夏小凤又展示了一下自由泳、蝶泳和自由泳，她的动作都很标准。若海知道，她这些动作一定是在省城的游泳馆里那些游泳教练教的，但她会了这些游泳动作，身子却无法在水里浮起来，这是什么原因？

有两次，若海扶着夏小凤的手小心翼翼地试探着松开，可手刚刚一松开，她的身子就像失去依靠似的往下沉。有一次，还让夏小凤狠狠地呛了一口海水，呛得眼泪都流出来了，让人可怜……若海忙向她道歉，夏小凤瞪了他一眼，只是摇了摇头。

若海好像有些明白了：会游泳姿势到让身子飘浮在水上，这是学会游泳关键性的一步，夏小凤始终没有迈出这一步！为什么？若海可以想象，夏小凤在省城金融投资界可算是呼风唤雨的人物，她显赫的地位让游泳教练们都很惧怕她，对她迈出游泳这关键性的一步也是小心翼翼的，怕她呛水！她要呛了水，说不定会生气，一生气得罪了她可不是闹着玩的……这也就是造成她至今学不会游泳的原因。

若海也一样，他现在主要的任务是受姜凯昊所托教她游泳，要是因为呛水得罪了她，姜凯昊会"饶"过他吗？

现在若海唯一能做的，就是扶住夏小凤的腰，让她在海水里"折腾"……

5

对于若海来说，这样的教导方式很别扭。

若海自从有了跟小美一样的"小三"身份的感觉，他教起夏小凤游泳来，就有一股说不出来的别扭。

第二天上午学完游泳回来，姜凯昊就问若海："师傅你教得怎么样了？"

若海有些抱歉地看着姜凯昊，说道："按道理来说，夏总应该能学会游泳的，可不知为什么，她总不能迈出这关键的一步来！据我的观察，每一次到了关键的这一点上，她总是表现出一种莫名的情绪——这种情绪很复杂，让人猜不透。我想，会不会跟她的情感有关系……"

若海之所以这样说，他是想知道夏小凤的情况，只为了这两天来他心里的别扭。

"情感？"姜凯昊喃喃地说道，"我只知道夏总一直没有再谈过恋爱……我曾听人说，她现在奉行的是独身主义！"

"什么？"若海差一点失声叫了起来，一直阴暗的内心像被突然投下的一束强烈的光束，把他的心胸照得明晃晃的：人家夏小凤奉行的是独身主义！你若海还在心里意淫人家看上你了，还想什么人家拿你当"小三"，这岂不无稽之谈吗？

这样一想，若海心里顿时变得敞亮。但心里又有些惋惜：这样的女人居然奉行独身主义？这样的女人怎么就奉行独身主义了？

若海怎么没有想到，当他在三亚教夏小凤游泳的这个当口，A城发生了一件翻天覆地的大事……这件翻天覆地的大事是程萌萌告诉他的。

若海教夏小凤游了一下午，始终没有迈出关键性的一步。夏小凤后来累了，干脆躺在滩边的浅海里，让海水冲泡着她的美艳的身体，很惬意。若海只得坐在她的旁边守着。

到了吃晚饭的时间，夏小凤这才起身，若海和姜凯昊以及小美跟在她身后回到酒店。

回到酒店，若海拿起手机，只见上面有五个未接来电，全是程萌萌打来的。若海心里感到有些诧异，不是中午才给她打了电话吗？现在居然五个来电，难道有什么重要的事儿？若海赶紧给程萌萌拨了过去。

电话接通，程萌萌"喂"了一声，若海立即感觉到程萌萌的声音与往常无二般，若海的心这才稍稍地宽慰了一些，问道："你下午打了五个电话，有什么事儿吗？"

程萌萌压低声音，带着一丝兴奋地说道："你知道吗？红云房地产被查封了！"

"什么？"若海惊讶地叫道，"查封了？为什么被查封了？！"

"你小声点！"程萌萌仍旧压低声音说道，"生怕别人听不见咋的？"

若海翻了一下白眼，他在三亚呢，别人怎么会听见！

程萌萌终于恢复了正常声音，说："我现在在公交车上，等我回到家再给你打电话详说……"

若海看了一下时间，正是程萌萌下班的时间。但若海的脑海里猛地闪现出一个信号来：红云房地产可是准备与X房地产公司合作共同来开发那块城南宝地的，他们要是展开了合作，那么红云房地产公司被查封，X房地产公司也必然会受到牵连，这可是影响程萌萌工作的事儿。

"你们公司呢？"若海忙问道。

"我们公司怎么啦？"程萌萌奇怪地问道。

看来没什么事！若海忙说："没什么。回家后再打电话说吧。"

若海正在吃晚饭——夏小凤回到酒店后接到一个电话，心情不是很好，所以就没有邀请若海和姜凯昊一起吃晚饭。若海和姜凯昊以及小美在酒店外一家海鲜店里忐忑不安地吃着晚饭时，程萌萌的电话来了。电话一接通，程萌萌调皮的声音就响起："我知道你为什么关心我们公司了，我们公司正与红云房地产公司洽谈城南宝地的合作业务，你是怕红云房地产公司被查封的事儿影响到咱们公司是不？你是怕影响到我的工作是不？怎么样？我猜得对不对？"

若海不置可否地笑了笑，问道："红云房地产公司为什么被查封了？"

程萌萌在那边压低声音，像告诉若海一个天大的秘密似的："咱们县房管局局长金伟被抓了！"

"什么？"若海失声叫了出来，"因为啥？"

"因为女人。"程萌萌说到这里转而说道，"这两天你估计没到网上去看吧，现在网上到处都是金伟与一名女子的不雅视频……"

啊？还有这种事儿！若海喃喃地说："怎么会出现这样的事儿？"

"具体我也不是太清楚。"程萌萌说，"好像金伟没有满足小三的要求，还要与小三分手什么的，小三一怒之下，就把他俩的……那种视频给发在网上了……哎呀，真是羞死先人呀！"

若海的脑袋里有些杂乱无章，房管局局长金伟与小三的性爱视频被发在了网上，这与红云房地产公司有什么关联呢？

程萌萌还在喋喋不休地评说金伟与小三性爱视频被发网上的事儿："你说这人都怎么啦？他们办那种事还要拍视频？拍了视频还要发在网上……这不是让世人耻笑吗？"

若海忍不住打断程萌萌的话，说道："怎么又跟红云房地产公司扯上关系了？"

"喔。"程萌萌这才想起正题似的，说，"听说那名小三就是红云房地产公司'送'给金伟的，以博得金伟的好感，然后夺得了城南宝地的开发权。听说金伟为帮助红云房地产夺得城南宝地开发权，动用了他在省国土资源厅副厅长的关系，听说那位副厅长也被双规了……"

原来是这么一回事儿。若海赫然明白了，红云房地产公司是不够实力开发城南宝地的，但城南宝地是一块肥肉，就像一条瘦弱的狗，吃不下也要去争！于是，在胡旭东的授意下，他们找到一名色貌颇佳的女子，把她"送"给了房管局局长金伟。好色的金伟立即就被那名女子迷住了……自然，金伟自然不会亏待红云房地产公司，便批给了红云房地产公司城南宝地的开发权。而那名小三后来与金伟闹翻了，这才把他们性爱的视频发到网上，并将金伟与红云房地产公司的龌龊之事暴露于天下。这样一来，金伟被查，红云房地产公司也跟着被查封。

挂了程萌萌的电话，若海立即用手机到网上去翻阅，当他输入"金伟"一词时，立即跳出几千条网页信息来。点开第一条，故事的发展真的跟若海想的一模一样。

房管局长金伟从红云房地产公司接手这个小三时，他怎么也不会想到这个美貌的女人会这样的"狠毒"吧？居然会因为没有满足自己的私欲而公布出这样的视频！

若海不由得嗤笑了一声，轻轻地摇了摇头了，心里念道："这社会，现在都成啥样了？！"边念边把网页往下拉，突然，若海的目光盯在一张照片上：只见底下的那位女人将一条光洁的腿搭在金伟的肩上，大腿上，一颗痣猛地刺入他的眼睛，尽管这是一张黑白照片，那颗痣却像一颗墨迹似的点在女人的大腿上……若海的脑海里猛地闪出一个人影来：聂倩。

若海的心哆嗦了一下，忙关了那张网页，又点开其他的网页，他宁愿相信女人大腿上的那颗黑痣是截图时不小心点上的，或者是人为点上去的，他不相信那是聂倩！若海不断地翻找着女人将大腿搭在金伟肩上的照片，每一张，女人的大腿上都有那颗黑痣……若海的心跳得乱七八糟的，立即又去找视频。原视频没有找到，只找到很多后来都被打了马赛克的新闻视频，金伟与那位女人的性爱视频只有短短的十二秒，若海将视频定格在女人将大腿搭在金伟肩上的瞬间，仔细一看，那颗痣仍旧还在——当然，与截图中的黑白照片相比，视频中的痣是粉红色的！

这一下，若海不得不相信，那个女人就是聂倩！他太熟悉聂倩的身体——或者说他太痴迷于聂倩的身体，她可是在程萌萌之前一直想结婚的那个女人呀！聂倩浑身上下都白皙如玉，唯有大腿上有一颗花生米一般大小的粉红色的痣……

事情也就这么巧，正当若海确定那名女人是聂倩时，微博上忽地跳出一个信息来，标题赫然醒目："报料性爱视频小三真名聂倩，红云房地产以'礼物'送给金伟"！

若海颤抖着手指点开这个标题，立即，聂倩性感的照片挂在了网上……

若海的心空落落的，像失去了什么……

突然，若海的心里冒出一个信号来：上一次碰见聂倩，她不是跟一个大腹便便的导演"好"上了吗？她不是告诉若海，她将在导演的下一部戏里出演女二号么？怎么跟金伟联系在一起了？这近一年的时间里，在她的身上到底发生了什么事？

若海苦苦地理不出一个头绪来，心里更是乱乱的……

傍晚天气很好，晚饭前已经约好，吃过晚饭大家一起到海里，若海再教教夏小凤。但吃过晚饭后，夏小凤突然给姜凯昊打来电话，说晚上有事儿不学游泳了。至于什么事儿，姜凯昊不敢问。

晚饭后，姜凯昊带着小美又到海里玩去了，若海则沿着海滩慢慢地散步。海风带来一股咸咸的味道，如此刻若海的心情。

若海一边走一边翻看着网页上金伟与聂倩的信息，大多的只是网站名不一样而已，而信息内容都差不多一样，但文章的点击阅读量最多的达到几十万，最少的也有数千上万，可见在网络上，金伟与聂倩的性爱视频已经发酵了！

回到酒店，若海躺在床上，心仍旧很乱，浑身好像有一股让他说不出来的难受劲，恨不得把胸腔里那颗杂乱跳动的心给抠出来……

正在这时，手机响了。若海拿过来一看，居然是程萌萌打来的，电话接通了，程萌萌却有些支支吾吾地不说话，这让若海感到有些奇怪，忙问道："有什么事儿吗？"

手机里程萌萌轻轻地叹了一口气，小心地问道："你知道那个小三是谁吗？"

若海立即明白了，她是知道他与聂倩那段往事儿的人……这个时候程萌萌打电话给他，她要说什么呢？是要告诉当初他瞎了眼吗？……若海握着手机，一时不知说什么好。

"聂倩。"

程萌萌说出这两个字的时候，若海的心里突然有些心烦意乱，他努力地控制住自己的情绪，但嘴仍旧有些哆嗦，对程萌萌说："你告诉我这个，有几个意思？"

其实，说完这句话时，若海的心就后悔极了，他怎么能向程萌萌说这样的话呢？

程萌萌像得罪了若海似的，忙赔着小心："海哥，不是你想象的那个意思，我……"

若海重重地叹出一口气，说道："我知道。刚才是我没有控制好情绪，我心里有些乱……嗯，就说到这里吧……"

那边程萌萌轻轻地"嗯"了一声，好像很乖巧的样子，挂了电话。

那一晚，若海在床上翻来覆去大半夜，这才迷迷糊糊地睡着了。第二天一觉醒来，若海忙点开网页查看，网上再一次开了锅似的，大家像陷入一场互联网的狂欢之中，关于金伟与聂倩的事儿在网上好像已经"发酵"到无法控制的地步了……

6

这两天来，夏小凤一有空也来学游泳。但她有什么心事似的，学游泳的过程中无精打采，很多时候，她到海里来让若海扶着腰身，学上两个动作后就懒懒地泡在海水里，眼睛微闭，什么也不说……若海只得坐在旁边守着她。因为聂倩的事儿，这两天若海也心烦意乱的，也趁此机会调整一下心情，他看着远方的海水，仍由海浪轻轻地荡漾……

这一天，夏小凤来到海滩，若海正准备像往常一样扶着她学习游泳姿势，但夏小凤却向他摆摆手，说道："今天不用教，我就在海水里泡一下。"说着，躺在海水里，微闭上眼睛，仍由海水轻轻地抚摸着她光洁的皮肤……

也许夏小凤真的有些累，这两天她在酒店会见了很多金融界的人，谈了很多事儿——当然，到底什么事儿，若海无从知晓。

若海望着远方，海平面像一面微微起伏的蔚蓝镜子，映照着蓝天白云，映照着这世间的一切……不知咋的，若海的眼前又映现出聂倩的身影来，在网络上，却有许多人"称赞"聂倩是反腐先锋！反腐先锋——这不知是一个褒义词还是一个贬义词？！网络上有一个可靠消息，聂倩因涉嫌敲诈勒索、传播不雅视频等罪名已被公安机关逮捕，迎接她的将是牢狱之灾……

想着聂倩，若海忍不住长长地叹出一口气来。

不料想，若海这长长的一口气居然惊着了正在海水里闭目养神的夏小凤，她抬起头看着若海，眨巴了两下眼睛，问道："你叹什么气呢？"

若海像被人看透了心事似的，慌张地看了一眼夏小凤，忙掩饰自己："没，没什么。"

夏小凤轻轻地笑了一下，从海水里坐起来，说道："你是担心我学不会游泳，你拿不到姜凯昊的佣金？"

若海忙摇头说道："不是的，不是的。"若海的心有些慌慌的。

夏小凤看了若海一眼，认真地问道："说正事儿，我怎么就一直学不会游泳呢？很多游泳教练都说我姿势什么的都对，为何身体却一直不能浮在水面上呢？"

若海的嘴动了两下，他想解释，却不知从何说起。

夏小凤轻轻地笑了一下，将目光投向远方，说道："看来你这一次估计也教不会我喽，你的佣金是拿不上喽。"

若海转头看了夏小凤一眼，只见夏小凤正微笑地看着他——她这是在逗他呢。

夏小凤突然"咯咯"地笑了，若海奇怪地看着她，夏小凤说道："你说你一个普通的人，有什么烦心事儿呢？"说到这儿，夏小凤脸上的笑凝住了，眼睛望着海平面，长长地叹出一口气来。

若海愣住了，盯着夏小凤，他没有想到她也会有这样的一声叹息！是啊，她是省金融投资公司总经理，每天睁开眼睛就有许多人和事儿围绕着她，但是，若海却在夏小凤的这声叹息里听到了一种来自内心情感世界的东西！她的心里，就像一本书，里面装着许多的内容，若海真想翻开这本"书"，好好的读一读。

夏小凤收回目光，又躺回海水里，闭着眼睛，享受着被海水清爽包裹的美好感觉。

若海也将目光投向远方，心里却说道："普通人也有普通人的烦恼，我们普通人又岂是你能理解的！"

"对了，你是A城的吧！"泡在海水里微闭着眼的夏小凤突然幽幽地说出一句话。这句话把若海吓了一跳，她是怎么知道的？忽而一想也就释然了，作为省金融投资公司总经理，当然不是什么人都能接近她的，她也得防止部分企图接近她的人。他若海的身份一定早就由姜凯昊告诉她了！在她的印象里，他不过是一个下岗的职工而已。

若海只得点了点头。

"这两天网上可闹翻天了，你知道吗？"夏小凤问。

夏小凤指的就是金伟与聂倩的事儿，若海点了点头。

夏小凤睁开一只眼看了若海一眼，若海这才有些恍然，人家夏小凤在闭目养神，你点头她怎么看得见，忙又补充说道："我知道。"

夏小凤轻声笑了一下，嘴动了动想说什么，最后却自言自语一般地说出一句话来："真有意思！"

若海有些诧异地看着夏小凤，不知道她说的"真有意思"是一种什么样的意思？

夏小凤像知道若海心里想的是什么似的，突然说道："那个叫聂倩的人，我认识！"

"什么？"若海失声叫了起来，怎么可能？这个夏小凤居然认识聂倩！

夏小凤睁开眼睛，看到若海惊诧地看着她，像看到她满意的效果似的，坐了起来，朝着若海轻轻一笑，说道："两个月前，她跟着金伟到省城来的时候，我们一起吃了一个饭……"

若海仍旧盯着夏小凤，夏小凤优雅地拢了一下额前的头发，又继续说道："金伟给我介绍聂倩的时候，说她是一名演员……其实我也不知道她到底演过什么，我在网上搜索过，但没有看到她出演的任何一部影视作品！"说到这里，夏小凤又"咯咯"地笑了两声，"不过，她在那段视频里的演出倒是很精彩！"夏小凤忍不住又"咯咯"地笑了起来，笑声像一声百灵鸟掠过海面……

若海牵动嘴角的肌肉做出一个赔笑的面孔，其实他的内心又是乱糟糟的……按理说，对于现在的聂倩，他不说有一种痛恨之心，至少也应该幸灾乐祸！当初聂倩与他相识以及后来无情地离去，让他很是痛苦。但此刻的他却对聂倩从心底里感到一丝同情。

"那个金伟呀！唉——后来我也劝金伟离开聂倩，可这个金伟，没有听我的话——他要是听了我的话，也不至于有今天呀！"夏小凤边说边摇头叹息。

"这个聂倩呀，我见她第一眼就不喜欢她！"此刻的夏小凤，真不像一个金融投资公司总经理，倒像一个喋喋不休的妇女，"你是没见过这个聂倩，她就是一个狐狸精，勾倒是挺会勾男人的，但也可以要男人命呀……"

夏小凤说的是大实话，但若海听起来，却别有一番滋味，他脸上赔笑的肌肉凝住了，一股热血直冲上脑袋，为了早就离他而去的聂倩，他差一点就冲动地站起身来朝着夏小凤吼叫了……夏小凤注意到若海情绪地变化，像看透了若海的心似的，莞尔一笑，又说道："我这样背后说人，是不是很不道德？"

　　不知咋的，夏小凤这样一说，像在若海脑袋上浇了一盆冰水，一下子就浇灭了若海心头的怒火。

　　"你，你为什么要告诉我这些？"若海迟疑地问道。

　　夏小凤莫名其妙地看了若海一眼，也回问自己："是啊，我为什么要告诉你这些呢？"说完犹自笑了。

　　夏小凤又躺回到海水里，闭目养神起来。

　　若海有些悔意，夏小凤讲的可是他从来不知道的关于聂倩的事儿，他本来也有极大的兴趣来听，怎么就在半途中突然说出这么一句话来？这下好了，人家不愿意讲了！

　　一阵沉默。

　　"对了，夏总。"若海还是忍不住轻声地问道，"网上说，聂倩不是红云房地产送给金伟的吗？"

　　夏小凤睁开眼睛，看了一眼若海，说道："对呀！"

　　"你刚才不是说了那聂倩是演员，她怎么不好好演戏，怎么跟红云房地产公司搅到一起来了？"若海装作很好奇的样子问道。

　　"是哦？"夏小凤也好奇地眨了两下眼睛，疑惑地说，"她是演员就应该好好演戏，怎么跟搞房地产的人搅和在一起了？"

　　夏小凤看着若海，问道："你在网上有发现吗？"

　　若海忙摇了摇头："没有，没有。"

　　夏小凤看了他一眼，说："这两天没事的时候我也是在网上到处乱翻，也从来没有见过这方面的信息。"说完夏小凤笑了一下，又说道，"这事儿现在真的很有意思，最大限度地掀起了大家的兴趣，刚才你不是问我为什么要跟你谈吗？我就是觉得这事很有意思，想找个人谈谈……"

原来是这么一回事儿。是的，夏小凤地位很高，跟她讲话的人也有一定的地位，她跟他们讲话得仔细斟酌，生怕一句话说得不对而影响自己的形象，而若海不过是一个普通的下岗职工，没有身份和地位，她就可以以一个普通人的身份跟若海谈，即使说错了也没什么关系。

想到这里，若海为刚才差一点冲动地跟夏小凤发火而有些后怕。是啊，夏小凤刚才所讲的，不过是在找一个人闲聊，找一个人来谈谈她的看法而已，要是当时真给她发火了，他现在还不知道该怎么收场呢……这个夏小凤，终究还是一个三十来岁的妇女，无论她的地位有多高，但还是不免也落入俗套。

想到这里，若海忍不住轻轻地笑了一下。

"你在笑什么？"夏小凤歪着脑袋盯着若海。

若海忙躲闪开夏小凤的眼睛，嗫嚅地说："没……没什么。"

夏小凤的嘴动了动，像有什么话要说，但又把话吞回了肚子。接着从海水里一跃而起，冲若海说："来，教我游泳。"

……

就在这天傍晚，若海又碰见一件让他怎么也没有想到的事儿。

从海滩回酒店的路只有短短几百米的距离，夏小凤在前，若海和姜凯昊以及小美在后面紧紧跟着。快到酒店时，姜凯昊悄悄凑到若海耳边，问："夏总学得怎么样了？"若海看了一眼，只得小声地回复说："有进步。"若海以为他这个含糊的回答会让姜凯昊不高兴，这两三天来，他比谁都希望若海能教会夏小凤游泳，他真有些等不及了！

但是，姜凯昊却没有表现出任何不高兴的样子，转而笑嘻嘻地问道："今天下午你们好像谈得很开心，你们都谈了什么呀？"

若海正要回答，眼睛突然直了，在酒店门口，他居然看见了两个老熟人：喻修剑和薛冰冰。

7

临海的一间茶馆里。

若海坐在喻修剑面前,显得很不自然。喻修剑搓了搓双手,涎着脸上的笑,身子朝前凑了凑,说:"不知道你父亲告诉过你没有,我跟你父亲是哥们儿,很多年的哥们儿呀……"

现在的金百万和若海,都是喻修剑应该居高临下俯视的对象。估计他这一辈子都不会想到,他现在会搬出"哥们儿"金百万来低声下气地与若海谈话。

若海朝喻修剑摆了摆手,说道:"我知道你今天单独找我的意思,但我只能很遗憾地告诉你,我真的只是夏总一个临时的教练而已,我真的无法帮你的忙!"

喻修剑搓了搓手,朝窗子那边看了一眼,那边,薛冰冰正啜着嘴喝着一杯果汁。喻修剑说道:"上次借一百万的事儿,我都弄清楚了,全都怪她!她就是一个害人精!你大人有大量……"

若海再一次为难地朝喻修剑摊了摊双手,说:"我说的是实话,真的!"

喻修剑看着若海真诚的脸庞,重重地叹出一口气来,目光不经意间又转到薛冰冰身上,说:"唉——我说不带她来,这个害人精却真的跟着要来,要不是她,夏总也不会这样对待我呀!"说到这里,喻修剑又扭头看了一眼薛冰冰,不料正好碰到薛冰冰的目光,薛冰冰立即做错了事儿似的低下头含着果汁的塑料吸管……

昨天傍晚,若海与夏小凤还有姜凯昊以及小美一起回到酒店时,若海突然看到喻修剑和薛冰冰居然在酒店门口,像早就在这里等着他们似的。若海很是诧异,怎么会在这里碰到他们?喻修剑和薛冰冰见到若海也呆愣住了,他们也没有想到会在这里碰见若海。

"你傻愣着干什么呢?"夏小凤朝喻修剑打了一声招呼,喻修剑这才缓过来，屁颠屁颠地跑上前来，明知故问地冲夏小凤说："夏总，你去游泳了？"

这时，薛冰冰也跟着喻修剑走上前去。夏小凤看了薛冰冰一眼，问喻修剑："这位是谁呀？"

喻修剑拿眼睛瞟了一眼若海，喉咙鼓了鼓，此刻若海在场，他还没有弄明白若海与夏小凤到底是什么关系，他要说这薛冰冰是他公司的会计或者什么的，要是让若海当场给指出来，他这张老脸可就不好放了。他心一横，决定实话实说，涎着脸拉了拉薛冰冰的小手，说："她是我的……那个……"

"哪个？"夏小凤狠狠地盯着喻修剑。

喻修剑嗫着嘴不好意思地说："就是那个！"

"哼！你连哪个都说不清楚？"夏小凤仍旧狠狠地瞪着喻修剑，"就是你的小三嘛！是不是？"

夏小凤说着转身就要往酒店门口走，走了两步，又猛地转身冲喻修剑叫道："你来找钱干什么？就为了给你小三？你们A城那个聂倩的事儿还没有引起你的重视吗？"

夏小凤这一发火，喻修剑像被雷击了似的呆愣在原地，脸涨得通红，不知说啥才好。

一转眼，夏小凤又瞥见了小美，小美立即吓得后退两步。夏小凤转而指着姜凯昊："还有你！"姜凯昊点着头，嘴里忙不迭地说："好，好。"

"好？好什么呀好！"夏小凤白了姜凯昊一眼，转身进了酒店，留下目瞪口呆的姜凯昊和喻修剑面面相觑。

按理说，虽然夏小凤是省金融投资公司总经理，却并管不着喻修剑和姜凯昊，她是没有权力这样教训他俩的。但是，喻修剑和姜凯昊现在有求于夏小凤，希望能从她这里贷到一笔款项！这样来说，夏小凤就有教训他俩的资格！尤其是看到他俩光天化日之下带着小三来要钱，又联想到A城金伟因为小三被撤职双规的事儿，夏小凤的火就大了，她质问得好："你来找钱干什么？就为了给你小三？"就这句话，足可以教训得他俩哑口无言，他俩不服也只得兜着！

晚饭时，夏小凤单独叫上了若海，这是姜凯昊和喻修剑怎么也没有想到的事儿。在他俩的眼里，若海好像成了夏小凤身边的"红人"了！这也是今天喻修剑单独找他谈话的原因。

昨天傍晚，喻修剑遭到夏小凤的一顿教训，他当然不会死心，今天上午又小心翼翼地跑去求见夏小凤，但夏小凤连一面的机会都没有给他。当时，夏小凤与若海在一起，夏小凤让若海带话给他，说："我不会拿钱给你去养小三的！"

"真的不是拿钱去养小三的呀！"喻修剑说，"我公司现在正处于崩溃的边缘，我拿钱是去拯救公司的，怎么可能拿钱去养小三嘛！"

说这话的时候，喻修剑看了一眼坐在一旁的薛冰冰，薛冰冰眼望着窗外，不知在想着什么，太阳映照着她娇小可人的面孔，像给她全身镀了一层金边似的，很让人心动。

窗外的远处，是一片蔚蓝的大海。

"唉——"喻修剑再次长长地叹出一口气来，端起桌上的茶水猛地灌了一口，这才又说道："你说金伟与聂倩两人闹的是什么事儿？！整得我公司快成空壳子了！"

若海抬头惊讶地看着喻修剑，金伟与聂倩的事儿怎么又影响到他的云鹏投资金融公司呢？

喻修剑无奈地摇了摇头，说道："当时，政府有规定，只有资产上亿的人才能参与'城南宝地'的项目竞争，而红云房地产公司实际资产只有五千万左右，为了能拿下城南宝地这块肥肉，他们便向我贷了五千万的款，然后伪造成自己公司的资产。本来说好拿下城南宝地就还，但是那帮人一直拖着款项没有给，我们也想他们有城南宝地这块肥肉，也不怕他们跑了！但怎么也没有想到……谁能想到！是不是？"说着，喻修剑又长长地叹出一口气来。

若海好像明白了，金伟和聂倩的性爱视频事件发生后，不仅金伟和聂倩被抓，送给金伟小三的红云房地产公司也立即被查封！红云房地产被查封，喻修剑的云鹏投资金融公司贷给红云房地产的五千万便也被冻结。这笔钱一冻结，就不知什么时候能拿得出来了。

这时，喻修剑站起身来，说："抱歉，我去趟厕所。"说完有气无力地进了厕所。

若海端起茶杯喝了一口水，突然感觉有一股异样的目光正看着他，若海本能地扭头看去，只见薛冰冰正一眼不眨地盯着他。

若海浑身一个激灵，她这是要干什么？难不成这个时候还要勾引他？若海不自觉地朝厕所的方向看了一眼，喻修剑已经走进厕所里去了。偌大一个茶楼，除了另一个角落里两对男女相拥着看海外，就只剩下这边的若海和薛冰冰了。

突然，薛冰冰猛地站立起来，向着若海疾步过来。若海感到一股体香带着三亚热流向他迎面而来……

近到若海身前，薛冰冰快速地朝着呆懵的若海手里塞进一张纸——是茶桌上的便笺纸，之后又小声地说："看完赶紧撕掉！"若海正在诧异之际，薛冰冰又带着那股三亚的热流退回自己的桌位坐下了。

这是怎么一回事儿？

若海扭头看了一眼厕所，喻修剑还在厕所里。若海忙把手里的便笺纸展开，只见上面写着：

> 海哥哥，不要帮他！上次我不是故意挑逗你的，这都是他的安排，你要是对我有意思，他就可以借此不贷款给你！你肯定会问我为什么要告诉你这个，因为我真的喜欢你！

看着这张小小的便笺，若海突然像被雷击了似的呆愣住了，他自然知道便笺里的"他"指的是谁！原来是这么一回事儿呀！这个喻修剑，也真够可恶的！不借就不借吧，为什么要做出这番事儿来？甚至不惜拿自己的小三来做"饵"！

若海扭头看向薛冰冰，薛冰冰朝他做了一个撕的动作。这个薛冰冰，也不知道她什么时候写下的这张便笺。

若海忙按照薛冰冰的意思将便笺撕了一个粉碎，扔进脚下的垃圾桶里。薛冰冰朝他轻轻地笑了一下，这才扭头将目光转向窗外，薛冰冰早就想扑进大海的怀抱了。但她又不敢，喻修剑昨天因为她好像惹祸了，她再不敢做出任何举动来惹喻修剑生气……

喻修剑回来了，回来的路上，他看了一眼薛冰冰，薛冰冰的目光仍旧盯着窗外，像什么事儿也没有发生过似的。

坐下，喻修剑长长地吐出一句脏话来："他奶奶的。"

吐出这句脏话后，好像又发觉这话不对，面前的若海是目前唯一能帮他的人，此刻在他面前说这话，岂不是自找没趣。喻修剑忙抬头看着若海，说道："对不起。"

说完喻修剑又长长地叹出一口气来，说道："去年的全球金融风暴没有打倒我，但这事儿真有可能打倒我呀。我们公司资金周转现在相当困难，我们公司差不多快成空壳子了！如果夏总不能贷款给我们，我们公司真的会垮掉……"

说完，喻修剑可怜分分地看着若海，目光里满是企求。

这个时候，若海的心里有如五味杂陈，什么滋味都有。是啊，他与父亲金百万是多年的"铁兄弟"的关系，在那一场全球金融风暴中，他亲眼看见"铁兄弟"的公司被人收购，他不施以援手也就罢了。后来若海父亲金百万找他借钱给若海创业，他碍于以前那种"铁兄弟"的情面，他不愿做一个遭人唾弃的小人，于是答应借钱给若海，但他心里却打起了"小九九"，他对若海的创业没有信心，怕若海创业失败，那样的话，那一百万就打了水漂。那可是一百万呀，他宁愿拿这一百万去博得小三薛冰冰的一笑，也不愿意给一个看似没有前途的若海。于是，他假装答应贷给若海钱，并欣然赴宴——请他吃饭的钱还是金百万高利贷借来的，并差点遭受到高利贷的伤害。但在背地里，又安排小三薛冰冰故意勾引若海，只要若海表现出一点对薛冰冰的好感，喻修剑就可以抓住这个把柄不贷款给他……

若海越想越生气，他甚至有一股想冲上前去狠狠扇喻修剑两个耳光的冲动……

喻修剑敏感地注意到若海情绪的变化。他没有想到他就上了一个厕所，若海前后就判若两人——虽然上厕所前，若海没有答应要帮他在夏小凤面前说好话，但没有现在这样面若冰霜的样子呀！他甚至感到有些莫名其妙。他朝薛冰冰那边望了一下，薛冰冰仍旧望着窗外，与己无关似的……

8

"你的父亲是金百万？"夏小凤惊讶地盯着若海，眼睛里放射出两道直逼若海心脏的光芒。

若海勇敢地盯着夏小凤，轻轻地点了一下头。自从喻修剑来到三亚后，他就知道夏小凤迟早会知道他的身份的。喻修剑来到三亚，虽然一开始遭到夏小凤的一顿教训，但夏小凤当时也是出于一时之气，等她冷静下来，自然会约见喻修剑洽谈贷款事项的，贷还是不贷，夏小凤会给他一个交代，毕竟人家喻修剑也是千里迢迢来到三亚的。依若海对喻修剑的了解——虽然了解得不多，但足够对他做出评断，这个喻修剑一定会趁与夏小凤洽谈的机会告诉她，现在她身边的若海是以前赫赫有名的金百万的儿子！

果然不出若海所料，这天喻修剑刚和夏小凤洽谈后，夏小凤就推开若海的门，把若海上下打量了好一阵子这才问："你的父亲是金百万？"

得到若海肯定的答案后，夏小凤叹出一口气，说道："金百万不仅在A城赫赫有名，在省城也是挂了号的企业家，哪知在金融风暴中一夜之间就垮了……真没想到你居然是金百万的儿子，我还以为你是一个普通人呢……"

"我就是一个普通人！"若海打断夏小凤的话，强调一般地说道。他阻止了夏小凤的话，这都是过去的事儿了，再提只会徒增伤感。

"对了。"夏小凤说，"你既然是金百万的儿子，怎么会做黑教练呢？"

"黑教练？"若海诧异地看着夏小凤，原来在她的眼里，他就是一个黑教练？

"不是……"夏小凤见若海这样看着她，忙纠正自己的话，"我是说你怎么干上这个行当了……"

"我什么行当也没有干。"若海打断夏小凤的话，"我不知姜总是如何向你介绍我的。当初是姜总看到我游泳技术好，这才把我推荐给你的。我不是游泳教练，更不是什么黑教练！"

夏小凤看到若海这样严肃而认真的样子，忍不住"扑哧"一声笑了，身子随着笑声轻轻颤抖着。

这有什么好笑的？若海有些莫名其妙地看着夏小凤。夏小凤止住笑，抬头问道："当初你来时为什么不告诉我你是金百万的儿子呢？"

"你们也没问呀！"若海说，"难道我见人就得说，我是金百万的儿子？"

夏小凤又笑了，说："既然你是金百万的儿子，那么你学历一定不低，请问一下，你是……"

若海看着夏小凤，不知她葫芦里卖的是什么药，但还是老老实实地回答道："我是美国宾夕法尼亚大学商业管理系研究生毕业的。"

这下轮到夏小凤惊讶了，喃喃道："既然你是世界这么有名的大学毕业生，为什么还下岗？"若海正要回答，夏小凤突然又"喔"了一声，接着说，"因为你是金百万的儿子，在A城不好找工作是吧？但你到北京上海去找呀，这些地方很多大型的企业都需要你这样的人才呀！"

若海轻轻地摇了摇头，说道："父亲的企业自从被收购后，情绪一直很低落，再说他也老了，我该在家好好陪伴一下他。"

夏小凤点了一下头，说道："当时一些像他一样的企业家在一夜之间被亏空后受不了这个刺激，跳楼自杀了……你的父亲还是比较坚强的。也许，你是他的精神支柱，他才没有倒下！"

若海看着夏小凤，她的话说到他的心坎上去了。是的，金融风暴刚刚开始的时候，他不同样担心父亲自杀吗？他从海边回来，父亲一下子找到依靠似的，很快就从阴影中走了出来……

夏小凤看着若海，突然眼睛里调皮地射出两道光来，说道："黑教练，你是不是该教我游泳了？"

这样亲昵的叫法让若海的心里突然像荡漾起来的春波，很是有些撩人。若海也装作正色的样子说："我再纠正一遍，我不是黑教练。"

"对，你不是黑教练。"夏小凤更加调皮地说道，"你是白教练。"

两人说笑着走出了酒店。酒店门口，不料正巧碰上喻修剑和薛冰冰。

原来，薛冰冰早就想着去海滩游玩了——来到三亚就是去海边游玩的。喻修剑刚刚与夏小凤洽谈完，她就缠着喻修剑去海边，喻修剑拗不过她。刚到门口就碰到也去海边的若海与夏小凤，喻修剑见若海和夏小凤有说有笑地走出电梯，愣了一下，很快就满脸堆笑地迎上前去。

"你俩也去海边吗？"喻修剑躬谦地问道。其实，他问这话的意思很明显，说明他们也要去海滩，想与若海和夏小凤同行。

这点小伎俩被夏小凤看了个清楚，说："你们先走吧！"夏小凤的这话也很明显，就是她不想与喻修剑同行，果断地拒绝。

喻修剑显得有些尴尬，但很快又满脸堆笑地说道："好的，好的。那我们就先走了。"说完，意味深长地看了若海一眼，转身离去了。

薛冰冰跟在喻修剑旁边，一眼就让人看出来他俩的关系来。若海想起昨天薛冰冰给他送纸条的一幕，心想不由自主地叽咕了一句："这两人已经貌合神离，再待在一起有什么意思呢？"

昨天中午，若海最后还是一口拒绝了喻修剑要他向夏小凤说好话的意图，这倒不全是因为当初喻修剑设计让他贷不了款的原因，更为主要的是，他觉得他与夏小凤之间还没有达到能在她面前说上话的地步……

"你觉得我应不应该把钱贷给他？"夏小凤突然盯着若海。

若海被这个突如其来的问话给弄懵了，他怎么也没有想到夏小凤会问他这个问题！若海愣愣地看着夏小凤，一时不知如何回答。

"我就随便问问，你也就随便说说自己的想法吧。"夏小凤看着若海，"我知道他找过你……"

"啊？你怎么知道的？"若海失声问道。

夏小凤"咯咯"地笑了两声，说道："这个……这个你不用管。你直接回答我问题就行了。"

看来不回答是躲不过的了，若海想了想说道："你需要我从哪个方面给你分析？"

夏小凤看着若海，足足有五秒钟的时间，这才说道："都可以给我分析分析。"

若海点点头，说道："先分析第一个方面吧，投资金融公司原本是西方国家一种重要的金融公司，但在中国，其地位远远不及西方。在西方，像喻总这样的投资金融公司，其资金的筹集主要靠在货币市场上发行商业票据、在资本市场上发行股票、债券，也从银行借款，但比重很小。而在中国，由于它刚刚形成不久，对银行的依赖性较大，形同母子关系。既然是母子关系，那就应该帮助。"

"喔？"夏小凤完全没有想到若海会这样说，有些惊讶地看着他，"还有呢？"

"从中国目前的经济形势来看，受去年全球金融风暴的影响波及，政府正在全力拉动经济，以望经济复苏到金融风暴之前的状态——我想这一点你应该比我更清楚，而像喻总这样的投资金融公司正是全力要求扶持的企业，他的存在，可以在一个城市一定程度地拉动投资，实现国家目前的经济战略……"

"可是……"夏小凤欲言又止。

若海问："可是什么？可是我昨天为什么不答应他在你面前说好话，是吧？"

夏小凤点了点头。

若海叹了一口气，说道："我当时没有答应他，一方面当然是出于我的个人情感，另一方面是我的话又算不了数……"

夏小凤看着若海的眼睛闪烁了两下，很快的一瞬间，若海没有看见。

"既然你跟喻总心有纠结，为什么还要这样帮他说话？"夏小凤说。

若海看了夏小凤一眼，说道："我是站在你的立场上来帮你分析的……"

夏小凤轻轻地点了一下头，说道："这个家伙一开口就要贷两千万，虽然有相对的保障，但我还是不太放心。再说，一下子贷两千万，我实在是放不下这个心。"

"其实，喻总根本用不着贷这么多钱的。"若海说，"他们公司的钱是被红云房地产公司套住的，那笔钱很快就会回到他手的。"

"为什么？"夏小凤诧异地问，"红云房地产公司因为金伟和聂倩的事儿被查封，这事儿闹得人人皆知，依我看，这一查封至少得等到金伟和聂倩的事儿处理之后了，这可不是一年半载就处理得了的。即使处理了，红云房地产公司能不能存在，还是一个天大的问号！他喻修剑找谁要这笔钱去？"

若海笑了一下，说道："你说得在理！但是你忽略了一个关键环节，红云房地产手上拿着一个重要的法宝，那就是城南宝地的开发权，虽然金伟被抓免职了，但他们的开发权可是有政府签字盖章的。城南宝地的开发是A城政府城区建设一个重大的项目，政府可不希望这个项目栽在红云房地产身上，所以，A城政府自然会找红云房地产重新商议确定城南宝地的开发，这样一来，红云房地产虽说被查封，但资金仍可以流转……喻总只要回去把红云房地产盯紧，利用法律等措施，迟则一年半载，早则两三个月，他贷给红云房地产的五千万是完全可以拿回来的……"

说着说着，两人就来到了海滩。

夏小凤一下子跳进清爽的海水里，歪着脑袋盯着若海，说道："想不到你居然有这样见识，不仅金融经济分析得头头是道，就连政治也看得清清楚楚！"

若海笑了一下，说道："这不矛盾呀，所有的经济都可以与政治挂上钩！"

夏小凤看着若海，突然说道："你说动我了，我可以贷款一千万给他。但有件事儿我得告诉你，这个喻总在我面前说了你——包括你的父亲金百万的坏话……"

"我知道。"若海淡淡地说。

夏小凤再一次睁大眼睛看着若海，足足有十秒钟的时间，像要彻底看穿若海似的。

之后，夏小凤突然笑了，说道："你真是一个人才！这A城的公司都瞎眼了吗？"

第七章

我是一个男人！男人就有男人的尊严和气节！

1

"师傅，后天夏总就要离开三亚了。"姜凯昊有些焦虑地说道，"夏总到底能不能学会游泳？"

若海抱歉地看了一眼姜凯昊，说道："按理来说，夏总学游泳应该是没有问题的，她的身体条件都很好，而且游泳的姿势都对，但仍旧像以往一样，每到关键性的那一步，她就是迈不过去……"

"有没有办法能解决呀？"姜凯昊着急地打断若海的话，"要是今明两天教不会夏总，我……我该如何办呢？"

若海的嘴动了动，但最后还是把话咽进了肚子。姜凯昊却在等着若海的这句话，见若海又吞了回去，立即抓住他的手，说道："师傅，能不能给夏总求个情，让她贷款给我吧。"

"姜总，我……"若海为难极了。

姜凯昊看着若海，说道："当初我怎么也没有想到师傅你是有身份的人！你在夏总面前说得起话，不像我们，千方百计地想要接近她——有的人千方百计还无法接近她呢！我还好，无意中找到了你，终于给我一个接近她的机会……我不能浪费这个机会！浪费了这个机会今后说不定就没有机会了。"

看着姜凯昊这副模样，若海的心里真有些惭愧。人家姜凯昊也是费尽心思才找到夏小凤一直想要学会游泳的意愿，为此专门请若海来教她游泳，目的就是想借此讨夏小凤欢心，以此达到他的目的。

还有一点，喻修剑是后来的，他居然都从夏小凤手里贷走了一千万，而姜凯昊呢，这几天一直都守在夏小凤身边，却没有机会找她说贷款的事儿，而让喻修剑贷走一千万的人，是若海！他在夏小凤面前说了喻修剑的"好话"，而若海居然又是姜凯昊找来的人，你说这姜凯昊能不焦虑吗？

若海想了想，说道："姜总，我再想想办法，争取让夏总在今明两天学会游泳。"

"可是……可是……"姜凯昊仍旧有些迟疑地念出这两个相同的词语后，伸手拍了一下若海的肩膀，轻轻地叹了一口气，转而说道，"辛苦师傅了！"

果然不出若海所料，姜凯昊找他教夏小凤学游泳，不过是一个借口而已，他的真正的目的是要从夏小凤手里贷到款！现在若海能在夏小凤面前说上话——比如喻修剑的贷款，就是若海在夏小凤面前说了一番话而让夏小凤改变想法贷款给他的。他也多么希望若海能替他说说好话，他才不想费这么多的事儿！

姜凯昊与喻修剑的情况是差不多的，在情理上，若海更愿意帮姜凯昊说好话，毕竟，姜凯昊没有伤害过他！而且还是他把若海介绍给夏小凤的。但是，若海也不得不认识到这样一个现实：他与夏小凤之间的关系还没有达到他能说上好话的程度。喻修剑是赶巧了，夏小凤主动问到他，所以他也就说了。而现在如果他主动去向夏小凤说姜凯昊的好话，这又是另外一种情况了，夏小凤不一定会买他的账！

若海是受雇于姜凯昊的，他现在唯一能做的就是努力教会夏小凤游泳。这些天来，若海发现，在夏小凤内心，她是真的想学会游泳！迫切地想要学会游泳！

若海也想了很多办法，但仍旧没有效果。很多办法失效后，连若海自己都有些灰心丧气，但夏小凤不但没有灰心，更加努力地要求若海换方法教她，越挫越勇似的。

是啊，今明两天要是教不会夏小凤，他受姜凯昊所聘就失败了，后继八万元也就拿不到了，八万，整整八万呀！还有，来之前，人家姜凯昊就往他的账户上打了三万元，这对他是多大的信任呀，从另一个方面来说他也是下了大决心的。如果完不成任务，这多让姜凯昊失望呢？

若海狠了一下心，决定再施最后一招方法，就是当初教姜凯昊的方法。

按理说，夏小凤游泳的姿势什么的都要比姜凯昊强。如果用这个方法教她，也许也会有一定的效果。

来到海滩，下了水，夏小凤就歪着脑袋问："今天用什么办法教我呀？"

若海简单地说了一下这个教游泳的方法，夏小凤想也没想就答应了。

夏小凤扑在浅水里，若海站在夏小凤的脑袋前，伸手出去刚一碰到夏小凤的下巴，夏小凤不住"扑哧"一声笑了——想来，这个场面挺滑稽的！夏小凤被若海用一支手抬起下巴，怎么看都像电影电视里那些痞子调戏小姑娘。

"还想不想学会游泳了？"若海满脸严肃地问，其实他的内心也忍不住想笑。但他不能笑，所有的方法都试过了，这是若海最后的一个方法了，如果这个方法也不奏效，他就真找不出办法来了！

夏小凤一见若海的严肃样，立即也严肃起来，按照若海的方法认真地学习起来，但是，若海的手只要稍微松一点劲，夏小凤的身体就开始往下沉……学了好一会儿，仍旧没有效果。

累了，两人坐在浅水里休息。远处，突然欢天喜地跑来姜凯昊和小美。近到跟前，姜凯昊兴奋地朝着若海和夏小凤说："小美也学会游泳了！小美在我的指导下，现在能游出十好几米的距离了。"

夏小凤的眼睛一亮，看了小美一眼，很快又暗淡下来，微微低下头，轻轻地叹出一口气，转头问若海："你说我是不是特别笨？我这一辈子就学不会游泳？"

夏小凤的这两句问话把若海和姜凯昊一下子就给问得呆愣住了。夏小凤问完这话，好像也没有让若海和姜凯昊回答，手捧着脸低下头去。

若海幽怨地抬头看了一眼姜凯昊，瞧你炫耀的，把夏小凤的自尊心都伤着了。

若海努了一下嘴，姜凯昊和小美很识趣地走开了。

"夏总，其实你游泳学得不错。"若海也不知道该如何劝导夏小凤，只得这样没话找话地说，"你只差一点点就学会了……"

夏小凤猛地抬起头，看着若海，嘴哆嗦着，却一句话也没有说出来。

就在夏小凤抬起头来的那一瞬，若海整个人都惊呆了，两行眼泪正顺着夏小凤俊美的脸庞上流下来……在若海的心目中，夏小凤一直是一个坚强的女人，她能走到今天这一步，她的内心也应该是非常强大的，但现在却被泪流满面，这怎么能不让若海震惊呢？

夏小凤的话最终还是没有说出来，她幽幽地看了一眼若海，重重地叹了一口气站起身来，若海也站起身来，夏小凤慢腾腾地走上海滩，拿起披衣……若海知道夏小凤这是要回酒店了，他想伸手拦住她，要知道，今天的时间一过，就只有明天一天的时间了——这时间宝贵着呢！

"诶，夏总……"若海在后面小心地叫了一声。

夏小凤听见若海的声音，脚步迟疑了一下，还是停住了，转过头盯着若海说："谢谢你这段时间一直教我游泳，我估计这一辈子都学不会了，我觉得从此应该放下了！"

"不！"若海叫道，脑子里飞快地思考着该说什么话，以便让夏小凤能够改变刚才的决定，"我应该可以教会你的，再给我一点时间……"

夏小凤朝着若海轻轻一笑，轻轻地转身离去。

　　看着夏小凤离去的身影，若海的心像被人浇了一盆凉水。夏小凤的话明显是完全放弃了！是的，这些年来，她一直努力地学习游泳，也不是她游泳条件不好，所有教练都说她自身条件很好，但却一直学不会，现在连比她后学，自身条件没她强的小美都学会了，她的心真的好受伤！

　　突然，夏小凤的那两行眼泪又浮现在若海的眼前。是啊，游泳对于一个人来说，只是一项技能，学不会就算了，也没有必要伤心到泪流满面呀？更何况夏小凤还是一个内心强大的女人呢！联想到夏小凤这些年一直在努力学习游泳——以至于像姜凯昊此类的人都摸着"脉"以讨她的欢心！难道，她学游泳是有原因的？也就是说，在夏小凤的身上，一定有一件有关游泳的事儿困扰着她！这也很有可能是困扰着她一直学不会游泳的原因！

　　可是，在夏小凤的身上，到底发生过什么事儿呢？

　　这些天，夏小凤学习游泳是认真的，她是真的想要学会游泳！像夏小凤这样的人，他们身处显赫的地位，却腾出时间来学习游泳！如此说来，游泳对她的人生应该有着某种特别的意义！

　　此刻，若海的内心再一次被触动，他决定无论如何也要在这短短的时间内尽最大的努力教会夏小凤游泳。若海一个激灵，朝着夏小凤的背影飞奔过去。

　　跑到夏小凤的身前，若海再一次震惊了！只见夏小凤满脸的泪水簌簌地往下掉，看得出来，她正努力地控制住自己——也许是因为夏小凤自身的地位让她这样努力地控制自己……

　　夏小凤见若海来，忙擦了擦眼泪，但怎么也擦不完似的。干脆，夏小凤不擦了，让眼泪痛快淋漓地顺着脸颊往下掉……

　　若海看着有些心疼，不管她的地位有多高，她毕竟只是一个三十多岁的女人啊！他伸出手，想拍拍她的肩膀，又怕因此得罪了她，想说两句话安慰一下她，却一时又找不到话……正当若海左右为难的时候，夏小凤干脆一屁股坐在沙滩上，双臂抱着脑袋，香肩耸动，不断抽泣，像遭受巨大的痛苦……

这下，若海更加不知道该如何办了！

若海只得坐在夏小凤旁边，任由她痛哭，任由她发泄……也许，这也不失为一个好的方法。

突然，夏小凤扑进若海的怀里，一把抱住了若海的脖子，把脸埋进他的胸膛，任由身子在若海的怀里颤抖哭泣，泪水打湿了若海的胸……

若海抱着夏小凤，脑子里一片空白。

"明权哥，明权哥……"夏小凤一边抽泣一边喃喃地叫着这个名字。

明权哥？夏小凤嘴里叫的这个男人的名字，应该与夏小凤的情感有关，也很有可能是她一直坚持要学会游泳的原因。

若海轻轻地拍着夏小凤的后背。

夏小凤抽泣了好一会儿这才稍稍停住了，抬起泪眼看了若海一眼，不好意思地笑了笑，说道："谢谢你。"

若海看着夏小凤说："不用。"

"谢谢你在我心情不好的时候这样默默地陪着我。"夏小凤说，"你不知道，八年，不——准确地说是八年零两个月零七天，我一直想就这样痛快地哭一场！可是，我……我憋了好久，真的憋了好久……"

若海看着夏小凤，他知道，夏小凤要向他敞开心扉了。

"你知道吗？你长得有点像我以前的男朋友？"夏小凤说，"他的名字叫王明权。"

2

"王明权是我读研究生时的同学，我第一次见到他时就被他深

288

深地吸引了……"夏小凤说这句话的时候，她的眼睛望着前方，像要望穿时光的隧洞……

时间要往前推十二年，那时的夏小凤脑后梳着一个长长的大辫子。她告诉若海："那时我读研究生，明权哥就是我的同学。他跟我不一样，我是从本校直接保送的研究生，而他是从另一个大学考到我校的。我一见到他，就被他深深地吸引住了……"说到这里，夏小凤看着若海，"你的模样真的有些像他。只是你没有他高，你最多有一米七五，而他足足一米七八！还有，他比你帅！当时不仅我，我们研究生里的五个女生都在暗地里喜欢他……"

所谓郎才女貌的爱情故事，就是郎有才女有貌。但夏小凤与王明权两人，不仅郎有才，女也有才，不仅女有貌，而且郎也有貌。

夏小凤与王明权走到一起，居然是因为考试。

虽然夏小凤当时暗恋着王明权，但她对王明权是不服气的。原因是王明权每一次考试都是研究生班的第一名，而夏小凤第二名！这让夏小凤很不服气，从小到大，她的学习每次都是第一，没想到现在来了一个王明权，她居然排在第二了。她一直努力赶超，但每一次总是要差王明权一点，这让她对王明权是又爱又恨。

一天，学校组织研究生班到一个银行参观学习，夏小凤与王明权以及另外一男一女同学分到一组。很巧的是，另外两名同学是恋人，他俩自然会利用这次难得的机会如胶似漆地待在一起，剩下夏小凤与王明权只得结伴。

与自己一直暗恋的男神在一起，夏小凤止不住心旌荡漾，所以参观学习一路走下来，她连看了什么都不清楚。但是这是一堂非常重要的参观学习，回校是要写报告的。怎么办？问另一对，夏小凤又担心他俩只顾谈恋爱了，估计也没记什么笔记。参观学习的时候，王明权总是随身携带笔记本，一遇到什么事儿就拿出来记，看来他应该是记得比较全的。夏小凤决定向借笔记本来看。

"喂，能不能把你的笔记本借给我看一下？"回学校的路上，夏小凤朝王明权说，"这次去参观学习，有几个地方我没有搞清楚。"

听夏小凤这样说，王明权明显地愣了一下，迟疑了半天这才说："这怎么行？这是我的私人笔记本。"

"这么小气。"夏小凤叽咕道，不满地瞥了王明权一眼。

王明权的脸一下子涨得通红，嘴哆嗦了几下，这才说道："你有哪些地方没有闹明白，我可以给你讲。"

夏小凤再一次白了王明权一眼，心里有些难受，想到她这么长时间一直暗恋着他，居然连看一下他的笔记本都不让，是看不起她吗？还是不屑给她看？那一刻，夏小凤切实地体会到"落花有意，流水无情"这句话的真正含义。夏小凤把目光转向窗外。

王明权看到夏小凤不高兴的样子，脸涨得更红了，嘴也哆嗦个不停，好半天也没说出一句完整的话："不，不是……我，我……"

夏小凤看着王明权手足无措、脸红的样子真是可爱极了。夏小凤心里真想笑，但仍旧故意说道："好像笔记本有重大机密似的，谁稀得看？"说完，夏小凤实在控制不住自己的情绪，又"扑哧"一声笑了……

坐在后排的那对恋人早就注意到了夏小凤与王明权的对话，两人一使眼色，男同学突然按住王明权的双手，女同学则伸手一把从王明权的上衣口袋里掏出那个巴掌大的笔记本。

王明权见笔记本被抢，着急地伸手去夺。王明权人高马大的，男同学按不住他，那名女同学见状一下子把笔记本抱在怀里，那可是女生的敏感地带，王明权空有一身勇气也不敢去抢。

女同学招呼夏小凤，说："来，我们一起看，看看他上面有什么机密的东西！"

夏小凤跳起身来，和那名女同学跑到车厢的另一边，两人面对面把那本笔记本围在中间，翻开扉页，只见上面写着两行诗。女同学立即朗声念道："你的笑容驱动我血液的流淌，也将在你的歌声中甜甜睡去——献给我心中的女神小凤！"

女同学念到这里，像揭开了一个天大的秘密，"啊——"的一声狂叫，冲王明权问道："小凤是谁？"问完这句话，女同学省悟似的猛地将头转向夏小凤，"是你？！"

当女同学念到"小凤"两个字的时候，夏小凤就骤然间意识到这个笔记本里写的"小凤"是她了。她联想到刚才问他要笔记本时的窘态，他一定也是偷偷地暗恋着她，他怕笔记本借给她看到了扉页上的那两句话……

女同学已经按捺不住自己的兴奋了，把满脸绯红的夏小凤推到王明权面前，当两人的目光相遇时，仿佛都读到了彼此的内心……

"给你吧，我的笔记本，这上面我记得很清楚。"王明权把笔记本递到夏小凤面前。夏小凤却轻轻地推开了笔记本，娇嗔地看了一眼王明权，说道："不，我要你给我讲。"

……所有幸福的爱情都是一样的。夏小凤和王明权的爱情惹得校园里所有人羡慕嫉妒恨，那一段时间，是夏小凤最幸福的时光！

现在的夏小凤向若海讲起那一段往事的时候，心里仍旧澎湃着激情，眼睛里闪耀着初恋时的光芒……

"可是，我为什么要问他那个问题？"夏小凤泪眼婆娑，"也许我不问他这个问题，他就不会做出那样的一个选择。"

若海看着夏小凤，夏小凤的目光望着远方，像要望穿岁月的河流……

"我和你妈一起掉进河里，你先救哪一个？"夏小凤调皮地瞪着大眼睛，把这个千百年所有男人都无法圆满回答的问题抛给了王明权。

王明权搔了搔脑袋，突然笑嘻嘻地说道："我当然是先救我妈了！"

夏小凤心里猛地"咯噔"跳了一下，原来在他的心里，她是处在第二位的！其实夏小凤也知道这是一个混蛋问题，但她这样问了王明权，她就是希望王明权说第一个救的是她！尽管这对于王明权来说是违心的。但她觉得，她最心爱的男人却在她和他母亲生与死之间首先选择让他母亲生……

"你就不能骗骗我吗？"夏小凤这样一想，居然有些生气，气鼓鼓地转身要走。王明权一把拉住她的手臂，忙说道："我把妈救上岸，然后跳下来和你一起死！"

两三年后，这个答案被很多人引用，似乎成了这个问题的标准答案。但在当时，夏小凤相信王明权是自己思考回答出来的，更是真心对夏小凤这样说的。王明权的回答让夏小凤的心剧烈地颤抖着，她感动得热泪盈眶，扑进了王明权的怀里。

后来，王明权经常带着夏小凤去游泳。夏小凤感到很奇怪，王明权这才说："我真怕你和我妈同时掉进河里……"

夏小凤想起那个答案，问道："你现在怕死了吗？"

王明权说："不是怕不怕死的问题，如果与你一起死必然轰轰烈烈，但是我觉得与你一起活着才是最幸福的！"

这话又把夏小凤感动得要死，但很快夏小凤就发觉王明权的话有漏洞，一把扯着王明权的耳朵说道："那我和你妈同时掉进水里……"

"我觉得这个问题还有一个答案。"王明权调皮地说。

夏小凤歪着脑袋，问："什么答案？"

王明权说："那就是，你和我妈有一个人学会游泳。这样的话，大家都可以活着啦！"

夏小凤这才明白过来，娇嗔地说："那你为什么不叫你妈去游泳呢？"

王明权大叫起来："我妈都快五十的人啦，她哪有精力学什么游泳。目前来说，只有你来学游泳最合适不过的了！再说了，我们一起学游泳很幸福的，是不？"

"跟着明权哥学游泳真的是一个非常幸福的事儿……"夏小凤

喃喃地说，"我们一有空就去游泳，在水里嬉戏……那一段往事，真的让人感到无比幸福呀！"

若海静静地听着夏小凤对往事的叙述，他的心却感到一阵沉重，他知道，接下来夏小凤该讲一个让人心碎的结局。那是夏小凤一直尘封于心、不愿回忆的伤心过往，也极有可能是她一直想学游泳却一直学不会的原因。

"我没有学会游泳，他，我的明权哥就离开了我。"说到这儿，夏小凤将泪脸转向若海，"你知道他是怎么走的吗？他是因为勇救落水群众……"

夏小凤泣不成声。

3

那是夏小凤和王明权读研究生第三年的春天，他们乘坐一辆小型的客车去郊外游玩。虽然是春天了，但天气仍旧很冷，夏小凤躺在王明权温暖的怀里，睡得香香的。

突然，车子剧烈地震动了一下，接着便听见全车人的惊叫，夏小凤猛地睁开眼睛，只见客车像疯了似的冲向路边一条湖，随着"轰"的一声巨响，车子溅起几丈高的水花，掉进了湖里……迅速地往下沉……车子里只有几名旅客，但夏小凤却感到那一刻乱极了——极度惊恐的乱！

夏小凤紧紧地抓住王明权的胳膊，王明权也紧紧地握住她的手，朝她说道："不要怕，按我平时教你游泳的姿势去做！"王明权边说边迅速打开车窗，湖水迅即随着车窗漫了进来，浸在脚背上刺骨的冷。

夏小凤仍旧紧紧地抓住王明权的胳膊，颤抖着声音说："可是，我还没有学会游泳！"王明权再一次拍着夏小凤的手背，朝她说道："相信你自己！"

是的，王明权教夏小凤快半年的游泳了，但夏小凤却总是享受王明权在教她过程中的幸福，她甚至在内心有些拒绝学会游泳。她想，要是学会了，她就享受不了这个幸福了！

"别怕，还有我呢！"王明权大声地朝夏小凤喊道，"按我平常教你的姿势和方法去做！"

但是，夏小凤对自己一点信心也没有，她从来没有独自在水面上漂浮过！

湖水已经漫过了他俩的腰，湖水很冷。夏小凤浑身哆嗦个不停，身子不由自主地靠近王明权，一把搂住王明权的腰——这是一个危险的动作。夏小凤这样做，使得王明权无法施展自己的身手，两人同时浸入冰冷的湖水里，狠狠地呛了好几口。

水中的王明权伸出双手，一下子掰开了夏小凤紧箍着他的手，这才一把将夏小凤拉出水面。夏小凤咳嗽了好几声，缓过一口气来。

"你怎么回事儿？"王明权朝她吼道，"教你这么长时间的游泳了，你……"

夏小凤看见王明权狠狠的目光，心里一个哆嗦，她从来没有见王明权这样冲她狠过！她恨自己，怎么就没有学会游泳呢？要是学会了，就不会出现刚才的情况了！

没有学会游泳的夏小凤在湖面上挣扎，王明权一把将夏小凤翻过身去，面朝上，他用胳膊勾住夏小凤的项脖，奋力地带着她朝岸边游去……

那一段艰难的过程夏小凤现在已记不全了，她的面朝向上，她感觉天上的太阳是那样苍白刺眼，耳边都是湖水的哗哗声和王明权粗重的喘气声……

夏小凤也不知道过了多长时间，也许只有几分钟，也许十几分钟，但夏小凤却感觉像过了一个世纪似的。终于，她感觉王明权的身子停顿了一下，接着她也感觉脚碰到了泥石，她站立起来了……

那一刻，一种劫后余生的感觉紧紧地裹挟着她的全身……

紧接着，车里其他两名男乘客也到了岸边，他俩累脱了似的趴在地上大口大口地喘着气，像还没有从惊魂中走出来。

但是，湖里还有两位五十多岁的大妈，她俩双手乱舞，使劲地喊着："救……命！""救……"

由于地处郊外，很冷清。远远地，只有两人正使劲朝这边跑来……

来不及了，王明权转身就往湖里冲，夏小凤本能地伸手想要拉住他，但没有拉住。王明权已冲进了冰冷的湖水里，朝着一名大妈游去……

岸边的夏小凤冷得浑身直打抖，牙齿更是不听使唤地"咯咯"直打架！眼睛直直地盯着湖水里的王明权，王明权游到一名大妈身边，也像刚才救夏小凤一样将她翻过来面朝上，拖着她往岸边奋力地游来……

湖水被王明权拍打得"哗哗"的声音，加上王明权沉重而急促的呼吸声传来，夏小凤看到王明权真的没有什么力气了，她着急得想要冲进湖里，王明权看见了，像使劲最后的力气朝她喊道："好好待着！"

是的，她不能下去！她还不会游泳，她要下去只会给王明权添乱。

夏小凤着急地四下张望，那远远跑来的两个人很快到了跟前，他俩没有一丝犹豫，直接跳进了湖里。一个朝着另一名大妈游去，另一名朝着王明权游了过去，王明权将那名大妈交给那人。

夏小凤的心稍稍安稳了一些。她以为她的明权哥现在双手已经没有了那名大妈的拖累，他很快就会游到岸边，他离岸边不过三四米的距离！

但是，夏小凤看到了她这一生最不愿意看到了画面：她的明权哥在把大妈交给那人后，他只向前挥动了一下手臂，整个身子便往下沉……他的手在湖面上挥了两下便沉了下去……像在向夏小凤做着最后的告别。

那一刻，看着湖面上没了王明权的身影，夏小凤的脑子骤地一片空白，她张着嘴，不相信地看着湖面，她甚至企望她的明权哥是在跟她开玩笑……

足足有十秒钟，夏小凤浑身一个哆嗦，猛地意识到她的明权哥因为疲累和寒冷已经沉入了湖底！她"哇"的一声大哭起来，边哭边朝着湖面喊："明权哥——明权哥……"

夏小凤哭叫着猛地跳下湖去，眼睛直直地盯着王明权沉没的地方……但是，她在冰冷的湖水里没走出两步就被岸边一个终于回过魂来的男人抱住了，又把她硬生生地拖回了岸边……

说不清是一股什么样的血液灌入夏小凤的脑袋，夏小凤晕倒在地……

夏小凤在医院里晕迷了整整五天五夜，发高烧，浑身战栗……等她醒过来，她的父母以及王明权的父母都守在她的床边，她两眼直直地盯着他们，傻了似的。

夏小凤的脑子里不由自主地浮现出那个混蛋的问题来："我和你妈同时掉河里，你最先救谁？"当时的明权哥给他的答复是"我先救妈，把妈救上岸，然后跳下来和你一起死！"

夏小凤坚信她的明权哥说到就一定能做到！如果在这一场意外中，她死了，她的明权哥一定会跟着她一起死去！但是，在这一场意外中，她的明权哥却因救人而牺牲了，她怎么能苟活在这个世上？！那时，她是一心一意想跟着她的明权哥一起去死。

夏小凤很是悔恨自己，她在王明权的教导下学习了半年多的游泳，她总是偷懒，甚至有些拒绝学会游泳——她怎么能这样做？！如果她学会了，那么在这一场意外中，她就不会因为搂住她的明权哥而使得他在救她的过程中费尽了全力……这样明权哥返回救大妈就不会用尽全身的力气而沉入湖底！夏小凤的心在滴血："这一切都是我的错啊！这一切都是我的错啊！！"

后来，王明权的母亲在她的病床旁的柜子上轻轻地放了一个笔记本，夏小凤一眼就认出那是王明权的那本笔记本！当然，早在一年前它就记满了，平时就放在王明权宿舍的书柜里。夏小凤没有翻过它，但是她记得，它的扉页上写得对她的明权哥对她的爱情，现在成了明权哥的遗物！夏小凤一把将它抱在怀里。

这一天晚上，借着病房里昏黄的灯光，夏小凤翻开这本笔记本，当她再一次看到扉页上的"你的笑容驱动我血液的流淌，也将在你的歌声中甜甜睡去"的两句诗时，夏小凤的眼泪再也无法控制地流了下来。

夏小凤一页一页地翻读起来。看着那清秀的字迹，就像看着明权哥俊朗的脸膛。让夏小凤没有想到的是，笔记本大部分是王明权平时的一些学习记录，里面穿插了一些对她的爱情的语句！比如："她终于知道我喜欢她了！她接受了我的爱，我的爱终于找到的依靠！"、"我昨晚做了一个美丽的梦，梦见你枕着我的肩膀听海潮。"……

笔记本的末端，夏小凤突然看见一篇文字：

　　小凤，你真是太可爱了，你居然会问出这样的一个问题来：你和我妈同时掉进水里，我先救哪一个？这让我怎么回答？你和我妈都是我这辈子最心爱的两个女人呀！你叫我如何抉择？这天下居然还有这样的难题！我只得说，做男人真难！

　　你是可爱的，谁叫我就喜欢你的可爱呢！当时的我急中生智，说了一句："我先救我妈，然后跳下来和你一起死！"这话说得很热血，把你感动了。我沾沾自喜。可是，回家后我才猛然想起，与你一起死固然是悲壮的，但与你一起活着是一件多么幸福的事呀！我是多么希望永永远远与你一起活着，永永远远与你一起幸福……

　　我要教会你游泳！当你和我妈同时掉进水里，这样我俩就可以一起去救我妈，我们也可以永远活在一起了！

　　还有，我妈生育养育了我，她如果落水，我一定会尽全力去救她，如果我因此走了，小凤，你一定要好好地活下去，代我好好活下去！这样，我在天上也会看到我们一起活着的幸福！

　　巴掌大的笔记本将这段文字写了整整三页！这是王明权在这个笔记本里写得最多的一篇文字！夏小凤反反复复地看了好几遍，突然感觉脸上有什么东西滑过，用手一摸，这才发现自己早就泪如雨下，她深深地吸了一口气，这才感受到心的跳动，像被刀割一样跳动，痛！血淋淋的痛！

　　是的，要听明权哥的话，好好活下去，代他好好活下去，他才能在天上看到我们一起活着的幸福！

　　于是，夏小凤勇敢地活了下来，她发誓，这一辈子都不再嫁！当然，直到现在，夏小凤再也没有找到一个能让她心动的男人！

　　毕业后，她把所有的精力都用在了工作上，靠着过硬的业务能力成长为省金融投资公司的佼佼者，不到七年的时间，她就成了省金融投资公司的总经理……

　　最初的两三年时间，夏小凤是不敢去游泳馆的，甚至见了湖和河，她的心都要颤抖不已……

　　有一天晚上，夏小凤又一次梦见到她的明权哥，她的明权哥温柔地看着她，她扑进他的怀里，他轻轻地抚摸着她的长发……这样的梦境已经很多次出现在夏小凤的梦里，她靠着这样的梦生活在他俩继续的爱情里。

　　这一次，王明权突然说道："你学会游泳了吗？"夏小凤躲闪着他的眼睛，埋着头低声地说："没有。"王明权一把抓住她的肩膀，盯着她的眼睛，说："你一定要学会游泳！知道吗？"夏小凤也看着王明权的眼睛，轻轻地点了点头……

人生中许多事总让感到很奇怪，但细细想来，却又在情理之中，往往一句话就可以改变一个人的习性。比如夏小凤当初就问了王明权一个混蛋问题，居然让他为她做了那么多的事儿……

醒来后，夏小凤下定决心一定要学会游泳！她觉得一定要用自己的实际行为对那个混蛋问题做出一个了结。

为此，这些年来，夏小凤找遍了省城的所有游泳馆，许多赫赫有名的游泳教练都亲自教她……但是，每当夏小凤的身体就要漂浮在水面上时，她的身体重心总是不由自主地往下沉……在夏小凤的潜意识里，在水里没有人扶着的那一刻，她期待着她的明权哥来救她……理智又告诉她，她的明权哥不会再来了，她的心空落落的，身子便随着空落落的心往下沉……

4

凌晨的三亚，黎明前的黑暗渐渐退去，海天之间透出一抹亮光，像是点燃的火把，燃烧着深蓝的海水、灰色的云絮。渐渐地，整个东方的天空都被燃烧得红彤彤的。这是黎明的曙光，太阳从大海的寝宫冉冉升起，海天之间顿时光辉璀璨。在阳光的照射下，海面波光粼粼，仿佛铺上了一层闪闪发光的碎银，浪花互相追逐，像顽皮的小孩不断向岸边奔跑跳跃，几只海鸥在海面翱翔，时而发出悦耳的鸣叫，这叫声，划破了宁静的清晨。

若海走上海滩，海滩上早就有三三两两的人。迎着大海初升的太阳，人们脸上都露出异常兴奋的神情。唯有若海，面色显得有些憔悴，昨晚，他几乎一夜没有合眼。

他被夏小凤的故事深深震撼了。

夏小凤到三亚来的工作已经圆满结束，今天她将休整一天，明天早晨离开三亚。在离开三亚之前，若海想为她做一点事儿，他想教会她游泳，却不知道该如何克服她心里的阴影！若海知道，如果克服不了这个阴影，夏小凤是不可能学会游泳的。对于游泳教练来说，这似乎不关他们的事儿，他们的工作是教学员们学游泳姿势，他们不可能深入了解每一名学员的内心——这其中当然包括夏小凤。

是的，夏小凤告诉过他，他长得有些像她的男朋友王明权，所以外表和内心一直强大的夏小凤在他面前泪流满面，向他倾诉了那段她与她的明权哥的爱情故事，这是对他的信任吗？若海却想不明白这个看似简单的问题。

昨天，夏小凤向若海讲述完那段刻骨铭心的往事后，夏小凤的眼睛望着前方，久久地，像沉浸在那段往事里拔不出来……好久，夏小凤这才喃喃地说："明权哥，我怎么就学不会游泳呢？看来，我这一辈子只有辜负你了……"

"不……"若海本能似的说道。

夏小凤扭过脑袋看了若海一眼，轻轻地摇了摇头，又叹出一口气，无言地站起身来，向着酒店的方向走去。若海看着夏小凤的背影走进酒店门口，怅然若失。

突然，若海发现旁边有人坐了下来，扭头一看，是姜凯昊。姜凯昊看着若海，突然将脑袋伸凑到若海，说道："师傅，刚才你们讲了什么？"

若海躲闪开姜凯昊的目光，说道："没说什么。"

姜凯昊的嘴动了动，什么话也没有说出来。刚才夏小凤与若海在一起这么长时间，怎么可能没说什么话呢？但看到若海躲着他的目光，知道他不愿说！他的内心突然涌起一股难言的酸意来，他同夏小凤打了好几年交道了，而若海却只跟夏小凤待了短短四五天，夏小凤却向他敞开了心扉，他看得很清楚，夏小凤还曾扑进若海的胸膛……难道，夏小凤喜欢上了若海？！

若海知道旁边的姜凯昊内心在想着是什么，但他真不能告诉姜凯昊刚才他和夏小凤的谈话，这是夏小凤内心的秘密，他怎么可能将这些秘密告诉姜凯昊呢？尽管他是姜凯昊介绍认识夏小凤的。

　　"唉——"若海突然听到姜凯昊长长地叹出一口气来，若海诧异地扭过头去，只见姜凯昊缓缓地从沙滩上站起身来，拍了拍自己的屁股，海风吹来，把几粒海沙吹到若海的身上……看着姜凯昊朝着大海那边缓缓走去，脚步有些沉重。若海的心里突然有些难受。

　　"姜总。"若海朝着姜凯昊的背影喊道，"你放心，我一定教会夏总游泳！"

　　姜凯昊回头看了若海一眼，咧开嘴笑了一下。

　　说完那句"我一定教会夏总游泳"的话，若海的心猛烈地颤抖了两下，突然感到自己的这句话说得是那么没有底气，他靠什么说"一定"的话？他拿什么去教夏小凤？

　　若海站在软软的沙滩上，抬眼望去，海是蓝的，天也是蓝的，水海天相接的地方重合成了一条线，海水犹如被一双永不休止的大手所源源不断地推进，浪花翻滚起来，像是身态轻捷的仙子，荡起了白色的泡沫……

　　突然，若海的眼睛直了，他看见夏小凤正坐在前面的沙滩上，面朝着大海的方向，不知道在想着什么？若海的眼前猛然间产生了一种幻觉，他感觉夏小凤就像刚从海里爬上来的一条浑身带着忧郁的美人鱼，她坐在沙滩上望着海平面的样子，很孤独……

　　若海的心不由自主地不寻常地跳动了一下，那一刻，他甚至有一种把夏小凤拥抱在怀的冲动。

　　若海走了过去，静静地坐在夏小凤的身边。

　　夏小凤惊讶地看了若海一眼，又将目光望向海上，一阵轻轻的晨风吹来，带来海淡淡的味道。夏小凤喃喃一般地说："你，怎么来了？"

　　若海咧开嘴轻轻地笑了一下，没有说话，也跟夏小凤一样把目光投向海平面。

好一会儿，若海看着夏小凤，指着那边有礁石的地方，说："夏总，你看见那边没有，那边有海参，你不是喜欢吃海参吗？我下海去给你捞一些上来！"

夏小凤不相信地看着若海，说道："你？现在？我看人家下海捞海参的，都有装备的……"

若海笑了一下，说道："放心吧。"说着站起身来，又伸手去拉夏小凤。夏小凤迟疑了一下，还是把手伸给了他，若海轻轻一使劲，夏小凤就站起身来，居然有些兴奋。

来到那边有礁石的地方，若海朝着海里看了看，说道："这里应该是有海参的……"

"真的有吗？"夏小凤看着若海说。

若海轻轻地摇了摇头，开始脱衣服。这时的夏小凤更加不放心起来，担心地说道："一定要注意安全呀！"

若海朝她点了点头。什么话也不说，朝着海水走去。

海水渐渐淹没了若海的胸膛，若海回头朝着夏小凤轻轻地一笑，然后猛地像一条鱼似的一头扎进了海水里。

清晨的海水带着丝丝冰凉刺激着若海的皮肤，若海感到浑身突然被注入了一股力量，一股劲地潜到了海里。其实，若海知道，这个时候下海捞海鲜不一定能捞到，这个时候的海参大多都隐藏在沙里，要到下午，随着海水温度升高，海参才会钻出沙来，那时才好捞。但若海仍旧要下去捞！他也说不清是一股什么样的力量在驱使着他。

此时的若海没有戴潜水镜、脚蹼和呼吸器，他看不清海底的情况，而且凭着的也只是嘴里憋着的一口气，他必须在较短的时间内摸到海参——哪怕是一个青口贝也行。

若海的双手在沙里摸索着，海里的沙很细，不时有一些被海水冲刷得圆润的小石块触碰到若海的手……若海感到胸有些闷了，是该上去透一口气了。恰在这个时候,若海突然在沙层上触摸到一个软软的东西,若海心里一跳,用手在那软软的东西上摸了一下,不错,这是海参的肉刺!若海的心一阵狂喜,忙伸出双手从肉刺的两则伸入沙层,那个软软的东西便握在手心里了,若海更加确定,那就是一个海参!若海抑制不住内心的狂喜忙从海里探出头来,他那口气憋得太长了!

若海的脑袋刚钻出海面,耳畔突然传来一个颤抖的呼唤他的声音:"若海,若海……"

若海浑身一个激灵,抹了一把脸上的海水,朝声音望去,只见夏小凤正站在齐胸深的海水里,正着急地朝着若海刚才下水的地方呼喊着他……

原来,若海一口气在海底待了三分多钟,这是他的极限!而这三分多钟,对于岸上的夏小凤来说,却是一个漫长的过程!一分钟过去了,夏小凤就急切地期盼着若海的脑袋能钻出水面,但没有。夏小凤以为自己的感觉出了问题,忙自己憋住气,等到她不能呼吸了,她仍旧没有看到若海钻出海平面来;夏小凤的心骤地怦怦直跳,她闭上眼睛,再一次憋住呼吸,耳朵却仔细地听着海上的声音,可是,除了海上的丝丝晨风,安静极了。

夏小凤的心猛烈地不寻常地跳了一下,骤然间,她的脑子里闪现出那个寒冷的春天的湖面上,她的明权哥沉入湖底,她再也没有看到他从湖面上探出脑袋来……今天,这样的场面与那个场面好相似呀!

夏小凤的心抽搐着,猛地冲进海水里,嘴里呼喊着:"明权哥,我的明权哥!"喊到这里,夏小凤的心更加痛了,血淋淋的痛。理智又告诉她,她的明权哥早在九年前就离开了她,现在海里的是若海,她的心颤抖着,喃喃地喊道:"若海,若海……"

就在这个时候,海面上一阵破冰似的响,若海的脑袋钻出了海面。夏小凤不相信自己的眼睛似的呆愣地看着若海,他居然在海底能待这么久的时间？

一个人，怎么可以这么长时间不呼吸？！

这个时候，夏小凤这才感觉自己到海水已经漫过她的胸前，也许只要再一迈步，她就有可能完全沉没于海里……她想转身，却有一股无形力量在推动着她向前走，她从内心感到一种害怕，就像当初她的明权哥即将要沉没于湖中……她睁着惊恐的目光看着若海，忍不住叫道："明权哥，明权哥……"

这三个字像一把无情的小刀，一下子就穿过若海的皮肤刺入他的心里，他感到他的心颤抖不已。若海手一扬，海参在海面上画出一个短暂而难看的弧线，又落回到海里……

"我来了，不要怕！"若海大声地朝她喊道，并奋力地向她游了过去。

夏小凤眼巴巴地看了若海一眼，张嘴正要喊，一股海浪朝她灌了过来，把她的话淹没在海水里。

"浮起来！"若海像一个士兵一样命令道，"明权哥命令你浮起来！"

夏小凤后来告诉若海，当她从若海的嘴里听到"明权哥"三个字，她就感觉自己的浑身好像突然被注入了一股力量，她的手往上一划，脚往下一蹬，她真的浮起来了……

这就漂浮起来了？夏小凤再挥了一下手，双脚再蹬了几下，她再一次感觉到自己的身体轻飘飘地浮在海面上，夏小凤有些欣喜若狂，对着大海，对着天空，大声地喊道："我学会游泳啦！明权哥，我学会游泳啦——"

若海游到了夏小凤身边，只见夏小凤的眼睛里正涌出两行泪来……

5

若海在房间里整理自己的东西。明天一早他就准备离开三亚回到A城，他的东西本来就几件衣服而已，也不用花费多少时间整理，他一边整理一边轻松地哼着歌。他的心情大好，夏小凤终于学会了游泳，而姜凯昊也兑现了自己的诺言，当即将另外的八万元转账给了若海……

这里有个小插曲。

姜凯昊准备给若海转账时，若海却推辞道："你已经给我了三万元了，这八万就算了吧。"若海是真心拒绝的，这是意外之财，他觉得三万已经足够多了！

姜凯昊却一定要转给他，他教会了夏小凤游泳，这使得夏小凤芳心大悦，已经暗示等她回到省城，会根据姜凯昊公司的实际情况给他贷款……姜凯昊也很兴奋，他把所有的功劳都归于若海，固执地要转账给他。

一个坚持要转，一个坚持不收，正当两人推来推去时，被夏小凤碰见了——夏小凤刚从海边回来，刚刚学会游泳的她在海里游了一个上午，她喜欢在海面上像一只鱼儿那样游来游去的感觉。

夏小凤了解到这是怎么一回事儿后，转头对着若海说："你现在创业也需要钱，你就收下吧。就算是姜总支持你创业的，我给你们做个见证人，如果今后你创业成功，这钱你就还给姜总，这样好吧。"

若海这才点了点头，算是收下了。

见若海收下那笔钱，夏小凤笑着说："下午，咱们三——喔，是四人，一起去游泳吧。"

"好啊，好啊。"若海和姜凯昊忙答应道。明天一早就要离开三亚了，下午是该好好玩一下了。若海还兴奋地说："下午，我到礁石那边捞点海鲜起来晚上大家一起吃……"

下午，若海真的下海捞了好多的海产品，若海在海里矫健的身姿引得岸上的夏小凤、姜凯昊以及小美惊叫不已……后来，四人又在海水里泡了很长的时间，这是一个快乐的下午。

回去的时候，若海和姜凯昊提着海鲜去找餐馆加工，姜凯昊要去，小美自然就跟着他去了。

若海一边收拾衣服一边哼着歌，突然脑子里浮现出程萌萌的影子，他这才猛然想起，已经四天没有与她联系了！四天呀，他没有给她打电话，她也没有给他打电话，怎么啦？难道上一次因为她提到聂倩，让他心烦意乱，他在电话里好像吼她了，她伤心了？

这样一想，若海忙拿起手机，准备给程萌萌打个电话。拿起手机，若海这才发现手机没电了。若海拿起充电器，刚给手机充上电，房间门突然很有礼貌的响了三下。若海忙去开门，门打开，探进姜凯昊的脑袋来，说："怎么？你手机没电啦？"

若海忙说："我也是刚发现，正在充电。有什么事儿吗？"姜凯昊朝他笑了一下，说道："夏总有请。"

"夏总？她找我干什么？"若海惊讶地问，马上就要开晚饭了，为什么非要现在找他，难道有什么事儿吗？

"我也不知道。"姜凯昊说，"她打你电话打不通，这才打到我手机上的。她让我叫你赶紧去一趟。"

看来，夏小凤真的有事找他，可是，能有什么事儿呢？若海带着疑惑敲响了夏小凤的门。

"进来。"里面传来夏小凤温柔好听的声音。听着夏小凤这么温柔的声音，若海的心突然有些不寻常的跳动，脑海里猛地闪现出昨天她扑在他怀里向他倾诉时的场面来，还有，她不告诉他了吗，他长得像王明权，难道……

若海猛地甩了甩脑袋，他在努力地抵抗着这些不断冒出脑袋来的想法，轻轻地推开了门。只见夏小凤坐在对面的沙发上，正微笑地看着他。若海的心再一次"咯噔"了一下，他发现她的笑带着一丝暧昧！

"夏总，有什么事儿吗？"若海站在门口问道。

"先进来，把门关上！"夏小凤一边说着一边站起身朝着若海走来。

那一刻，若海的腿哆嗦了一下，他有一股想要逃跑的冲动，几天前他刚见到夏小凤时的那种感觉又出来了，难道，夏小凤真的想拿他当小三？

正在若海这一迟疑的过程，夏小凤已经走以跟前，一手拉住了若海的胳膊，一手关上了门，屋子里一下子变得有些憋闷，好像空气停止了流通。

关上门，夏小凤上下打量了一下若海，突然说道："你很紧张吗？"

听夏小凤这样一说，若海心里更加慌乱了，嘴里本能叫道："没有，没有。"

夏小凤"扑哧"一声笑了，说道："我叫你过来，是有一件私事儿要跟我说。"

"什么私事儿？"若海感觉自己的声音直哆嗦。

夏小凤看着若海，像下定决心似的说道："我知道你对当今中国和当今世界的金融有着深入的认识，对金融管理有着非常独到的理解，我想请你到省城来帮我。"

跟着夏小凤，这当然是一个很多人削尖了脑袋都找不到的好事儿！省城离A城也不远，每到周末也可以回家来照顾照顾父母，但若海的脑海立即又浮现出一个信号来：程萌萌工作在A城，他在省城，那么就相当于两地分居，这会苦了程萌萌的。若海突然有些怀念当初他和程萌萌每天早晨一起坐公交去上班，在龙灯山路口分手，下午又在龙灯山路口会合一起回家的那段经历，那时，虽然苦是苦了点，却让若海感到很幸福。

若海说："这么大的事儿，我得回家商量商量。"

"商量？"夏小凤盯着若海说，"你不是还没有结婚呀，跟谁商量？"

"我有女朋友的。"若海脱口而说，"不——她是我的未婚妻。"

"是吗？我倒很想认识她。"

若海盯着夏小凤，说道："也许，你会认识她的，她的名字叫程萌萌。"

夏小凤看着若海，从鼻孔里哼了一声，突然说道："我想叫你离开她！我告诉过你，你长得特别像我的明权哥，我希望每天能看见你……"

"什么？"若海更加诧异了。这些天来，若海一直觉得夏小凤在爱情上是一个纯情的女人，没想到现在她居然说出这样的话来！

夏小凤向前逼近一步，伸出一只手，在若海的面前晃了晃，说道："五年，我只要你五年！我可以给你年薪两百万……"

若海的眼前突然变得有些模糊，好像面前站着的不再是与他交往了这么些天的夏小凤。一股说不清的气体在若海的胸膛里滚动，像一个力量注入他的体内，若海猛吸一口气，打断了夏小凤的话，"你不要再说了。说实话，我是被你和明权哥感动过的。你这样说，不仅是对我的伤害，更是对你和明权哥那段纯真爱情的伤害！"

夏小凤看着若海，不相信似的，喃喃地说："你是傻瓜吗？"

若海也看着夏小凤，说道："不！我是一个男人！男人就有男人的尊严和气节！"说完，若海看也不看夏小凤，转身就走。

就在若海正要伸手去拉门的时候，背后突然传来夏小凤"哈哈"的大笑声。若海惊讶地转过身去，夏小凤像给人挖了一个大坑又亲眼看见人掉下去似的，笑得前仰后合。

若海更加诧异了，茫然得不知发生了什么事儿。

"出来吧。"夏小凤朝着卫生间喊了一声。

卫生间的门轻轻地，没有一点声音地打开了，程萌萌猛地一下从门里跳了出来，调皮地站在若海的面前，睁着她那双好看的大眼睛看着他。

若海愣愣地看着程萌萌，一时有种不知身处何时何地的感觉。

夏小凤拍了拍若海的肩膀，说道："她可是我妹妹哦，你要对她好点。"说完拉开门走了出去。

房间里只剩若海和程萌萌了。程萌萌轻轻地扑进若海的怀抱，若海搂了一下程萌萌温暖的身体，这才感觉到她真实存在似的，问道："你怎么又成了夏总的妹妹？你怎么会在这里？"

程萌萌说："下午我就到了三亚……"

在程萌萌轻声而娓娓地叙述中，若海终于弄明白整个事情的经过。

原来，那天程萌萌给若海打了电话，她在电话里听到若海的心情仍旧有些糟糕，放下电话后，她也开始心烦意乱起来……这倒不是因为她在电话里谈到了聂情，而是若海的心情直接影响到她的心情。这大概就是爱情吧！

怎么能让自己心爱的男人一个人到海边去散心呢？这个时候，她更应该陪在他身边的呀！这样一想，程萌萌就暗自后悔起来。当即决定，第二天就休假去海边找他。

第二天，程萌萌去单位请假，南城售楼处经理却不准她的假，说道："现在正是楼盘热销的时候，正缺人手，你怎么能请假呢？"程萌萌说了半天，经理仍旧不为所动。正在这时，程萌萌看见了王顺。王顺路过南城售楼处，随便过来看看。当王顺了解到程萌萌的情况后，立即也向那位经理求请。王顺是主管，本在那经理之上，他焉有不答应之理。

王顺把程萌萌拉到一个没人的地方，突然叹了一口气，说道："请转告若海，我身边没有了他，突然感觉干什么都没劲儿似的。等他回来，我请他喝酒。"

程萌萌说到这里，若海的眼眶有些发红，他也有些想王顺这个哥们儿了！

程萌萌当天就坐车去往海边。整整两天，程萌萌将海边的旅馆，包括一些高级的酒店都找了一个遍，没事也到海边去逛，都没有见到若海的一点影子。

"你为什么不给我打电话呢？"若海说，"那时，我已经在三亚了。"

程萌萌不满地瞟了一眼若海，说："你不知道人家怕招你烦？我以为你会给我打电话的，如果你打来，我就告诉你我来到海边了，但是……"

若海搪塞地说："那几天我满脑子都在想，怎么教会夏总游泳呢……"若海说这话的时候，心里确实有些惭愧，忙转移了话题，"你是怎么找到这儿来的呢？"

"我在海边没找到你，我就以为你回家了。于是我又立即赶回家里……"程萌萌说，"回到家，我却见到另外一个人！"

"谁？"若海惊讶地问。

程萌萌说："我和她以前见过两面，我也是那天碰见后才知道她名字的，她叫薛冰冰。"

"薛冰冰？！"若海更加惊讶了。

那天，程萌萌坐着长途客车从海边回到A城，刚下车，她突然看见了一个面孔。程萌萌觉得这个面孔在哪里见过，却又一时想不起来。那个面孔也看着程萌萌，突然走近了她，问道："你是金若海的女朋友？"

程萌萌轻轻地点了点头，说道："你是？"

那人笑了一下，说道："我叫薛冰冰……"

薛冰冰刚刚说出她的名字，程萌萌的脑海就闪现出若海与她一起坐在豪车上的那幅画面来……程萌萌警惕地看着薛冰冰，说道："你想干啥？"

薛冰冰看了一下那边的售票窗口，又朝着程萌萌笑了一下，说道："我是来赶车的，我要离开A城了——我是说，我将永远离开，不再回来了！"

薛冰冰仍旧警惕地看着薛冰冰，喃喃地问道："为什么？"

"他知道，我是一个小三！"

程萌萌自然知道，薛冰冰嘴里的"他"说的是若海。

薛冰冰说:"在我遇到他之前,我本以为天下男人都是一个德行那些所谓的正人君子,什么柳下惠,什么坐怀不乱,都是扯淡的……"

薛冰冰说到这里,又朝着程萌萌笑了一下,说:"我真的很羡慕你!你拥有一个真正的男人!"说到这里,薛冰冰的目光望着这座闪烁着霓虹灯的城市,长长地叹出一口气,用手拢了拢额前的头发,朝着程萌萌说道:"从他身上,我看到这个世界还有真正的男人!我对这个世界也充满了向往,从三亚回来后,我就跟老喻和平分手了!对了,他在三亚,你怎么不跟他一起呢?三亚真的很好玩……"

"他在三亚?"程萌萌惊讶地问,"你怎么知道他在三亚?"

薛冰冰用更加惊讶的目光盯着程萌萌:"怎么?你不知道他在三亚?"

程萌萌的心慌乱起来,是呀,若海在三亚,她居然不知道,他又是怎么到三亚去的呢?程萌一把抓住薛冰冰,说道:"你快给我讲讲,你是怎么在三亚见到他的。"

薛冰冰见程萌萌确实不知道,便拉着她坐在候车厅的凳子上,将她和喻修剑一起到三亚找夏小凤借贷遇到若海的事儿一五一十地向程萌萌讲了,程萌萌听完半天没有说上话来,她的心有些难受,若海去了三亚,他居然没有告诉她!他是去给夏小凤当私人游泳教练,从薛冰冰的口中可以听出来,这个夏小凤可是一个漂亮的少妇,他怎么能去给她当私人游泳教练呢?即使要去,为什么就不告诉她一声呢……

薛冰冰见程萌萌沉默,突然说道:"你应该去找他,我倒不是说担心他会被夏小凤勾走——他不会!我刚才说了,他是一个男人!他没告诉你他去三亚,估计是不想让你担心他!我叫你去三亚找他是说,这个时候是他最艰难的时候,你应该跟他站在一起!"

薛冰冰的一席话让程萌萌的心胸一下子打开了,她站了起来,伸出手朝薛冰冰说："谢谢你。"

薛冰冰站起身来，朝她笑了一下，却摇了摇头，说道："我不想握你的手！说实话，作为女人，我妒嫉你！"说完，转身迈着有些沉重的步子走了。

程萌萌的血液突然燃烧起来似的，她走出客运站，立即打车去往机场，很凑巧，她又买到了当天的机票，来到了三亚。她来到若海所住的酒店——这个酒店薛冰冰已经告诉她了。

走进这么豪华的酒店，程萌萌的心有些发虚，这时她才想起，薛冰冰只告诉了她酒店名，并没有告诉若海住的房间，她要亲自去敲响若海的房间，给他一个大大的惊喜。

程萌萌走到前台，问那位漂亮的服务员："请帮我查一下金若海住哪个房间？"服务员看了程萌萌一眼，微笑着说："请问你是他哪位？"程萌萌说："我是他……未婚妻！"服务员仍旧微笑着说："谁能证明你是她未婚妻？"程萌萌睁大眼睛说："怎么证明？"服务员说："要不给你他打个电话，让他下来确认一下。"程萌萌本是想给若海一个惊喜的，打电话这个惊喜就打了很多折扣了！程萌萌说："你就告诉我房间号就行……"

她们的对话，被旁边一个少妇听见了。那个少妇走上前去，将程萌萌上下打量了一番，问道："你真是若海的未婚妻？"

程萌萌也打量了一下那个少妇，脑海里猛地冒出薛冰冰向她讲述的那个夏小凤来，问道："你是夏小……夏总？"

夏小凤轻轻地笑了，点了点头，说道："他还有一会儿才回到，你先到我的房间去吧。"

程萌萌跟着夏小凤走进了电梯。电梯里就她俩，夏小凤再次打量了一下程萌萌，突然好奇了问："对了，你是怎么知道我的？是若海告诉你的吗？"

程萌萌摇了摇头，说道："不是。"

两人下了电梯，走进了夏小凤的房间。就在这间房间里，程萌萌将薛冰冰给她讲的话都告诉了夏小凤。听完后，夏小凤看着程萌萌，微笑着说："我跟若海接触了几天，他确实是一个很不错的小伙子。"

"谢谢您的夸奖！"程萌萌赶紧说道。

夏小凤看着程萌萌，说："若海教会了我游泳，我有个想法，我想认若海做弟弟，但是我怕他误会，更怕他拒绝我。现在你来了，反正你是他的未婚妻，干脆我就认你做妹了，这样若海不就是我弟了吗？"

程萌萌没想到会攀上这么一个姐，心里有些激动，说道："我，怕是高攀不上吧？"

夏小凤说："不——是我高攀了你们！"

就这样，夏小凤和程萌萌就这样结成了姐妹。两人坐在房间嬉笑打闹了一番，料到若海该回来了，夏小凤调皮地说道："你想不想给俺妹弟一个更大的惊喜？"

夏小凤说："你先去厕所待着，我不叫你出来你就别出来……"

说着夏小凤摸出手机来，也就有了刚才发生的一幕……

程萌萌搂着若海的脖子，说："刚才我在厕所，见夏姐这样考验你，有好几次我都差点冲出来了，我真怕你……"

"怕我禁不住考验？"若海伸出手指刮了一下程萌萌高挺的鼻梁，说道。

程萌萌没有回答若海的话，手指着靠窗的一张桌子，桌子上放着一张支票。程萌萌兴奋地说："夏姐说了，如果你经过了考验，那张一百万的个人支票是她借给你的创业资金……"

后　记

这个故事讲到这里就应该结束了。

因为所有人都会猜到，若海得到夏小凤一百万的援助，再加上这近一年来挣下的十来万元钱，回到A城，若海立即开始了自己的创业规划。金融风暴之后有色金属的加工与出口曾一度"瘫痪"，使得有色金属很快成为稀缺品，若海用敏锐的商业眼光看到了其中的商机，他利用父亲金百万之前在有色金属这一行业的关系，靠着他的学识和能力，迅速形成了一条有色金属加工与出口的渠道……短短两年，其净有资产就达到一千万。等到第五年，公司的规模就超过了父亲之前的"金百万公司"。

这也算是商业界典型的"从哪里跌倒就从哪里爬起来"的成功典范。金百万被若海聘请为公司的名誉董事长，金百万每与人谈起这段经历，就充满了无比的自豪。

若海成立的这个公司叫"若海有色金属建设有限公司"。刚刚成立时，若海本是打算以一百万为资本只做有色金属的加工，等有了钱再进行有色金属的出口。哪知，王顺得知若海成立了公司，带着这些年挣的五十万投奔了他。有了这五十万，若海的心又大了，他就想加工与出口一起搞起来，但这总成本就得两百万，还差三十来万，怎么办？这时，程萌萌却拿出来三十多万，这让若海很是惊讶，她哪来的这么多钱？程萌萌说，她将房子卖了一套……就这样，三个股东，若海任董事长，王顺任总经理，程萌萌任主管会计。"若海有色金属建设有限公司"成立了。

"若海有色金属建设有限公司"成立第五年，身价上亿的若海出差到另一座城市谈生意，在一家咖啡厅意外地碰到了聂倩。若海第一眼看见了她时，有些不敢相信自己的眼睛，聂倩穿着工作服，打扮得干净而朴素。

五年前，聂倩因敲诈勒索未遂，被判处有期徒刑三年。而金伟因受贿被判处有期徒刑十三年……随着案件的宣判，这个曾在全国掀起轩然大波的话题慢慢地就冷却了，两年前，聂倩出狱，网络上又热腾了三四天，但很快又冷却下去了——网络上每天都会发生很多刺激网民的事儿……没想到，聂倩一直悄悄地躲在这个地方。

聂倩也看见了若海，愣了一下，之后大方地朝若海伸出手，突然说道："出狱后我曾去找过你，但见你跟程萌萌已经结婚了，而且创立了你们自己的公司，祝贺你。"

若海也大方地握住聂倩的手，说道："谢谢你。你现在应该过得也不错吧？"

聂倩笑了一下，说道："与之前我的'疯狂'相比，我现在过得很充实。"

若海的脑海突然想起当初聂倩不是找到一个影视导演，怎么没去演"女二号"反而成了金伟的"小三"了呢？若海踌躇了半天，还是将这个问题问了出来。

聂倩凄然地笑了一下，说道："他根本就不是什么导演，而是一个骗子！我被他骗色骗财！后来那个家伙带我认识了胡旭东，胡旭东见我长相乖巧，把我送给了金伟……我本以为我可以迷住全天下的男人，哪知这些男人却把我像一个礼物一样送来送去……唉——那就是过去的事儿了。"

说到这里，聂倩向角落里一个一直观察她的男服务员招了一下手，那名男服务员走上前来，聂倩拉着他的手，对若海说道："我给你介绍一下，他是我现在的男朋友……"

一个月后，"若海有色金属建设有限公司"正式上市。那一天，股市一片大好。